대국민 인간 사형 프로젝트

너도 인간이니? 2

조정주 대본집

ARE
YOU
HUMAN?

조정주 대본집

너도

인간이니? 2

대국민 인간 사칭 프로젝트

RHK
알에이치코리아

일러두기

• 이 책은 조정주 작가의 대본 집필 형식을 최대한 살려 편집했습니다.

• 대사는 어감을 살리는 데 비중을 두어, 한글 맞춤법 규정과 맞지 않는 부분이라도
  유지하였습니다.

• 대사의 강약과 호흡을 표현하기 위한 의도로 대사 및 지문의 줄 바꾸기를 유지하였습니다.

• 대사 중간에 말이 끊기는 것을 표현하기 위해 마침표를 생략한 부분이 있습니다.

• 대사 중간의 말줄임표는 대사 사이 호흡의 길이를 표현하기 위한 것으로,
  온점 세 개로 표시되어 있습니다

• 이 책에는 무삭제 대본을 담았습니다. 따라서 방송되지 않은 부분이 포함되어 있거나
  방송과 다를 수 있습니다.

로봇의 또 다른 엄마,
작가로부터.

남신3를 세상에 내어놓은 조정주 작가입니다.

우선 감사하다는 말씀부터 드립니다. 제가 쓴 모자란 대본이 훌륭한 배우들과 스텝들을 거쳐 마침내 여러분들까지 만나게 됐습니다. 드라마는 결국 시청자들을 만나 완성되는 것이고, 이 대본집을 집어 드신 분들은 그 시청자들 중에서도 '너도 인간이니?'를 무척 사랑해주신 분들일 것입니다. 그 사랑에 다시 한 번 고개 숙여 감사드립니다.

이 드라마를 처음 기획한 건 2008년. 벌써 십여 년의 세월이 흘렀습니다. 모성 때문에 만들어진 로봇, 언제 멈출지 모르는 시한부 로봇, 인간의 자리를 대신하는 로봇을 만든 이유는 딱 하나였습니다. '로봇'에게 감정이 입할 수 있는 드라마를 만들고 싶다. 로봇을 구경만 하는 게 아니라 로봇 때문에 웃고, 울고, 가슴이 먹먹해지는 드라마를 만들자. 한창 방송 중에 이 글을 쓰고 있는 저는 그 목표가 이뤄졌는지 잘 모르겠습니다. 다만 사전제작으로 이미 다 만들어진 방송을 보며 잘못 쓴 부분들을 곱씹고 곱씹

을 뿐입니다. 인간보다 더 인간다운 로봇에 골몰하느라 정작 인간 캐릭터
들을 놓친 부분이 많았습니다. 더욱 참신한 전개와 에피소드를 끝까지 고
민했어야 했습니다. 시간을 핑계로 타협한 부분들은 내내 저를 놓지 않고
괴롭힐 것입니다.

그럼에도, 감히 고백하자면, 쓰는 내내 '남신3'라는 캐릭터에 많은 위로
를 받았습니다. 심장 따위 없는 로봇이, 엄마를 위하고, 소봉을 아끼고, 영
훈을 따르고, 인간 남신과 부딪히며 스스로를 완성해나가는 모습에 가슴
이 벅찼습니다. 또 "너도 인간이니?"라는 시건방진 질문에 진지하고 아름
답게 답해주신 여러분과 함께여서 행복했습니다. 얕은 고민으로 쓴 이야
기를 깊은 시선으로 바라봐주셔서 더없이 감사했습니다. 그 보답으로, 우
는 사람을 지나치지 않고 안아줄 수 있는 마음으로 살도록 노력하겠습니
다. '인간다움'은 무엇인지 작품을 통해 계속 질문하겠습니다. 부디 여러
분의 마음에도 '남신3'라는 로봇과 그가 흘린 눈물 한 방울이, 오래토록,
맺혀 있기를 바랍니다. 그것이 작가인 제가 이 드라마에 바라는 유일하고
도 온전한 마지막입니다.

끝으로, 마지막 회 대본에 적은 문구를 빌어 이 드라마에 참여해주신
많은 분들께 새삼 감사의 마음을 전합니다.

가짜 중의 가짜 같은 이야기를 진짜보다 더 진짜처럼 만들어주신 '너도 인간이니?'의 인간들.

몸과 마음과 감성과 에너지를 다해 이 드라마의 아름다운 얼굴들이 되어주신 모든 배우님들.

재난모드가 발동할 법한 혹독한 현장에서 아름다운 장면들을 길어 올려주신 모든 스텝님들.

보이지 않는 곳에서, 애정을 다해, 이 작품이 제작되도록 갖은 고생을 다해준 유상원 본부장과 장신애 팀장 이하 제작사분들.

모두에게, 마음 깊이, 감사드립니다.

마지막으로, '너도 인간이니?'를 같이 낳고, 이 아이의 성장을 울고 웃으며 끝까지 함께 견뎌주고 있는, 차영훈 감독님. 감사하다는 말로도 부족합니다.

참으로, 고생 많으셨습니다!

作家 조 정 주

용어 정리 —／─

S	Scene. 장면이라는 의미로, 동일 시간 동일 장소에서 이뤄지는 행동, 대사가 하나의 씬으로 구성된다.
E	Effect. 효과음. 주로 화면 밖에서의 소리를 장면에 넣을 때 사용한다.
F	Filter. 전화 수화기를 통해서 들려오는 소리.
OL	Overlap. 오버랩. 현재 화면이 흐릿하게 사라지면서 다음 화면이 서서히 등장해 겹치게 하는 기법. 소리나 장면이 맞물린다.
인서트	INSERT. 화면 삽입. 무언가에 집중시키거나, 자세히 설명하기 위한 장면을 삽입하는 것으로, 특정 부분을 확대하는 클로즈업을 통해 이뤄지는 경우가 많다.
플래시백	Flash Back. 과거에 나왔던 씬을 불러오는 것. 주로 회상하는 장면이나 인과를 설명하기 위해 넣는다.
플래시컷	Flash Cut. 화면과 화면 사이에 인서트로 삽입한 빠르게 움직이는 화면. 화면의 속도를 증대시키거나 시각적인 충격 효과를 창출하기 위해 사용된다.
프레임인	Frame In. 피사체가 카메라 화각 안으로 들어오는 것.
프레임아웃	Frame Out. 피사체가 카메라 화각 바깥으로 벗어나는 것.
페이드아웃	Fade Out. 화면이 서서히 어두워지는 기법.
페이드인	Fade In. 어두웠던 화면이 서서히 밝아지는 기법.
몽타주	각기 다른 시간과 장소의 컷들을 이어붙인 장면.
CUT BACK	각기 다른 화면을 번갈아 대조시키는 기법으로, 주로 같은 시각 두 장소에서 일어나는 사건이나, 각기 다른 시점을 설명하기 위해 사용한다.
DIS	디졸브. 하나의 화면이 다음 화면과 겹치면서 장면이 전환되는 것을 말한다.

차례 —⟋⌄—

PLAY 10

S#1. 상국의 차 / 트렁크 안 (낮)

트렁크를 발로 차고 소리 지르며 발악하는 소봉.

소 봉   빨리 열어! 안 열어? 나가면 죽어! 좋은 말 할 때 열어!

차 출발하는 소리에 긴장한 소봉, 안 부딪히려고 팔다리로 버틴다.
거칠게 도는 차의 움직임. 두려운 눈빛으로 좁은 차 안 둘러보는 소봉.
덜덜 떨리는 손으로 제 목에 걸린 펜던트 집어서 보는 위로.

소봉(N)   이게 다 너 때문이야.

S#2. 횡단보도 건너편 (낮)

PLAY9 54씬의 일부와 변주. 소봉의 목 뒤에 펜던트 채워주는 남신3.
가까이 있는 남신3 때문에 심장이 두근두근하는 소봉.

남신3   …다시 꼬봉으로 돌아갈게요… 진짜 잘 있어요. 강소봉 씨.

말 끝나고 잠시 소봉을 바라보는 남신3. 슬퍼 보이는 눈빛.

소봉(N)   로봇 주제에, 왜 그런 눈빛을 해가지고.

그때 가버리는 남신3. 멍하니 가만히 서 있는 소봉.
돌아서서 남신3를 찾지만 이미 사라져버린 남신3.

소봉(N) 근데 왜 하필 지금 니가 생각나지?

S#3. 건호의 저택 / 정원 (낮)

PLAY9 67씬의 중간 상황. 휴대폰 오로라의 가방에 넣고 가버리는 박 비서.
다른 쪽에서 온 남신3, 오로라의 휴대폰 꺼내 등을 돌린다.
액정 보면 지운 문자들 복원되는 휴대폰. 문자 내용 보는 남신3.
〈급하게 연락해서 미안해요. 서 이사 쪽에서 신이에 대해 눈치챘어요.
자율주행차팀 내 책상에 있는 서류봉투 좀 없애줘요.〉
자율주행차팀이라는 단어를 유심히 보는 남신3.

소봉(N) 내가 어딨는지 넌 전혀 모르지.

S#4. 건호의 저택 / 남신의 방 (낮)

턱시도 차림으로 서둘러 들어온 남신3, 업그레이드 버전 로보 워치 본다.

소봉(N) 알아도 절대 올 수 없고.

거칠게 확 뜯어서 바닥에 던져버리는 남신3.

S#5. PK그룹 / 주차장 (낮)

PLAY9 74씬의 일부와 변주. 차 앞 유리를 사정없이 내려치는 남신3!

경악한 상국, 서둘러 차를 출발시키려고 시동 걸면,
아예 차에서 내려와 보닛을 거칠게 내려치는 남신3!

S#6. 상국의 차 / 트렁크 안 (낮)

으악! 심하게 흔들리는 차체에 크게 비명 지르는 소봉.
두려움에 눈물 콧물 다 흘리고 부들부들 떨고 있는.

소 봉　　(덜덜 떨면서) …내가 미친년이지…

조용해졌던 차체 또 한 번 더 심하게 흔들린다.
꺄악! 비명 지르며 머리까지 감싸 안는 소봉.

소봉(N)　　니가 오면 더 미친 로봇이구…

하는데 그때 갑자기 확 열리는 차 트렁크.
본능적으로 무서워서 소리 지르는 소봉, 눈이 부셔서 제대로 눈 못 뜬다.

남신3(E)　　나예요, 강소봉 씨.

소봉, 설마 하는 얼굴로 천천히 눈 떠 보면 턱시도 차림의 남신3.
믿을 수 없다는 듯 자신을 보는 소봉에게 환하게 웃어준다.
갑자기 아이처럼 얼굴을 손에 묻고 엉엉 울어버리는 소봉.
그런 소봉의 몸을 잡아 일으켜 조심스레 안아주는 남신3.

남신3　　내가 왔잖아요. 늦어서 미안해요.
소 봉　　(안겨서 엉엉 우는)

S#7. 상국의 차 안 (낮)

얼굴이 하얗게 질린 채 운전석에 앉아서 주위를 둘러보는 상국.
다급하게 시동을 걸어보려고 애쓰지만 소용없다.
뒤돌아보면 열려 있는 트렁크. 뚜껑 때문에 시야 확보 안 되고.
안 되겠다 싶은 상국, 머리 위의 블랙박스에 시선이 간다.

S#8. PK그룹 / 주차장 (낮)

울음이 진정된 소봉을 여전히 안아주고 있는 남신3.
조금 무안한 듯 남신3의 품에서 빠져나온 소봉, 눈물 쓱쓱 닦는다.
말없이 소봉을 안아서 트렁크에서 내려주는 남신3.
그때, 갑자기 차 문 열리고 출구 쪽으로 죽자고 뛰어가는 상국.

소 봉	손에 블랙박스 아냐? (하고 차를 보는) 차는 왜 저래? 설마 니가?
남신3	(끄덕이면)
소 봉	블랙박스에 너 찍혔을 거야. 서 이사 주기 전에 뺏어야 돼. 가자. (가려다가 얼굴 찌푸리며 주저앉는) 아!
남신3	강소봉 씨!
소 봉	괜찮아. 너라도 빨리 가.
남신3	업혀요. 병원 가게.
소 봉	지금 병원이 문제야?! 나 여기 있을게. 가, 얼른.
남신3	(다친 다리 보는)
소 봉	이러다 진짜 놓쳐! 제발!
남신3	금방 다녀올게요. (뛰어가는)

S#9. 택시 안 (낮)

서 있는 택시 뒷좌석에 서둘러 올라타는 상국.
다급한 움직임에 깜짝 놀라 움찔하고 보는 운전기사.

상 국　　출발해! 당장!
운전기사　(일단 출발하는)
상 국　　(다급하게 전화 걸어) 박 비서님, 접니다. 본부장이 왔어요.
　　　　　　사람이 아니에요. 사람일 수가 없어요.

S#10. 도로 (낮)

바이크 타고 도로를 달리는 남신3.
남신3의 시야모니터에 상국의 GPS 신호가 잡힌다.
우회전하는 상국의 신호를 따라 바이크를 우회전시키는 남신3.
상국의 신호가 거의 가까워지는 남신3의 신호.

S#11. 택시 안 (낮)

뒷좌석의 상국, 초조하게 차창 밖을 살핀다.
그러다가 뒤편에서 따라오는 남신3의 바이크 발견한 상국.

상 국　　(기겁한) 밟아! 따라잡히면 끝장이니까 안 죽고 싶으면 밟으라구!

운전기사 최대한 액셀 밟으면 조금 멀어지는 남신3의 바이크.

상 국　　다음 횡단보도에서 세워. 무조건!

S#12. 박 비서의 차 안 (낮)

도로가에 차 세워둔 박 비서, 초조한 얼굴로 밖을 살핀다.
끼익! 건너편에 정차한 택시에서 서둘러 내린 상국!
빨간불인데도 불구하고 무작정 달려오는 차들을 피하면서 넘어온다!

박 비서   미, 미쳤나? 왜 저래?
상 국   (소리 지르는) 시동 걸어요, 빨리!
박 비서   (엉겁결에 시동 거는)

S#13. 도로가 (낮)

막 도착한 남신3의 바이크. 헬멧 벗고 내리는 남신3.
달려오는 차들 때문에 이러지도 저러지도 못하는 상국, 보인다.
남신3를 본 상국, 달려오는 차들을 피해 정신없이 건너기 시작한다.
도로가에 서서 잠시 상국을 응시하는 남신3.
남신3를 의식해서 돌아보며 박 비서 차 쪽으로 달려가는 상국.
그때 갑자기 상국을 향해 쇄도하는 한 대의 SUV!
거짓말처럼 상국을 사정없이 치면 시야에서 사라지는 상국!
다른 차들 놀라서 멈추는데 끼익! 전력 질주로 도망가버리는 SUV.
피 흘린 채 차도에 널브러진 상국을 향해 달려오는 남신3!
아직 자신이 당한 일을 인지하지 못한 채 피 쏟아내는 상국!
서둘러 119로 전화하는 남신3.

남신3   사고예요. 앰뷸런스 빨리 보내주세요.

S#14. 박 비서의 차 안 (낮)

경악해서 차창 밖을 보는 박 비서. 상국 앞에 앉는 남신3 보인다.
주위 둘러보던 남신3 이쪽 보면 본능적으로 몸을 낮춰 숨는 박 비서.

박 비서   이, 이게 무슨 일이야?

덜덜 떨면서 차를 출발시키는 박 비서.

S#15. 도로가 (낮)

눈이 가물가물한 채 떠나는 종길의 차를 보는 상국.
숨을 몰아쉬면서 야속하다는 듯 제 손에 쥐고 있는 블랙박스를 본다.

남신3   기다려. 곧 앰뷸런스가 올 거야.
상 국   …너 이 새끼… 진짜 정체가 뭐야…

하고 숨이 끊어지는 상국. 눈이 감긴 상국의 문신을 보는 남신3.
조용히 상국의 눈 감겨준 남신3, 블랙박스를 들고 일어선다.
그제야 사람들 모여 들면서 비명 지르고 사진 찍고 난리다.
다시 한 번 죽은 상국을 돌아본 남신3, 굳은 얼굴로 바이크 쪽으로.

종길(E)   무슨 미친 소리야?!

S#16. 건호의 저택 / 정원 일각 (낮)

한쪽에서 박 비서와 통화 중인 종길.

종 길	난데없이 사고라니? 신이가 그랬다는 거야?
박 비서(F)	(부들부들 떨며) 아닙니다. 본부장은 나중에 왔어요.
	전혀 상관없는 차가 뺑소니를… 아무래도 죽은 거 같습니다…
종 길	…죽다니… 이게 무슨…
박 비서(F)	더 자세히 알아보고 들어가겠습니다.
	누가 그랬는지 확실해질 때까지 조심하십시오, 이사님. (끊는)
종 길	(끊긴 휴대폰을 황망하게 보는) … 뺑소니?

그때 저쪽에서 들려오는 건호의 목소리.

건호(E)	다들 돌아가지.
종 길	(고개 돌려 보는)

S#17. 건호의 저택 / 정원 (낮)

종길 와서 보면 호기심 어린 하객들 앞에 서서 설명 중인 건호.
못마땅한 얼굴로 앉아 있는 호연과 그 옆에서 졸고 있는 희동.
굳은 얼굴로 건호의 뒤편에 서 있는 영훈과 오로라.

건 호	바쁜 분들 모셔놓고 손자 욕이나 하는 게 민망하지만,
	거짓말하는 건 더 예의가 아니니까 솔직히 말합시다.
	내 손자 망나니짓이 또 시작된 모양이에요.
	오늘은 틀렸으니까 조만간 가까운 시일에 다시 모시겠습니다.

고개 숙여서 인사하는 건호. 영훈과 오로라도 함께 인사한다.
가만히 종길의 옆에 와서 서는 예나. 어느새 평상복으로 갈아입은.

종 길	(놀라서 보는) 예나야!
다 들	(예나를 돌아보는)

건 호	예나야, 내가 너한테 평생 갚을 빚이 생겼다.
	그놈을 이따위로 키운 날 원망해라.
예 나	아니에요, 할아버지. 저 오빠 오래 기다렸잖아요.
	결혼식이야 언제 하면 어때요? (종길에게) 아빠, 가요.
	내가 있으면 다들 불편해하실 테니까.

종길, 건호에게 인사하고 가면 뒤따라가는 예나.
가려던 예나 멈추고 돌아보면 종길도 멈춰서 본다.

예 나	(오로라에게) 저 아빠한테 쓸데없는 말 안 하니까 걱정 마세요.
	(의미심장하게) 전 끝까지 오빠 편이니까.
종 길	쓸데없는 말이라니?
예 나	오빠랑 결혼 안 한다거나 그런 거. 얼른 가.

돌아서면서 표정 확 굳는 예나. 눈치 못 채고 따라가는 종길.
영훈, 예나의 뒷모습 보면서 안도한다.

호 연	넌 뭐했어? 적어도 이런 개망신은 막아야 될 거 아냐!
	먹고살 만하니까 긴장 풀려? 신이 아니면 거지같이 살았을 주제에.
영 훈	오늘 일은 죄송합니다.
	하지만 그런 막말을 들을 만큼 행동한 적은 없습니다.
호 연	막말? 이게 어디서! (하면서 뺨 때리려는)
영 훈	(호연의 팔 척 막는)
호 연	(기막힌) …너… 미쳤구나!
영 훈	맞을 이유 없는 뺨을 안 맞겠다는 게 미친 겁니까?
호 연	(놀란) 뭐?
오로라	그만들 해요.
호 연	이 여자가 감히. 오빠 잡아먹은 주제에 어딜 나서요?
	어쩐지. 당신 나타났다고 신이 그 자식이 나아지는 게 이상하다 했어.
	나아지긴 뭘 나아져? 개망나니는 끝까지 개망나니지. (들어가 버리는)

희 동   (따라 들어가며) 엄마!

못마땅하게 영훈을 본 건호, 말없이 안으로 들어가 버린다.
다들 보면서 수군거리는 가운데 참담한 표정의 영훈.

오로라   괜찮아요?
영 훈   일단 신이한테 가죠. (가버리는)
오로라   (절박하게 휴대폰 통화 시도) 제발 좀 받아.

S#18. PK그룹 / 주차장 (밤)

막 주차한 바이크에서 내린 남신3, 휴대폰 확인하고 도로 넣는다.
서둘러 박살난 상국의 차 뒤편으로 가보는 남신3.
그런데 거기에 아무도 없다! 서둘러 소봉을 찾는 남신3.

남신3   강소봉 씨! 어디 있어요? 강소봉 씨!
소봉(E)   …나 여기 있어…

소리 나는 쪽으로 달려가 보면 벽에 기대고 앉아 숨 몰아쉬는 소봉.

소 봉   (억지로 웃는) …혼자 병원에 가보려고 했는데… 미안해…
남신3   (휴대폰 꺼내며) 119에 전화할게요.
소 봉   (팔 붙들고) 하지 마. 괜히 더 시끄러워져.
             (남신3의 바이크 가리키며) 그냥 저거 타고 가자.

소봉의 머리카락 쓸어 넘겨주고 벌떡 안아 올려 바이크로 가는 남신3.

S#19. 도로 (밤)

빠른 속도로 도로를 달리는 남신3의 바이크.
헬멧을 쓰고 남신3에게 기댄 채 힘없이 뒷좌석에 앉아 있는 소봉.

소 봉　그 사람은? 블랙박스 뺏기고 가만있어?
　　　자기가 본 거 얘기해버릴 수도 있잖아.
남신3　…그 사람, 이제 아무 말 못해요.
소 봉　어떻게 했는데? 막 겁줬어?

말없이 운전하는 남신3. 이상하다 싶지만 더는 묻지 않는 소봉.

S#20. PK병원 / VIP실 (밤)

다리 절뚝이는 소봉을 부축해서 데리고 들어와 침대에 앉히는 남신3.

남신3　곧 의료진들 올 거예요. 치료 받고 있어요.
소 봉　(불안한) 어디 갈 건데? 나도 갈래.
남신3　많이 다쳐서 안 돼요. 금방 다녀올 테니까 여기 있어요. (가려는데)
소 봉　그 사람 죽은 거지?
남신3　(멈춰서 보고) 갑작스런 사고였어요.
　　　엄마한테 그 사람에 대해 얘기해주고 올게요.
소 봉　잘 다녀와. 결혼식 뛰쳐나온 것 때문에 혼내도 상처 받지 말고.
남신3　상처는 인간들이나 받는 거예요.
소 봉　(웃는) 자꾸 까먹어. 바보같이.

웃어주고 남신3가 나가면 휴대폰 꺼내는 소봉. 확인하는데 꺼졌다.
문 열고 들어와 인사하는 의사와 간호사들. 휴대폰 도로 넣는 소봉.

S#21. 오로라의 아지트 / 거실 (밤)

계속 전화 중인 오로라. 함께 서 있는 영훈과 데이빗. 심각한 분위기.

오로라   (끊고) 강소봉 씨도 전화 안 받아요. 둘이 같이 있는 게 분명해요.
              수동모드 로보 워치까지 떼고 갔어요. 통제를 완전히 벗어났다구요.

데이빗   욕망이 생길 수 없는 놈이야. 오 박사 당신도 알잖아.

영 훈   차라리 잘된 일일 수도 있습니다.
              서 이사와 엮이는 이 결혼 자체가 부담스러운 일이니까요.
              회장님께서도 명분을 잃으셔서 더는 밀어붙이지 못하실 겁니다.

데이빗   (문가를 보고) 신아!

오로라와 영훈 보면 문가에 서 있는 남신3.

데이빗   (남신3 옆으로 가서) 너 어디 갔다 온 거야?
              (오로라 눈치 보며) 엄마가 얼마나 걱정했는지 알아?

오로라   (화 억누르며) 그건 왜 뜯고 나갔어? 너 엄마한테 왜 이래?
              이제 엄마 말 안 들을 거야?

남신3   엄마 말을 들을 수 없는 상황이 있었어요. 죄송해요.

영 훈   진짜 강소봉 씨랑 있었습니까?

남신3   저 때문에 강소봉 씨가 습격을 당했어요.

오로라   (기막힌) 강소봉 때문에 결혼식장을 뛰쳐나간 게 맞구나.
              너 왜 점점 딴 애처럼 굴어? 내가 만든 그 애 맞니?
              내 아들이 맞아?

데이빗   오 박사!

남신3   내가 인간 남신인 척 안 하면 엄마 아들이 아닌 건가요?
              로봇은 진짜 아들이 될 수 없는 거예요?

오로라   (당황) 뭐?… 너 정말…

갑자기 대형 TV에 시야모니터 띄우는 남신3.

PLAY2 2씬의 상국의 문신과 # PLAY10 15씬의 상국의 문신 동시에.

남신3   강소봉 씨를 공격한 사람이 체코에서 인간 남신을 미행하던
        그 남자예요. 서 이사 쪽 사람이 확실한데 갑자기 사고로 죽었어요.
        꼭 전해야 할 정보 같아서요.

오로라   (TV를 노려보며) …서종길… 진짜 그 인간이 우리 신이를 죽이려고…

영 훈   짐작이 맞았네요. 이게 입증 자료가 돼줄 순 없으니까,
        확실한 증거를 잡을 때까지 서 이사 쪽 동향을 살펴보죠.

남신3   (오로라를 보는)

영 훈   (안돼서) 그 와중에 중요한 정보를 확보해줬네요. 고마워요.

남신3   그렇게 말해줘서 내가 고마워요.

그때 남신의 방문 열고 나온 현준, 긴장한 채 영훈을 본다.

영 훈   얼굴이 왜 그래? 무슨 일 있어?

오로라   신이한테 무슨 일 생겼어요? (반색) 혹시 차도가 있어요?

현 준   (난감하게 보는) 드릴 말씀이 있으니까 좀 들어오시죠.

불안한 얼굴로 현준을 따라 들어가는 영훈과 오로라.
영훈과 오로라가 들어가고 닫히는 문을 보는 남신3.

남신3   강소봉 씨가 병원에 있어요. 이만 가볼게요.

데이빗   (안쓰러운) 그럼 그럼. 괜히 엄마 기다리지 말고 가봐.

말없이 나가는 남신3를 안타깝게 보는 데이빗.

S#22. 오로라의 아지트 / 남신의 방 (밤)

누워 있는 남신을 보고 있는 현준. 영훈, 오로라, 데이빗도 함께 있는.

현 준	더 늦기 전에 말씀 드리는 게 낫겠다 싶어서요.
	(결심한 듯) 이쯤에서 특수초음파 시술은 중단하는 게 좋겠습니다.
오로라	…그게 무슨 말이에요?
영 훈	빨리 말해봐!
현 준	가능성이 없어. 그 판단한 지 꽤 됐는데 다들 실망이 클 거 같아서…
오로라	(충격) …그럴 리 없어요… 시도한 지 얼마 안 됐잖아요.
	벌써 포기하면 안 되죠! 더 해봐야죠!
현 준	계속 시도하면 부작용이 생길 확률이 높아집니다.
	…며칠 전에 있었던 갑작스런 발작도 아마 그 때문에…
오로라	(털썩 주저앉아 흐느끼기 시작하는)
영 훈	(피곤한 손세수)
데이빗	(오로라 안쓰럽게 보다가 한숨 쉬고 나가버리는)

S#23. 종길의 저택 / 서재 (밤)

골똘히 생각에 잠긴 채 앉아 있는 종길.
심각한 얼굴로 그 앞에 서 있는 박 비서.

박 비서	블랙박스 안에 남신 본부장의 모습이 담겨 있다고 했습니다.
	사람이 아니라고, 사람일 수가 없다고 했어요.
종 길	경찰에선 그 블랙박스를 못 봤다?
박 비서	아무래도 본부장이 가져간 거 같습니다. 혹시 본부장이
	체코에서 자신을 죽이려고 한 사람이란 걸 안 거 아닐까요?
	이사님과 연관성을 찾아내려고 블랙박스를- (하는데)
종 길	입 조심해. 가서 문 닫고 와.
박 비서	아, 네.

S#24. 종길의 저택 / 서재 앞 (밤)

조금 열려 있던 문 밖으로 고개 내미는 박 비서. 다행히 아무도 없다.
조용히 문 닫힌 복도. 벽을 돌아서 보면 입 막고 숨어 있는 예나.
덜덜 떨면서 주룩 눈물 흘리는. 서둘러 올라가는 예나.

S#25. 종길의 저택 / 서재 (밤)

통화 중인 박 비서를 보는 종길. 서둘러 끊은 박 비서, 보고한다.

박 비서   뺑소니 범이 잡혔답니다!
종 길   뭐? 그럼 진짜 뺑소니였다는 거야?
박 비서   더 조사해봐야 알지만 90퍼센트 이상 확실한 모양입니다.
종 길   (자리에 도로 앉아) … 뺑소니… 하필 그때…
          도대체 강소봉이랑 무슨 일이 있었던 거야?
박 비서   그게 이상합니다. 그 시간대 CCTV가 전부 먹통이에요.

S#26. PK그룹 / 자율주행차팀 (밤)

PLAY9 70씬의 일부. 갑자기 헤드라이트 켜지면서 달려드는 자율주행차.

박 비서(E)   통화로는 갑자기 멀쩡한 차가 달려들었다고 해서,

도로 현재. 아무 일도 없었던 듯 모든 게 그대로인 실내. 자율주행차도
그대로.

박 비서(E)   직접 가봤는데 아무 이상 없었습니다.

S#27. PK그룹 / 주차장 (밤)

PLAY10 5씬의 일부. 남신3가 차 앞유리를 깨고 보닛을 내려치는 모습.

박 비서(E) 주차장에서 차가 박살나서 도망쳤다고 했는데,

도로 현재. 상국의 차가 있던 자리에 아무것도 없다.

박 비서(E) 아무것도 없이 깨끗했구요.
종길(E) … 뺑소니가 아냐… 분명 누군가 있어…

주차장에서 한 층 아래로 슥 내려가는 시선.

S#28. PK그룹 / 지하 (밤)

주차장에서 한 층 아래로 천천히 시선 내려오면,
뺑소니 범이 잡혔다는 뉴스를 보면서 걸어가는 한 남자의 뒷모습.
긴 복도를 걸어 비밀스런 문 앞에 선 남자. 휴대폰을 넣는다.
위쪽에서 아래쪽으로 남자의 모습을 스캔하는 빛. 그리고 열리는 문.
문 안으로 들어서는 남자, 데이빗이다!

S#29. PK그룹 / 서버실 (밤)

데이빗 안으로 들어서면 어둠 속 저마다 불빛을 반짝이는 수많은 서버들.
서버들 가운데로 들어간 데이빗, 황홀한 표정으로 살펴보는데,
뚜벅뚜벅 뒤편에서 들려오는 구둣발 소리.
데이빗 돌아보면, 서버들 가운데 길로 걸어 나오는 어두운 그림자.
데이빗 쪽으로 걸어 나오며 모습이 서서히 드러나는 사람, 건호다!

인사하는 데이빗에게 인자하게 웃어주는 건호.

데이빗   (불만) 이번엔 사람까지 죽이신 겁니까?

건 호   내가 아니라 내 돈이 한 거야. 뺑소니인 척해서 죽인 걸 감췄지.
　　　　　그래야 자네가 그렇게 아끼는 로봇이 안 들키잖아.

데이빗   그렇다고 사람을 죽입니까? 고민해보면 다른 방법이 있었을 거예요.

건 호   (화제 돌리는) 거 사람, 여전히 꿈속에 사는군.
　　　　　그렇게 안 했으면 여기까지 다 발각됐을 거야. (둘러보며)
　　　　　남신 쓰리의 데이터센터가 내 회사 안에 있다는 걸 들키서 되겠어?
　　　　　그랬다간 그렇게 감싸고도는 오 박사까지 다 알게 될 텐데.

데이빗   오 박사는 건드리지 마세요. 그저 아들이 그리워서 로봇을 만든
　　　　　여자입니다. 돈을 누가 댔는지는 알 필요 없어요.

건 호   (웃고) 내가 돈줄이라는 걸 알면 기절하겠지. (하고) …우리 신이는?

데이빗   아무래도 일어나기 힘들 거 같습니다.

건 호   그 로봇이 결혼식 뛰쳐나간 건 강소봉 때문이지?
　　　　　단속 잘해. 상품이 돼야지 문제 일으키는 고철은 필요 없어.

데이빗   제가 회장님 돈을 받은 건 상품을 만들기 위해서가 아닙니다.

건 호   과학자로서 뛰어난 인공지능을 구현하고 싶었을 뿐이다?

데이빗   이미 인간에 가깝게 인간 사회에 적응하고 있어요.
　　　　　두고 보세요. 앞으로도 상상 이상으로 발전할 테니까.

건 호   나야 좋지. (서버들 바라보며) 여기가 바로 그놈 머릿속 아닌가?
　　　　　내 회사의 미래가 바로 그놈 머리에 달렸어.

데이빗   (불안하게 건호 보는)

S#30. PK병원 / VIP실 (밤)

VIP실로 들어온 남신3, 환의 입고 링거 꽂은 채 통화 중인 소봉 본다.

소 봉   아파서 입원한 친구 며칠만 간호해주고 간다니까? (듣다가) 누구면?

아빠가 내 친구 다 알아? 진짜라니까? 또 전화할게. 끊어.

(끊고 남신3에게) 의사는 뭐래?

남신3   검사 결과 나왔는데 근육만 놀란 거라 며칠 쉬면 된대요.

         철심은 뺄 때가 돼서 수술 스케줄 잡아뒀어요.

         한 달 전에 한 번, 일주일 전에 다시 알람 해줄게요.

소 봉   엄마는 뭐래? 결혼식 파토 냈다고 화 안 내셔?

남신3   (말없이 웃는)

소 봉   (불안한) 집에 얼른 들어가서 지 팀장님한테 잘못했다고 해.

         내가 너 불러낸 거라고. 너 너무 막 나가면 안 되니까.

남신3   왜 안 돼요?

소 봉   (시선 피하면서) 하라는 대로 하지 말이 많아. 빨리 가!

남신3   (바로) 네. (얼른 나가고 문 닫는)

소 봉   (어이없는) 아주 재빠르셔. (주위 둘러보며) 병원이야? 호텔이야?

         돈이 좋긴 좋네. 소봉아, 꿀잠 자자.

불 끄고 침대에 누운 소봉, 어두운 실내를 가만히 본다.

인서트 : 상국의 차 / 트렁크 안 (낮)

PLAY10 6씬의 일부. 심하게 흔들리는 차체에 잔뜩 움츠리는 소봉.

두려움에 눈물 콧물 다 흘리고 부들부들 떨고 있는.

도로 현재. 고개 저은 소봉, 두려움을 떨치려는 듯 이불 확 뒤집어쓴다.

잠시 후. 어느새 잠든 소봉, 나쁜 꿈 때문에 몸부림치면서 잠꼬대.

소 봉   …도와주세요…살려주세요…

그러다가 눈을 번쩍 뜬 소봉, 눈앞에 어렴풋이 보이는 사람 형체.

그 누군가 눈물 닦아주면 시야 환해지는 소봉. 남신3다.

남신3	이럴 줄 알았어요? 왜 자꾸 센 척해요?
소 봉	센 척이 아니라 세거든? 너야말로 가라는데 왜 말 안 들어?
남신3	알았어요. (일어나서 가려는)
소 봉	(다급하게 남신3의 팔 붙들며) 야!
남신3	(돌아보면)
소 봉	(시선 피하며) … 그냥 있으라고.
남신3	(피식 웃고 머리 막 흐트러뜨리는)
소 봉	너어?
남신3	나 도와주려다 나쁜 일 당한 거잖아요.
	내가 인간이었으면 고마운 마음 느꼈을 텐데.
	미안해요. 말만 하고 감정은 못 느껴서.
소 봉	됐어. 그게 뭐 니 탓이냐?
남신3	(앉아서) 나 오늘 안 가요. 밤새 여기 있을 거예요.
	무서운 꿈꿀 때마다 깨워줄 테니까 마음 놓고 자요.
소 봉	(좋으면서) 밤까지 새란 얘긴 아니었는데. 내가 뭐라고.
남신3	뭐긴 뭐예요? 대단한 사람이지.
	나 강소봉 씨 때문에 교통신호도 무시하고 차도 망가뜨렸어요.
	있던 원칙도 어기게 하고 없던 원칙도 생기게 하는 대단한 사람이죠.
소 봉	묘하게 설득되네. (꼬르륵 소리 나면) 어? (부끄러워서 배 가리는)
남신3	(귀여워서 웃는)

S#31. PK병원 / 편의점 (밤)

라면과 삼각김밥, 소시지, 만두 등 각종 편의점 음식 총망라된 테이블.
휠체어에 앉은 채 우걱우걱 먹고 있는 소봉과 마주 앉은 남신3.

소 봉	(먹다가 멈추고) 재벌 3세한테 얻어먹는 건데 이게 뭐냐?
	여길 통째로 사달라고 해도 부족할 판에.
남신3	이 가게 사줘요?

소 봉	어쭈? 농담이 느셨어. (하고) 죽은 그 남자 차 블랙박스 가져와봐.
	혹시 너 목격한 사람 또 있나 확인해보게.
남신3	그럴게요.
소 봉	에이, 같이 안 먹으니까 맛없다. 식욕 떨어져.
남신3	다 먹었잖아요. 현재 먹은 칼로리가 천오백삼십칠−(하는데)
소 봉	(말 자르며) 아까워서 억지로 먹어준 거야. 뭐해? 소화시켜야지.
남신3	(휠체어 미는)
소봉(E)	(신나는 비명) 우와~

S#32. PK병원 / 옥외 정원 (밤)

씽씽, 빠른 속도로 달리는 휠체어.
남신3가 밀어주는 휠체어에 틴 소봉, 아주 신났다.

소 봉	T자 코스!

남신3, 정확히 T자 운전코스처럼 휠체어를 달려준다.

소 봉	이번엔 S자!

또 S자로 달려주는 남신3.

소 봉	후진! (후진 멜로디 엘리제를 위하여) 띠리리리 띠리리리리.

후진하던 소봉의 휠체어 갑자기 앞으로 달린다.

소 봉	(뒤 보면서) 누가 방향 바꾸래?

하고 뒤돌아보는데 휠체어 뒤에 남신3가 없다!

소봉, 기겁해서 앞을 돌아보는 순간,
어느새 앞쪽에 나타난 남신3, 안전하게 휠체어를 잡고 있다.
바로 눈앞에 있는 남신3의 얼굴을 보는 소봉.

플래시백 : 상국의 차 / 트렁크 안 (낮)
PLAY10 6씬의 일부. 갑자기 트렁크가 열리면서 쏟아지는 빛.
소봉, 눈이 부셔 감았던 눈 떠보면 바로 앞에 서 있는 남신3.
갑자기 아이처럼 얼굴을 손에 묻고 엉엉 울어버리는 소봉.
그런 소봉의 몸을 잡아 일으켜 조심스레 안아주는 남신3.

남신3   내가 왔잖아요. 늦어서 미안해요.

도로 현재. 얼굴 붉어지면서 괜히 시선 피하는 소봉.

소 봉   이게 얻다 장난을 쳐? 내가 니 친구야?
남신3   친구? (하고) 친구는 한 번도 없었는데.
소 봉   뭐?
남신3   엄마와 데이빗 말고 진짜 친구는 없었어요.
소 봉   …너 나랑 친구 먹을래?
남신3   (빤히 보는)
소 봉   왜? 싫어?
남신3   아니. 우리 친구하자, 강소봉.
소 봉   어쭈? 너 지금 나한테 반말한 거야?
남신3   네? 친구들끼리는 반말한다던데 아니에요? 반말하지 말까요?
소 봉   (귀여워서 피식 웃고) 친구니까 참아준다. 반말해.
남신3   정말? 야, 강소봉!

소 봉   그래, 나 강소봉이다.
         우린 로봇과 인간 사이에 최초의 친구야. 완전 폼 나지?
남신3   어. 폼 나. 내 첫 번째 친구 강소봉. 고마워, 친구해줘서.

소 봉	(웃고) 친구한테 말해봐. 이제 어쩔 거야?
	계속 남신인 척 할 거야? 말 거야?
남신3	어떻게 할까?
소 봉	그걸 왜 나한테 물어? 난 이제 너한테 이래라저래라 안 해.
	니가 뭘 선택하든 그냥 니 편이 돼줄 거야. 친구, 병실로 고고!
남신3	(웃는)

S#33. PK병원 / 복도 (밤)

천천히 휠체어를 밀고 오는 남신3. 쌔근쌔근 들려오는 숨소리.
남신3 멈추고 보면 어느새 곤히 잠이 들어 있는 소봉.
빙긋이 웃은 남신3, 겉옷을 벗어 덮어주고 가만히 들여다본다.

남신3	… 고마워, 친구.

S#34. PK병원 전경 / 다른 날 (새벽)

S#35. PK병원 / VIP실 (새벽)

침대 위에 곤히 자고 있던 소봉, 눈을 뜨고 잠깐 멍하니 주위를 돌아본다.
맞다! 병원? 벌떡 일어난 소봉, 남신3가 앉아 있던 의자 본다.
거기 붙어 있는 쪽지 한 개. 집어서 보면 남신3가 남긴 쪽지 내용.

남신(E)	나 니 질문에 대답하러 가. 금방 올게.

가만히 그 쪽지를 보던 소봉. '질문'이라는 단어에 눈길이 간다.

소봉(E)   이제 어쩔 거야? 계속 남신인 척 할 거야? 말 거야?
소 봉   (걱정스럽게 보는)

S#36. 종길의 저택 / 예나의 방 (낮)

옷과 액세서리들이 아무 데나 늘어져 있는 어지러운 실내.
그걸 정리 중인 가사도우미, 종길이 들어오면 인사한다.

종 길   예나, 어디 갔습니까?
도우미   며칠 여행 다녀오신다고 나가셨는데요.
종 길   (한숨 쉬고 남신의 사진 보는)

S#37. 오로라의 아지트 / 거실 (낮)

피곤해 보이는 오로라, 문 열어주면 트렁크 든 채 서 있는 예나.

오로라   (날카로운) 아침부터 무슨 일이죠? 트렁크는 또 뭐예요?
예 나   (풀 죽은) 오빠 옆에 있고 싶어서 여행 오는 척했어요. (들어가려는)
오로라   아직도 아버지를 잘 아는 딸이라고 생각해요?
예 나   (멈칫하는)
오로라   당당하게 말했었잖아요. 우리 아빠 그런 사람 아니라고.
          그 인간이 우리 신이한테 한 짓을 알면– (하는데)
데이빗   (얼른 나타나서 붙들며) 어허. 이 사람 또 왜 이래?
          (예나 들으라는 듯) 신이 사고를 왜 자꾸 서 이사 탓으로 돌려?
          (예나에게) 이 사람이 예민해져서 그런 거니까 얼른 들어가봐요.
예 나   (인사하고 남신의 방으로 들어가는)
오로라   (끝까지 노려보고) 우리 신이 쳐다보는 것도 싫어요. 끔찍해.
데이빗   자극해서 좋을 거 없어. 아직은 신이 상태 감춰야 되잖아.

(하고) 어제 그놈 다시 안 왔어? 연락도 없었고?

오로라   그러는 당신이야말로 어디 갔다 왔어요? 새벽에 들어오던데.

데이빗   (태연한) 그냥 답답해서 여기저기. 내가 아는 데가 있어야지.

오로라   그 애 좀 만나고 올 테니까 서 팀장한테 초음파 시술 중단 얘긴

절대 하지 말아요. 그런 시술 아니어도 우리 신이 꼭 일어날 테니까.

데이빗   사랑이란 게 참 대단하네. 한없이 이성적인 사람을 이렇게

맹목적으로 만들지 않나, 제 아빠보다 오빠에 더 목매질 않나.

오로라   (남신의 방 보는)

S#38. 오로라의 아지트 / 남신의 방 (낮)

차마 신이에게 다가가지도 못하고 문가에 서서 소리 없이 울고 있는 예나.

예 나   …오빠, 나 어떡해? …우리 아빠가 그럴 줄 몰랐어…

…누굴 죽일 만큼 나쁜 사람인지 몰랐어…

…내가 그런 사람 딸인데…미안해할 자격도 없는데…

…미안해서 미안해… 정말 미안해… 오빠…

울음이 새어나오는 입을 막고 울던 예나,

아예 쭈그려 앉아 무릎에 얼굴을 묻어버리고 운다…

S#39. PK그룹 / 종길의 사무실 앞 (낮)

긴장한 얼굴로 걸어오는 종길과 박 비서.

종 길   알아봤어? 뺑소니 범이 확실해?

박 비서   네. 전과가 있긴 하지만 사소한 잡범 수준입니다.

누구 사주를 받았다거나 그런 징후는 없습니다.

종 길   그럴 리가 없어. CCTV도 그렇고 분명 누군가 있어.

           혹시 신이나 오 박사 쪽은 아니겠지?

           체코 사고에 대해 알아내서 앙심을 품었을 수도 있잖아.

박 비서   그랬다면 현장에 본부장이 따라올 리 없었겠죠.

           좀 더 알아보겠습니다. 오 박사님 쪽 동향도 최대한 살피구요.

종 길   (끄덕이며 문 앞에 멈추는)

S#40. PK그룹 / 종길의 사무실 (낮)

박 비서 문 열어주면 들어오던 종길, 우뚝 멈춘다.
소파에 앉아서 종길을 노려보는 오로라.
당황한 박 비서와 달리 표정 금방 부드럽게 바꾸면서 맞은편에 앉는 종길.
오로라의 분위기 슥 살피고 인사하고 문 닫아주고 나가는 박 비서.

종 길   어떻게 제 사무실까지 직접 발걸음을.

           결혼식이 그렇게 된 게 많이 걸리셨나 봅니다.

오로라   어차피 깨질 결혼이었는데 걸릴 게 있나요?

           한쪽에서 목매달고 하는 결혼, 차라리 이렇게 된 게 다행이죠.

종 길   (얼굴 굳는)

오로라   서 팀장, 우연히 봤는데 눈이 많이 부어 있더군요.

           아버지로서 마음이 많이 아프시겠어요.

종 길   제 딸을 그렇게 만든 게 그쪽 아드님 아니십니까?

           미안하다는 말 정도는 들을 자격이 있다고 생각하는데요.

오로라   미안하네요. 미안해할 마음이 전혀 없어서.

종 길   (보는)

오로라   (독기 품은) 잘 들어, 서종길. 내 새끼 눈에 눈물 나게 하면

           니 새끼 눈엔 피눈물 나는 거야. 한 번만 더 내 아들 건드려.

           그땐 니 딸도 똑같은 꼴 당하게 해줄 테니까. (일어나 나가는)

종 길   (야비하게 웃고) 체코 사고를 확실히 안 모양이군.

S#41. PK그룹 / 자율주행차팀 앞 (낮)

복도를 걸어오는 오로라, 잠깐 멈춰 서서 마음 가라앉힌다.
심호흡하고 다시 걸어가던 오로라, 복도에 서 있는 팀원들 보고 멈춘다.

창 조   배짱 죽이네. 결혼 파토 내고 사무실은 나와?
            턱시도 재킷만 안 입었지 옷도 어제 그대로지?
직원1   네. 지가 언제부터 저렇게 일중독이었대? 서 팀장은 뭐가 되냐구요.
지 용   근데 분위기가 미묘하게 다르지 않아요?
            전부터 관찰했는데 언제부턴가 짜증도 안 내고 화도 안 내요.
            회사 오면 무조건 얼굴부터 일그러졌는데.
오로라   (나서면서) 무슨 얘기예요? 본부장님 벌써 나오셨어요?
직원2   (흠칫하고) 지 팀장님이랑 분위기가 살벌해서 잠깐 나와 있었어요.
오로라   (사무실 쪽 보는)

S#42. PK그룹 / 남신의 사무실 (낮)

책상에 앉아서 태연하게 결재 서류들 확인하는 남신3.
팔짱 낀 채 그런 남신3를 피곤한 듯 보는 영훈.

영 훈   여긴 회사예요. 턱시도라도 갈아입고 오지 그랬습니까?
남신3   강소봉 씨가 많이 다쳐서 간호하느라고. 이따 갈아입을게요.
오로라(E)   계속 병원에 있지 뭐 하러 왔어?

차가운 얼굴로 문가에 서 있는 오로라. 엄마를 보고 일어나는 남신3.

남신3   강소봉 씨는 제 친구예요.
            저 때문에 또 다치지 않게 계속 지켜봐야 돼요.
영 훈   (기막혀서) 친구?

남신3	네. 하지만 저한텐 엄마도 중요해요. 엄마와 약속했으니까,
	(명패를 보며) 여기, 이 자리도 계속 지킬 거예요.
오로라	(차갑게) 계속해봐.
남신3	대신 제가 판단해서 제 방식대로 할게요.
	잘할 수 있으니까 지켜봐주세요. 절 만들어준 건 엄마잖아요.
	제가 일을 잘해내면 인간 남신한테도 도움이 될 거예요.
오로라	난 일 잘하는 신이 필요한 게 아니라 진짜 신이 필요해.
	니 멋대로, 니 맘대로 해봐. (나가버리는)
영 훈	오 박사님! (남신3한테) 잠깐만 있어요. (따라 나가는)

혼자 남은 남신3, 남신의 명패를 내려다본다.
그때 울리는 휴대폰. 확인하면 〈서종길 이사〉다.

S#43. PK그룹 / 승강기 앞 (낮)

굳은 얼굴로 걸어 나오는 오로라, 막 열린 승강기에 올라타는.
서둘러 뒤를 따라와 승강기를 붙드는 영훈.

영 훈	오 박사님, 어디 가시는 겁니까?
오로라	모르겠어요. 그 애와 같이 있는 게 힘드네요.
	말이 전혀 안 통해요. 아무래도 생각을 달리 해봐야겠어요.
영 훈	… 생각을 달리 하신다는 게 무슨…

하는데 닫혀버리는 승강기 문. 혼자 남은 영훈의 피곤한 얼굴.

S#44. PK그룹 / 승강기 안 (낮)

참담한 얼굴의 오로라, 휴대폰 울리면 확인하고 받는다.

데이빗(F)	오 박사, 어떻게 그놈 좀 만나봤어?
오로라	…방금 만나긴 했는데…
데이빗(F)	왜 그렇게 지쳤어? 그놈이 뭐랬는데?
오로라	(지친 한숨)

S#45. PK그룹 / 남신의 방 (낮)

고민에 잠겨 멍한 얼굴로 들어오는 영훈.
남신의 자리에 앉아 있는 건호를 보고 놀라서 멈칫한다.

영 훈	…어떻게 여기까지…
건 호	신이가 출근했다기에 와봤더니 그새 내뺀 모양이다. 꼴 보기 싫으니까 당분간 내 눈에 띄지 말라고 해. (일어나서 가려다가) 영훈아.
영 훈	네, 회장님.
건 호	정말 신이가 체코 가기 전 그놈이 맞냐?
영 훈	(당황한) 네?
건 호	이런 상황에서도 일하러 나온 게 영 낯설어서 말이야. 진짜 똑같은 놈이 맞아?
영 훈	…그게…
건 호	(보는)
영 훈	(결심한 듯) 물론 똑같은 놈은 아닙니다.
건 호	뭐야?
영 훈	예전과 달라지신 건 틀림없습니다. 전처럼 철부지도 아니고 일에 열정도 생기셨죠. 그래서 오늘도 굳이 회사에 나오신 거구요. 전 그 변화가 썩 마음에 드는데 회장님께서는 아니십니까?
건 호	(잠깐 응시하다가) 뭐, 나쁠 거 없지. 그 변화가 계속 이어지게 니가 힘써봐.

영 훈　최선을 다하겠습니다.

등을 토닥여주고 돌아서는 건호. 그놈 제법이네, 싶은 미소.
건호가 나가고 나면 힘이 쭉 빠지는 영훈.

S#46. 고급 바 (낮)

한적한 바에 앉은 종길, 양주 스트레이트 잔 꺾어 마신다.
조용히 옆에 와서 옆에 앉는 남신3. 바텐더가 스트레이트 잔 놔준다.
남신3를 보고 말없이 술을 따라주려는 종길. 술잔 엎어버리는 남신3.

남신3　술 마시기엔 지나치게 이른 시간입니다.
종 길　(마시고) 예나한테 너무 잔인하셨어요. 여자들한테 결혼식이
　　　　어떤 의미인지 아시면서, 왜 그런 상처를 주신 겁니까?
남신3　저보다 이사님이 더 상처 주신 거 같은데요.
종 길　…그게 무슨 말씀이신지…
남신3　따님이 사랑하는 사람한테 저지른 일을 돌이켜보시죠.
　　　　무척 인상적인 사고였는데, 설마 잊으신 건 아니겠죠?

얼굴 굳은 종길, 눈짓하면 서둘러 자리 피해주는 바텐더.

종 길　뭔가 오해가 있으신 거 같습니다, 본부장님.
남신3　글쎄요. 서 이사님을 위해 체코에서 날 죽이려고 했고,
　　　　강소봉 씨마저 납치하려다 죽어버린 그 남자도 오해라고 생각할까요?
종 길　(여유 있게) 혹시 본부장님께서 그 사람을 죽이신 겁니까?
남신3　(보는)
종 길　농담입니다. 본부장님과 저 사이에 골이 깊은 건 알지만
　　　　사람을 죽이려고 했다는 오해는 좀 불쾌하군요.
남신3　아무 증거도 없는데 내가 그런 말을 할까요?

종 길   (눈빛 흔들리는)

남신3   아직 그 증거를 쓸 마음은 없으니까 긴장 푸시죠.

         대신! 내 사람들을 해치려고 들면 똑같은 방식으로 되돌려드리죠.

         제 경고, 기억해두세요.

         일어나 가는 남신3의 뒷모습을 쳐다보는 종길의 얼굴 일그러진다.

박 비서(E) 사람이 아니라고, 사람일 수가 없다고 했어요.

종 길   …너 누구야?

남신3   (멈추고 돌아보는)

종 길   니 정체가 도대체 뭐야?

남신3   …내가 누구일 거 같습니까?

종 길   (부들부들 떠는)

남신3   보이는 대로, 믿고 싶은 대로 믿으시죠. 난 그냥 나일 뿐이니까.

         밖으로 나가는 남신3. 쓴웃음 웃고 술잔 확 집어 던져버리는 종길.

S#47. PK병원 / VIP실 (낮)

         소파에 앉아 한창 게임 중이던 소봉, 신나게 하다가 게임 오버.

         실망한 소봉, 갑자기 생각난 듯 어딘가로 전화한다.

소 봉   쪼인트, 오고 있냐? 아빠 몰래 내 옷이랑 노트북 다 챙겼지?

인태(F)   그럼요. 지금 가고 있을, 아니 가고 있어요. 끊어요.

         전화 끊고 심심한 듯 털썩 침대에 누워버리는 소봉.

소 봉   아, 심심해. 얜 언제 와?

그때 갑자기 아장아장 걸어오는 마이보, 소봉의 앞에 선다.

소 봉 (놀라서 벌떡 일어나는) 뭐야?

마이보 안녕하세요. 저는 마이보입니다.

소봉, 귀여워서 피식 웃고 마이보 앞으로 가서 구경한다.
그때, 문가에서 고개 내미는 남신3.

남신3 나 기다렸지? 많이 심심했어?

소 봉 아니? 전혀. 근데 이게 뭐야? 니 분신?

남신3 (들어와서 침대에 앉으며) 나 없을 때 너랑 놀아줄 거야.
       할 줄 아는 게 많은데 차차 알려줄게. (옆자리 톡톡 치며) 앉아봐.

소 봉 (가서 앉고) 그래서? (메모 집어서) 이 질문에 대한 대답은?

남신3 엄마 만나서 남신 역할 계속하겠다고 했지.

소 봉 잘했네. 엄마 안심하셨겠네.

남신3 (웃는)

소 봉 회사는 어때? 자율주행차팀 사무실이랑 주차장 난장판이지?

남신3 아무 흔적도 없어. CCTV도 확인해봤는데 그 시간대만 삭제됐어.

소 봉 …어떻게 그럴 수 있지? 소름 끼쳐. 무서워.

남신3 무서워? (겉옷 벗어서 보조침대에 곱게 내려놓고 베개 각 맞추는)

소 봉 너 지금 뭐해?

남신3 여기서 자고 가려고.

소 봉 (황당한) 누구 맘대로? 됐어.

남신3 왜? 친구가 힘들어하면 밥도 같이 먹어주고 같이 있어주는 거잖아.

소 봉 (할 말 없는) 어차피 넌 밥도 안 먹고 잠도 안 자잖아.
       쪼인트 짐 챙겨서 올 거야. 얼른 일어나.

남신3 (메모리 카드 어댑터 보여주며) 이거 가져오라며? 같이 보자.

소 봉 (뺏어서 협탁 위에 놓고) 내가 알아서 볼 테니까 얼른 가.

S#48. PK병원 / 승강기 앞 (밤)

함께 승강기를 기다리는 남신3와 링거대를 잡고 있는 소봉.
승강기 문 열리면 올라탄 남신3, 손인사하면 끄덕여주는 소봉.
막 닫히려던 승강기 문을 버튼 눌러 도로 여는 남신3.

남신3   남녀 사이에 친구가 존재한다고 생각해?
소 봉   어?
남신3   한 결혼정보회사 설문 결과에 따르면 여성의 55%가 이성 친구는
        존재할 수 없다고 대답했대. 넌 어느 쪽이야?
소 봉   (당황한) 쓸데없는 질문 하지 말고 얼른 가. (자리 뜨는)
남신3   (문 닫히는데) 55? 45? 친구에 대해 알아야 되는데 왜 말 안 해줘?

승강기 문 닫히면 피식 웃고 돌아서다 멈칫하는 소봉.
소봉의 앞에 서 있는 데이빗. 온화하게 웃고 있는.

S#49. PK병원 / VIP실 (밤)

가방에서 싸온 짐 꺼내놓는 중인 조 기자, 주위 둘러본다.

조 기자   VIP실? 내 이럴 줄 알았어. 본인이 환자면서 간호는 무슨.
          분명 또 본부장이랑 엮였지. (주위 둘러보며) 호텔이야, 뭐야?

노트북을 꺼내서 켜는데 협탁 위에 놓인 메모리 카드 어댑터 보인다.
이게 뭐냐 싶어 집어서 요리 조리 보던 조 기자, 노트북에 연결한다.
곧 화면에 뜨는 블랙박스 영상. 어둠 속. 주차장 비추는.

S#50. PK병원 / 카페 (낮)

음료를 사이에 두고 마주 앉은 소봉과 데이빗.

데이빗   아까 오 박사랑 통화했는데 많이 속상해하더라고.

소 봉   네?

데이빗   그놈이 지 엄마한테 세게 반항을 했어.

    멋대로 신이 노릇 할 테니까 내버려두라고 했나 봐.

    엄만 속이 타지. 당장 누워 있는 자식이 눈에 보이는데.

소 봉   그래서 오 박사님은 뭐라고 하셨대요?

데이빗   좋은 말이 나왔겠어? 내가 필요한 건 진짜 신이다 그랬대.

소 봉   (남신3가 걱정스러운)

데이빗   강소봉 씨 말은 잘 들으니까 그놈이 오 박사 자극하지 않게 해줘요.

    그러다 지 엄마가 나쁜 맘먹으면 어떡해?

소 봉   …나쁜 맘이요?

데이빗   (눈치 보며) 내가 그랬나? 말이 헛 나왔네.

    (화제 전환) 근데 걔가 진짜 강소봉 씨한테 친구라고 해요?

소 봉   네? 아, 네…

데이빗   그놈 참. 알아서 친구도 만들고 다 컸네, 다 컸어.

    내가 만든 놈이지만 난 그놈이 계속 궁금해.

    이제 애인만 만들 줄 알면 완벽한데.

소 봉   (남신3 걱정 중인)

S#51. PK병원 / VIP실 (밤)

걱정스런 얼굴로 들어오는 소봉. 노트북과 옷가지 놓여 있고 아무도 없다.

소 봉   벌써 왔다 갔나?

심란한 얼굴로 침대에 앉아서 마이보를 보는 소봉.

소 봉   마이보. 엄마가 나쁜 맘먹을지도 모른다는 건 그거겠지? 킬 스위치.

그때 갑자기 마이보의 스피커에서 음악이 나오면서 씰룩씰룩 춤을 춘다.
그 모습이 귀여워서 웃음 터진 소봉, 휴대폰으로 전화한다.

소 봉   (받으면) 이게 뭐야? 춤이야?
남신3(F)   최선을 다하는 인공관절 무빙이야. 귀엽게 봐줘.
              너 다시 내 경호원 할래? 회사에 너 없어서 에러 생기면 어떡해?
소 봉   됐다. 너 결혼식 깨졌다고 블라블라 시끄러울 텐데,
              지금 들어가면 괜히 쓸데없는 오해나 받지.
              (하고) 너 오늘 나한테 거짓말한 거 없어?
남신3(F)   없는데. 왜?
소 봉   됐다. 난 잘래. (끊으려는데)
남신3(F)   55야, 45야? 아까 대답 안 했잖아.
소 봉   45! 됐냐? 로봇을 친구 삼아주는 대인배가 남사친 정도야 껌이지.
              끊어! (끊고 마이보 보며) 쟤, 끝까지 나한테 엄마 얘기 안 한다.
              엄마가 필요한 건 진짜 신이라는 말 들었을 때 얼마나 속상했을까?
              넌 로봇이라 속상한 거 모르지? 외로운 것도 모르지?
              지금은 걔가 로봇인 게 참 다행이다.

S#52. 건호의 저택 / 별채 수영장 (밤)

수영장가에 앉은 남신3, 반짝이는 물을 보고 있다.
옆을 보면 소봉이 앉아서 웃는 것 같은 홀로그램.

남신3   (홀로그램 보면서) 친구. 또 에러 발생했어.

남신3를 보고 웃어주는 홀로그램 소봉, 곧 사라진다.
홀로그램 사라진 쪽으로 맥주팩 들고 나오는 영훈 보인다.
남신3를 보고 우뚝 멈추는 영훈.

잠시 후. 수영장가에 나란히 앉은 영훈과 남신3.
살짝 취한 영훈. 옆에는 이미 마신 맥주 캔 서너 개 엎드려 있고.
영훈, 맥주 캔을 구경 중인 남신3를 본다.

플래시백 : 카페 (낮)
PLAY9 10씬의 일부.

소 봉 지금 본부장님 말이에요. 처음엔 저도 기계나 물건처럼 생각했어요.
   근데 같이 다니다 보니까 말하고 행동하는 게 꼭 사람 같잖아요.
   저만 그런 거죠? 팀장님은 그런 적 없으시죠?

도로 현재. 영훈의 시선을 느끼고 환하게 웃어주는 남신3.

영 훈 … 원할 때 다 들어준다고 했죠?
   로봇이라서 복잡한 감정도 없고 잘잘못을 가리지도 않는다고.
남신3 밤새도 좋아요. 난 안 지치니까.
영 훈 어쩌면 벌 받는 걸지도 몰라요. 말도 안 되는 생각을 가끔 한 벌.
남신3 무슨 생각이요?
영 훈 그쪽이 사람 같다는 생각. 강소봉 씨가 그런 말을 했을 땐,
   아닌 척했는데 사실 나도 때로 그런 생각을 했어요.
남신3 그게 벌 받을 만한 생각이에요?
영 훈 (쓸쓸하게 웃고) 누워 있는 신이가 화낼 만한 생각도 자주 했어요.
   신이가 그쪽 같았으면 좋겠다는 바람 같은 거.
   감정적이지 않고 무모하지 않고 삐딱하지 않아서 좋다.
   합리적으로 판단하고 냉정하게 처리해서 참 좋다. 이렇게.
남신3 난 감정과 욕망이 없는 것뿐이에요.

영 훈	알아요. (하고) 결과만 좋다면 그쪽 판단과 결정으로 일해도 좋아요.
	오 박사님은 다르시겠지만 난 최선을 다해 서포트 할게요.
남신3	정말이에요?
영 훈	신이한테 유리하기만 하다면 상관없어요.
	혹시 신이가 일어나지 않더라도, 일어나서 날 용서하지 않더라도,
	난 끝까지 가볼 거예요.
남신3	인간 남신한테 왜 그렇게까지 하죠?
영 훈	(보는)
남신3	뇌의 어느 부분이 작동된 건지 이해가 안 돼서요.
영 훈	(피식 웃고) 왜 그렇게까지 하느냐. 기억이 안 나요.
	나한테 신이는 왜 만들어졌는지 모르는 습관 같은 거예요.
	(하고) 들어가죠. 좀 자야겠어요. (일어나서 가는)
남신3	(따라가서 부축하며 들어가는)

S#53. 오로라의 아지트 / 남신의 방 (밤)

남신의 머리에서 특수 초음파 장치를 막 걷어내려는 현준.
문을 벌컥 열고 들어온 오로라, 현준의 손을 거칠게 떼어낸다.

오로라	손대지 말아요! 그대로 내버려둬요!
현 준	말씀드렸잖아요. 이대로 두면 위험해질지도 몰라요.
오로라	이대로 있다 죽든 시도하다 죽든 결과는 같아요.
	혹시 죽어도 내가 다 책임질 테니까
	내 아들 몸에 손끝 하나 대지 말아요! 알았어요?

불안한 표정으로 나가는 오로라를 걱정스레 보는 현준.

S#54. 오로라의 아지트 / LAB실 (밤)

문 열고 들어온 오로라, 불안하고 초조한 눈빛.

플래시백 : 오로라의 아지트 / 거실 (밤)
PLAY10 21씬의 일부.

남신3 내가 인간 남신인 척 안 하면 엄마 아들이 아닌 건가요?
로봇은 진짜 아들이 될 수 없는 거예요?

플래시백 : PK그룹 / 남신의 사무실 (낮)
PLAY10 42씬의 일부. 오로라에게 선언하는 남신3.

남신3 대신 제가 판단해서 제 방식대로 할게요.
잘할 수 있으니까 지켜봐주세요. 절 만들어준 건 엄마잖아요.

도로 현재. 한층 더 불안해진 오로라, 다급하게 뭔가를 찾는다.
장식장 깊은 곳에서 밀봉된 박스 한 개를 찾아낸 오로라.
서둘러 박스를 열면 〈WARNING〉이라는 경고문 적혀 있다.
굳은 얼굴로 박스 안의 킬 스위치 보는 오로라.

플래시백 : 숲속 일각 (낮)
PLAY1 21씬의 일부. 환하게 웃고 있는 남신3, 오로라를 보고 안아준다.

남신3 (안아주며) 울면 안아주는 게 원칙이에요.

플래시백 : HR인공지능연구소 / 거실 (낮)
PLAY2 17씬의 일부. 오로라를 안아주는 남신3.

남신3 엄마 말대로 할게요. 그러니까 슬퍼하지 마세요.

오로라   (눈물 나는) 고마워. 미안해.

우는 오로라를 더욱 꼭 안아주는 남신3.

도로 현재. 킬 스위치를 보면서 괴로워하는 오로라.
갑자기 나타난 데이빗, 킬 스위치를 휙 뺏는다!

데이빗   당신 미쳤어? 왜 지금 킬 스위치를 꺼내?
           이걸로 뭘 하겠다는 거야? 당장 애를 죽이려는 거야?
오로라   (어쩔 줄 모르는) 그럼 어떡해요? 애가 점점 이상해지고…
데이빗   걘 로봇이야! 당신이 만든 로봇!
           이상해지는 게 아니라 발전하는 거잖아!
           왜? 그놈이 더 발전할까 봐 무서워?
           더 발전해서 진짜 당신 아들한테 해코지라도 할까 봐?
           그런 터무니없는 상상이 어딨어? 감정적인 억측이 어딨냐구!
           당신은 과학자가 아니라 형편없는 엄마일 뿐이야! 알아?
오로라   (괴로워서 두 손에 얼굴 묻어버리는)

S#55. 건호의 저택 전경 / 다른 날 (아침)

S#56. 건호의 저택 / 영훈의 방 앞 (아침)

출근할 차림으로 나오던 영훈, 방문 앞에 붙은 쪽지 본다.
〈먼저 출근합니다.〉 그 아래 쟁반에 놓여 있는 각종 숙취 기능제들.
숙취 해소제. 헛개수 음료. 즉석 콩나물국 등등.
그걸 보던 영훈, 피식 웃어버린다.

S#57. PK그룹 / 로비 (낮)

출근 차림으로 걸어 들어오는 남신3, 인사하는 직원들 수군거린다.
사원증 걸고 로비 배경으로 셀카 찍은 남신3.

남신3   (휴대폰 앱에 녹음) 재벌 3세 출근. 이따 병원으로 갈게, 친구.
          (전송하고) 마이보. 내 친구 강소봉이한테 전해줘.
소봉(E)   강소봉이 여깄다.

          남신3, 보면 경호원 슈트 차려입고 걸어오는 소봉.

남신3   (환하게 웃는) 어? 강소봉!
소 봉   하라는 일은 안 하고 셀카질이나 하고 있냐?
남신3   여긴 왜 왔어? (손 붙들고) 가자, 병원으로.
소 봉   (손 빼고) 나한테 다시 경호원 해달라며? 에러 생길지도 모른다며?
남신3   괜한 오해받기 싫다고 한 건 누구였지?

          소봉, 그러고 보면 주위에서 수군대는 직원들.

직원1   본부장 완전 돌았나 봐. 결혼 저 여자 때문에 깬 거야?
직원2   뻔뻔하게 회사까지 끌고 오냐. 서 팀장만 불쌍하게 됐네.
소 봉   (신경 쓰지 않으려고 마음 다잡고) 됐어. 나 안 갈 거야.
          CCTV 지워져 있던 게 영 찜찜해. 그 남자 사고랑 분명히 관련 있어.
남신3   (피식 웃고) 그냥 내가 걱정돼서 왔다고 말해. (끌고 가는) 가자.
소 봉   (그래도 주위 시선 의식하며) 이건 좀 놓고 가지. 어디 가는데?

S#58. PK그룹 / 회장실 (낮)

          소파에 앉은 건호 앞에 서 있는 남신3.

건 호	결혼식 박차고 나간 놈이 회사는 왜 나와?
남신3	저, 서 팀장과 결혼 못합니다.
건 호	…예나는 그렇다 치고 종길이는 어쩔 셈이냐?
남신3	서 이사, 저한테 함부로 못 하게 할 겁니다.
건 호	무슨 약점이라도 잡은 거냐?
남신3	그건 제가 알아서 하겠습니다.
건 호	이젠 종길이가 두렵지 않은 거야?
남신3	전 두려움이 없습니다.
건 호	이제 한 가지만 더 할 줄 알면 되겠구나.
남신3	…그게 뭡니까?
건 호	니 판단을 가로막는 누구도 용납하지 마. 그게 니 엄마라도 말이야.
	적은 언제나 적이 아니고 내 편도 항상 내 편이 아니야.
	니가 그것까지 이해한다면 내 자리에 앉혀주마.
남신3	(씩 웃고) 감사합니다, 할아버지.
건 호	뭐가 감사하다는 거야?
남신3	(가서 문 열고) 들어와요.

건호, 누군가 보면 긴장한 얼굴로 들어와 인사하는 소봉.

남신3	할아버지 말씀대로 제 판단대로 할게요.
	강소봉 씨, 다시 제 경호원으로 일하게 하겠습니다.
건 호	(기막힌 웃음) 허!

S#59. PK그룹 / 회장실 앞 (낮)

나오자마자 긴장 푸는 소봉을 보고 웃는 남신3.

소 봉	설명도 안 해주고 뭐냐?
남신3	자, 그럼 강소봉을 PK그룹 3세의 개인경호원으로 다시 채용한다!

친구! 일하러 가볼까?

S#60. PK그룹 / 자율주행차팀 (낮)

자율주행차팀과 회의 테이블에 앉은 남신3.
팀원들, 저 뒤편에 각 잡고 앉아 있는 소봉을 흘끔거린다.

남신3   앞으로는 제 일거수일투족을 강소봉 씨가 경호할 겁니다.
          자 그럼, 회의 시작해볼까요?

다 들   (긴장하는)

남신3   고창조 씨. 응급구조 자율주행차 기획안 낸 적 있죠?

창 조   네. 응급 버튼만 누르면 가까운 병원에 도착하는 기능이었는데,
          현실성이 없다고 드롭됐습니다.

남신3   아무래도 고창조 씨는 연구보다 기획에 더 능한 거 같군요.
          고창조 씨 발상을 더 발전시켜보죠. 차가 병원에 가는 것뿐 아니라
          탑승한 운전자의 건강 상태를 진단할 수 있다면 어떨까요?
          헬스 밴드의 기능을 자율주행차에 추가하는 거죠.

창 조   아! 운전자의 혈압이나 심박수, 스트레스까지 진단할 수 있겠네요.

지 용   건강에 이상을 보이면 알아서 자율주행모드로 전환된다?

남신3   역시 선수들이네요. 이 프로젝트 책임자는 고창조 씨로 합시다.

창 조   네? 저요?

다 들   (웅성거리는)

남신3   (웃고) 왜요? 오직 서종길 이사를 위해서만 일하고 싶습니까?

창 조   아, 아닙니다. 너무 갑작스러운 일이라서―

남신3   그럼 됐습니다. 단 조건이 있어요. 잦은 야근과 휴일 출근 금지.

지 용   네? 프로젝트 때는 밥 먹듯이 밤을 새는데요?

남신3   전 여러분의 신선한 뇌가 필요합니다.
          피곤에 찌든 뇌로는 절대 업무 효율성을 올릴 수 없죠.
          스트레스도 금물이니까 가족 및 친구들과 충분한 시간을 보내세요.

고창조 씨, 직원들마다 밤샘 횟수 체크해서 휴식시간 꼭 안배하세요.
개인 사정도 충분히 반영하시구요. 인력 충원은 제가 책임지겠습니다.

다 들   (멍하니 보는)

남신3   참, 기초적인 자료 조사는 전부 저한테 맡기시죠. (장난스럽게)
          여러분보다 몇 백 배 빨리 처리하는 비법이 있거든요.

소 봉   (남신3한테 엄지 치켜세워주는)

남신3   (미소 짓는)

S#61. PK그룹 / 로비 (낮)

밝은 얼굴로 걸어오는 남신3와 소봉. 다들 수군거리면서 지나간다.

남신3   신경 쓰지 마. 쳐다보지도 말고.

소 봉   지금은 감정 없는 니가 부럽다. 아무래도 인간은 시선에 약하거든.

남신3   (웃고) 배고프지? 뭐 먹고 싶어?

소 봉   먹고 싶은 게 뭔지도 모르면서. 뭐가 좋을까? (하다가)
          샌드위치! 공원 같은 데서 폼 나게 먹으면 맛있겠다.

그때 다급하게 걸어 들어오던 오로라, 멈춰서 둘을 본다.
남신3가 웃어주는데 굳은 얼굴로 들어가 버리는 오로라.
오로라를 바라보는 남신3가 안쓰러운 소봉.

소 봉   먼저 가 있어. 나 화장실 좀 갔다갈게.

S#62. PK그룹 / 일각 (낮)

무표정하게 걸어가는 오로라의 앞을 막아서는 소봉.

소 봉	쟨 늘 오 박사님을 엄마라고 불러요.
	엄마가 창조자이자 가족이자 친구라고 말했어요.
오로라	그래서요? 무슨 의도로 이런 말을 하는 거예요?
소 봉	엄마면 엄마답게 대해주세요.
오로라	(그냥 가려고 하면)
소 봉	아들을 죽이면 안 되잖아요!
오로라	(멈칫해서 보고) 무슨 말을 하는 거예요?
소 봉	킬 스위치, 들었어요. 걔한텐 부서지는 건 죽는 거나 마찬가지잖아요.
오로라	(달려들어) 혹시 걔한테 말했어요? 그 애가 알고 있냐구요!
소 봉	알면 아까처럼 엄마를 보고 웃지는 않았겠죠.
	아무리 감정이 없어도 언제 웃어야 하는지는 알고 있으니까.
오로라	(눈빛 일렁이는)
소 봉	진짜 엄마라면 그런 몹쓸 장치는 없애주세요. 제발 부탁드립니다.

깍듯하게 인사하고 나가는 소봉. 혼란스러운 오로라.

S#63. 공원 (낮)

햇살 좋은 공원. 벤치에 앉아서 사람들을 구경하는 해맑은 남신3.
도착한 소봉, 그런 남신3를 잠시 짠하게 바라본다.
소봉을 발견한 남신3 환하게 웃으면, 금세 표정 밝게 바꾸는 소봉.
벤치에 소봉이 앉으면 샌드위치 두 개를 들어 보이는 남신3.

소 봉	왜 두 개야? 나 두 개나 먹으라구?
남신3	친구는 같이 밥 먹고 같이 자는 거라며. 나도 같이 먹으려구.
소 봉	먹어도 괜찮아?
남신3	아주 가끔은. 너한테 제대로 된 친구이고 싶을 때.

샌드위치를 한 입 베어 무는 남신3를 보고 똑같이 베어 무는 소봉.

마주 보고 서로 웃는 남신3와 소봉.

S#64. 오로라의 아지트 / 남신의 방 (낮)

햇살 가득한 방 안. 평화롭게 누워 있는 남신을 내려다보는 데이빗.

데이빗　　니가 더 불쌍한지 그놈이 더 불쌍한지 모르겠다.

복잡한 표정으로 나가는 데이빗. 문이 닫히면 혼자 남는 남신.

S#65. 공원 (낮)

다 먹은 샌드위치 봉투 놓여 있고 커피 맛있게 마시는 소봉.
지나가는 사람들마다 유심히 보는 남신3.

소 봉　　뭘 그렇게 봐?
남신3　　사람들. 더 이해하려고 노력 중이야.
소 봉　　주위에 끔찍한 사람들이 그렇게 많은데, 넌 사람이 지겹지도 않냐?
남신3　　널 이해하려고.
소 봉　　뭐?
남신3　　널 더 알아야겠어. 강소봉.

정면으로 소봉을 응시하는 남신3. 그런 남신3에게 눈을 떼지 못하는 소봉.

소봉(N)　　그때 난 처음으로 이런 생각을 했다.
내 앞에 앉아 있는 이 존재가 로봇이 아니면 좋겠다고.
나와 똑같은 사람이면 좋겠다고.

햇살보다 더 환하게 웃어주는 남신3.

S#66. 오로라의 아지트 / 남신의 방 (낮)

여전히 혼자 누워 있는 남신의 손가락 움찔한다.
설마? 진짜 움직였나? 그때 다시 까딱하는 남신의 손가락!
평화로운 얼굴로 누워 있는 남신의 얼굴에서!!!

PLAY 11

제 21 회
제 22 회

S#1. 마켓 입구 (낮)

PLAY1 71씬과 74씬의 일부.
막 택시 문을 열려던 남신, 건너편 남신3를 힐끔 본다.
뭐지? 싶다가 믿을 수 없다는 듯 이내 경악하는 남신!

남신(N)   그땐 꿈인 줄 알았어. 내가 나를 보는 꿈.

그때, 거짓말처럼 남신을 밀어버리는 덤프트럭!!!
순간 탁! 끊겨버린 의식처럼 뚝! 암전 화면으로 바뀌는.

S#2. 암전 화면 : 남신의 무의식

\# PLAY2 6씬과 7씬의 일부.
의식의 바닥에 잠겨 있는 남신에게 들려오는 각종 소리들.
왜곡된 형태로 끊임없이 나타났다 겹쳤다가 사라진다.
사이렌 소리. 현지인들의 속닥대는 목소리들. 오로라의 목소리.

오로라   신아, 눈 떠봐! 신아, 엄마야! 신아!!!
오로라(E)   (처절한) ⋯신아⋯ 제발⋯ 신아⋯

\# PLAY2 16씬의 일부. 들려오는 영훈의 왜곡된 목소리.

영훈(E)   …신이 상태는…

영훈(E)   …서 이사가 이 사실을 알면…

S#3. HR인공지능연구소 / 남신3의 방 (낮)

PLAY2 16씬의 일부. 화면 밝아지면 누워 있는 남신의 모습.
마치 의식이 맑아진 듯 영훈의 소리가 선명하게 들리는 순간.

영 훈   (절실한) …어떻게든 신이가 서 이사를 막아야 되는데…
신이가 있어야 돼요. 신이가 멀쩡히 나타나야 됩니다.

남신(N)   형, 나 여기 있어.

오로라   (누워 있는 남신 보는) …방법이 없잖아요…

영 훈   …밖에 있는 로봇, 정말 신이인 줄 알았어요.

남신(N)   로봇? 그게 로봇이라구?

S#4. HR인공지능연구소 / 거실 (낮)

PLAY2 17씬의 일부.

오로라   신아, 엄마 부탁이 있어. … 한국에 가서 신이 자릴 지켜줘.

남신3   (안아주고) 엄마 말대로 할게요. 그러니까 슬퍼하지 마세요.

남신(N)   (비웃는) 그게 날 대신하다니 말도 안 돼.

S#5. 몽타주 : 남신3의 등장

PLAY2 67씬의 일부. 차가운 남신3의 얼굴.
철근이 관통한 뒤편. 찢어진 인조피부 사이로 드러난 로봇의 인공뼈.

남신(N) 생긴 건 똑같아도 금방 들통날 거야.

PLAY4 96씬의 일부.
경악한 소봉, 남신3의 얼굴 본다!
군데군데 찢어진 인공피부! 무표정한 남신3의 얼굴!

남신(N) 결국은 나와 다를 테니까.

S#6. 공원 (낮)

PLAY10 65씬의 일부.
소봉을 보고 햇살보다 더 환하게 웃어주는 남신3.

남신(N) (짓궂은) 실컷 나인 척해봐.

S#7. 오로라의 아지트 / 남신의 방 (낮)

PLAY10 66씬의 일부. 평화롭게 누워 있는 남신의 얼굴.

남신(N) (여유 있게) 내가 일어나는 순간 다 끝이야.

혼자 누워 있는 남신의 손가락 움찔한다.
설마? 진짜 움직였나? 그때 다시 까딱하는 남신의 손가락!

막 들어오던 영훈, 그걸 보고 우뚝 멈춘다.
믿을 수 없다는 듯 남신의 손만 뚫어져라 보는 영훈.
간헐적으로 움직이는 남신의 손가락.

영 훈   (감격한) …신아…

S#8. PK그룹 / 옥상 (낮)

답답한 듯 아래를 내려다보고 서 있는 오로라.

플래시백 : PK그룹 / 일각 (낮)
PLAY10 62씬의 일부. 오로라를 질책하는 소봉.

소 봉   아들을 죽이면 안 되잖아요!
           킬 스위치, 들었어요. 걔한텐 부서지는 건 죽는 거나 마찬가지잖아요.
           진짜 엄마라면 그런 몹쓸 장치는 없애주세요. 제발 부탁드립니다.

도로 현재. 괴로운 듯한 오로라, 휴대폰 울리면 힘없이 확인하고 받는다.

오로라   왜요?
데이빗(F)   오 박사! 신이 손가락이 움직였어!
오로라   …손가락이 움직이다니 그게 무슨… (하다가 알아채고 경악하는)
데이빗(F)   당신 아들 신이 말이야! 움직여! 움직인다고!
오로라   (미친 듯 뛰어가는)

S#9. 공원 (낮)

PLAY10 65씬의 변주

다 먹은 샌드위치 봉투 놓여 있고 커피 맛있게 마시는 소봉.
지나가는 사람들마다 유심히 보는 남신3.

소 봉   뭘 그렇게 봐?
남신3   사람들. 더 이해하려고 노력 중이야.
소 봉   주위에 끔찍한 사람들이 그렇게 많은데, 넌 사람이 지겹지도 않냐?
남신3   널 이해하려고.
소 봉   뭐?
남신3   널 더 알아야겠어. 강소봉.

정면으로 소봉을 응시하는 남신3. 그런 남신3에게 눈을 떼지 못하는
소봉.

소 봉   (시선 돌리며) 날 알아야겠다니 그게 뭔 소리야?
남신3   인간의 표정을 많이 읽으면 니 표정도 잘 읽을 수 있어.
          방금 전 네 표정은 잘 모르겠어. 무슨 생각했어?
소 봉   (당황해서) 방금? (하고) 어차피 너한텐 거짓말 안 통하니까.
          나 잠깐 니가 로봇이 아니면 좋겠다고 생각했어.
남신3   왜? 난 로봇이잖아.
소 봉   (피식 웃고) 로봇인 거 누가 몰라?
남신3   (진지한) 로봇이 아니면 뭐가 돼야 돼?
소 봉   됐어. 일어나. 나 집에 가야 돼. (일어나는)
남신3   (뒷모습 물끄러미 보는)

S#10. PK그룹 일각 (낮)

걸어오던 종길, 굳은 얼굴로 멈춘다.
저쪽에서 걸어오던 남신3와 소봉, 종길을 보고 멈춰 인사한다.

종 길   또 같이 계시는군요. 강소봉 씨, 오랜만이야.

소 봉   제가 너무 멀쩡해서 놀라셨죠?

　　　　납치당하고 그랬으면 다리 하나라도 부러졌어야 되는데.

종 길   (웃고) 강소봉 씨 건강이야 내가 아니라 본부장님 관심사겠지.

　　　　(남신3한테) 두 분은 어떤 관곕니까? 결혼이 이렇게 된 마당에,

　　　　쓸데없는 오해를 불러일으킬 사람을 굳이 들이신 이유가 뭡니까?

남신3   믿을 만한 사람이 필요해서요.

　　　　여긴 제가 없어지길 바라는 사람들이 많잖아요.

종 길   (잠깐 당황했다가) 예나한테 미안한 마음은 없습니까?

　　　　한때는 동생같이 생각한 아이 아닙니까?

남신3   이렇게 된 게 예나한테도 좋습니다. 서 팀장도 그렇게 생각할 거예요.

　　　　인사하고 가버리는 남신3와 소봉을 고약한 얼굴로 노려보는 종길.

　　　　서둘러 휴대폰 꺼내 〈내 딸〉 찾아서 통화 시도한다.

　　　　꺼져 있다는 메시지 흘러나오면 전화 끊고 답답한 종길.

오로라(E)   신아!

S#11. 오로라의 아지트 / 남신의 방 (낮)

　　　　남신의 옆에 서 있던 영훈과 데이빗과 현준, 돌아본다.

　　　　제정신 아닌 얼굴로 들이닥친 오로라, 덜덜 떨며 남신을 바라본다.

　　　　아무 움직임 없는 남신의 손을 잡고 애타게 바라보는 오로라.

오로라   … 왜… 왜 안 움직이죠?

　　　　영훈이 조용히 휴대폰에 찍어둔 동영상 보여준다.

　　　　영상 속에 까딱거리는 남신의 손가락, 분명히 보인다.

　　　　믿을 수 없다는 듯 제 손으로 뺏어 다시 플레이해본 오로라,

움직이는 손가락을 거듭 보고 나서 그제야 울음 터진다.

오로라   …손가락이 정말 움직여요…
현 준   동공반사와 구역반사가 나타났고, 자발적인 손의 움직임도
          확연합니다. 곧 의식이 돌아오고 의사 표시도 가능할 겁니다.
오로라   (남신의 얼굴 어루만지며 우는) 정말이지? 꿈 아니지?
          …너 이대로 잘못될까 봐…얼마나 무서웠는데…
          …살아나줘서 고마워…고마워, 신아…
데이빗   (눈물 훔치는)
영 훈   (눈물 어리는)

S#12. 오로라의 아지트 / 거실 (낮)

탈진한 듯 앉아 있는 오로라 앞에 물 잔을 내려놓는 데이빗.
영훈도 오로라 맞은편에 앉아 있다.

오로라   …아직도 안 믿겨…(일어나려는) 다시 봐야겠어요.
데이빗   (붙들어 앉히며) 앉아 있어. 오 박사 눈만 눈이야? 우리도 봤잖아.
영 훈   마음 가라앉히시죠. 이러다 오 박사님이 쓰러지세요.

덜덜 떨리는 손으로 물 마시다가 뭔가 생각난 듯 갑자기 내려놓는 오로라.

오로라   그 아이는 이 사실을 절대 알면 안 돼요.
데이빗   왜? 알면 아무것도 모르고 좋아할 텐데.
오로라   아니, 그 아이보다 강소봉 씨가 알면 안 돼.
          강소봉 씨, 다시 그 애 경호원으로 들어왔어요.
          어떻게 알았는지 나한테 킬 스위치를 없애달라고 했구요.
영 훈   (놀란) 강소봉 씨가 킬 스위치를 알고 있다구요?
오로라   네. 둘이 생각보다 훨씬 가까운 것 같아요.

이 일 알게 되면 분명 킬 스위치를 말해버릴 거예요.

데이빗   그놈이 알면 안 돼?

제 몸에 얼마나 잔인한 게 들었는지 알 권리가 있잖아.

오로라   (기막힌) 그 아이 제 멋대로 판단하고 행동하는 거 못 봤어요?

킬 스위치 알고 작동 거부하면 어쩔 거예요?

진짜 신이가 일어났는데 안 없어지고 신이 주위 맴돌면,

당신이 책임질 거예요?

데이빗   아직 일어나지도 않은 일이야! 그리고 뭐? 진짜 신이?

당신한텐 그놈이 가짜야? 전혀 안 중요하냐구!

오로라   …어차피 진짜는 하나예요.

데이빗   (허탈한) …당신 정말…

영 훈   당장은 신이 회복이 중요하니까 그 둘한테 입조심하죠.

신이 몸 상태가 완전해질 때까진 어쨌든 필요한 존재니까요.

데이빗   …다들 미쳤어. 애초부터 미친 짓이었지만.

오로라   미친 짓이든 아니든 절대 그 둘한테 입 열지 말아요. (들어가 버리는)

데이빗   (어이없는)

S#13. 격투기 체육관 앞 (낮)

남신3의 차 운전석에서 내리는 남신3. 보조석에서 내리는 소봉.

소 봉   갈게. 내일 봐. (들어가려는)

남신3   (따라 들어가려는)

소 봉   넌 왜 따라와?

남신3   인사하고 가야지. 나 너희 아빠랑 친해. 내 무릎도 베고 주무셨잖아.

소 봉   너 당분간 아빠 만날 생각하지 마. 만나서 좋을 거 없으니까. 잘 가.

체육관으로 들어가는 소봉을 물끄러미 보던 남신3,

돌아서면 어느새 못마땅한 얼굴로 서 있는 재식과 인태와 로보캅.

재 식	날 만나서 왜 좋을 게 없을까? 뭐 잘못한 게 있으신가?
남신3	(환하게 웃는)

S#14. 카페 (낮)

여전히 못마땅한 표정의 재식과 인태와 로보캅.
맞은편에 해맑은 얼굴로 앉아 있는 남신3.
종업원, 재식과 인태와 로보캅 앞에만 주스를 두고 간다.

로보캅	형님은 왜 주문 안 하세요?
남신3	난 원래 잘 안 마셔요.
재 식	그러시겠지. 이런 동네 커피가 입에 맞으시겠어?
	(음료 마시고) 결혼식 파토 내셨다고 들었는데 맞습니까?
남신3	(순진한) 네. 제가 결혼식장에서 뛰쳐나왔어요.
재 식	(당황한) 그런 얘길 아무렇지 않게 하시네.
	우리 소봉이, 경호원 수트 입었던데 본부장님 일하는 건 아니죠?
남신3	맞는데요. 오늘부터 출근했어요.
재 식	아니, 그만둔다고 나온 애가 왜 또, 본부장님이 불렀습니까?
남신3	네. 소봉이 만큼 믿을 만한 사람이 없어서요.
재 식	(황당한) 소봉이요? 왜 걔를 그렇게 불러요? 둘이 무슨 친구예요?
남신3	네. 저희 친구예요. 아주 특별한 친구.
재 식	친구? 결혼까지 잘못된 이 마당에 찝찝하게 친구요?
인 태	(재식 눈치 보면서) 누나가 핑계 댄 거야. 친구라고.
로보캅	형님한테 누님이 여자 아니네. 그러니까 친구가 가능하지.
재 식	(인태와 로보캅에게) 야! (하고) 하나만 더 물읍시다.
	본부장님은 우리 소봉이가 진짜 여자로 안 보입니까?
남신3	당연히 진짜 여자로 보이죠. 성별이 여자잖아요.
재 식	(황당한) 예?
남신3	저 이만 갈게요. 소봉이가 당분간 아버님 만나지 말라고 했거든요.

	(인사하고 나가는)
재 식	(황당해서 뒷모습 보는)
인 태	결론 나왔네요. 형님은 우정 누나는 사랑.
로보캅	결혼 깨졌다니까 냉큼 달려간 거잖아. 지독한 짝사랑이네. 소주 땡겨.
재 식	시끄러! (속 타서 물 마시는)

S#15. 격투기 체육관 / 소봉의 방 (낮)

마이보를 보면서 남신3와 통화 중인 소봉.

소 봉	(놀란) 그래서? 아빠랑 만났다고?
남신3(F)	너 다시 내 경호원으로 일하게 됐다고 말씀 드렸으니까 걱정 마.

그때, 굳은 얼굴의 조 기자 들어오면 당황해서 얼른 전화 끊으려는 소봉.

소 봉	알겠습니다. 내일 뵐게요. (전화 끊고 눈치 보며) 왔어요?
조 기자	누구? 혹시 본부장?
소 봉	네? 네. 저 다시 본부장님 일하게 됐어요. 순수하게 경호원으로.
조 기자	경호원이 왜 필요해? 혼자 지구도 구하겠던데.
소 봉	네?

한숨 쉰 조 기자, 조용히 휴대폰 꺼내 동영상 보여준다.
블랙박스 영상 속 남신3가 차 유리 깨고 차 문 우그러뜨리는 모습.

소 봉	(놀란) …이걸 어떻게…
조 기자	병원에 갔다가 봤는데, 도저히 믿을 수 없어서 찍어왔어.
	몇날 며칠을 생각해도 내 짧은 상식으론 이해가 안 돼.
	차 유리를 박살냈는데 손이 멀쩡하고, 차 문을 종잇장처럼 구기잖아.
	사람이면 살이 찢어지고 피가 나야 정상이야.

이 사람 도대체 정체가 뭐야? 사람은 사람이야?

소 봉	(난감해하다가 휴대폰 뺏어서 동영상 지우는)
조 기자	소용없어. 깡 선수가 그렇게 나올 줄 알고 벌써 백업해놨거든.
소 봉	…조 기자님…
조 기자	말 안 하면 이 영상, 당장 인터넷에 업로드하고 언론사에 돌릴 거야. 온 국민이 궁금해할 텐데 그래도 괜찮겠어?
소 봉	(어떡하지?)
조 기자	그렇게 나온다면 할 수 없지. (벌떡 일어나서 가려는)
소 봉	(덥석 붙들고 절실하게 보는)
조 기자	(진지하게) 뭔데? 말해봐.
소 봉	(갈등하다가) …그게…
조 기자	(눈 빛내는)

S#16. 건호의 저택 / 별채 2층 (밤)

계단을 올라온 남신3, 제 방으로 들어가려다가 영훈의 방을 본다.

S#17. 건호의 저택 / 영훈의 방 (밤)

외출복 그대로 소파에 앉아 있는 영훈, PLAY11 11씬의 남신을 찍은 동영상 보는 중.
손가락을 까딱하는 남신을 고마운 듯이 보는 영훈.

플래시백 : 오로라의 아지트 / 남신의 방 (낮)
PLAY11 7씬의 일부와 연장. 움찔하는 남신의 손가락을 보는 영훈.

영 훈	(감격한) …신아… (다가가 손을 붙들며 울먹이는)
	…일어나줄 줄 알았어…형 말 들어줄 줄 알았어…

도로 현재. 문 열리는 소리에 보면 들어와서 환하게 웃는 남신3.
얼른 휴대폰 안 보이게 내려놓는 영훈.

남신3   (외출복 보며) 어? 출근 안 한 줄 알았는데.

영 훈   (시선 피하며) 잠깐 다녀올 데가 있었어요. 무슨 일이죠?

남신3   강소봉 씨 제 경호원으로 일하기로 했어요.

영 훈   …오 박사님이 그러시더군요.

남신3   엄마한테 갔다 왔어요? 왜요? (하다가) 혹시 남신 생각나서 갔어요?

영 훈   …맞아요.

남신3   이제 지영훈 씨와 인간 남신의 관계가 뭔지 알아요.

영 훈   (보면)

남신3   나, 강소봉 씨랑 친구하기로 했거든요.
        그러고 나니까 지영훈 씨가 완전히 이해됐어요.
        지영훈한테 인간 남신은 친구구나. 언제나 옆에 있어주는 친구.
        친구니까 강소봉 씨가 날 지켜주고 싶은 것처럼,
        지영훈 씨도 인간 남신을 지켜주고 싶은 거구나. 맞죠?

영 훈   …비슷해요.

남신3   (농담) 혹시 나랑 친구해줄 마음은 없어요?
        나도 인간 남신이랑 똑같이 생겼잖아요.

영 훈   (순간적으로 얼굴 굳는)

남신3   (웃고) 농담이에요. (하고) 그래도 어쨌든 고마워요.

영 훈   뭐가요?

남신3   지영훈 씨가 날 여기로 데리고 와줬잖아요.
        덕분에 인간 사회도 경험하고 친구까지 생겼어요.
        앞으로는 여기서 더 잘 지낼 수 있을 거 같아요.
        그리고 나, 언젠간 꼭 지영훈 씨하고 친구할 거예요.
        지영훈 씨도 친구하고 싶을 만큼 괜찮은 사람이니까.

영 훈   (눈 피하는)

남신3   친구는 별로구나. 그럼 형은 어때요?

인간 남신도 그렇게 불렀잖아요.

영 훈   (가만히 보는)

남신3   천천히 생각해봐요.

환하게 웃어주고 나가는 남신3. 잠시 흔들리는 영훈.

그러다 휴대폰 속의 남신을 다시 들여다보는 영훈. 복잡한 눈빛.

S#18. 종길의 세컨 하우스 전경 (밤)

예나(E)   여긴 왜 왔어?

S#19. 종길의 세컨 하우스 (밤)

제 앞에 서 있는 종길을 노려보는 예나. 예민하고 날이 선 모습.

종 길   (끌고 가려는) 집에 가자. 가서 얘기하자.

예 나   (뿌리치고) 안 가! 그 집엔 절대 안 갈 거야!

종 길   예나야, 똑똑하고 야무진 애가 왜 이래?

         결혼 끝났어. 신이랑 다 끝났다구!

예 나   누가 그래? 나 오빠랑 안 끝나! 절대 안 끝낼 거야!

종 길   니가 이러면 아빠 더 못 참아. 신이 그놈한테 무슨 짓할지 몰라!

예 나   …벌써 했잖아…

종 길   …무슨 소리야?

예 나   (두려운 눈빛)

종 길   …예나야…

예 나   …다 들었어…아빠가 오빠 죽이려고 했던 거…

종 길   (놀라는) 뭐?

예 나   아빠한텐 내가 아무것도 아냐? 내가 사랑하는 사람이야!

         어떻게 그럴 수가 있어?

종 길   살려고 그랬어!

예 나   (보는)

종 길   우리 두 식구 어떻게든 살아남으려구!
              아빠, 회장님이 시키는 더러운 짓은 다 하고 살았어.
              지 아들한테는 우아한 일만 시키고
              똥통에 발 담그는 건 다 내 차지였다구.
              그나마 내가 더러운 약점을 아니까 지금까지 우릴 내버려둔 거야.
              너도 치매 때 봤잖아! 그 노인네 나 절대 안 믿어.
              죽더라도, 신이 앞길 막을까 봐 나 처리하고 죽을 노인네라구!
              아빠가 그 자리에 앉지 않는 이상 죽은 목숨이야.

예 나   (놀란) …아빠…

종 길   (덥석 붙들고) 예나야, 너 신이에 대해 아는 거 있지?
              신이 그 자식 지금 정상 아니지? 말해봐. 그래야 우리가 살아남아.
              아빠가 이렇게 부탁할게. 제발 말해줘.

예 나   (뿌리치고) 다 아빠가 뿌린 씨야!

종 길   … 예나야…

예 나   더러운 짓 시켜도 안 하면 그만이잖아!
              그렇게 해서라도 얻고 싶은 게 있었던 거잖아!
              사람을 죽이려고 했으면서 변명을 해?
              미안하고 창피하단 생각 먼저 해야 사람 아냐?
              더러워, 아빠 머릿속에 있는 생각들. (나가버리는)

종 길   (예나의 뒷모습 사납게 노려보는)

S#20. 종길의 세컨 하우스 앞 (밤)

          울음 참고 나온 예나, 서둘러 차에 올라탄다.
          곧이어 거칠게 출발하는 예나의 차.
          어느새 문가에 나와 보고 있던 종길, 어딘가로 전화한다.

박 비서(F)	네, 이사님.
종 길	예나가 신이에 대해 알고 있는 게 분명해. 추적해봐.

전화 끊고 차 뒤꽁무니를 차갑게 보는 종길의 얼굴.

S#21. 오로라의 아지트 / LAB실 (밤)

책상 위에 올려놓은 킬 스위치 박스를 골똘히 내려다보고 있는 오로라.
어느새 문가에 서서 바라보고 있는 데이빗 보자마자 한쪽으로 내려놓는.

데이빗	그게 뭐 신주단지라도 되나? 그놈을 빨리 끝장내고 싶어?
오로라	억지 부리지 말아요. (일어나며) 신이한테 가볼게요.
데이빗	당신 아들 일어나면 그놈은 내가 데리고 갈게.
오로라	(멈춰서 보는)
데이빗	멀리 멀리 떠나서 아무도 안 만나고 숨어서 살게. 체코에서처럼.
오로라	걘 이미 인간 사회에 적응했어요. 숨으려고 하지 않을 거예요.
데이빗	기어이 그걸 작동하시겠다? 당신 개랑 이십 년 살았어.
	당신 진짜 아들보다 더 오래 데리고 살았다고!
오로라	제발 좀! (하는데)
예나(E)	오빠!
데이빗, 오로라	(놀라서 후다닥 뛰어가는)

S#22. 오로라의 아지트 / 남신의 방 (밤)

누워 있는 남신을 보고 부들부들 떨고 있는 예나.
달려와 그런 예나를 보고 놀라는 오로라와 데이빗.

예 나	…움직였어요… 손가락이…아니죠? 내가 잘못 본 거죠?

오로라	(어쩔 수 없는) 움직인 거 맞아요. 신이 곧 회복될 거예요.
예 나	(여기저기 만지며 눈물 흘리는) 오빠, 진짜야? 진짜 일어나는 거야?
오로라	아직 아무한테도 말하면 안 돼요.
예 나	(겨우 끄덕이고) 말 안 해요. 죽어도 말 안 해요…
	오빠… 일어나면 나 용서하지 마… 우리 아빠도 절대 용서하지 마…
	…내가 아빠 벌 다 받을게… 오빠가 죽으라면 죽을게…
데이빗	…이 친구, 알면 안 될 걸 알아버렸네.

그 말에 고개 묻고 슬프게 흐느끼는 예나.
그런 예나가 안쓰러운 데이빗. 차마 시선 피해버리는 오로라.

S#23. 격투기 체육관 전경 / 다른 날 (아침)

S#24. 격투기 체육관 / 소봉의 방 (아침)

밤새 뒤척인 듯한 소봉, 심란한 얼굴로 옆에 자는 조 기자를 본다.

조 기자	(눈 감은 채) 그만 봐. 나 뚫어져.
	아무한테도 말 안 한다고 했잖아. 말해도 누가 믿어주지도 않겠지만.
소 봉	(일어나서) 고마워요, 조 기자님.
	인생역전 할 만한 기삿거린데 포기해준 거잖아요.
	본부장님도 진짜 고마워할 거예요.
조 기자	(벌떡 일어나서) 뭐? 로봇? 나 솔직히 아직도 못 믿겠거든?
	전문가들 몇 십 명 데리고 가서 확인하고 싶어 미치겠어.
	근데 그건 기자로서의 관심이고, 자기 얘긴 또 다르지.
소 봉	(보는)
조 기자	자기, 서 이사 무서워서 회사 나온 거잖아.
	본부장 정체 알아내라고 자길 들여보낸 게 서 이산데,

이 사실을 알고도 감춘 걸 알면 자길 가만두겠어?

다 알면서 거길 또 들어간 이유가 뭐야?

도망가도 모자랄 판에 그깟 로봇 때문에 왜 위험을 무릅쓰냐고!

소 봉   그깟 로봇 아니에요.

조 기자   뭐?

소 봉   겉모습만 사람 같은 게 아니라 사람인 나보다 훨씬 나아요.

슬퍼하면 안아줄 줄 알고, 위험에 빠지면 구해줄 줄 알고,

거짓말 안 하고, 원칙에 충실하고, 약속도 잘 지키고.

늘 진실하고 진심이고 따스하고 잘 웃어요.

조 기자   …중증이네… 딱 남자한테 빠진 여자야…

소 봉   (말도 안 된다는 듯) 그런 거 아니에요.

조 기자   그게 아니면 뭐야? 내 눈엔 콩깍지가 단단히 씌어서

위험이고 뭐고 불사하는 걸로 보이는데!

그때 마이보에게 도착하는 남신3의 음성메시지.

마이보(E)   (남신3의 목소리) 친구. 곧 도착. 준비하고 나와.

소 봉   들으셨죠, 친구? 걔랑 나 친구예요. 씻을게요. (서둘러 나가는)

조 기자   (속상한 듯 마이보를 밀쳐버리는)

S#25. 남신의 차 안 (아침)

운전 중인 남신3와 보조석에 앉은 소봉.

신호 때문에 차가 멈추면 갑자기 소봉의 손을 잡는 남신3.

소 봉   야, 예고 좀 하고 손잡으면 안 되냐?

남신3   전체 수면 시간 다섯 시간 43분. 숙면 한 시간 22분.

왜 그렇게 잠을 못 잤어?

소 봉   (남신3를 보는)

조 기자(E)   …중증이네… 딱 남자한테 빠진 여자야…

제 손을 잡은 남신3의 손에 눈길이 가는 소봉.
아무것도 느끼지 못하는 남신3의 얼굴 본다.

남신3   걱정 있으면 말해봐. 우린 친구잖아.
소 봉   맞아. 우린 친구지.
남신3   (눈 깜빡하고) 어?
소 봉   (순간 놀라서 손 빼는)
남신3   왜 거짓말이지? 너 내 친구 아냐? 나랑 친구하는 거 싫어?
소 봉   (시선 피하며) 싫긴. 니가 잠깐 에러 난 거겠지.
남신3   (고개 갸우뚱) 아닌데.

괜히 차창 열고 밖을 보는 소봉. 신호 바뀌이시 운전 시작하는 남신3.

남신3   나, 너랑 친구 먹은 거 지영훈 씨한테 말했어.
소 봉   뭐래?
남신3   (웃고) 나랑 친구 하기 싫대. 술 먹고 속 얘기도 털어놨으면서.
소 봉   지 팀장님이? 술 먹고 무슨 얘길 했는데?
남신3   비밀. 그건 말 못 해줘.
소 봉   그래. 그게 니 원칙이시겠지. 그 사람 웃긴다.
       나한테는 너 사람하고 착각한다고 막 무시해놓고.
남신3   (웃고 한쪽 손 접었다 폈다 해보는)
소 봉   왜? 아파? (하다가) 아 참, 넌 안 아프지?
남신3   FT 센서에 문제가 생겼나 봐.
       얼마 전에 어떤 친구를 위해 차를 좀 망가뜨렸거든.
소 봉   그 친구가 대놓고 고마워하는 건 민망해서 말 못 하겠대.
남신3   (웃는)
소 봉   손은 어떡해?
남신3   심각한 건 아냐. 엄마한테 봐달라고 하면 돼.

S#26. PK그룹 / 자율주행차팀 앞 (낮)

걸어오던 오로라, 맞은편의 남신3와 소봉을 보고 멈춘다.
소봉이 인사하면 차분하게 고개 끄떡여주는 오로라.

오로라   (남신3에게) 왔니? 회의 들어가자.
남신3   네, 엄마.

오로라와 남신3, 들어가면 의아하게 뒷모습 보는 소봉.

소 봉   웬일이야? 오늘은 화 안 내네. (따라 들어가는)

S#27. PK그룹 / 회장실 (낮)

소파에 앉아 있는 건호와 옆에 서 있는 영훈.

건 호   자율주행차팀 아이템이 꽤 신선한 거 같은데, 누구 거야?
영 훈   드롭됐던 아이템을 본부장님께서 발굴해내셨습니다.
          상품성 있게 디벨롭하신 것도 본부장님이시구요.
건 호   판단이 확실히 달라. 저러다 예전으로 돌아갈까 봐 무서울 정도야.
영 훈   (경계하는) 네?
건 호   언젠간 정신 차리겠지, 기다리고 또 기다린 보람을 이제야 느끼는데,
          다시 개망나니로 돌아간다면 내 성격에 용서가 되겠어?
영 훈   (긴장하면서) 그럴 리가 있겠습니까? 신이, 계속 잘할 거예요.
건 호   한번 들어가서 보자. 얼마나 잘하는지. (일어나는)
영 훈   (긴장해서 건호 보는)

S#28. PK그룹 / 자율주행차팀 (낮)

남신3의 주도로 회의 중인 자율주행차팀.
오로라도 남신3의 옆에 앉았고. 소봉은 뒤편에 앉아 있다.
모니터에는 운전 중 심장마비로 사망한 운전자들의 기사들 떠 있다.

창 조   운전 중 심장마비가 발생하면 어떻게 될까요?
심장이 멈추면서 다른 차와 충돌하거나 사람을 치는 등,
운전자의 심정지는 치명적인 사고와 연결됩니다.

자율주행차팀 문 열리고 들어오는 영훈과 건호.
팀원들 긴장해서 보면 남신3에게 고개 끄덕여주는 영훈.

남신3   계속하세요, 고창조 씨.

창 조   팀장님 말씀대로 M카에 운전자 건강 체크 앱을 연결한다면,
심장에 이상이 오는 즉시 자동차가 스스로 운전해서,
최단거리에 있는 병원에 도착합니다. 차가 사람을 살리는 거죠.

지 용   차내 공조장치를 조절해서 운전자의 호흡을 도울 수도 있어요.
심정지뿐 아니라 혈압 관련 문제도 알아낼 수 있구요.

남신3   운전자의 바이오리듬을 체크해서 스트레스 단계를 알아낼 수도 있죠.
낮은 단계일 때는 취향에 맞는 음악이나 영상을 틀어주고,
단계가 높아지면 운전자의 운전을 제한할 수 있겠죠.
우리 M카는 단순히 자율주행뿐 아니라 운전자의 육체적 정신적
건강까지 책임지는, 또 다른 의미의 M카, 즉 '메디컬-카'로
거듭날 수 있습니다.

오로라   간단히 '메디-카'라고 부르면 되겠네요. 상당히 좋은 접근이에요.

남신3   (오로라 보는)

소 봉   (오로라 의아하게 보는)

건 호   나부터 살 테니까 당장 만들어. 나 같은 늙은이들은 다 달려들 거야.

영 훈   나이 상관없이 건강에 신경 쓰는 사람이라면 누구라도 타고 싶겠죠.

건 호	무조건 빨리 만들어내. 다음주 대주주 모임에서 PT부터 하고.
남신3	알겠습니다, 회장님.
건 호	본부장이 제대로 일을 하니까 팀원들 눈빛이 좋구만.
팀원들	(남신3를 자랑스럽게 보는)

S#29. PK그룹 / 자율주행차팀 앞 (낮)

건호가 나오면 따라 나오는 남신3, 영훈, 소봉.

건 호	(멈춰서) 영훈아, 고맙다. 니가 고생하더니,
	이제 겨우 이놈이 사람 노릇 하는구나.
영 훈	(불편한) 본부장님 역량이 이제야 빛을 발하시는 것뿐이죠.
소 봉	(영훈의 표정 주목하는)
건 호	일 좀 한다고 늦춰주지 말고 더 바짝 조여. 간다.

영훈의 어깨 툭툭 쳐주고 가는 건호. 남신3, 소봉, 영훈 인사하고.

남신3	고마워, 형. 다 형 덕분이니까 앞으로도 잘 부탁해.
영 훈	(시선 피하며) 그렇게 부르지 말아요.
남신3	아, 장난친 건데 화났어요?
영 훈	(불편한)
소 봉	어디 불편해요? 회장님한테 칭찬받는데도 꼭 죄진 사람처럼.
영 훈	(남신3에게) 먼저 들어가시죠. 강소봉 씨와 의논할 업무가 좀 있어서.
남신3	(고개 끄덕이고 소봉에게 웃어주고 들어가는)
소 봉	(남신3 들어가는 거 보다가) 무슨 일인데요?
영 훈	본부장님이 회장님께 인정받게 되신 거, 다 강소봉 씨 덕분이에요.
	이 말을 꼭 해주고 싶었어요.
소 봉	(좋으면서) 어디 가요? 간지럽게 왜 이래요?
영 훈	일이 좀 많아져서 본부장님 케어를 강소봉 씨한테 전적으로

맡길 수밖에 없게 됐어요. 앞으로도 본부장님한테 힘이 돼주세요.

소 봉   갑자기 왜 이래요? 뭐가 얼마나 바쁜데요?

말없이 인사하고 가는 영훈의 뒷모습을 의아하게 보는 소봉.

S#30. PK그룹 / 남신의 방 (낮)

책상에 앉아 있던 남신3, 오로라 들어오면 환하게 웃어준다.

남신3   오늘 저 어땠어요?
오로라   (진심) 훌륭했어. 남 회장도 상당히 만족한 거 같았고.
남신3   제 방식대로 해도 인간 남신한테 피해 안 가게 할게요.
         오히려 일어났을 때 도움될 테니까 걱정 마세요.
오로라   (가만히 보다가) 그래. 이젠 뭐든 니 맘대로 해.
남신3   절 믿어주시는 거예요?
오로라   (말 돌리는) 그거 물어보려고 부른 거야?
남신3   아! 이따 잠깐 들를게요. FT 센서가 좀 둔해져서요.
오로라   (다급히) 안 돼!
남신3   (갸우뚱하며) 네?
오로라   그게, LAB실에 문제가 좀 생겼어.
         수리 끝나면 부를 테니까 그 전에는 오지 마. 가볼게.

오로라 문 열고 나가다가 들어오던 소봉과 마주친다.
소봉, 인사하면 언짢은 듯 보고 나가는 오로라.

소 봉   무슨 얘기했어?
남신3   엄마 LAB실에 문제가 생겼대. 수리 끝날 때까지는 오지 말래.
소 봉   (뭔가 이상한) 그래? 내가 좀 알아볼게.
남신3   어떻게?

소 봉   아는 방법이 다 있어. (나가는)

S#31. PK그룹 일각 (낮)

휴대폰으로 통화 시도 중인 소봉.

소 봉   저 강소봉인데요. 물어볼 게 좀 있어서요.
        본부장님 손 관절이 뻑뻑한데 LAB실 언제쯤 수리 끝나요?
데이빗(F) LAB실? 누가 LAB실이 고장 났대요?
소 봉   네? …오 박사님께서… (하다가 번뜩하는)

플래시백 : PK그룹 / 자율주행차팀 앞 (낮)
PLAY11 29씬의 일부. 영훈의 의아한 말들.

영 훈   본부장님이 회장님께 인정받게 되신 거, 다 강소봉 씨 덕분이에요.
        이 말을 꼭 해주고 싶었어요. 앞으로도 본부장님한테 힘이 돼주세요.

도로 현재. 이상한 낌새를 알아챈 소봉.

소 봉   LAB실 고장 안 났죠? 거기 무슨 일 있죠?
데이빗(F) (난처한) …강소봉 씨…
소 봉   지 팀장님도 이상하고 오 박사님도 수상해요.
        거길 왜 못 가게 해요? 저 당장 들이닥칠 거예요!

S#32. PK그룹 / 자율주행차팀 (낮)

혼자 남아 있는 오로라, 휴대폰으로 동영상 보는 중.
남신의 손가락이 까딱하는 순간을 보면서 미소 짓는.

그때, 거칠게 문 열고 들어오는 소봉. 휴대폰 넣는 오로라.

소 봉	내가 알까 봐 그랬어요?
오로라	(보는)
소 봉	내가 그 끔찍한 걸 본부장님한테 말해버릴까 봐,
	진짜 남신이 일어난다는 걸 감춘 거냐구요?
오로라	(주위 돌아보며) 강소봉 씨!
소 봉	걔가 도망이라도 갈까 봐 그래요?
	걘 도망갈 수 있어도 엄마 때문에 못 갈 애예요.
오로라	꼭 그 아이를 사람 대하듯 말하네요.
소 봉	사람처럼 만들고 대한 게 누군데요? 오 박사님 아니에요?
오로라	(잠시 흔들리다가) 강소봉 씨도 킬 스위치 함구해요.
	어차피 돌이킬 수 없는 일이고 알아서 좋을 거 없어요.
소 봉	말하라고 해도 안 해요. 그런 잔인한 말 난 못 해요.
	대신 지금 전화해서 남신이 일어난다는 건 말해요.
오로라	…뭐라구요?
소 봉	걔가 없었으면 여기까지 못 왔잖아요!
	아무것도 모르고 당하는 바보 만들지 말고 당신 입으로 직접 말해요.
오로라	이봐요!
소 봉	(휴대폰 들고) 킬 스위치 말해버릴까요?
오로라	(어쩔 수 없이 휴대폰으로 전화하는)
소 봉	(노려보는)
오로라	…신아, 엄마야. 할 말이 있어서 전화했어…
	…어제 일이 좀 있었어…너도 들으면 좋아할 일이야…

차마 더 보지 못하고 나와버리는 소봉.

S#33. PK그룹 / 비상계단 (낮)

문 열고 나온 소봉. 계단에 선 채 감정 가라앉힌다.
휴대폰 울려서 확인하면 남신3다. 심호흡하고 받는 소봉.

소 봉   (밝은 척) 어.

남신3(F)   어디야? 왜 안 와?

소 봉   어? 나 화장실. 금방 갈게.

전화 끊고 돌아서려다가 문 열고 나오는 남신3 보고 놀라는 소봉.

소 봉   …어떻게 알고 왔어? (하고) GPS?

남신3   (웃고 해맑게) 여긴 비상계단인데 왜 거짓말해?

소 봉   (시선 피하며) 그냥.

남신3   인간 남신이 일어난대.

소 봉   (놀라는 척) 뭐?

남신3   엄마한테 들었어. 동공반사에 손가락도 움직인대.

소 봉   (어색한) 그랬구나. 잘됐네.

남신3   표정이 왜 그래? 뭐 기분 안 좋은 일 있어?

소 봉   아니? 나 괜찮은데?

남신3   그 정도 표정은 다 읽혀. 감추지 말고 말해봐.

소 봉   감추는 거 없어.

남신3   (순식간에 손 잡아보고 깜빡) 거짓말. 왜 자꾸 거짓말해?

소 봉   (획 뿌리치고 야속하게 보는)

남신3   …강소봉.

소 봉   니가 뭔데 내가 어딨는지 알아내고 내 마음을 자꾸 훔쳐봐?
           GPS? 거짓말탐지기? 그렇게 아는 건 진짜가 아니야.
           혼자 있고 싶을 땐 내버려두고 들키기 싫어할 땐 눈감아주는 거,
           그런 게 진짜 알아주는 거라구! 나 먼저 갈게. (가버리는)

남신3   (의아하게 보는)

S#34. 오로라의 아지트 / 거실 (낮)

주눅 들어서 오로라 앞에 서 있는 데이빗. 옆에는 영훈도 서 있다.

데이빗   미안해. 내가 강소봉 씨한테 얘기하려던 게 아니라—

오로라   아예 전화를 안 받았으면 이런 일도 없잖아요.

             입조심하자니까 하루 만에 이런 일을 만들어요?

데이빗   내가 언제 동의했어? 당신들끼리 정한 거잖아!

오로라   (기막힌) 항상 내 입장에서 생각해주던 사람이 도대체 왜 이래요?

데이빗   항상 그랬으니까 한 번쯤은 내 입장도 생각해줄 줄 알았지.

             마지막으로 부탁하는데 그놈 버릴 거면 나한테 버려. (나가버리는)

영 훈   두 분 다 지나치게 예민하시네요.

오로라   불안해서 그래요. 신이 일어나기 전에 무슨 일이 생길 거 같아서.

영 훈   어차피 강소봉 씨 킬 스위치에 대해서 함부로 얘기 안 할 겁니다.

             다 왔습니다. 조금만 더 견뎌주세요, 오 박사님.

오로라   (한숨 쉬는)

S#35. 오로라의 아지트 주변 (낮)

답답한 얼굴로 머리 벅벅 문지르며 이리저리 서성이는 데이빗.
결심한 듯 휴대폰 꺼내 어딘가로 전화 건다.

데이빗   회장님, 접니다. 아셔야 될 게 있습니다.

S#36. PK그룹 / 회장실 (낮)

통화 중인 건호. 무표정한 얼굴로 한참 뭔가를 듣는다.

건 호	다 알아들었으니까 그만해. 그놈이 내 핏줄인 게 분명하군.
	숨통 끊어지기 전에 기적처럼 회생한 걸 보니.
	그놈은 그놈이고 킬 스위치는 절대 작동하면 안 돼.
	자네와 내가 몇 십 년 들인 공이 한순간에 무너지면 되겠어?
	어떻게 해서든 막아내. 안 그러면 자네도 나한테 무용지물이니까.

전화 끊고 생각에 잠긴 건호. 계산이 복잡해진 얼굴.
노크 소리에 이어 종길이 들어와 인사한다.

종 길	양자난수생성기 초소형칩 MOU 체결 완료됐습니다.
	이제 M카는 완벽한 해킹 방지 시스템을 갖게 됐습니다.
건 호	잘됐구만. 본부장이 얘기한 가격 선에서 마무리된 거지?
종 길	네. 막판에 가격 낮추느라 진통이 좀 있었습니다.
	오늘 자율주행차팀 회의에 참석하셨다고 들었습니다.
	또 다른 M카, 메디컬 카 아이템 좋더군요.
	본부장님이 이 정도의 창의력과 추진력을 감추고 계신지 몰랐습니다.
건 호	(복잡한) 그러게 말이야. 나도 이렇게까지 할 줄은 상상 못 했어.
종 길	(날카롭게 건호를 살피는)

S#37. PK그룹 / 종길의 사무실 (낮)

들어오자마자 얼굴 일그러지는 종길. 서둘러 통화 시도하는.

종 길	예나는? 아직 못 찾았어?
박 비서(F)	휴대폰을 계속 꺼놓고 있어서 추적이 안 됩니다. 좀 더 기다려보시죠.
종 길	(휴대폰 집어 던져버리는)

S#38. 격투기 체육관 / 소봉의 방 (밤)

문 열리고 힘없이 들어오는 소봉. 가방 집어 던지고 털썩 주저앉는다.

소봉(E)   니가 뭔데 남의 마음을 자꾸 훔쳐봐? 거짓말탐지기?
           그렇게 아는 건 진짜 아는 게 아니야.

소 봉   (머리를 흐트러뜨리고) 내가 미쳤지. 걔가 뭘 안다고.

하다가 갑자기 뭔가가 이상해서 둘러보는 소봉. 마이보가 없다!

소 봉   마이보! (뛰쳐나가는)

S#39. 격투기 체육관 (밤)

인태와 로보캅은 킥 훈련 중, 재식은 조 기자 체력 훈련시키는 중.
다급하게 뛰쳐나오는 소봉을 무슨 일인가 싶어 멈추고 보는 사람들.

소 봉   내 방에 있던 로봇 못 봤어요? (길이 가리키며)
           이 정도 크기에 동글동글 생겼고 흰색인데.
재 식   로봇? 못 봤는데? 니들 봤냐?
인태, 로보캅   (고개 젓는)
조 기자   애야? 로봇하고 놀게? 그럴 시간 있으면 와서 운동이나 해.
소 봉   (조 기자 한 번 흘겨보고 뛰쳐나가는)

S#40. 격투기 체육관 근처 (밤)

체육관 주변 여기 저기 살펴보는 소봉.
아무 데도 마이보가 보이지 않는다.

속상한 소봉, 멈춰 선다. 어쩔 수 없다 싶어 그냥 가려는데,
한쪽에 쌓인 폐가구 사이에 놓인 마이보 보인다.
당장 달려가서 마이보를 집어 든 소봉.

소 봉   (들여다보며) 너까지 왜 이래? 진짜 없어진 줄 알았잖아.
              (여기저기 막 털어주다가 멈추는)

             # 플래시백 : PK그룹 / 비상계단 (낮)
             PLAY11 33씬의 일부.

남신3   (아무렇지 않게) 인간 남신이 일어난대.
             동공반사에 손가락도 움직인대.

             도로 현재. 마음이 복잡한 소봉.

소 봉   이깟 로봇이 뭐라구.

             하는데 그때, 마이보의 입에서 흘러나오는 남신3의 목소리.

남신3(E)   아깐 내가 잘못했어. 다신 너한테 내 기능 안 쓸게.
             널 이해해주지 못해서 미안해. 내가 로봇이라서 미안해.

             그 말에 눈물 어린 소봉, 눈물 꾹 참고 돌아서는데,
             하필 그 앞에 서 있는 남신3.
             말없이 소봉을 따스한 눈길로 보는 남신3.
             눈물을 참고 남신3를 바라보던 소봉, 남신3를 지나쳐 가려고 한다.

남신3   내가 사람이면 좋을까?
소 봉   (그대로 발길 멈추고 보는)
남신3   니가 그랬잖아. 로봇이 아니면 좋겠다고.

소 봉   (찔리는)

남신3   남신이 일어나면 난 뭐가 되지? 어디서 뭘 어떻게 하지?

        난 로봇이니까 쓸모 있어야 되는데,

        엄마한테 난 더 이상 쓸모없는 거잖아.

소 봉   (휙 돌아서서) 니가 왜 쓸모없어? 나한텐 쓸모 있어, 충분히.

남신3   (미소) 그래서 고마워. 넌 날 알아주니까.

        그래서 나도 널 알아줬으면 좋겠어. 진짜 인간 친구처럼.

소 봉   누가 너한테 그런 거 해달래?

남신3   (보면)

소 봉   넌 그냥 너니까 있어주면 돼.

        아무것도 필요 없으니까 사라지지 말고 그냥 여기 있으라구!

남신3   내가 왜 사라져? 나 여기 있잖아.

        그 말에 안타깝게 남신3를 올려다보는 소봉.

        킬 스위치를 말할 수 없어서 괴롭다.

        가만히 소봉을 보더니 갑자기 확 안아버리는 남신3.

소 봉   … 너 왜 이래… 나 안 울어…

남신3   울고 싶잖아. 난 알아. 실컷 울어, 강소봉.

        그 말에 울음 터지는 소봉.

        우는 소봉을 말없이 다독여주는 남신3.

소 봉   (울먹이는) 넌 로봇인데 왜 자꾸 마음이 아픈지 모르겠어.

        남신3의 품에서 서럽게 울기 시작하는 소봉.

        소봉의 울음소리 커지면 더 꼭 안아주는 남신3.

        서로를 안고 있는 남신3와 소봉의 모습에서 암전.

S#41. 격투기 체육관 (밤)

화면 밝아지면 어두운 실내. 링에 덩그마니 웅크리고 앉아 있는 소봉.
옆에 세워둔 마이보를 가만히 들여다보고 있다.
링 바닥에 놓인 휴대폰 울리는데 받지 않고 그대로 두는 소봉.
진동 끊기고 잠시 후. 마이보의 입에서 흘러나오는 남신3의 목소리.

남신3(E) 벌써 자? 왜 전화 안 받아?
소 봉 (가만히 마이보를 바라보기만 하는)

S#42. 건호의 저택 / 남신의 방 (밤)

휴대폰을 들여다보며 기다리는 남신3, 다시 통화 시도해본다.
신호는 가는데 여전히 받지 않는 소봉.
휴대폰을 끊고 앱에다 다시 메시지 남기는 남신3.

남신3 전화 안 받으면 GPS 추적해서 찾아야 되는데 안 할게.
니가 혼자 있고 싶을지도 몰라서.

S#43. 격투기 체육관 (밤)

음성메시지를 들은 소봉, 더 괴롭다…
얼굴을 다리에 묻어버리는 소봉…

S#44. 건호의 저택 / 수영장 (밤)

수영장에 띄워진 남신3 시점의 소봉의 모습들…

수영장가에 앉아 바라보는 남신3…

S#45. 격투기 체육관 전경 / 며칠 후 (새벽)

쉬지 않고 샌드백을 때리는 소리.

S#46. 격투기 체육관 (새벽)

땀에 절어 샌드백을 치고 있는 소봉. 독한 눈빛. 치열한 몸짓.
한쪽에서 그 모습을 걱정스레 보며 한숨짓는 재식.
하품하며 나타난 조 기자, 지겨워 죽겠다 싶은 눈길로 보는.

조 기자   주말 내내 말 한마디 안 하고, 왜 저래?
재 식   운동할 땐 방해하는 거 아니야. 들어가.

조 기자가 들어가면 재식도 따라 들어간다.
아랑곳없이 펀치를 날리는 소봉.

S#47. 건호의 저택 / 남신의 방 (새벽)

침대에 눈 감고 누워 있던 남신3, 눈 뜨자마자 휴대폰을 들여다본다.

남신3   전화 안 왔다.

통화 목록 〈강소봉〉을 찾아서 통화 누를까 말까 망설이는 남신3.
그때 노크 소리에 이어 문 열고 들어오는 영훈.

영 훈	PT 리허설하려면 곧 출발해야 돼요. 준비해요.
남신3	(말없이 있는)
영 훈	(나가려다가 보는) 왜 그래요? 무슨 일 있어요?
남신3	강소봉 씨가 울었어요. 나 때문에 마음이 아프대요.
영 훈	(걱정스럽게 보는)
남신3	전화를 안 받는데 GPS 추적도 하면 안 돼요. 어떡하죠?
영 훈	(한숨 쉬고) 강소봉 씨한테 시간이 좀 필요한 것 같아요.
남신3	얼마나요? 24시간이요? 아님 48시간이요?
영 훈	기다림이란 건 수치로 잴 수 없는 거예요.
	그냥 상대방이 추스르고 다시 올 때까지.
남신3	다시 올 때까지.

그러면서도 휴대폰 들여다보는 남신3를 안쓰럽게 보는 영훈.

S#48. 오로라의 아지트 / 거실 (아침)

출근하는 오로라를 배웅하는 데이빗과 예나.

데이빗	오늘이 대주주 모임 날이랬나? 그놈이 중요한 발표한다는?
오로라	네. 다녀올게요. (예나에게) 신이 좀 잘 부탁해요.
예 나	걱정 마세요.

오로라가 나가면 예나도 남신의 방으로 들어간다.
데이빗, 주위 둘러보며 얼른 LAB실로 향한다.

S#49. 오로라의 아지트 / LAB실 (아침)

들어와서 조용히 문 닫은 데이빗, 한쪽으로 간다.

오로라가 킬 스위치 박스 놓았던 자리 쪽으로 가는 데이빗.

인서트 컷 : PLAY11 21씬. 킬 스위치 박스 있는 모습.

그 자리 보는데 아무것도 없다!
당황한 데이빗, 여기저기 뒤지는데 아무 데도 안 보인다.
오로라가 일부러 감췄다는 걸 깨달은 데이빗, 화난 나머지 뭐든 퍽 친다!

S#50. 오로라의 아지트 / 남신의 방 (아침)

정성스레 남신의 팔을 닦아주는 예나.

예 나	난 오빠가 하라는 대로 할 거야. 끝까지 오빠 말 들을 거야.
데이빗	(고개 쑥 내밀고) 나 좀 나갔다 올게요.

데이빗이 나가고 나면 가방 속에서 휴대폰 꺼내서 보는 예나.

S#51. PK그룹 / 종길의 사무실 (아침)

소파에 앉아 와인 마시는 종길.
문 벌컥 열고 들어온 박 비서, 종길을 보고 놀란다.

박 비서	아침부터 무슨 와인이세요?
종 길	하도 되는 일이 없어서.
	신이가 이번 PT까지 폼 나게 해버리면 답도 없잖아.
박 비서	서 팀장이 휴대폰을 켰어요. 지금 있는 지역 찾았어요!
종 길	(정신 번쩍 드는) 당장 일어나! (겉옷 가지고 일어나는)
박 비서	(따라 나가는)

S#52. 격투기 체육관 / 소봉의 방 (아침)

벽에 걸린 경호원 슈트를 빤히 보던 소봉, 그걸 집어서 입는다.
들어오던 조 기자, 그 모습을 보고 놀란다.

조 기자   자기, 미쳤어? 정말 나랑 해보겠다는 거야?
소 봉   (묵묵히 입는)
조 기자   야, 강소봉! 넌 사람 말이 말 같지가 않냐? 안 된다잖아! 아니라잖아!
재식(E)   내버려둬.
조 기자   (돌아보면)
소 봉   다녀올게. (챙겨서 나가는)
조 기자   아빠까지 미쳤어요?
재 식   어차피 말려봤자 소용없으면 차라리 갈 데까지 가게 하는 게 나아.
조 기자   그런 문제가 아니라구요! 아빤 아무것도 모르면서.
재 식   알아. 내 딸이 친구라고 우기는 바보 같은 짝사랑.
조 기자   그런 친구가 아니라니까요?
재 식   그럼 뭔데?
조 기자   …그게… (난감한) 몰라요! (나가버리는)
재 식   (뭔가 이상한)

S#53. 오로라의 아지트 / 남신의 방 (낮)

자세 변환 용구로 남신의 자세를 바꿔주는 예나.
휴대폰 울리면 확인하고 안 받는다.
문자 알림음 울려서 보면 종길에게서 온 문자.

종길(E)   종로구 청운동. 정확한 주소 찾는 건 금방이야.

남신을 한 번 쳐다보고 놀라서 뛰쳐나가는 예나.

S#54. 오로라의 아지트 앞 (낮)

오로라의 아지트를 나와 주위를 살피는 예나, 다행히 아무도 없다.
다시 들어가려는데, 저쪽에서 미끄러져 다가오는 종길의 차.
긴장한 예나 앞에 와서 멈추면 박 비서 내려 인사하고 뒷좌석 문 연다.
그 안에서 여유 있게 내린 종길, 예나를 보고 웃는다.

종 길   저 앞에 니 차가 주차돼 있는데 아빠가 못 찾을 줄 알았어?

예나, 종길이 가리키는 곳 보면 주차돼 있는 자신의 차.
낭패다 싶은 예나, 흘깃 오로라의 아지트를 의식한다.

종 길   어느 집이야?
예 나   (바로 옆 집 가리키며) 저기. 오로라 박사님 댁이야.
         갈 데 없다니까 재워주신 거고.
종 길   (피식 웃고) 옆집에서 나오는 거 봤어.
         (얼굴 일그러지며) 왜 끝까지 거짓말이야?
         도대체 저 집에 뭐가 있는데 감추는 거야?
예 나   아무것도 없어! 그냥 아빠가 오 박사님 댁을 아는 게 좀 찜찜해서-
종 길   들어가보자. (현관문으로 향하는)
예 나   (따라가면서) 아빠!
종 길   (현관문 손잡이 막 잡는)
예 나   (필사적으로 막으면서) 아빠!
종 길   (낮고 위협적인) 지금 날 막으면 너한테 무슨 짓을 할지 몰라.
         내가 더 잔인해지지 않게 비켜.
예 나   (두렵게 보며 물러서는)
종 길   (들어가려는데)
예 나   아빠가 찾는 건 거기 없어! 회사에 있다구!
종 길   (멈칫하고) 내가 찾는 게 회사에 있다니? 그게 뭔데?
예 나   (말해버릴 듯한)

S#55. PK그룹 / 남신의 사무실 (낮)

창가에 서서 자율주행차팀을 내려다보는 남신3.
팀원들과 주주들한테 돌릴 자료 준비 중인 오로라,
남신3의 시선을 느끼고 올려다본다.
남신3 따스하게 웃어주면 시선 피하고 팀원들과 나가는 오로라.
혼자 남은 듯한 남신3, 휴대폰 꺼내 들여다본다.
마침 들어오던 영훈, 그 모습을 본다.

영 훈   강소봉 씨한테 아직도 연락 없어요?
남신3   괜찮아요. 기다리면 되니까. 상대방이 다시 올 때까지.
영 훈   (안됐다 싶어 보다가) 중요한 대주주 모임이에요.
          준비한 일부터 잘 마무리하죠. 리허설하러 이동할까요? (나가는)
남신3   (휴대폰 주머니에 넣고 영훈 따라 나가는)

S#56. PK그룹 / 대회의실 앞 (낮)

영훈의 뒤를 따라 걸어가던 남신3,
갑자기 숨어 있다 나타나는 데이빗 발견한다.
영훈을 떼어내라고 손짓 발짓하고 반대편으로 사라지는 데이빗.

남신3   회장님도 리허설을 보고 싶어 하시지 않을까요?
          난 먼저 가 있을 테니까 지영훈 씨가 다녀오시죠.
영 훈   그렇게 하죠.

인사하고 돌아서 가는 영훈을 보고 데이빗이 사라진 방향 보는 남신3.

S#57. PK그룹 / 비상계단 (낮)

초조하게 기다리고 있던 데이빗, 문 열고 나오는 남신3를 반긴다.

데이빗	마이 썬, 반갑다. 밖에서 보니까 더 반가워.
남신3	여긴 웬일이에요? 남신은 잘 있어요?
데이빗	(버럭) 니가 왜 걔 걱정을 해? 잘 있어도 너무 잘 있으니까 걱정 마.
남신3	왜 그렇게 짜증을 내요? 무슨 일 있어요?
데이빗	(말할까 말까 망설이는) …그게 말이야…
	…니가 꼭 알아야 할 게 있어서…

S#58. PK그룹 일각 (낮)

팀원들과 함께 서둘러 걸어가던 오로라, 발길을 멈춘다.
팀원들도 멈춰서 보면 경호원 슈트 입은 소봉, 인사한다.

오로라	먼저들 가 있어요.

팀원들, 소봉을 흘끔거리면서 자리를 뜬다.
차분하게 서로를 보는 오로라와 소봉.
소봉, 갑자기 무릎을 꿇는다. 놀라는 오로라.

소 봉	제발 부탁드립니다. 킬 스위치 없애주세요.
	누워 계신 본부장님이나 오 박사님께 절대 폐 끼치지 않게 할게요.
오로라	이런 식의 과장된 액션, 딱 질색이에요. (지나가 버리는)
소 봉	(벌떡 일어나서) 다 말해버릴 거예요.
오로라	(돌아보면)
소 봉	지금까지 봤던 거, 제가 알고 있는 거, 모두 다 밝혀버릴 거예요.
	사람을 대신한 로봇 얘기에 다들 경악하겠죠.

오로라	그렇게 되면 킬 스위치 누르는 시기만 앞당겨지겠죠.
	그런 로봇은 이 세상에 없다는 걸 증명해야 되니까.
소 봉	오 박사님!
오로라	주제넘게 참견하지 말라는 얘기예요. 달라질 건 없으니까.
	결국 신이는 일어날 거고 모든 건 제자리로 돌아갈 거예요.
소 봉	모든 건 아니죠. 걔는 이 세상 어디에도 없을 테니까.
오로라	(흔들리는 눈빛)
소 봉	이럴 작정으로 만들었어요?
	처음엔 끔찍하게 생각했던 저도 이렇게 마음이 가는데,
	이십 년을 같이 보낸 엄마가 어떻게 이렇게 냉정해요?
	처음부터 그럴 마음으로 시작한 거잖아요.
	위로나 받고 버릴 셈으로 만든 거라구요!
오로라	(보는)
소 봉	그런 건 엄마가 아니에요. 지독하게 이기적인 인간일 뿐이지.
오로라	아무리 비난해도 소용없어요.
	둘의 엄마가 다 돼줄 수 없다는 걸 알았으니까.

오로라를 노려보던 소봉, 돌아서 서둘러 가버린다.

그런 소봉의 뒷모습 보면서 눈빛이 흐트러지는 오로라.

사실은 남신3가 마음에 걸린다. 복잡한 눈빛.

S#59. PK그룹 / 대회의장 (낮)

대주주 모임 준비가 한창인 실내. PT 리허설 중.

자율주행차팀원들, PT 모니터 체크 중이다.

한쪽에 앉아서 PT 내용을 점검 중인 남신3.

건호와 영훈이 들어오는데도 모르고 집중해 있다.

| 건 호 | 저렇게 집중하는 모습 오랜만에 보는구만. |

그때 뚜벅뚜벅 걸어 들어온 소봉, 남신3 앞으로 향한다.
주목하는 영훈. 건호는 별 신경 쓰지 않고.
소봉이 앞에 서면 올려다보는 남신3.

소 봉   니가 물어봤었지? 사라지지 말라는 게 무슨 의미냐구.

그때 들어오던 오로라, 남신3와 소봉을 보고 멈춘다. 긴장하는.

소 봉   말해줄 테니까 일단 가자. 너 여기 있으면 안 돼.
남신3   (가만히 보는)
소 봉   너 내 말 잘 들어주잖아. 나랑 계속 얘기하고, 웃고, 놀고 싶으면
         같이 가. 난 너랑 계속 그러고 싶어. 너 없어지는 거, 싫어.
남신3   왜?
소 봉   (가만히 보다가) 좋으니까. 니가 좋아. 그냥 좋아. 무조건 좋아.
         그러니까 이런 사람들 속에 있지 말고 나랑 가자. (손잡아 끄는)
남신3   (잡힌 손을 보면)
소 봉   니가 좋다니까? 그러니까 가자구!
영 훈   (소봉 보면서 일어나려는데)
종길(E)   본부장님!

다들 돌아보면 다급하게 박 비서와 함께 들어오는 종길.

종 길   가긴 어딜 가십니까? 저랑 얘기 좀 하시죠.
소 봉   (남신3의 손을 더 꽉 잡는)
종 길   본부장님, 참 대단하십니다. 감쪽같이 속을 뻔했어요.
오로라, 영훈 (놀라서 눈빛 교환하는)
종 길   어머님이 (오로라 가리키며) 저기 계신 오로라 박사님이시죠?
         어머님은 어머님이신데, 낳아주신 게 아니라 만들어주셨죠.
소 봉   (놀라서 남신3 보는)
오로라   (놀라서 벌떡 일어나는) 서 이사님!

영 훈   (종길 막아서며) 지금 뭐하시는 겁니까?

종 길   비켜! 이런다고 감출 수 있을 거 같아?!

        다 알고 왔으니까 넌 끝장이야!!

영 훈   (노려보며) 감추는 거 없습니다. 헛소리 그만하세요!

종 길   (버럭) 박 비서!

밖에서 들어온 박 비서, 전원 꺼진 상태의 남신1을 바닥에 던진다.
그걸 보고 놀란 영훈과 오로라! 소봉과 건호도!
영훈이 달려들려는 순간 남신1의 마스크를 떼어내버리는 종길.
인조 피부 아래 있던 로봇의 골조가 분명히 드러나는.
다들 예상치 못한 비주얼에 경악하는.

종 길   오 박사님은 한국 최고의 인공지능 연구자시죠.

        아무리 그렇다고 이런 괴물을 만들어오실 줄은 몰랐습니다.

        어린 신이를 만들었다면, (남신3 보면서) 성인도 충분히 가능하겠죠.

오로라   (낭패다 싶은)

종 길   대답해보시죠, 오 박사님. 여기 앉아 계신 분이 진짜 사람 맞습니까?

소 봉   (종길 노려보며 남신3 뒤로 감추며 손 더 꼭 잡는)

종 길   여기 앉아 있는 괴물은 진짜가 아닙니다.

        본부장과 똑같이 생긴 로봇이에요!

다 들   (경악하는)

오로라, 영훈 (낭패다 싶은)

건 호   (잘못됐다 싶은)

종 길   (남신3에게) 이래도 니가 살과 피가 있는 인간이라고 우길 거야?

소 봉   (다급하게) 빨리 나가야 돼! 가자!

남신3   (소봉의 손을 홱 뿌리치는)

소 봉   …너 왜 그래…

잔인하게 웃고 있는 종길을 뚫어져라 보는 남신3,
갑자기 테이블 위에 놓인 유리컵을 들어 사정없이 깨버린다.

의외의 행동에 움츠리며 고개 돌리는 소봉!
… 반사적으로 다시 남신3를 보는 소봉의 눈이 점점 커진다…
… 유리컵 파편을 든 손에서 흐르는 붉은 피…

소 봉　　…피… 왜 니 손에 피가…

그걸 보면서 역시 놀라는 영훈, 오로라, 건호, 그리고 종길!!!

남신3　　다들 사람한테 피 나는 거 처음 봐?
　　　　(하고 차갑게 소봉 보며) 날 좋아한다구? 너 따위가?

… 붉은 피… 싸늘한 얼굴… 남신3가 아니라 남신이다!!
소봉을 보고 차갑게 웃는 남신. 그제야 깨닫고 경악하는 소봉에서!!!

PLAY 12

제 23 회

제 24 회

S#1. 오로라의 아지트 / 남신의 방 (밤)

PLAY11 22씬의 일부와 연장. 놀란 예나를 보는 오로라와 데이빗

예 나   오빠… 일어나면 나 용서하지 마… 우리 아빠도 절대 용서하지 마…
　　　 …내가 아빠 벌 다 받을게… 오빠가 죽으라면 죽을게…
데이빗   …이 친구, 알면 안 될 걸 알아버렸네.
예 나   (고개 묻고 슬프게 흐느끼는)

데이빗이 나가자고 눈짓하고 나가면 오로라도 따라 나간다.
남신의 옆에 혼자 남은 예나, 여전히 고개 묻은 채 흐느끼는데,
슬며시 예나의 머리를 쓰다듬는 손. 놀라서 벌떡 고개 드는 예나.
남신이 눈을 뜨고 예나를 보고 있다.
예나, 경악하는데 재빨리 조용히 하라고 쉿! 하는 남신.
순간 손으로 자신의 입 막은 예나, 믿을 수 없다는 듯 남신 본다.

남 신   예나야, 안녕?
예나(N) 오빠와 나의 비밀은 그렇게 시작됐다.

S#2. 오로라의 아지트 / 남신의 방 (낮~밤)

남신 혼자만 변함없이 누워 있는 가운데,

오로라, 영훈, 예나, 데이빗, 남신3, 소봉 등 빠른 속도로 흘러간다.
들어오고, 서거나 앉아서 뭔가를 말하고, 나가는 사람들.

예나(N)   바보들. 오빠가 듣는 줄도 모르고.

어느 밤. 남신의 옆에 엎드려 자고 있는 오로라.
어둠 속. 손가락 까딱하더니 가만히 눈을 뜨는 남신.

예나(N)   이렇게 빨리 일어날 줄 몰랐지?

오로라를 무표정하게 보던 남신, 오로라가 깨어나자마자 눈 감는다.
아무것도 모른 채 남신의 머리를 쓰다듬어주는 오로라.
눈 감고 안 깨어난 척 가만히 있는 남신.

예나(N)   아무도 믿지 않는 오빠는 나만 기다렸다.

S#3. 오로라의 아지트 / 남신의 방 (밤)

PLAY12 1씬의 연장. 감격해서 남신을 보는 예나.

예 나   오빠, 정말이야? 진짜 날 기다렸어?
남 신   (끄떡하고) 난 니가 필요해. 내 말대로 해줄 수 있어?
예나(N)   오빠 말대로 하면 나 좋아해줄 거야?
예 나   무조건, 뭐든 할게. 말만 해.
남 신   (다정하게 웃어주는)

S#4. 오로라의 아지트 / 남신의 방 (아침)

PLAY11 50씬. 생략된 부분. 정성스레 남신의 팔을 닦아주는 예나.

데이빗   (고개 쑥 내밀고) 나 좀 나갔다 올게요. (나가는)
남 신   (눈 뜨고) 예나야, 지금이야. 휴대폰 켜.
예 나   (지시대로 휴대폰 켜는)
예나(N)   이러면 오빠 가질 수 있는 거지?

S#5. PK그룹 / 종길의 사무실 (아침)

PLAY11 51씬의 일부. 박 비서와 종길의 대화.

박 비서   서 팀장이 휴대폰을 켰어요. 지금 있는 지역 찾았어요!
종 길   (정신 번쩍 드는)
예나(N)   아빠한텐 안 미안해.

S#6. 오로라의 아지트 앞 (낮)

PLAY11 54씬의 일부와 연장. 예나와 종길의 대화.

예 나   아빠가 찾는 건 거기 없어! 회사에 있다구!
종 길   …내가 찾는 게 회사에 있다니? 그게 뭔데?
예 나   로봇! 오빠랑 똑같이 닮은.
종 길   (경악하는)
예 나   (고개 돌린 채 죄책감 느끼는)
예나(N)   하나도 안 미안해.

잠시 후. 전원이 꺼진 상태의 남신1을 박 비서에게 넘겨주는 예나.
믿기 힘들다는 듯 남신1을 보는 종길과 박 비서.
잠시 후. 떠나는 종길의 차 보던 예나, 휴대폰을 꺼내서 본다.

S#7. PK그룹 / 비상계단 (낮)

PLAY11 57씬의 연장. 데이빗과 남신3의 대화.

데이빗 …그게 말이야……니가 꼭 알아야 할 게 있어서…
남신3 뭔데요?
데이빗 …그러니까… 그게… (하다가) 도저히 안 되겠다. 이따 집에서 봐.

서둘러 가버리는 데이빗의 뒷모습을 보는 남신3.
갑자기 울리는 남신3의 휴대폰.

남신3 (받는) 여보세요?
예나(F) 큰일 났어! 아빠가 여길 알아내서 오고 있대.
오빠 옮겨야 되니까 아무한테도 말하지 말고 당장 와!
예나(N) 난 이제 오빠뿐이니까.
남신3 알았어요. (전화 끊고) 나중에 얘기해요. (달려가는)

S#8. PK그룹 앞 (낮)

도착하는 예나의 차. 운전석에서 내린 예나, 서둘러 뒷좌석 문 연다.
거기서 힘겹게 내리는 남신을 부축해서 들어가는 예나.
뛰어나온 경비원들, 남신한테 허리 굽혀 인사한다.
부축당해 들어가는 남신의 뒷모습을 의아하게 보는 경비원들.

S#9. PK그룹 / 대회의장 (낮)

아무도 없는 대회의장. 남신을 의자에 앉혀주는 예나.

예 나   오빠, 정말 괜찮겠어?

남 신   잊었어? 여긴 내 자리야.

예 나   (감격해서 안아주는) 우리 오빠, 완벽히 돌아왔네.

남 신   (따스하게) 나가 있어, 예나야.

          오빠가 서 이사님 막 대하는 거 보면 아무리 너라도 상처받을 거야.

예 나   (더 감격해서) …오빠…

S#10. PK그룹 앞 (낮)

서둘러 도착하는 응급차를 보는 예나. 응급차 보조석에서 내리는 현준.

현 준   영훈이는요? 어디가 아픕니까?

예 나   미안해요. 지 팀장 때문에 부른 게 아니에요.

현 준   (황당한) 네? 그럼 왜 불렀어요? 누구한테 문제가 생긴 겁니까?

예 나   문제가 생기지 않길 바라지만 혹시나 해서요.

황당해하는 현준을 두고 회사를 걱정스레 올려다보는 예나.

S#11. PK그룹 / 대회의장 (낮)

PLAY11 59씬의 일부와 연장. 종길을 뚫어져라 보는 남신,
갑자기 테이블 위에 놓인 유리컵을 들어 사정없이 깨버린다.
의외의 행동에 움츠리며 고개 돌리는 소봉!
…반사적으로 다시 남신을 보는 소봉의 눈이 점점 커진다…

…유리컵 파편을 든 손에서 흐르는 붉은 피…

소 봉   …피… 왜 손에 피가…

그걸 보면서 역시 놀라는 영훈, 오로라, 건호, 그리고 종길!!!

남 신   다들 사람한테 피 나는 거 처음 봐?
           (하고 차갑게 소봉 보며) 날 좋아한다구? 너 따위가?

소봉을 보고 차갑게 웃는 남신.
한 발 두 발 뒤로 물러서던 소봉, 그제야 깨닫는다!

소 봉   …킬 스위치…안 돼! (뛰쳐나가는)
오로라   (다가가면서) … 시…신아…
남 신   PT를 또 미뤄야겠네요. 보시다시피 손도 엉망이고 컨디션도 별루라.
영 훈   신아!
남 신   나중에 보자, 형. 할아버지두, 서 이사님두요.

일어나려던 남신, 갑자기 의식 잃고 바닥에 사정없이 쓰러진다!

오로라   (달려들며) 신아!
영 훈   신아!
예나(E)   오빠!

뛰어 들어오는 예나. 현준과 보안요원 역시 들것 들고 뛰어 들어온다.
서둘러 남신을 들것에 싣고 나가는 예나와 현준과 보안요원.
오로라도 따라 나가고 영훈도 따라 나가려는 순간,
종길의 뺨을 사정없이 갈기는 건호! 가다 멈추고 돌아보는 영훈.

S#12. PK그룹 일각 (낮)

휴대폰으로 전화 걸면서 뛰쳐나오는 소봉.
신호는 가는데 받지 않는 남신3.
절박한 소봉, 음성메시지로 넘어가면 휴대폰 끊고,
통화 버튼 다시 누르다가 넘어져버린다.
소봉은 바닥에 넘어지고 저쪽으로 미끄러지는 휴대폰.
신호는 계속 가는데 여전히 받지 않는 남신3.

소 봉   (절망적인) …어디 있는 거야… 왜 안 받아…

그때 소봉의 휴대폰에 철컥 전화 받는 소리.

남신3   강소봉이다!
소 봉   (놀라서 얼른 휴대폰 집어서 받는) 너 괜찮아? 어디야?
남신3   엄마 집에 있는데 여기 남신이 없어.
소 봉   거기서 나와! 당장!

S#13. 오로라의 아지트 / 남신의 방 (낮)

남신이 누워 있던 침대 옆에서 통화 중인 남신3.

소봉(F)   나 말고 아무하고도 연락하지 마.
          우리 자전거 타던 데서 만나… 보고 싶어… 빨리 와…
남신3   알았어. 지금 갈게.

전화 끊고 텅 빈 침대 한 번 보고 얼른 나가는 남신3.

S#14. PK그룹 / 대회의장 (낮)

고개 숙인 종길을 노려보는 건호. 옆에서 두 사람을 예의 주시하는 영훈.

건 호   니 놈 덕에 신이가 쓰러지고 주주들이 돌아갔어!
        기자 한 놈이라도 오늘 벌어진 촌극을 알게 되면 어쩔 거야?
        이사라는 놈이 인형 나부랭이를 들고 와서 로봇이네 뭐네 한 게
        알려지면 어쩔 거냐고!
종 길   로봇이 있는 건 분명합니다!
건 호   뭐야? 신이 놈 피 흘리는 거 못 봤어?
        얼마나 억울하면 그놈이 손수 컵을 깨?
        내 손자 잡겠다고 니가 내 회사를 우스꽝스럽게 만들어?
종 길   제발 제 말 좀 들어주세요!
        (남신1 가리키며) 저건 어떻게 설명하실 겁니까?
건 호   (영훈에게) 저건 뭐야? 넌 아는 거 있어?
영 훈   오 박사님께서 들은 적이 있습니다.
        신이가 보고 싶어서 똑같이 생긴 로봇을 만들다 실패하셨다고.
건 호   로봇이 맞긴 맞다? 그 여자도 확실히 정상은 아니구만.
영 훈   작동도 못 하는 장난감이나 마찬가지입니다.
종 길   (영훈을 노려보는)
건 호   로봇 얘기가 한 번 더 내 귀에 들리면 그건 니놈 짓이야.
        (종길의 목 틀어쥐고) 그땐 내가 죽는 한이 있어도 너 죽여. (힘주는)
종 길   (컥컥! 숨 막히는)
영 훈   그만하시죠, 회장님.

건호, 종길 확 밀치고 밖으로 나가면 켁켁! 기침하는 종길.
차갑게 보다가 나가려고 하는 영훈을 붙드는 종길.

종 길   넌 알잖아! 다 맞잖아!
영 훈   (차분한) 이사님 말씀이 맞습니다. 알고 계신 그대로예요.

종 길 (의외다) 뭐, 뭐야?

영 훈 하지만 그걸 들어줄 사람이 없을 겁니다.
       다들 이사님을 욕심에 미쳐 멀쩡한 사람을 로봇으로 몰아버린
       미치광이로 알 테니까요.

종 길 …너…. 이 새끼…

       차갑게 비웃고 종길의 팔 뿌리치고 나가는 영훈.
       분노를 못 이긴 종길, 옆에 있는 의자들을 집어 던져버린다.

S#15. PK그룹 / 회장실 (낮)

       분노를 참으며 회장실로 막 들어온 건호.
       심각한 얼굴로 소파에 앉아 있던 데이빗, 벌떡 일어난다.

데이빗 오 박사를 아무리 설득해도 킬 스위치를 포기 안 합니다.

건 호 지금 그게 문제야? 나한테 말도 없이 무슨 짓을 저지른 거야?
       그놈은 어디 가고 누워 있던 놈이 멀쩡하게 나타나?

데이빗 네? 누워 있던 놈이 나타나다니 그게 무슨…

건 호 무슨 일이 벌어지는지도 몰랐던 거야?
       그놈 자리에 진짜 신이 나타났다고!

       놀란 데이빗, 서둘러 남신3한테 전화해보면 안 받는다.

데이빗 안 받아요. (서둘러 뛰쳐나가는)

건 호 (답답한)

S#16. 동네골목 (낮)

　　　　PLAY9 48씬의 공간. 죽을힘을 다해 계단을 뛰어올라가는 소봉.

S#17. 동네 정상 (낮)

　　　　PLAY9 49씬의 공간. 막 달려서 골목을 빠져나온 소봉,
　　　　탁 트인 공간에서 미친 듯 주위를 둘러보는데 아무도 없다.
　　　　절박한 얼굴이 된 소봉, 다른 골목으로 내려가려는 순간,

남신3(E)　　강소봉!

　　　　다급히 뒤돌아보는 소봉. 저만치 서서 웃고 있는 남신3.
　　　　반사적으로 달려가서 남신3를 마주 보는 소봉.

소 봉　　···잘못된 줄 알았잖아···없어진 줄 알았잖아···
남신3　　···기다렸어···GPS도 안 켜고 전화도 안 하고 니가 올 때까지 계속···

　　　　그 말이 가슴 아픈 소봉, 남신3를 와락 안는다.

남신3　　(안긴 채) ··· 강소봉···
소 봉　　(울먹이는) ··· 어디 가지 마··· 아무 데도 가지 마···

　　　　남신3를 더 꼬옥 안는 소봉.
　　　　그런 소봉을 따스하게 쓰다듬어주는 남신3.
　　　　동네가 한눈에 내려다보이는 풍경.
　　　　한없이 안고 있는 남신3와 소봉.

S#18. 오로라의 아지트 / 남신의 방 (낮)

손에 붕대를 감은 채 산소호흡기 달고 있는 남신,
링거액 달고 의식 잃은 채 침대에 누워 있다.
그런 남신 옆에서 고개 숙인 예나를 노려보고 있는 오로라.
링거액 조절하며 옆에 서 있는 현준.

오로라   왜 말 안 했어요? 신이 의식이 돌아온 걸
             서 팀장만 알고 있었다는 게 말이 돼요?
예 나   죄송해요. 천천히 말씀드린다는 게 그만.
오로라   천천히? 신이 죽이고 싶어요?
             어떻게 의식이 막 돌아온 애를 밖으로 끌고 나가요?
             도로 잘못되면 어쩔 거예요? 다시 못 일어나면 어쩔 거냐구요?
예 나   (말없이 고개 숙이는)
현 준   (예나를 다독이듯) 잠깐 눈 떴다고 해서 완전한 게 아니에요.
             의식을 회복했다 잃었다를 반복하는 경우가 많구요.
             오 박사님 말씀대로 더 조심하셨어야 되는 게 맞아요.
예 나   오빠 빨리 복귀시키고 싶어서 그랬는데, 제 생각이 많이 짧았어요.
오로라   당장이라도 내쫓고 싶은데 서 팀장 상황 생각해서 참는 거예요!
현 준   저도 이런 일이 또 생기면 무조건 병원에 입원시킬 수밖에 없어요.
영훈(E)   그만들 해요.

다들 돌아보면 누워 있는 남신을 바라보며 서 있는 영훈.

영 훈   어쨌든 일어났잖아요, 신이가.
남 신   (평온하게 누워 있는)

S#19. 거리 (낮)

무작정 남신3를 끌고 가는 소봉.

남신3	지금 어디 가?
소 봉	나도 몰라. 어디든 먼 데.
남신3	인간 남신은 어때? 내가 흉내 낸 거랑 똑같아?
소 봉	(불안한)

플래시백 : PK그룹 / 대회의장 (낮)
PLAY11 59씬의 일부. 유리컵을 들어 사정없이 깨버리는 남신.
소봉을 보는 싸늘한 얼굴.

도로 현재. 그런 남신의 등장이 뭔가 예감이 좋지 않은 소봉.

소 봉	너랑 전혀 달라.
남신3	엄마 집에 가보면 안 돼? 남신이 궁금한데.
소 봉	(멈추고 버럭) 안 돼!
남신3	(멈춰서 보는)
소 봉	미안해. 내가 흥분해서. 거긴 가지 말자.
	둘이 같은 장소에 있는 게 좋을 거 없잖아.
남신3	(물끄러미 보는)

그때, 울리는 휴대폰을 꺼내서 보는 남신3. 〈지영훈〉이다.

S#20. 오로라의 아지트 / 거실 (낮)

남신3와 통화 중인 영훈. 옆에는 오로라가 앉아 있다.

영 훈   서 팀장이 많이 미안해하고 있어요.
        신이 생각해서 과하게 행동한 거니까 이해해줘요. (하고)
        일단 병원으로 가서 다친 척 며칠 입원해 있어요.
소봉(F) 그렇게 못 해요.
영 훈   강소봉 씨? 같이 있어요?
오로라   (예민하게 보는)
소봉(F) 당신들이 무슨 짓을 할 줄 알고 하라는 대로 해요?
영 훈   강소봉 씨가 뭘 걱정하는지 알아요.
        일단 급한 불부터 끄고 오 박사님과 의논해볼게요.
오로라   의논하긴 뭘 의논해요?
        (휴대폰 뺏어) 강소봉 씨, 그 애 당장 바꿔줘요! 안 그러면-

        하는데 오로라의 손에서 휴대폰 뺏는 데이빗
        황당한 듯 보는 오로라와 차분한 영훈.

데이빗   강소봉 씨? 그놈한테 절대 아무 일 못 생기게 할 테니까
        나 믿고 병원 가 있어요. 의논할 게 있으니까 이따 갈게요.
        (듣고) 그래요. 고마워요. (끊고) 병원으로 가겠대.
오로라   (기막힌) 당신도 강소봉 씨랑 의논을 해요?
데이빗   의논은 강소봉 씨랑 하고 당신이랑은 싸울 거야. 지금부터.
오로라   (황당한) 뭐라구요?

S#21. 오로라의 아지트 / LAB실 (낮)

        비어 있는 킬 스위치 박스를 오로라에게 내보이는 데이빗.

데이빗   킬 스위치 어디 감췄어? 당장 내놔.
오로라   이럴 줄 알고 미리 손 쓴 거예요.
데이빗   정말 당신이 그걸 누를 수 있다고 생각해?

제발 나한테 줘. 어떻게든 해볼게.

오로라   난 이미 나쁜 엄마가 되기로 작정했어요.

              당신이 그 앨 얼마나 아끼는지 알지만 어쩔 수 없어요.

데이빗   (버럭) 그놈 얘길 하는 게 아냐! 당신 때문이지!

오로라   (놀라서 보는)

데이빗   뭐? 그놈이 없어져도 아무 상관없어?

              당신 아들이랑 그놈 중에 누구랑 보낸 시간이 더 많아?

              아무리 로봇이었대도 한결같이 당신을 위하던 놈이야!

              그런 놈을 없앤다고 진짜 없던 놈이 돼?

              그놈 보면서 아들 생각하던 당신이,

              아들 보면서 그놈 생각 안 할 자신 있냐고!

오로라   (흔들리는 눈빛)

데이빗   모질지도 못한 주제에. 왜 자신을 그렇게 몰라?! (홱 나가버리는)

오로라   (괴로운)

S#22. PK병원 / VIP실 (밤)

     환자복 입는 중인 남신3, 뭔가 궁금한 듯 고개 갸우뚱한다.

     시야모니터 켜면 거기 나오는 소봉의 모습.

     PLAY12 17씬의 일부. 눈물 어린 채 바라보는 소봉.

     들어오던 소봉, 가만히 앉아 뭔가를 보는 듯한 남신3를 본다.

     궁금한 소봉, 저도 모르게 시야모니터를 가리면서 남신3 앞에 선다.

소 봉   왜 꼼짝도 안 해? 꼭 뭐 보는 사람처럼?

     남신3, TV 보면 전원 켜지고 거기서 소봉의 모습 나온다.

소 봉   …잘못된 줄 알았잖아… 없어진 줄 알았잖아…

TV 속의 자신을 보고 깜짝 놀란 소봉.

소 봉   저게 뭐야?

남신3   나한테 저장된 아까 니 모습.

소 봉   (TV 가리며) 빨리 꺼.

남신3   (끄고) 왜 울었어?

소 봉   (시선 피하면서) 뭐가.

남신3   인간은 너무 좋아도 울잖아. 그래서 운 거지?
         없어진 줄 알았던 친구가 나타나니까 너무 좋아서.

소 봉   (가만히 보다가) 너 이제 내 친구 아니야.

남신3   왜? 내가 싫어졌어?

소 봉   싫어진 게 아니라 더 좋아져서. 나 니가 좋아.
         그냥 친구 말고 인간 남자처럼.

남신3   난 인간 남자가 아닌데?

소 봉   인간 남자보다 니가 좋아. 못 믿겠으면, (손 내미는)

남신3, 소봉의 손을 잡는다. 눈이 깜빡하지 않는다.
고개 갸우뚱하고 소봉을 보는 남신3를 따스하게 바라보는 소봉.

남신3   날 좋아한다는 건 '사랑'이라는 화학적 작용을 말하는 거야?

소 봉   (말없이 끄덕이는)

남신3   지금 넌 어떤 화학 물질이 분비되는 단계야?
         호감을 느끼는 도파민? 이성을 마비시키는 페닐에틸아민?
         아니면 옥시토신? 엔도르핀?

소 봉   그건 분석해서 알아내는 거잖아. 난 사랑이 뭔지 잘 몰라.
         그냥 느낄 뿐이야. 널 보고 싶고 같이 있고 싶은 내 '마음'을.

남신3   …마음을 느낀다…

소 봉   마음이란 게 어렵지? 볼 수도 없고 만질 수도 없고.

소봉을 물끄러미 보던 남신3, 갑자기 소봉을 안는다.

소 봉	(당황한) 뭐하는 거야, 너.
남신3	나도 느낄 수 있나 보려고. 널 좋아하는 마음.
소 봉	(안긴 채) 어때? 느껴져?
남신3	아직은. 미안해.
소 봉	괜찮아. 뭔가를 바라고 좋아하는 게 아니니까.

남신3의 품에서 빠져나온 소봉,
제 목에 걸려 있던 펜던트를 빼서 남신3의 목에 걸어준다.

남신3	엄마가 준 거랬잖아.
소 봉	엄마가 그랬어. 이 펜던트는 널 위한 엄마 마음이니까,
	나중에 니 마음 주고 싶은 누군가한테 다시 주라고.
	받는 거 생각 안 하고 다 줄 줄 알아야 진짜 어른이 되는 거라고.
남신3	(펜던트를 만져보는)
소 봉	예쁘지?

고개 끄덕인 남신3, 소봉을 응시한다. 잠시 서로를 응시하는 남신3와 소봉.
그때 들려오는 노크 소리. 둘 다 문가를 보면 쏙 고개 내미는 데이빗.

데이빗	하이! 마이 썬! 넌 어떻게 환자복도 잘 어울리냐?
남신3	(자기 환자복 보는)
데이빗	강소봉 씨, 잠깐 데이트 좀 합시다.
남신3	(긴장해서 보는)

S#23. PK병원 / 옥외정원 (밤)

심각한 얼굴로 마주 보고 선 소봉과 데이빗.

데이빗	당분간 킬 스위치 작동은 못할 거예요. 신이 몸이 불완전하니까.

소 봉	당분간이라니, 오 박사님은 걔가 안쓰럽지도 않으신가 봐요.
데이빗	안쓰러운 마음을 밀어내려고 기를 쓰는 중이죠.
소 봉	혹시 멀리 멀리 도망가면요?
데이빗	원격 컨트롤이 가능해서 소용없어요.
소 봉	박살내버리면요?
데이빗	마찬가지예요. 부서지는 순간 작동되니까.
소 봉	정말 아무 방법도 없어요?
데이빗	(답답한) 킬 스위치가 안 먹히려면 그놈을 아예 꺼버려야 되는데…
	…전원을 끄면 산송장이나 다름없고…
소 봉	어떡해야 되는지 알 거 같아요.
데이빗	(보면) 뭔데요?
소 봉	목숨을 얻고 싶으면 목숨을 걸어야죠.

S#24. 오로라의 아지트 / 남신의 방 (밤)

의식 잃고 누워 있던 남신, 가만히 눈을 뜬다.
흐릿한 시야에 오로라와 영훈과 예나 뿌옇게 보인다.
한두 번 깜빡깜빡하면 뚜렷해지는 시야.
잔뜩 걱정스런 눈빛으로 남신을 보고 있는 세 사람.

예 나	오빠, 회사에서 쓰러졌었어. 괜찮은 거지?
남 신	(말없이 방 안을 둘러보는)
오로라	신아, 엄마 보여? 엄마야, 신아.
남 신	(오로라를 쳐다보는)
영 훈	(예나에게) 잠깐 나가 있죠.

영훈이 나가면 남신한테 시선 고정한 채 따라 나가는 예나.
둘만 남은 남신과 오로라. 애틋한 엄마와 덤덤한 아들, 서로를 바라보는.

플래시백 : 강연장 앞 (낮)

PLAY1 6씬의 일부. 오로라를 붙들고 있는 경호원들.

엄마! 엄마! 애타게 부르는 남신을 경호원들이 억지로 차에 태운다.

서둘러 출발하는 차 뒷유리를 팡팡 치며 울부짖는 신이.

도로 현재. 애틋하게 남신을 안아주는 오로라.

무표정한 남신, 엄마의 표정이 익숙하지 않은 듯 경직된다.

남 신   (엄마 품에서 나와) 피곤해요.

남신의 기색을 읽은 오로라, 팔을 풀고 아들의 얼굴을 가만히 들여다본다.

부담스러운지 오로라의 시선을 피하는 남신.

오로라   … 엄마가 어색하니?

남 신   당연하잖아요. 엄만 늘 내 얼굴을 봤겠지만 난 아니니까.

오로라   (당황해서 보는)

남 신   궁금해서 묻는데 진짜 그걸 아들이라고 생각했어요?

오로라   (순간적으로 멈칫했다가) 널 생각하면서 만들었고,

           널 도우려고 데리고 온 거야.

남 신   (피식 웃고) 됐어요. 영훈이 형 좀 불러주세요.

오로라   (가만히 보다가) 다시, 천천히, 가까워지자.

오로라가 나가자 냉소적이던 표정 바뀌는 남신. 상처 받은 아이처럼.

영훈이 들어오면 편하게 풀어지는 남신의 표정.

남 신   야, 우리 형이네.

영 훈   (어깨 주먹으로 툭 치는) 너 이 자식.

남 신   지금 환자한테 폭력 쓴 거야? 못 본 새 많이 달라졌어.

영 훈   일어나자마자 형 뒤통수친 게 누군데? 의식 찾은 거 왜 말 안 했어?

남 신   글쎄. 왜 그랬을까?

영훈	그걸 대답이라고 해?
	너 하나 때문에 그동안 우리가 무슨 짓을 했는지 알아?
남신	슬슬 알아봐야지. 나 없는 동안 얼마나 재미있는 일들이 벌어졌는지.
	내일 그거 좀 데려와 봐. 똑같이 생겼다는데 구경은 해봐야지.
영훈	너만 나으면 바로 보낼 거야. 봐서 뭐해?
남신	안 될 건 또 뭐야?
영훈	괜히 니 기분만 이상해질까 봐.
남신	내가 아니라 형 기분이 이상했던 거 아냐?
영훈	(말릴 수 없다. 한숨 쉬는)

S#25. 오로라의 아지트 / LAB실 (밤)

지친 듯 기대 서 있는 오로라, 골똘히 생각에 잠겨 있다.
노크 소리에 이어 들어오는 영훈. 감정 감추는 오로라.

영훈	신이 저놈이 워낙 까칠해서. 괜찮으신가 해서요.
오로라	괜찮아요. 어차피 시간이 좀 걸릴 거라고 생각했어요.
영훈	내일 현준이가 올 겁니다.
	저도 내일 병원에 가서 신이 데리고 올게요.
오로라	네? (하고) 지 팀장이 그 아일 그렇게 부른 건 처음이네요…
영훈	(그제야 실수 깨닫고) 아, 제가 경황이 없어서 말실수를 했네요.
오로라	가서 좀 쉬어요. 신이는 서 팀장이랑 내가 밤새 지켜볼게요.

인사하고 나가는 영훈. 문 닫히고 혼자 남은 오로라, 불안하고 혼란스러운.

남신(E)	궁금해서 묻는데 진짜 그걸 아들이라고 생각했어요?
데이빗(E)	뭐? 그놈이 없어져도 아무 상관없어?
	그놈 보면서 아들 생각하던 당신이,
	아들 보면서 그놈 생각 안 할 자신 있냐고!

오로라   (괴로운 듯 얼굴 감싸는)

S#26. PK병원 전경 / 다른 날 (낮)

전경 위로 노크 소리 (E)

S#27. PK병원 / VIP실 (낮)

노크 소리 또 들리고 곧 문 열고 들어오는 영훈.
아무도 없는 실내. 깨끗하게 비어 있는 병실 확인하고 놀라는 영훈.

오로라(F)   아무도 없다니요?

S#28. 오로라의 아지트 / 거실 (낮)

소파에 앉아 영훈과 통화 중인 오로라. 밤새 잠 못 잔 듯 푸석푸석한.

오로라   (불안한) 둘 다 전화도 안 받고 어디 간 거죠?
(갑자기 벌떡 일어나는) 설마 신문사나 방송사에 간 건 아니겠죠?
아니에요. 강소봉 씨는 충분히 그러고도 남을 사람이에요.

하면서 시선 돌리는데 거기 서 있는 소봉, 인사한다.

오로라   …강소봉 씨 여기 왔어요. (끊고) 왜 왔죠? 신이는 어디 있어요?
소 봉   (신이 얘기에 가슴 아픈)

플래시백 : 병원 주차장 / 오늘 (낮)
데이빗의 자동차 옆. 마주 보고 서 있는 남신3와 소봉.
좀 떨어져 등 돌리고 서 있는 데이빗.

소 봉   너 나 믿지?

남신3   (끄덕이는)

소 봉   그럼 아무것도 묻지 말고 내가 하자는 대로 해줘.
         (남신3의 손을 잡고 보며) 미안해. 너한테 이런 짓해서.

결심한 듯 로보 워치 빼고 남신3를 안아버리는 소봉.
잠깐 움찔한 남신3, 소봉의 품에 안겨 그대로 천천히 눈을 감는다.
남신3의 움직임을 느낀 소봉, 가슴이 아픈.

도로 현재. 가슴 아픈 소봉, 결연하게 가방을 열어 쏟아버린다.
바닥에 떨어지는 로보 워치들을 보고 놀라는 오로라.

소 봉   로보 워치예요. 집에 있는 것까지 다 갖고 왔어요.

오로라   (번뜩해서) 설마 그 아이 팔에 있던 것까지 뺀 건 아니죠?

소 봉   뺐는데 왜요? 빼서 작동 멈춰놓고 아무도 못 찾을 데 감춰버렸어요.

오로라   (벌떡 일어나서) 이봐요!
         그게 그 아이한테 얼마나 모욕적인 짓인 줄 알아요?

소 봉   킬 스위치 눌러서 부숴버리는 건 모욕적이 아니구요?

오로라   … 뭐라구요?

소 봉   오 박사님 수고를 덜어드린 건데 왜 그렇게 흥분하세요?
         어차피 킬 스위치 누르시려고 했잖아요.
         로보 워치 빼면 킬 스위치 눌러봐야 소용없다면서요.
         로보 워치 뺀 채로 영원히 멈춰 있는 거나,
         킬 스위치 때문에 움직이다 파괴되는 거나 뭐가 달라요?

오로라   … 지금 날 협박하는 거예요?

소 봉   아뇨. 협상하는 거예요. 킬 스위치 저한테 넘기세요. 당장.

오로라   (보는)

S#29. 오로라의 아지트 / 남신의 방 (낮)

눈 뜬 채 생각에 잠겨 있는 남신. 조용히 다가온 예나.

예 나   강소봉이야. 무슨 얘길 하는지 둘 다 엄청 심각해.
        뻔하지, 뭐. 그 로봇 얘기 하는 게 분명해.
남 신   (생각하는)

\# 플래시백 : PK그룹 / 대회의장 (낮)
PLAY11 59씬의 일부. 소봉의 모습.

소 봉   니가 좋아. 그냥 좋아. 무조건 좋아. 니가 좋다니까?

도로 현재. 피식 웃어버리는 남신.
그런 남신을 의아하게 보는 예나.

S#30. 오로라의 아지트 / 거실 (낮)

마주 선 소봉과 오로라. 팽팽하게 서로를 보는 눈길.

오로라   그럼 계속 전원 꺼진 상태로 있게 해요.
        난 절대 킬 스위치를 줄 생각이 없으니까.
소 봉   …어떻게 그렇게 말해요?
        걔를 그 상태로 두는 게 모욕적인 짓이라면서요?
오로라   강소봉 씨가 그럴 수 없다는 걸 아니까.
소 봉   (보는)

오로라	그 아이를 아끼니까 이렇게까지 하는 거잖아요.
	그런 사람이 그 아이를 죽은 거나 마찬가지인 상태로 둘 리가 없죠.
소 봉	(흔들리는)
오로라	이건 어차피 강소봉 씨가 이길 수 없는 싸움이에요.
	로보 워치 도로 그 아이한테 끼워줘요.
소 봉	그럼 차라리 눌러버려요!
오로라	(보는)
소 봉	대신 오 박사님은 살인자가 될 거예요. 나까지 죽이게 될 테니까!
오로라	…강소봉…
소 봉	전원 다시 켜자마자 걔 옆에 딱 붙어 다닐 거예요.
	낮에도 밤에도 붙어 있을 거예요! 한 발짝도 안 떨어질 거예요!
	그러다 보면 언젠가 걔가 터질 테고 옆에 있던 저도 죽겠죠.
	그러니까 언제든 누르세요. 전 마음의 준비가 돼 있으니까.
오로라	본인이 굉장히 무모한 거 알아요?
소 봉	무모한 건 걔예요. 죽을 뻔한 걸 살려주고, 누가 날 무시하면
	혼내주고, 아픈 내 곁에 밤새 있어주고.
	언제 어디서든 날 지켜주겠다고 약속했어요.
오로라	(보는)
소 봉	저도 약속했어요. 너보다 힘도 딸리고 머리도 나쁘고 컴맹이지만
	그래도 어떻게든 지켜주겠다고. 걔 약속을 다 지켜줬으니까,
	저도 지켜야 돼요. 그게 예의고 존중이잖아요. 사람이든 로봇이든.

오로라, 소봉을 가만히 본다.
담담하게 가방에 로보 워치를 주워 담는 소봉.

소 봉	(다 담고) 이만 가볼게요. (인사하고 가려는데)
오로라	나하고도 약속해줄 수 있어요?
소 봉	(멈춰서 보면)
오로라	그 아이 책임져주겠다고.
소 봉	(망설임 없이) 네.

오로라	쉽지 않을 거예요.
소 봉	알아요. 저도 무서워요.
오로라	(안쓰럽게 보는)

S#31. 오로라의 아지트 / 거실 (낮)

소봉을 배웅하러 나오는 오로라.
소봉의 손에는 킬 스위치 가방이 들려 있다.
예나가 두 사람의 앞길을 막으면 케이스를 뒤로 감추는 소봉.

예 나	오빠가 강소봉 좀 봐야겠대요. (가버리는)
소 봉	(오로라 보면)
오로라	일단 가보죠. 방금 전 일은 말하지 말아요.
소 봉	네.

S#32. 오로라의 아지트 / 남신의 방 (낮)

반쯤 앉아 있는 남신, 들어오는 소봉과 오로라를 본다.
옆에는 못마땅한 얼굴로 서 있는 예나. 남신에게 인사하는 소봉.

남 신	너 나한테 공항에서 맞은 그 경호원이지?
소 봉	네.
남 신	그거 좀 당장 데려와. 나 닮은 로봇.
소 봉	(오로라 보는)
남 신	(오로라한테) 형한테 부탁했는데 영 소식이 없네요.
	쟤 하는 꼴 보니까 쟤한테 얘기하는 게 빠를 거 같아서요.
오로라	(다독이는) 그 아일 뭐 하러 봐.
남 신	(무시하고 소봉에게) 넌 왜 그거 놔두고 혼자 왔어?

두 분이 무슨 비밀 얘기라도 하신 건가?

오로라 (한숨 쉬고) 비밀 같은 게 어디 있어.

(소봉에게) 그 아이 잠깐 데리고 오는 게 좋겠어요.

소 봉 (어쩔 수 없다 싶어 휴대폰 꺼내는)

S#33. 데이빗의 차 안 (낮)

운전석에 앉아 있는 데이빗, 통화 중이다.
보조석에 로보 워치 빠진 채 전원 꺼진 남신3도 앉아 있다.

데이빗 알았어요. 바로 데리고 갈게요.

(전화 끊고 남신3 보며) 금방 움직이게 해줄게.

조심스럽게 남신3의 안전벨트해주는 데이빗.
차 시동 걸고 출발하면 눈 감은 채 앉아 있는 남신3. 암전.

S#34. 오로라의 아지트 / 남신의 방 (낮)

화면 밝아지면 환하게 햇볕 들어오는 침상.
침상 반쯤 올려 앉아 창밖 보고 있는 남신.
인기척 들려서 돌아보면 남신3가 서 있다.
자신과 완전히 똑같은 모습에 놀라는 남신.

S#35. 오로라의 아지트 앞 (낮)

소봉, 차 운전석에 앉아 있는 데이빗에게 킬 스위치 박스를 건넨다.

데이빗	다행히 오 박사가 넘겨줬네요. 해체할 방법을 어떻게든 찾아볼게요.
소 봉	꼭 부탁드려요. (하고) 어디로 가실 건데요?
데이빗	절대 이걸 누르지 않을 사람한테 가니까 걱정 말아요.
	자주 연락할 테니까 그놈 좀 잘 부탁해요.
소 봉	네. 몸조심하세요.

서둘러 출발하는 데이빗이 차 뒤꽁무니 보던 소봉.
걱정스런 얼굴로 오로라의 아지트 쪽을 본다.

S#36. 오로라의 아지트 / 남신의 방 (낮)

여전히 선 채로 남신을 내려다보는 남신3.
충격이 가신 남신, 남신3의 모습을 머리끝부터 발끝까지 훑어본다.

남 신	돌아봐.
남신3	(돌아보는)
남 신	웃어봐.
남신3	(웃는)
남 신	내 흉내 내봐.
남신3	(남신의 표정 짓는)
남 신	(기막힌 웃음) 허! (하고) 올려다보니까 기분 별루다. 거기 앉아.
남신3	(말대로 앉는)
남 신	말해봐. 말 못해?
남신3	(웃고) 반가워요. 난 인공지능 로봇 남신 쓰리예요.
	당신에 대한 많은 정보가 내 메모리에 저장돼 있어요.
	그래서 난 당신을 잘 알아요.
남 신	불공평하잖아. 난 너에 대해 거의 아는 게 없는데.
남신3	궁금한 건 뭐든지 물어봐요.
남 신	일단 니가 로봇인 걸 증명해봐.

(얼굴 보면서) 꼭 사람 같네. 생긴 거, 피부 다.

남신3 촉감이 미세하게 다른데, (얼굴 불쑥 내밀며) 만져볼래요?

남 신 (흠칫 뒤로) 내가 널 왜 만져? 비켜.

남신3 그럼 다른 방법으로 증명할게요.

남신3가 TV 보면 시야모니터 켜지고 남신1과 남신2의 모습 등장.
신기하고 두려운 듯 화면 속 남신1과 남신2를 보는 남신.

남 신 …저건 난데…

남신3 남신 원과 투예요. 난 저 둘의 기억메모리를 다 가지고 있어요.

남 신 니가 TV를 켰고 머릿속에 있는 것도 마음대로 띄웠다?

고개 끄덕인 남신3, 이번엔 TV에 오로라의 모습들을 띄운다.
체코에 함께 있었을 때의 오로라. 다양하게 웃는 모습들.

남신3 당신이 보지 못한 엄마 모습이에요.

남 신 (가만히 보다가) 널 보고 웃는 거네.

남신3 당신을 보고 슬퍼하는 모습도 있어요.

PLAY2 7씬, 오로라가 남신을 안고 오열하던 순간이 시야모니터에.

남 신 (보기 싫은) 당장 꺼.

남신3 (끄고) 난 로봇이니까 경계하지 않아도 돼요.
난 여기 당신을 도와주러 온 거니까.

남 신 (번뜩해서) 그럼 앞으로도 계속 날 도와줄 거야?

남신3 (고개 갸우뚱) 뭘 도와야 하죠?

남 신 그건 고민해볼게. 도와줄 거야, 말 거야?

남신3 (환하게 웃는) 도와줄게요. 얼마든지.

남 신 (믿을 수 없어 탐색하는)

S#37. 오로라의 아지트 / 거실 (낮)

소파에 앉아 있던 예나, 남신3가 나오는 걸 본다.
우뚝 멈춰 서서 주위를 둘러보는 남신3.

예 나 오 박사님 찾아?
남신3 (말없이 나가려는데)
예 나 미안해. 그동안 함부로 한 거.
남신3 (보면)
예 나 그래도 오빠 다 나을 때까지 좀 더 부탁할게.
　　　　(하고) 오 박사님 너 얼굴 안 보려고 하실 거야. 잘 가.

남신의 방으로 가는 예나.
혼자 남은 남신3, 오로라의 방을 바라보다 말없이 나간다.
현관문이 닫히면 방에서 나오는 오로라.

오로라 (현관문 보며) 잘 가. 신아.

S#38. 오로라의 아지트 앞 (낮)

초조하게 기다리고 있던 소봉, 남신3가 나오는 걸 봤다!
얼른 뛰어가서 여기저기 살펴보는 소봉.

남신3 나 멀쩡해.
소 봉 본부장님이 뭐래?
남신3 앞으로도 뭐든 도와달래.
소 봉 지금까지 도와줬으면 됐지 뭘 또 도와달래? 오 박사님은?
남신3 엄만 못 봤어. 날 보고 싶지 않으신가 봐.
소 봉 그런 거 아닐 거야. 나중에 또 보면 되잖아.

남신3	(끄덕이는)
소 봉	어쨌든 고마워. 아무것도 안 묻고 내가 해달라는 다 해줘서.
남신3	고마우면 나 병원 말고 너희 집에 데려가.
소 봉	우리 집? 왜?
남신3	니가 사는 공간도 볼 거야. 너에 대해 다 알아야 되니까.
소 봉	…조 기자님이 너에 대해 알아.
남신3	괜찮아. 나에 대해 아니까 그냥 날 보여줘도 되잖아.
소 봉	(환하게 웃고) 그래, 가자.

S#39. PK그룹 / 서버실 (낮)

박스 안의 킬 스위치를 뚫어져라 처다보면서 고민에 빠져 있는 데이빗.

건호(E)	그게 그 흉측한 물건이야?

데이빗 고개 들면 어느새 앞에 서 있는 건호.

데이빗	(인사하고) 저 여기 좀 있게 해주십시오.
	이걸 해체할 방법을 찾아야 되니까, 필요한 장비도 넣어주시구요.
건 호	방법을 못 찾으면?
데이빗	회장님께 맡기겠습니다.
	그놈이 잘못되는 걸 누구보다 바라지 않는 분이니까요.
건 호	그 마음이야 자네나 내가 매한가지지.
데이빗	저는 애정이고 회장님은 욕심이시죠. 상관없어요.
	욕심이 커지실수록 킬 스위치는 안전할 테니까요.
건 호	(슬그머니 웃는)

S#40. 격투기 체육관 전경 (밤)

놀라는 재식, 인태, 로보캅의 한 목소리.

다들(E)   뭐? 여기서?

S#41. 격투기 체육관 (밤)

소봉과 함께 서 있는 남신3를 황당하게 보는 재식, 인태, 로보캅.
뒤편에 서서 팔짱 끼고 남신3만을 뚫어져라 노려보는 조 기자.

소 봉   며칠만 있다 갈 거니까 그렇게들 알아.
재 식   뭐야? 그 목걸이가 왜 거기 걸려 있어?

다들 남신3의 목에 걸린 펜던트 보고 놀라는.
난감해하는 소봉을 기막힌 듯 보는 조 기자.

인 태   형님, 누님 때문에 여기 있겠다는 거예요?
남신3   어. 강소봉에 대해 전부 알아야 돼.
로보캅   와, 돌직구. 누님, 짝사랑 완전 졸업하셨네요.
소 봉   그런 거 아니거든? 쓸데없는 관심 좀 끄지.
조 기자   어이, 본부장님. 나 좀 보죠? (하고 소봉에게)
        좋은 말 할 때 들여보내. (들어가는)

남신3, 소봉 보면 끄덕여주는 소봉. 조 기자를 따라 들어가는 남신3.

재 식   잘 거면 여기서 자라고 해.
소 봉   어떻게 여기서 자? 거실에서 재우면 되잖아.
재 식   너 포장 잘한다. 그게 어떻게 거실이냐, 좁아터진 마루지.

고개만 돌리면 니 방인데 밤에 뭔 짓을 할 줄 알고 거기서 재워?
아무리 재벌 3세라도 여긴 내 구역이야! 싫으면 당장 내보내!

소 봉　(할 말 없는)

재 식　애들아, 링 위에 이부자리 깔아라.

인태, 로보캅　네, 관장님!

S#42. 격투기 체육관 / 소봉의 방 (밤)

조 기자, 주위를 둘러보는 남신3를 신기한 듯 구경한다.
그러다가 남신3와 시선이 마주치자 아닌 척 시선 피하는 조 기자.

남신3　나에 대해 아는 거 알아요. 괜찮으니까 실컷 구경해요.

조 기자　할 말이 많은데, 일단 호기심부터 충족시킵시다. 벗어봐요.

남신3　네?

조 기자　로봇이라고 듣긴 했는데, 도저히 믿을 수가 없어서.
감정이 없다니까 수치심도 부끄러움도 없겠지. 벗어요! 좀 봅시다!

남신3　(무표정하게 벗으려고 하는)

조 기자　(막으며) 어어! 됐어요! (하고) 진짜 감정이 없어요?

남신3　네, 감정을 이해는 하지만 느끼지는 못해요.

조 기자　(답답한) 깡 선수는 도대체 어쩌자고. (하고 관찰하며)
와, 피부까지 감쪽같네. 이거 인조피부예요?

남신3　오늘 똑같은 질문을 두 번이나 받네요. 만져보실래요?
(하다가) 아, 맞다. 징그러우면 안 그래도 돼요.

조 기자　징그럽긴, 이 비주얼이 어떻게 징그러워요.
아우, 궁금해 미치겠네. 그럼 잠깐 실례합니다.

남신3의 얼굴을 만져보는 조 기자, 똑같아서 신기하다.
어깨, 팔, 가슴 등을 턱턱 만져보는 조 기자.

조 기자	만져보니까 살짝 딱딱한 느낌이 있긴 하네.
재식(E)	(버럭) 뭐하는 수작이야?!!

돌아보면 분노에 찬 얼굴로 씩씩거리고 서 있는 재식.
재식 보고 놀란 조 기자. 남신3의 가슴에 놓여 있는 제 손을 얼른 치운다.

조 기자	…그, 그게 아니라…
재 식	너 변태야? 먹이고 재워줬더니 내 딸이 데려온 남자 가슴을 더듬어?
조 기자	그게 아니에요. 제 말 좀 들어보세요, 아빠!
재 식	닥쳐! (남신3에게) 당신은, 재벌가에서 그렇게 가르쳤나? 여자면 무조건 몸이고 마음이고 다 열어주라고? 제 몸 하나 간수 못 하는 게 어떻게 기업을 책임져!
조 기자	나가 있어요. 오해 풀어야 되니까.
남신3	(말없이 나가는)
재 식	오해는 무슨! 너도 나가! 다신 새끼발가락도 들여놓지 마!
조 기자	깡 선수 때문에 입 닫고 있었는데, 솔직히 말할게요. 남신 본부장, 사람 아니에요. 그거 확인해보던 거였어요.
재 식	(기막힌) 사람 아닌 건 너지. 어디서 못된 손버릇을―(하는데)
조 기자	그게 아니라! 진짜 사람이 아니라니까요?
재 식	그래! 넌 사람이 아니라 짐승이지!
조 기자	(답답해 죽는) 내가 짐승이 아니라 쟤가 로봇이라구요! 사람이 아니라 사람이랑 똑같이 생긴 로봇!
재 식	(황당한) 뭐, 뭐? 다시 한 번 말해봐.
조 기자	로봇이요! 로봇 태권브이 할 때 그 로봇.

그 순간, 조 기자의 뒤통수를 뻑! 갈기는 재식!
악! 비명 소리와 함께 고개 사정없이 돌아가는 조 기자.

재 식	그따위 걸 변명이라고. 왜 싸구려 삼류기잔 줄 알겠네. 내일 아침에 당장 짐 싸서 나가!

조 기자	(속상한) 에이씨!
소봉(E)	괜찮아.

S#43. 격투기 체육관 (밤)

링 위에 펴진 이불 위에 앉아 있는 남신3. 그 모습이 못마땅한 소봉.

소 봉	조 기자님이랑 아빠 오해는 내가 풀어주면 돼. (하고)
	우리 그냥 병원으로 갈래? 여기서 어떻게 자?
남신3	난 어차피 안 자잖아. 추위도 안 느끼고.
소 봉	누가 나와서 무슨 짓을 하든 무조건 자는 척해야 돼. 알았지?
남신3	알았어. (옆자리 톡톡 치며) 여기 앉아.
소 봉	(말없이 하란 대로 하는)
남신3	졸려? 눈에 초점도 흐려지고 눈꺼풀 움직임도 더뎌.
소 봉	조금. 오늘 긴장 많이 했거든.
남신3	남신은 자기가 일어난 게 하나도 기쁘지 않은가 봐.
소 봉	(졸려서 눈 비비고) 왜?
남신3	입꼬리만 올라가고 눈은 안 웃어. 엄마 얘기 하는 목소리도 차갑고.
소 봉	넌 한가해서 좋겠다. 난 내 걱정이나 할래.
남신3	무슨 걱정?
소 봉	…그런 게 있어…누굴 책임질 만큼 내가 믿음직하진 않은데…
	힘들 때 난 그냥 도망가는 사람인데…
남신3	누굴 책임져야 되는데?

하는데 남신3의 어깨로 툭 떨어지는 소봉의 고개.
남신3 보면 어느새 잠들어 있는 소봉.
남신3, 그런 소봉의 얼굴을 찬찬히 들여다본다.

남신3	(하나하나 만져보며) 강소봉 눈, 강소봉 코, 강소봉 입.

자세히 봐야지. 오래 봐야지.

그때 갑자기 눈 번쩍 뜨는 소봉. 바로 눈앞에 있는 남신3의 얼굴.
쿵쿵. 가슴 뛰는 소봉의 볼 발개지면 손 붙드는 남신3.

남신3   (순진한) 혈압 맥박 급상승. 얼굴 홍조. 나 때문에 이런 거야?
소 봉   (손 빼고) 그냥 놀란 거야. 나 들어갈 테니까 잠자는 척이나 해.

서둘러 일어나 나오는 소봉, 돌아보면 어느새 자는 척하고 있는 남신3.
그 모습이 귀여워서 웃고 불 꺼주는 소봉.

S#44. 오로라의 아지트 / LAB실 (밤)

오로라와 마주 앉은 영훈.

영 훈   강소봉 씨, 생각보다 더 대담하네요.
오로라   두려워하면서도 물러서지 않는 모습이 진심 같았어요.
            진짜 아들을 만났다고 등 돌린 나 같은 엄마하고는 비교가 안 되죠.
영 훈   …오 박사님…
오로라   괜찮아요. 내가 해줄 수 있는 유일한 일이 잘 보내주는 거니까.
영 훈   차라리 잘됐어요.
            그쪽은 일단 강소봉 씨한테 맡기시고 신이한테만 집중하세요.
오로라   …신이가 그 아이를 만났어요.
영 훈   …무슨 얘기를 하던가요?
오로라   모르겠어요. 둘만 있게 해달라고 해서.
영 훈   (걱정스러운)

S#45. 오로라의 아지트 / 남신의 방 (밤)

자고 있던 남신, 들어오는 영훈을 보고 깨서 본다.
옆에 앉아 있던 예나한테 인사하는 영훈.

예 나	(빈 물병 들고 나가는) 오빠, 나 물 떠 올게. (나가는)
영 훈	내가 깨운 거야?
남 신	깨 있고 싶은데 계속 잠이 와. 자는 건지 죽은 건지 모를 정도야.
영 훈	죽긴. 막 일어난 놈이 불길한 얘긴 왜 해?
남 신	(슬쩍 눈치 보며) 나 낮에 그거 봤어. 강소봉이 왔길래 부탁해서.
영 훈	…오 박사님한테 들었어.
남 신	사고 전에 잠깐 본 게 다라서 그 정도일 줄은 몰랐는데.
	감쪽같더라. 다 속았겠어.
영 훈	너를 모델로 만드신 거니까.
남 신	(슬쩍) 형은 헷갈린 적 없어? 형은 날 제일 잘 아는 사람이잖아.
영 훈	(잠깐 멈칫하는) 당연히 없지, 임마. 쉬어. 또 올게.
남 신	(미소) 그래, 잘 가.

남신의 어깨 한 번 짚어주고 나가는 영훈.
영훈 나가자마자 표정 굳는 남신.

영훈(E)	(PLAY9 28씬) 사람한테 치이는 건 너나 걔나 똑같아.
	그래서 안됐다는 생각이 드나 봐. 그냥 로봇일 뿐인데.
남 신	(눈빛 흔들리는)

S#46. 격투기 체육관 (밤)

어둠 속. 링 위에서 눈 감고 자는 척하는 남신3.
살금살금 다가와 조용히 링 위로 올라온 재식, 남신3를 내려다본다.

재 식   너도 참. 귀하디 귀하게 자란 놈이,
       얼마나 우리 소봉이가 좋으면 이런 데서 잠을 자냐.

       안쓰러운 마음에 이불을 여며주다가 남신3의 팔을 본다.
       로보 워치에 눈길이 가는 재식.

S#47. 격투기 체육관 전경 / 다른 날 (아침)

인태(E)   (다급한) 큰일 났어요!

S#48. 격투기 체육관 / 소봉의 방 (아침)

       조 기자와 나란히 잠들어 있던 소봉, 번뜩 눈 뜬다.

로보캅(E)   형님이 죽었어요!

       반사적으로 벌떡 일어난 소봉, 냅다 밖으로 뛰쳐나간다.
       그 바람에 눈 뜨는 조 기자.

S#49. 격투기 체육관 (아침)

       이부자리에 눈감고 누워 있는 남신3를 둘러싼 재식과 인태와 로보캅.
       당황한 재식, 남신3의 코밑에 손가락 갖다 대보고 맥박도 짚어보는.

재 식   …숨을 안 쉬어…맥박도 안 뛰고…이…이게 무슨 일이냐!
인 태   …진짜 죽었나 봐요…
로보캅   …재벌 3세가 우리 체육관에서…관장님, 어떡해요?

우리 다 살인자로 몰리는 거 아니에요?

인 태   (뒤돌아보고) 누나!

막 뛰쳐나온 소봉, 링 위로 서둘러 올라온다.
이불 속에서 남신3의 팔목 들춰보면 로보 워치가 없다! 낭패다 싶은 소봉.

인 태   (소봉 눈치 보며) 추운 데서 재워서 그런 거 아니에요?

재 식   (역시 눈치 보며) 나, 나라고 이럴 줄 알았냐?

소 봉   여기 있던 시계 누가 뺐어?

재 식   (소봉 눈치 보며) 그깟 시계가 뭐가 중요해?

소 봉   누가 뺐냐고?!

재 식   내, 내가 그랬어! 불편하게 시계를 차고 자길래 편하게 자라고-

소 봉   당장 가져와.

재 식   사람부터 살려야지 왜 자꾸 시계 타령이야? 당장 응급차 불러!

인태, 로보캅   네, 관장님!

소 봉   전화만 해봐. 죽을 줄 알아. 빨리 시계 가져오라니까-

하는데 어느새 나타난 조 기자, 로보 워치 척 내민다.

소 봉   (받고) 아빠랑 니들 나가 있어. 금방 일어날 거야.

인 태   그게 말이 돼요? 숨이 끊어졌는데 어떻게 일어나요?

조 기자   깡 선수만 믿고 나가 있어. 아빠는 남고.

소 봉   조 기자님!

조 기자   (강경한) 아빠 여기 있어야 돼.

체념한 듯 인태와 로보캅에게 나가라고 고갯짓하는 소봉.
의아한 표정으로 인태와 로보캅 나가고 어리둥절한 재식.

조 기자   (재식에게 제 팔 잡게 내주는) 아빠, 나 꽉 잡아요. 너무 놀라면 안 돼요.

재 식   (뭐야 싶은) 소봉아, 이 여자 왜 이러냐?

소 봉	(결심한 듯 남신3의 팔에 로보 워치 끼우는)
남신3	(눈 뜨고 일어나서) 안녕하세요.
	저는 인공지능 로봇 남신 쓰리입니다. (미소) 다들 모여 계시네요?
재 식	…. 로…로봇? (스르르 기절해버리는)
소봉, 조 기자	아빠!

S#50. 격투기 체육관 / 소봉의 방 (아침)

이부자리에 눕혀 놓은 재식 옆에 앉아 있는 소봉과 조 기자.
눈을 뜨고 소봉과 조 기자를 보는 재식, 벌떡 일어난다.
갑자기 소봉을 여기저기 냅다 때리기 시작하는 재식!

조 기자	(재식의 팔 잡으며) 아빠, 이러지 마요! 깡 선수도 힘들어!
	(소봉에게) 일단 나가! 들어올 때 아빠 청심환이나 사와!
재 식	가긴 어딜 가?
소 봉	미안해. 이따 들어올게, 아빠. (나가는)
재 식	(힘이 쭉 빠져서 털썩 누워버리는)
조 기자	그러게 내가 어제 말했잖아요. 찰떡같이 좀 알아들을 일이지.
재 식	(혼란스러운)
남신3(E)	(PLAY7 52씬) 죄송해요. 솔직히 다 말씀드릴 수 없어서.
남신3(E)	(PLAY8 52씬) 남녀 관계는 인간 대 인간의 관계에만 해당돼요.
재 식	… 말도 안 돼…
조 기자	(안쓰럽게 보는)

S#51. 동네 일각 (낮)

벤치에 나란히 앉은 남신3와 소봉.

남신3	아빠 많이 놀라셨지? 나 때문에 미안해.
소 봉	지금부터 미안하다는 말 금지.
남신3	(보면)
소 봉	니가 사람이 아닌 것도, 내가 널 좋아하는 것도, 잘못이 아니잖아.
	혹시 앞으로 더한 일이 생겨도 서로 미안해하지 말자.
	그런 마음 들 때마다 내가 원하는 거 해주기.
남신3	(웃고) 지금은 원하는 건 뭔데?
소 봉	나? (생각하다가) 손잡고 싶어.
남신3	(소봉 보는)
소 봉	너랑 손잡고 막 걸어 다니고 싶어.
남신3	(말없이 손 꼭 잡아주는)
소 봉	(기분 좋은) 가자. 아빠 청심환 사러. (일어나 걸어가는)
남신3	(따라가는)

S#52. 약국 앞 (낮)

약국 앞에 서서 소봉을 기다리고 있는 남신3.
근처 개업하는 가게 앞에 섹시한 차림의 개업도우미들.
행인들에게 상품을 나눠주면서 영업 중이다.
도우미들을 빤히 보는 남신3의 등짝을 후려치는 손!
남신3 돌아보면 소봉이 째려보고 서 있다.

남신3	청심환 샀어, 강소봉?
소 봉	내가 청심환을 사는 동안 넌 한눈을 팔았네.
	(도우미들 턱짓하며) 뭐냐? 여자들 아주 뚫어지겠더라.
남신3	(순진한) 니가 하라는 대로 한 건데?
소 봉	뭐?
남신3	저번에 니가 그랬잖아. 몸매 얼굴 다 착한 비주얼을 왜 그냥
	지나치냐고. (순진한) 봐야 되는 거 아냐?

소 봉	(버럭) 그땐 그때지! 넌 그런 것도 모르냐?
남신3	너 얼굴이 벌게. 화난 것처럼. 왜 그래?
소 봉	어? 별거 아냐. 좀 덥나 봐.
남신3	아닌 거 같은데. 혹시 질투라는 감정을 그렇게 표현한 거야?
소 봉	아니. 전혀.
남신3	맞는데. 질투.
소 봉	(민망해서 시선 피하는)
남신3	지금 원하는 게 뭐야? 미안하다는 말 대신 해줄게. (손잡고) 이거?
소 봉	(손 빼버리며) 됐어.
남신3	(안아주면서) 이거?
소 봉	(몸 얼른 빼며) 사람들 봐.
남신3	(고개 갸우뚱) 그럼 이거?

소봉이 뭐지 싶은 순간, 갑자기 소봉의 이마에 뽀뽀 쪽 해버리는 남신3.

소 봉	(당황하면서도 좋은) 미쳤네, 얘. (먼저 가버리는)

소봉 보고 미소 짓는 남신3, 뒤따라가려는데 휴대폰 울린다.

남신3	(받는) 여보세요.
남신(F)	나야. 니 오리지널. 날 도와주겠다는 약속 안 잊었지?

S#53. 격투기 체육관 앞 (낮)

혼자 한창 걸어오던 소봉, 걸음을 멈추고 뒤를 본다.

소 봉	왜 안 따라와?

그때 휴대폰 문자 알림음 울린다. 서둘러 확인하는 소봉.

남신3(E)   인간 남신을 도와주기로 했어. 잠깐 다녀올게.
소 봉   (얼굴 일그러지는)

S#54. 오로라의 아지트 근처 카페 (낮)

긴장한 얼굴로 앉아 있는 오로라. 퇴근한 차림.
입구에서 걸어 들어온 남신3, 오로라를 보고 멈춘다.
애틋하게 남신3를 보다가 금세 눈빛 차갑게 변하는 오로라.

잠시 후. 차 한 잔을 사이에 두고 앉아 있는 남신3와 오로라.

남신3   어제 엄마 얼굴도 못 보고 갔어요.
오로라   (차갑게) 일이 좀 있었어. 근데 왜 여기서 보자고 했어?
         엄마 신이 때문에 금방 들어가봐야 돼.
남신3   엄마, 인간 남신이 다 나아도 저 여기 있으면 안 돼요?
오로라   (단호한) 그 얘긴 다 끝났잖아. 안 돼.
남신3   엄마 옆에 있고 싶어요.
오로라   그런 얘기 할 거면 그만두자.

시선을 피해버리는 오로라를 바라보는 남신3.
한쪽 귀에 꽂혀 있는 무선 이어폰. 거기서 들려오는 남신의 목소리.

남신(F)   엄마한테 나만 중요하냐고 물어봐. 넌 아무것도 아니냐고.
남신3   엄마한텐 인간 남신만 중요해요? 전 진짜 아무것도 아니에요?
오로라   (흔들리는 눈빛)

S#55. 오로라의 아지트 / 남신의 방 (낮)

휴대폰으로 남신3와 오로라의 대화 듣고 있는 남신. 침대에 반쯤 앉은.

남 신   (비웃고) 망설이시겠지.

예 나   (들어오면서) 누구랑 통화해?

남 신   (휴대폰 막고) 누가 얼마나 솔직한지 궁금한 사람?

         (다시 휴대폰에 귀 대는)

오로라(F) 너 자꾸 이렇게 구질구질하게 굴래?

         니가 자꾸 이러니까 널 만든 걸 후회하게 되잖아!

         솔직한 내 마음 듣고 싶어? 나 너 보면서 늘 우리 신이 생각했어!

         나 너랑 안 가니까 가서 오지 마! 오면 엄마 죽는 꼴 보는 줄 알아!

남 신   (충격받은)

         # 플래시백 : 건호의 저택 / 마당 (낮)

         PLAY1 9씬의 일부. 어린 남신.

남 신   나 엄마랑 안 가니까 다신 오지 마! 오면 나도 죽어버릴 거야!

         # 플래시백 : 건호의 저택 / 2층 (낮)

         PLAY1 10씬의 일부. 어린 남신.

남 신   약속대로 했어요. 우리 엄마한테 아무 짓도 안 할 거죠?

         도로 현재. 전화 끊고 휴대폰 툭 던지는 남신.

남 신   (냉소) 진짜 위하는 거네. 로봇 따위를. (얼굴 일그러지는)

예 나   (걱정스럽게 보는)

S#56. 아지트 근처 카페 (낮)

감정이 격앙된 오로라를 차분하게 보는 남신3.
물 컵 들어 건네주면 흠칫한 오로라, 탁! 뺏어서 마시고 내려놓는다.

오로라	다 알아들었지? 이제 징징댈 일 있으면 강소봉한테나 가봐.
남신3	잘 알아들었어요. 거짓말인 거.
오로라	너 아직도!
남신3	이십 년 동안 엄마 표정을 읽고 엄마 목소릴 들었어요.
	방금 전 엄마는 진짜 엄마가 아니에요.
	목소리도 꾸며내고 마음도 꾸며낸 가짜예요.
오로라	…너…
남신3	인간들에게 혈연이 중요하다는 걸 이해하게 됐어요.
	엄마한테도 당연히 인간 남신이 저보다 소중하겠죠.
	그러니까 저한테 죄책감 가지지 마세요.
	…그동안 고마웠어요, 엄마.
	만들어주시고 지켜봐주신 거 기억할게요.
오로라	(놀라서 보는)
남신3	(일어나서 정중히 인사하고 돌아서는)
오로라	…신아!
남신3	(멈칫해서 보면)
오로라	(눈물 어린) 넌 널 만들어준 나보다 훨씬 지혜롭고 훌륭해.
	이젠 엄마 말고 강소봉 씨를 지켜줘…. 엄마도 고마웠어.
남신3	(환하게 웃어주는)

S#57. 오로라의 아지트 근처 카페 앞 (낮)

카페를 나온 남신3, 오로라를 돌아본다.
애써 눈물을 참고 있는 오로라의 모습.

돌아서 가면서 〈강소봉〉에게 전화 거는 남신3.
신호는 가는데 받지 않는다. 뭔가 감지한 남신3, 서둘러 가는.

S#58. 오로라의 아지트 / 거실 (낮)

휠체어 탄 남신 앞에 화난 얼굴로 서 있는 소봉.
심기가 불편한 남신, 소봉을 보는 불쾌한 표정.
옆에 서 있는 예나도 팔짱 끼고 소봉을 본다.

남 신   앉든지 무릎 꿇든지 해. 올려다보는 거 기분 나쁘니까.

소 봉   걔 어디 갔어요? 도대체 뭘 시킨 거예요?

남 신   예나 너 들어가 있어.

예 나   … 오빠.

남 신   빨리!

예 나   (소봉 쩨려보고 들어가는)

남 신   (조롱) 니들은 의사소통도 안 돼? 너 그거 좋아한다며?
        나한테 대놓고 고백한 거 기억 안 나?

소 봉   나요. 근데 내가 걔 좋아하는 게 그쪽이랑 무슨 상관이에요?

남 신   그쪽? 너 공항에서 나한테 덜 맞았구나.
        경호해주다가 눈 맞았다며? 나도 좀 지켜주지.

소 봉   (기막히다는 듯 보는)

남 신   왜? 내가 사람이라서 싫어?

소 봉   아뇨, 사람 같지 않아서 싫어요.

남 신   (버럭) 야!

하면서 소봉의 팔 거칠게 휘어잡는 남신!
갑작스런 공격에 균형을 잃고 휘청거리는 소봉!
그때, 소봉을 팔을 잡아 떼며 안아주는 손, 보면 남신3다!

남 신   …너 뭐야?

남신3   (무시하고 소봉에게) 나, 너 저 사람한테서 떼놔야겠어.

       …이런 게… 질투야?

그 말에 놀란 소봉, 믿을 수 없다는 듯 남신3의 얼굴을 들여다본다.

환하게 웃어주며 소봉을 끌고 나가는 남신3의 모습에서!!

PLAY 13

제 25 회

제 26 회

S#1. 공원 (낮)

PLAY11 9씬의 일부. 남신3에게 솔직히 말하는 소봉.

소 봉   나 잠깐 니가 로봇이 아니면 좋겠다고 생각했어.

남신3   (물끄러미 보는)

남신3(N)   내가 로봇이 아니면 어땠을까?

S#2. 횡단보도 건너편 (낮)

PLAY9 54씬의 일부와 변주. 남신3와 소봉의 대화.

남신3   ···다시 꼬봉으로 돌아갈게요···

소 봉   (보는)

남신3   ···진짜 잘 있어요. 강소봉 씨.

가만히 보다가 돌아서는 남신3의 얼굴, 슬픔으로 가득한.

남신3(N)   너랑 헤어지면 슬퍼하고,

S#3. PK병원 / 옥외 정원 (밤)

PLAY10 32씬의 일부와 변주. 남신3가 밀어주는 휠체어에 탄 소봉.

소 봉   T자! S자!

남신3가 밀어주면 신나서 소리 지르며 즐기는 소봉.
남신3도 한껏 즐거운 표정으로 함께 소리 지르는 모습 위로.

남신3(N)   너랑 있으면 즐거워하고,

S#4. 격투기 체육관 근처 (밤)

PLAY11 40씬의 일부. 우는 소봉을 말없이 다독여주는 남신3.

소 봉   (울먹이는) 넌 로봇인데 왜 자꾸 마음이 아픈지 모르겠어.

남신3의 품에서 서럽게 울기 시작하는 소봉.
소봉의 울음소리에 가슴이 아픈 표정이 되는 남신3.

남신3(N)   너 때문에 가슴 아파하고,

S#5. 동네 정상 (낮)

PLAY12 17씬의 일부와 변주. 남신3와 마주 보는 소봉.

소 봉   …잘못된 줄 알았잖아…없어진 줄 알았잖아…
(와락 안고 울먹이는) …어디 가지 마…아무 데도 가지 마…

남신3를 더 꼬옥 안는 소봉. 남신3의 눈에도 눈물이 어리는.

남신3(N) 널 위해 울어줄 수 있다면.

남신3의 눈물 한 방울 톡 떨어진다.

S#6. PK병원 / VIP실 (밤)

PLAY12회 22씬의 일부와 변주. 고백하는 소봉을 보는 남신3.

소 봉   나 니가 좋아.
남신3   나도 니가 좋아, 강소봉.

가슴 벅차하는 소봉과 남신3의 모습에서 갑자기 퍽 꺼지는 화면!

S#7. 암전 화면

암전 화면 위로 들려오는 남신3의 목소리.

남신3(N) 하지만 난 로봇이야.

S#8. PK병원 / VIP실 (밤)

화면 밝아지면 PLAY12 22씬의 일부와 변주. 딱딱한 표정의 남신3.

남신3   날 좋아한다는 건 '사랑'이라는 화학적 작용을 말하는 거야?
        지금 넌 어떤 화학물질이 분비되는 단계야?

호감을 느끼는 도파민? 이성을 마비시키는 페닐에틸아민?
아니면 옥시토신? 엔도르핀?

소 봉   (실망한 듯한 표정)

남신3(N) 사랑을 못 느끼는 로봇.

S#9. 오로라의 아지트 근처 카페 앞 (낮)

PLAY12 57씬의 일부. 걸어가면서 〈강소봉〉에게 전화 거는 남신3.
신호는 가는데 받지 않는다. 뭔가 감지한 남신3, 달리기 시작하는.

남신3(N) 근데 내가 왜 이러지?

S#10. 오로라의 아지트 근처 (낮)

마주치는 사람들과 부딪치면서도 미친 듯 달려가는 남신3.

S#11. 오로라의 아지트 / 거실 (낮)

PLAY12 58씬의 일부와 변주.
다급하게 들어와 멈춘 남신3, 남신과 소봉을 본다.
소봉을 흥미롭게 바라보는 남신의 눈빛.

남신3(N) 너, 왜 강소봉을 그렇게 봐?

남 신   왜? 내가 사람이라서 싫어?

소 봉   아뇨, 사람 같지 않아서 싫어요.

남 신   (버럭) 야!

소봉의 팔 거칠게 휘어잡는 남신. 자기도 모르게 달려드는 남신3!
휘청거리는 소봉을 잡아주며 뒤에서 안아버리는 남신3.

남 신   …너 뭐야?

남신3   (소봉에게) 나, 너 저 사람한테서 떼놔야겠어.

남신3(N)   …나 왜 이런 말을 하지?

남신3   (소봉 보며)…이런 게…질투야?

믿을 수 없다는 듯 남신3를 보는 소봉의 모습에서 암전.

S#12. 오로라의 아지트 / 거실 (낮)

화면 밝아지면 굳은 얼굴로 서 있는 남신3와 휠체어에 탄 남신.

남 신   장난친 거야. 뭘 그렇게 심각해?

남신3   다시는 강소봉 씨한테 그런 장난치지 말아요.

남 신   알았어. 근데 너 진짜 질투하는 거 같다.
            누가 보면 사랑이라도 하는 줄 알겠어.

남신3   갈게요. (가려는)

남 신   내 부탁 들어줘서 고마워.

남신3   엄마한테 곤란한 질문은 다신 안 해요.

남 신   어차피 더 물어보고 싶은 것도 없어.

남신3   갈게요. (말없이 나가는)

남 신   (얼굴 차갑게 굳는)

소봉(E)   뭐? 또 도와달래?

S#13. 재식의 차 안 (낮)

운전 중인 남신3와 보조석에 앉은 소봉.

소 봉   그 인간 부탁을 왜 자꾸 들어줘?
        오 박사님한테 둘 중에 누가 더 중요한지 왜 물어보래?
        일부러 너 상처 받으라고 그런 거잖아.
        오 박사님도 곤란하게 만들고. 유치하고 비겁해.
남신3   덕분에 엄마한테 할 말 했어. 더 이상 나한테 신경 안 써도 된다고.
소 봉   … 괜찮아?
남신3   나한텐 이제 니가 있잖아.
소 봉   어쭈? (하고 쿨한 척) 그런 말은 듣기 좋으니까 자주 해도 돼.
남신3   (웃는)
소 봉   그래도 그 인간 또 만나지 마.
        잠깐만 본부장인 척하면 더 안 엮여도 되니까.
남신3   (차분한 얼굴)

S#14. 오로라의 아지트 / 남신의 방 (낮)

남신을 침대에 눕혀주는 예나. 언짢은 표정.

예 나   오빠 강소봉한테 왜 그래? 지켜달라느니 사람이라 싫냐느니,
        그런 말 왜 해?
남 신   장난 친 거야. 걔가 로봇을 좋아한다고 착각하는 게 웃겨서.
예 나   (신경 쓰이는)

그때 들어오는 오로라.

오로라   신아, 엄마 왔어. (예나에게) 별일 없었죠?

남 신	(예나 눈치 주면)
예 나	네, 아무 일 없었어요.
남 신	어디 다녀오시나 봐요? 누구 만나셨어요?
오로라	(난감한) 아니, 날이 좋아서 좀 걸었어.
	얼른 나아서 같이 산책하자. 엄마 좀 쉴게. (방 쪽으로 가는)
남 신	(차갑게 보는)

S#15. 오로라의 아지트 / 오로라의 방 (낮)

방에 들어와 우뚝 멈춰 서는 오로라.

플래시백 : 아지트 근처 카페 (낮)
PLAY12 56씬의 일부. 오로라에게 인사하는 남신3.

남신3	…그동안 고마웠어요, 엄마.
	만들어주시고 지켜봐주신 거 기억할게요.

도로 현재. 가슴 아픈 오로라.

S#16. 격투기 체육관 전경 (밤)

조 기자(E)   거 좀 먹읍시다!

S#17. 격투기 체육관 / 소봉의 방 (밤)

이불 덮고 앓아누운 재식 옆에 죽 그릇 들고 보는 조 기자.

조 기자	하루 종일 아무것도 안 먹었잖아요. 굶으면 뭐가 달라져요?
	아빠 속만 비고 수명만 줄지.
재 식	(벌떡 일어나며 버럭) 콱 죽어버릴라 그런다. 왜?
조 기자	(놀라서) …아빠…
재 식	소봉이 그거 운동 그만두고 방황할 때도,
	몰카 찍고 다니면서 속 썩일 때도,
	겉으로는 쓰레기네 뭐네 막 대했어도,
	돌아서면 명치끝이 콕콕 쑤셨어.
	세상에 상처 받아 그런 걸 뻔히 아니까.
	내가 돈 없고 빽 없어서 내 새끼가 그렇게 된 거니까.
	근데 로봇이라니, 로봇이 좋다니, 그게 벽이 좋다는 거랑 뭐가 달라?
	세상에 상처 받았으면 됐지 사랑까지 그래야 되냐구!
조 기자	(한숨 쉬고) 아빠 죽으면 말릴 사람도 없어요.
	괜히 힘 빼지 말고 한 입만 히자니까요.
재 식	난 걔 아파하는 거 또 못 봐. 차라리 곡기 끊고 조용히 갈 거야.

그때 문 열고 나타나는 인태와 로보캅.

로보캅	관장님, 누님이랑 형님 와요!
재 식	내 이것들을! (결의에 찬 얼굴로 벌떡 일어나 나가는)
인 태	관장님, 죽다 살아난 형님한테 왜 저렇게 화나신 거예요?
조 기자	니들도 죽다 살아나기 싫으면 궁금해하지도 말고 나오지도 마.

죽 그릇 인태한테 넘기고 서둘러 나가는 조 기자.
의아해하는 인태의 죽 그릇 뺏어서 퍼먹는 로보캅.

S#18. 격투기 체육관 (밤)

분노한 얼굴로 남신3와 소봉 노려보는 재식. 옆에 조 기자도 서 있다.

소봉이 눈짓하면 손에 들고 있던 청심환 내미는 남신3.

재 식   (탁 치고) 필요 없어! (주위를 둘러보고 뭐든 집어던지는)
          나가! 내 집에서, 내 체육관에서, 내 딸 마음에서 당장!
남신3   (가만히 맞으며 서 있는)
소 봉   (남신3 막아서며) 아빠, 왜 이래?
재 식   왜 이래? 넌 왜 이래? 어떻게 인간도 아닌 놈한테 마음을 뺏겨?
          사람 흉내 좀 낸다고 저게 진짜 사람인 줄 알아?
데이빗(E) (분노) 저게라니?

다들 돌아보면 잔뜩 화난 얼굴로 씩씩거리며 서 있는 데이빗.
놀라는 소봉. 얼굴 굳는 남신3. 의아한 재식과 조 기자.

재 식   당신 뭐야?
데이빗   나 얘 아빠 되는 사람입니다.
남신3   데이빗.
데이빗   마이 썬, 넌 가만있어.
재 식   (기막힌) 마이 썬? 진짜 아빠라 이거야? 로봇한테도 아빠가 있나?
          아, 저거 만든 사람? 만화에나 나오는 미친 과학자?
데이빗   저거 저거 하지 말지! 저놈, 내 마음으로 낳은 내 아들이야.
          당신이 강소봉 씨 아빠인 것처럼 나도 엄연한 쟤 아빠라고!
재 식   (덤비려는 듯) 그래서 어쩔 건데?
데이빗   (머리 들이밀며) 당신이야말로 어쩔 건데?
조 기자   어허!
재식, 데이빗 (보면)
조 기자   (끼어들며) 우리, 몸으로 말고 입으로 대화합시다. (끌고 가는)
재 식   (끌려가며) 어? 어? 왜 이래?
데이빗   (역시 끌려가며) 아줌마, 뭡니까?

조 기자한테 끌려 나가는 데이빗과 재식을 보는 소봉과 남신3.

S#19. 포장마차 (밤)

소주병을 사이에 두고 마주 앉은 재식과 데이빗. 유치한 눈싸움.
재식이 소주 한 잔 들이키면 질세라 데이빗도 들이킨다.
가운데 앉아 한심하게 보던 조 기자, 술잔 채워주는.

재 식   우리 소봉이가 어떤 앤지 알아? 다섯 살 때 글러브 척척 끼고,
          레프트 훅으로 내 코뼈 금 가게 한 애야.

데이빗   (비웃는) 그런 걸 힘이라고. 우리 신이는 만든 지 6개월 만에
          티타늄 손가락 두 개로 신호등 뽑을 뻔했잖아.

재 식   잘났네! 당신은 잘난 당신 아들 단속해! 난 내 딸 단속할 테니까!

데이빗   그럽시다! 둘이 당장 찢어지게 합시다!

조 기자   참 잘도 찢어지겠다.

재 식   뭐?

데이빗   뭐요?

조 기자   사람 딸과 로봇 아들이 말을 잘 들었으면 왜들 이러고 있냐구요?

재식, 데이빗 (할 말 없는)

조 기자   인간과 로봇의 러브스토리! 이게 알려져봐요!
          동물원 원숭이 취급받는 건 한순간인데,
          힘을 합쳐도 모자랄 판에 아빠라는 작자들이 하는 짓거리들하고는.

속상해서 소주잔 꺾는 조 기자를 보는 재식과 데이빗.
서로 민망해서 시선 피하며 동시에 소주잔 꺾고 내려놓는다.

재 식   뭐 하나만 물읍시다. 뭐 치명적인 약점 같은 건 없습니까?
          드라마나 영화처럼 잘못하면 영원히 멈춰버린다거나.

데이빗   (당황한) 네?

재 식   하긴 로봇이 멈추면 죽는 거나 마찬가진데.
          자식 죽을 장치를 해놓는 부모가 어디 있어요? 안 그래요?

데이빗   그, 그렇죠. 갑자기 그놈이 보고 싶네. 통화 좀 하고 올게요. (나가는)

조 기자	(데이빗 보면서) 역시 머리 쓰는 남자. 섹시해, 저 오빠.
재 식	뭐? 섹시? 그리고 왜 난 아빠고 저 인간은 오빠야?
조 기자	(신경 안 쓰고 소주 마시는)

S#20. 격투기 체육관 / 소봉의 방 (밤)

심각한 얼굴로 통화 중인 소봉.

소 봉	킬 스위치 해체가 안 된다구요?
데이빗(F)	속상해서 그놈 얼굴이나 볼까 하고 왔는데 미안해서 더 못 보겠어. 이게 다 내 기술이 부족해서 그래.
소 봉	(실망했지만) 우리 손에만 있으면 되니까 너무 신경 쓰지 마세요.
데이빗(F)	분위기 봐서 오 박사 머리 좀 빌려야지. 나 오 박사한테 가볼 테니까 그놈한테 안부 전해줘요. (끊는)
소 봉	(전화 끊고 나가는)

S#21. 격투기 체육관 (밤)

소봉 나와서 보면 역시 통화 중인 남신3.

남신3	네. 내일 오전에 강소봉 씨와 회사로 갈게요. (끊고) 지영훈 씨야. 내일부터 회사도 나오고 집으로 퇴근하래.
소 봉	나 너 그 집에 들어가는 거 싫은데.
남신3	잠깐이잖아.
소 봉	맞다. 니 손! 인간 남신처럼 붕대 감아야지.

잠시 후. 링 위. 남신3의 손에 정성스레 붕대 감아주고 있는 소봉.

소 봉	너 아까 이런 게 질투냐고 물었잖아.
	(흉내) 나, 너 저 사람한테서 떼놔야겠어. 막 이러면서.
	진짜 질투심 느낀 거야? 남신이 막 보기 싫고 불같이 화나고?
남신3	판단하기 전에 행동이 먼저 나오긴 했는데, 질투심이 뭔지는 몰라.
소 봉	인간들도 자기 감정 잘 모르는 사람들 많아.
	니 행동에는 니 감정이 담겨 있어. 딴사람은 몰라도 난 알아.
남신3	… 행동에는 감정이 담겨 있다…

그때 이불 들고 나오는 인태와 로보캅. 의아하게 보는 남신3와 소봉.

인 태	오늘은 여기서 형님이랑 자려구요.
로보캅	절대 숨넘어가시지 않게 지키겠습니다.
소 봉	그래? 그럼 니들한테 형님 좀 부탁하자.
	(로보캅과 인태의 목을 덥석 안고) 알았시?
남신3	(목을 안은 소봉의 양팔에 집중하는)
인 태	알았으니까 놔요. 아파.
로보캅	이건 완전 암바 수준이야.
소 봉	(팔 풀어주고 남신3 보고) 잘 자.

들어가는 소봉 못마땅하게 보며 아픈 목 문지르던 인태와 로보캅,
강렬한 시선이 느껴져서 천천히 뒤를 돌아본다.
죽일 듯한 눈빛으로 두 사람 노려보고 있는 남신3.

인 태	혀, 형님! 왜 그렇게 무섭게 봐요?
로보캅	저러다 눈빛으로 죽이겠는데?
남신3	(여전히 노려보며) 행동에는 감정이 담겨 있다!

S#22. 오로라의 아지트 / 남신의 방 (밤)

어둠 속. 남신의 손을 잡은 채 엎드려 잠들어 있는 예나.
골똘히 생각에 잠겨 있는 남신.

플래시백 : 오로라의 아지트 / 남신의 방 (낮)
PLAY13 14씬의 일부. 남신과 오로라의 대화.

남 신   어디 다녀오시나 봐요? 누구 만나셨어요?
오로라   (난감한) 아니, 날이 좋아서 좀 걸었어.

도로 현재. 차갑게 웃는 남신.

남 신   거짓말.

그때 울리는 예나의 휴대폰. 남신이 집어서 보면 〈아빠〉다.
가만히 보던 남신, 휴대폰을 받고 가만히 듣는다.

종길(F)   (취한) … 예나, 너… 아빠 전화를 계속 피해?
지금 너 그놈이랑 같이 있지?
그놈 일어날 거 다 알면서 아빠한테 시치미 뗐잖아!
남 신   오랜만이네요, 서 이사님.

S#23. 오로라의 아지트 전경 / 다른 날 (낮)

남신(E)   진짜 와주셨네요.

S#24. 오로라의 아지트 / 남신의 방 (낮)

반쯤 일어나 앉은 남신에게 깍듯하게 인사하는 종길.

종 길   인사는 차려야 할 것 같아서요. 아직 완전치 않으신 모양이네요.
남 신   머리는 멀쩡해요. 기억하고 싶지 않은 것들까지 선명하죠.
종 길   불행 중 다행입니다, 본부장님.
남 신   불행 중 다행? 그건 날 죽이려고 한 사람 입에서 나올 말은
         아닌 거 같은데?
종 길   (가만히 보는)
남 신   왜 날 죽이려고 했죠? 내 아버지에 대해 뭔가를 알고 있어서?
종 길   (태연한) 안 그래도 어젯밤 통화에 그 말씀을 하셔서 왔습니다.
         …무슨 말씀을 하시는 건지 전혀 감이 안 잡혀서요.
남 신   (비웃는) 또 쑈하시네. 내가 왜 떠났는지 다 알고 있잖아요.
         사람 보내 날 이 꼴로 망가뜨린 것도 다 그 때문이고.
         아, 또 하나. 서 이사님 덕에 우스꽝스런 로봇까지 등장했죠.
종 길   억울합니다. 전 본부장님께서 왜 떠나시는지 전혀 몰랐습니다.
남 신   (비웃고) 날 미행하던 그 남자 죽었다면서요? 뺑소니를 가장한 타살.
         예나가 알아온 건데 아빠를 닮아서 정보력이 끝내줘요.
종 길   (얼굴 굳는) 예나한테 그런 일까지 시키신 겁니까?
남 신   시킨 적 없어요. 알아서 해온 거지.
         예나는 내가 죽으라면 당장이라도 죽을 앤데 모르세요?
         아, 자살은 재미없나? 사고를 가장한 타살?
종 길   (분노가 치밀어 오르는)
남 신   농담인데. 여전히 센스가 없으시네.
종 길   (감정 누르고) 센스는 본부장님도 없으시네요.
         제가 절 배신한 딸 목숨을 아까워할 사람으로 보입니까?
         궁금하다면 당장이라도 시험해보시던가요.
남 신   이제야 본색을 드러내시네.
종 길   (친절한) 예나의 생사는 본부장님께서 더 신경 쓰셔야 될 겁니다.

오로지 본부장님만 위하고 생각하는 유일한 사람이니까요.
(슬쩍) 회사든 집이든 오 박사님의 다른 아들이,
역할을 지나치게 잘하고 있어서 말입니다.

남 신   (말이 걸리는) 다른 아들?

종 길   아까 말씀하신 그 우스꽝스런 로봇 말입니다.
지 팀장도, 회장님도, 썩 가까워지신 거 같던데…
그 로봇 대신하시려면 아마 고생 좀 하실 겁니다. 또 뵙죠.
(깍듯하게 인사하고 나가는)

남 신   (얼굴 일그러지는)

S#25. 오로라의 아지트 / 거실 (낮)

거실로 나오던 종길, 거실에 앉아 있던 예나를 보고 멈춘다.
말없이 그냥 들어가려는 예나의 앞을 막아서는 종길.

종 길   마지막으로 하나만 묻자.

예 나   (보는)

종 길   …넌 진짜 저 자식이 좋냐?

예 나   입 아파. 그만해.

종 길   저 자식이 아빠를 죽인대도 좋아?

예 나   (잠깐 망설이다가) 아빠도 오빠를 죽이려고 했잖아.

종 길   (싸늘하게 웃고) 널 낳은 그날부터 오늘의 너까지 내 머릿속에서
싹 지우마. 난 이제 딸이 없다. (나가버리는)

예 나   (괴로운)

S#26. 오로라의 아지트 / 남신의 방 (낮)

화난 얼굴로 들어오는 예나. 그런 예나를 담담하게 보는 남신.

예 나	아빠 불렀다는 거, 왜 말 안 했어?
남 신	(가만히 보는)
예 나	오빠 내 생각도 안 해? 둘이 만나는 걸 내가 보고 싶을 거 같아?
	아빠랑 왜 만났어? 서로 죽이네 살리네 그런 끔찍한 얘기 한 거야?
남 신	모르는 게 나아. 너 가슴 아픈 거 보기 싫으니까.
예 나	나 아빠 배신하고 오빠한테 온 사람이야.
	두 사람 사이에 벌어지는 일, 알 권리 있다구!
	그 일 때문에 내 가슴이 찢어지든 미어지든 그건 내가 알아서 할게.
	그러니까 앞으로 날 속이려고 들지 마!
남 신	(확 끌어당겨 안아버리는)
예 나	(눈물 나는)
남 신	(다정한) 미안해, 예나야. 나한텐 너밖에 없는 거 알잖아.
예 나	…아빠 다신 만나지 마, 오빠.
남 신	(더 세게 안아주며 차가운 얼굴)
오로라(E)	(낮은) 이게 무슨 소리야?

남신과 예나, 떨어져서 보면 굳은 얼굴로 서 있는 출근 차림의 오로라.

오로라	(남신 보며) 서 이사를 니가 부른 거니?
남 신	(담담하게 보는)

S#27. 오로라의 차 안 (낮)

운전 중인 오로라, 머리가 지끈거린다.

플래시백 : 오로라의 아지트 / 남신의 방 (낮)
PLAY13 26씬의 연장. 남신과 오로라의 대화.

남 신	서 이사한테 알아낼 게 좀 있어서 불렀어요.

오로라	그게 뭔데?
남 신	나중에, 천천히 얘기할게요.
오로라	…너 도대체 무슨 생각하는 거니?
	내 아들이 나 찾으러 왔다가 이렇게 됐는데,
	엄만 해줄 게 아무것도 없는 기분이야.
남 신	엄마 보고 싶어서 간 거 아니에요.
오로라	뭐?
남 신	(차가운) 체코에 엄마 보러 간 거 아니라구요.
	이십 년을 안 보고 살았는데 새삼 찾을 이유가 없잖아요.
오로라	(충격)
남 신	확인할 게 있어서 갔는데 그걸 보는 순간 다 소용 없어졌어요.
	차라리 가지 말걸. 아무것도 모른 채 그냥 살 걸 그랬나 봐요.
오로라	(절망적인)

도로 현재. 여전히 괴로운 표정의 오로라, 갓길에 차 세운다.
여기저기 뒤져 두통약을 찾는데 약이 없다.

S#28. PK그룹 전경 (낮)

건호(E)	신이가?

S#29. PK그룹 / 회장실 (낮)

건호와 마주 앉은 종길. 심각한 분위기.

종 길	전에도 말씀드렸지 않습니까?
	신이가 정우에 대해 뭔가 알고 있는 게 분명합니다.
건 호	…그럴 리가 없는데…

종 길	언제까지 이러실 겁니까? 내 아버지에 대해 뭔가를 알고 있어서?
	정확히 이렇게 말했습니다. 체코에 다녀온 것도 정우 때문이에요.
건 호	(난감한)
종 길	(갑자기 뒤로 젖혀 앉으며 여유 있는 미소)
건 호	… 왜 그렇게 웃는 거야?
종 길	생각해보니 다행이다 싶어서요.
	함께 그 일을 겪으셨던 회장님께서 제 옆에 계신다는 게
	얼마나 든든한 일입니까?
	신이가 바닥까지 파헤친대도 아무 걱정 없습니다.
	어차피 전 회장님의 꼭두각시에 불과하니까요.
건 호	(기막힌) 뭐가 어째?
종 길	전 미리 걱정 안 하겠습니다.
	회장님 손자분이야 회장님께서 알아서 하시겠죠.
	(의미심장한) 아드님한테 그리셨던 것처럼 말입니다.
	그럼 저는 메디 카 때문에 이만 가보겠습니다.
	특별히 관심 가지시는 프로젝튼데 반드시 성사시켜야죠.

종길이 문 닫고 나가면 혼자 남은 건호. 복잡한 머릿속.

건 호	…죽다 살아난 놈이 도대체 무슨 생각을 하는 거야…
	(어딘가로 전화하는)

S#30. PK그룹 / 주차장 (낮)

제 차에서 막 내리며 통화 중인 영훈.

영 훈	네, 회장님. 제가 전하겠습니다. (전화 끊는데)
남신3(E)	형!

놀란 얼굴로 멈춰서 돌아보는 영훈.
돌아보면 환하게 웃는 얼굴로 소봉과 함께 걸어오는 남신3.

플래시백 : 오로라의 아지트 / 남신의 방 (밤)
PLAY12 45씬의 일부. 남신과 영훈의 대화 중.

남 신   형은 헷갈린 적 없어? 형은 날 제일 잘 아는 사람이잖아.

         도로 현재. 다가오는 남신3에게 인사를 깍듯하게 하는 영훈.

남신3   와, 형이라고 불렀는데 화 안 냈다!
         회사에서 볼 날이 얼마 안 남아서 불러본 건데, 또 그래도 돼요?
영 훈   내키는 대로 하시죠. 점심 때 회장님께서 뵙자고 하십니다.
남신3   알았어요.
영 훈   전 먼저 올라가보겠습니다. (가버리는)
남신3   내가 뭐 잘못했나? 목소리가 평소 톤과 달라.
         일부러 차갑게 꾸미는 목소리.
소 봉   그런 건 모른 척하는 거랬잖아. 은근히 츤데레인 지 팀장님이
         너랑 정 떼려고 그러는 건데 콕 집어서 얘기하면 어떡해?
남신3   (영훈이 간 데 보는)

S#31. PK그룹 / 자율주행차팀 (낮)

         팀원들 테이블에 앉아서 회의 중. 다들 동시에 울리는 메일 알람소리.
         다들 스마트패드로 똑같이 확인하는 팀원들.

창 조   어? 진짜 본부장님이 자료를 보냈네?
지 용   (확인하며) 상당한 양인데 번역에 써머리까지 다 해놨어요.
직원1   이걸 어떻게 혼자 다 했지?

직원2	미스터리 맨이네. 진짜 로봇 아냐?
창 조	서 이사님, 나한테 묻기라도 하고 사고 치시지.
	인형 같은 걸 던져놓고 본부장님한테 로봇이니 뭐니 하셨으니.
직원1	결혼 파토 낸 거 복수하시고 싶었나 봐.
지 용	난 그거 인형 같지 않던데. (휴대폰 보여주며) 이거 봐요.

다들 지용의 휴대폰에 촬영된 남신1의 영상 본다.

지 용	피부 아래 마스크, 생각보다 정교하지 않아요?
창 조	헐리우드에서도 이 정도는 하잖아. 실제 기술은 불가능한 거 알면서.
남신3(E)	뭐가 불가능해요?

다들 돌아보면 어느새 남신3와 소봉 서 있다.
얼른 일어나 인사하는 팀원들. 지용만 의심스럽게 남신3 보는.
잠시 후. 브리핑 중인 창조. 화면에 'MAN Can Do All.' 쓰여 있다.
남신3와 팀원들 집중해서 보는 중. 뒤편에 소봉이도 앉아 있다.

| 창 조 | Man Can Do All. |

화면에 쓰인 글자 중 Can과 All이 사라지고 MAN과 DO 합쳐지면서
'MAN DO 프로젝트' 로고가 뜬다.

창 조	인류는 뭐든 해낸다는 모토를 앞세운 로고입니다.
	이 프로젝트는 자율주행차 M카, 구급 기능이 첨가된 새로운 M카에
	이어 회장님께서 구상하시는 빅 픽쳐를 실현해갈 시리즈입니다.
남신3	인류는 뭐든지 해내죠. 아마 여러분 같은 사람도 곧 만들어낼걸요?
창 조	사람보다 사람 같은 로봇을 만드는 게 빠르겠죠. 안 그러냐, 지용아?

그때 일제히 모든 컴퓨터들이 뚝 꺼져버린다. 놀라서 둘러보는 팀원들.

남신3	점심시간이잖아요. 퇴근시간 어기면 그때도 꺼버립니다.
소 봉	(웃는)
다 들	(웃는)
지 용	(의심스럽게 남신3 보는)

S#32. PK그룹 / 로비 (낮)

자율주행차팀원들과 함께 나오는 남신3와 소봉.
어두운 표정으로 걸어오던 오로라와 마주친다.

창 조	이제 나오십니까, 팀장님?
오로라	(남신3의 눈 피하며) 제가 좀 늦었네요. 식사하러 가는 길이에요?
지 용	네, 같이 가시죠.
남신3	(오로라 눈여겨보는)
오로라	그래요. 오늘은 제가 내죠.

오로라와 팀원들 함께 나가면 소봉에게 귓속말하는 남신3.

남신3	먼저 가 있어. 금방 갈게.

다른 방향으로 가는 남신3를 의아하게 보다가 일행 따라가는 소봉.

S#33. 카페테리아 (낮)

오로라와 소봉과 자율주행차팀원들 앞에 놓이는 식사.

창 조	본부장님이 오셔야 같이 먹는데.
소 봉	(얼른) 일일 일식 하시느라 점심은 건너뛰신대요.

오로라	우리끼리 먹죠.
다 들	맛있게 먹겠습니다.
오로라	네, 맛있게 먹어주세요.

다들 먹기 시작하는데 두통 때문에 머리가 또 지끈거리는 오로라.
그런 오로라 앞에 약봉지를 내놓는 남신3.

남신3	(앉으며) 두통약이에요. 엄마 가끔 두통에 시달리시잖아요.
오로라	… 고마워.
창 조	와, 이제야 진짜 모자 사이처럼 보이십니다.
직원1	은근 효자신가 봐요, 본부장님.
직원2	요즘 본부장님 완전 딴 분 같으세요. 좋다구요.
남신3	(미소 짓는) 당연히 다를 수밖에요. 강소봉 씨, 안 그래요?
소 봉	(역시 미소) 네. 완전 다른 분이시죠.
직원2	다시 예전으로 돌아가지 마세요. 절대요.
남신3	그럴 수도 있죠. 사람은 늘 달라지는 거니까.
창 조	안 됩니다. 덕분에 자율주행차팀이 겨우 자리 잡았는데요.
지 용	나도 반대. 전엔 재미없었어.
남신3	혹시 내가 갑자기 변해서 여러분들을 낯설게 하거든,
	오 팀장님 판단을 믿고 따르시면 됩니다.
	아들을 위해 최선을 다해 일하실 분이니까요.
오로라	(보는)
남신3	전 회장님 약속이 있어서. 강소봉 씨. 맛있게 먹고 와요.
소 봉	네, 본부장님. 이따 봬요.

남신3가 나가면 팀원들 인사한다.
남신3의 뒷모습을 안쓰럽게 보는 오로라.
그런 오로라를 착잡하게 보는 소봉.

S#34. 고급 일식당 복도 (낮)

긴 복도를 걸어가는 남신3의 뒷모습.

S#35. 고급 일식당 (낮)

음식과 반주가 차려진 채로 마주 앉은 건호와 영훈.

영 훈	(놀란) 네?
건 호	뭘 그렇게 놀래? 신이한테 회사를 언제쯤 물려주는 게 좋겠냐는데.
영 훈	생각지도 못한 질문이라서 좀 당황했습니다.
건 호	신이 놈이 추진력도 좋고 꽤 준비가 됐다 싶어서 묻는 거야. 너도 예전보다는 지금 신이가 더 낫다고 생각할 거 아니냐.
영 훈	(차마 대답 못 하는)
건 호	왜 대답을 못 해? 영훈이 넌 생각이 다른 거냐?
영 훈	…그런 건 아닙니다만…

문이 열리고 들어와 인사하는 남신3.

건 호	때마침 잘 왔다. 얼른 앉아. 식사 안 했지?
남신3	하고 왔어요. 팀원들이랑.
건 호	(술 한 잔 마시고) 너한테 회사를 언제 물려주면 좋겠냐고 물었는데 영훈이가 대답을 안 한다. 네 놈이 신뢰를 덜 준 모양이야.
남신3	(영훈 보는)
영 훈	저도 예전보다는 본부장님께서 준비가 되셨다고 생각합니다. 가능한 한 빨리 자리를 넘겨주시는 게 여러모로 좋을 듯합니다.
건 호	내 생각과 같다니 좋구나. 최대한 잡음 없게 넘겨줄 방법을 찾아보자.
남신3	(환하게 웃는)

S#36. 고급 일식당 / 화장실 (낮)

화장실에서 나온 건호, 물을 틀어 손을 씻다가 제 시계에 눈길이 간다.
대수롭지 않게 생각하다가 뭔가 번뜩하는 건호.

건 호   …설마…그놈이…

S#37. 고급 일식당 룸 (낮)

로보 워치 없는 팔로 술잔 쭉 들이키는 남신.
실은 남신3가 아니라 남신이다! 남신3인 줄 알고 놀라는 영훈!

영 훈   뭐하는 겁니까? 술은 왜 마셔요?
남 신   (술잔 내려놓고) 오랜만에 한 잔 했더니 머리가 핑 도네.
             섭섭하다, 형. 나를 몰라봐?
영 훈   (의아하게 보던 영훈 그제야 로보 워치 없는 걸 보고)
             …너…신이구나…
남 신   그래, 나 신이야. 형이 헷갈린 가짜 말고 진짜 남신.

             그때 아무 일도 없었다는 듯 실내로 들어오는 건호.
             잔뜩 긴장해서 남신을 보는 영훈. 더없이 태연한 남신.

건 호   (앉으면서 빈 잔을 보고) 밥은 안 먹겠단 놈이 술은 마셨구나.
             술 마시는 모습 오랜만이다. 어째 맛이 괜찮냐?
남 신   네. 할아버지 드시는 술치고는 마실 만하네요.
             늘 싸구려 술만 드셨잖아요.
건 호   으하하하. 나도 나이가 드니까 속이 약해져서 말이야.
             영훈아, 자리 좀 비켜라. 내가 오늘 이놈이랑 할 얘기가 많다.
영 훈   (긴장해서 건호와 남신 보는)

남 신   형 뭐해? 할아버지 말씀 안 들려?

영 훈   (머뭇거리다가 어쩔 수 없이 인사하고 나가는)

S#38. 고급 일식당 룸 앞 (낮)

나와서 문 닫은 영훈, 초조한 마음에 뒤돌아보는.

S#39. 고급 일식당 룸 (낮)

건호가 잔에 또 술 따라주면 단박에 마셔버리는 남신.

건 호   감당할 수 있을 만큼 마셔.

남 신   아버지도 술 잘 마셨어요? 전 아버지랑 닮았나요?

건 호   별일이구나. 지 애비 얘기는 입에도 안 올리던 놈이,

남 신   아버지는 어떤 아들이었어요? 아버지가 죽었을 때 슬펐어요?

건 호   (태연한) 안 슬펐다.

남 신   (날카롭게 보면)

건 호   슬퍼하면 안 됐지. 자식 먼저 보낸 부모는 슬퍼할 자격도 없으니까.
         근데 왜 자꾸 묻는 거냐?

남 신   마지막으로 봤던 아버지 나이에 가까워질수록,
         아버진 뭘 위해 살고 죽었을까 궁금해져서요.

건 호   넌 뭘 위해 사는 거냐? 니가 진짜 원하는 게 뭐야?

남 신   아시잖아요. 저 할아버지 회사 갖고 싶어요.

건 호   그걸 가져서 뭐할 건데?

남 신   조각조각 찢어서 팔아버리려구요.

건 호   …뭐?

남 신   농담이에요. 할아버지 목숨 같은 회사를 제가 어떻게 팔아요?
         한 잔 더 주세요. 왠지 죽다 살아난 기분인데 삼세 잔은 마셔야죠.

건 호	(따라주면서 기색 살피는)
남 신	(아랑곳없이 또 마시는)

S#40. 고급 일식당 앞 (낮)

건호의 차 문 열어주는 영훈. 옆에는 남신이 서 있다.
건호가 올라타면 차 문 닫아준 영훈, 차 출발하면 깍듯한 인사.
서늘한 얼굴로 건호의 차 뒤꽁무니 쳐다보는 남신.

영 훈	너 뭐하는 자식이야! 몸도 성치 않은 게 왜 자꾸 돌아다녀?
남 신	(농담) 나 없는 데서 내 욕 하나 안 하나 궁금해서.
	근데 왜 형은 내 자리를 받네 마네 맘대로 결정해?
영 훈	그런 거 아니야. 네가 돌아와도 적응하는 데 시간 걸려.
	어차피 니 자린데 미리 받아두면 좋잖아.
남 신	누가 그 자리 필요하대?
영 훈	…뭐?
남 신	내가 필요하다고 한 적 있냐고.
영 훈	너 그렇게 말하면 안 돼.
	너 때문에 다들 제정신 아니었던 거 알잖아.
남 신	제정신 아니지. 로봇 따위로 날 대신한 거 보면.
영 훈	…신아…
남 신	형은 그따위 짓을 내가 고마워할 줄 알았어?
	내가 언제 할아버지 자리 욕심냈어?
	혹시 그 자리 형이 원하는 거 아냐?
	내가 올라가면 형이 누릴 게 더 많아지니까-(하는데)
영 훈	(버럭) 그만해!
남 신	(보는)
영 훈	너 진짜 왜 이래? 너 하나 지키자고 별별 짓을 다했는데,
	들킬까 봐 조마조마해하면서 여기까지 왔는데, 니가 지금 이럴 때야?

이러다 로봇보다 못한 인간이라는 소리 듣고 싶어? 정신 차려, 제발!

남 신   …뭐? 로봇보다 못한 인간?

영 훈   (아차 싶어) 형이 흥분했어. 아픈 너한테 지나쳤다. (팔 잡고) 가자.

남 신   (홱 뿌리치고 보는)

영 훈   …신아…

남 신   따라오지 마. (가버리는)

영 훈   (속상하게 보는)

S#41. 거리 (낮)

일그러진 얼굴로 통증을 참고 걸어가는 남신.

종길(E)   그 로봇 대신하시려면 아마 고생 좀 하실 겁니다.

영훈(E)   이러다 로봇보다 못한 인간이라는 소리 듣고 싶어?

휘청해서 벽을 붙드는 남신, 입술을 악물고 다시 걸어가는.

S#42. 예나의 차 안 (낮)

적당한 데 세워진 차. 운전석에 앉은 예나.
뒷좌석에 앉아서 창밖을 보고 있는 남신3. 실내에 흐르는 침묵.

예 나   (룸미러로 보며) 둘이 옷 갈아입고 있으니까 너 진짜 오빠 같다.
갑작스럽게 부탁했는데 들어줘서 고마워.
오빠가 할아버지를 꼭 뵙고 싶었나 봐.

남신3   서 팀장님은 날 감시하는 역할인가요?

예 나   감시는 무슨. 오빠랑 너, 둘 다 한꺼번에 나다니면 곤란하잖아.
(전화 오면 얼른 받고) 오빠! 어디야? 지금 데리러 갈까?

S#43. 공원 근처 (낮)

통화하면서 걸어가는 남신, 힘들어서 잠시 벽에 의지하고 멈추는.

남 신 거의 다 왔어. 금방 도착해.

하는데 저만치 걸어가는 소봉이 남신의 눈에 들어온다.
먹잇감을 발견한 듯 눈을 빛내는 남신.

남 신 재밌는 일이 생겼어. 조금만 더 기다려.

전화 끊고 소봉의 뒤를 따라가기 시작하는 남신.

S#44. 공원 카페 (낮)

아무것도 모르고 걸어가는 소봉. 간격을 둔 채 소봉을 따라 걷는 남신.
멈춰서 커피 주문하고 벤치에 앉는 소봉.
남신도 멈춰서 그런 소봉을 관찰한다.
몸이 찌뿌둥한 듯 도로 일어나 스트레칭으로 몸을 푸는 소봉.
피식 웃고 가까이 다가가는 남신, 갑자기 우뚝 멈춘다.
어느새 소봉과 남신 사이에 나타난 남신3가 이쪽을 보고 있다!
아무것도 모르고 계속 몸을 푸는 소봉.
얼굴 일그러진 남신, 남신3를 노려보며 휴대폰으로 통화 시도.
곧 남신3가 휴대폰 받는 모습 보인다.

남 신 너 뭐야? 누구 맘대로 기어 나오래?
남신3(F) 강소봉과 당신의 GPS 신호가 가까워지는 걸 알았어요.
남 신 그래서? 넌 내가 돌아가야 나오기로 했잖아!
  내가 누굴 만나든 무슨 짓을 하든 뭔 상관이야?

남신3(F)	할아버지를 보고 싶다고 해서 허락한 거예요.
남 신	뭐? 허락?
남신3(F)	갑자기 나타나서 명령하는 게 불합리하다고 판단했지만,
	혈육에 대한 그리움일 거라고 추측해서 받아줬어요.
	하지만 강소봉은 달라요. 내가 당신 역할을 대신할 뿐,
	강소봉과 당신은 아무 상관없어요.
	강소봉은 나만의 사람이니까.
	다시는 이런 식으로 나타나지 말아요.

전화 끊고 소봉 쪽으로 향하는 남신3. 남신3의 차림 보고 놀라는 소봉.
남신3를 불쾌하게 노려보던 남신, 돌아서는데 그 앞에 서 있는 예나.

예 나	(싸늘한) 오빠, 여기서 뭐해?

S#45. 공원 일각 (낮)

남신3와 소봉, 마주 보고 서 있다. 심각한 분위기.

소 봉	그래서? 남신이 떡 나타나서 옷도 바꿔 입자 그래서 바꿔 입고,
	걔가 싸돌아다닐 동안 넌 서 팀장 차에 갇혀 있었다?
남신3	(끄덕이는)
소 봉	(심호흡하며 화를 참는)
남신3	화내도 돼. 충분히 그럴 만한 상황이니까.
소 봉	아니, 나 너한테 화 안 낼 거야.
남신3	(보는)
소 봉	감정을 못 느끼는 니 앞에서 감정적이 되는 건 옳지 않아.
	널 이해하려면 너처럼 합리적이고 이성적으로 판단해야 돼.
	(냉정하게 가라앉히려고 애쓰는)
남신3	강소봉, 괜찮아?

소 봉	아, 안 돼! 난 역시 감정적인 인간인가 봐.
	분해! 분해서 미치겠어!
남신3	(웃는)
소 봉	웃지 마! 난 그 인간이 너한테 함부로 하는 게 싫단 말야!
	그 인간이 나타나면 넌 자꾸 숨어야 되잖아!
	잘못한 것도 없는데 니가 왜 그런 취급을 당해야 돼?
	서 팀장이랑 차 안에서 얼마나 불편했겠어?
	나도 같이 있었어야 되는데.
	서 팀장이 너 물건 취급하면 내가 확 받아버리게!
남신3	… 예쁘다.
소 봉	뭐?
남신3	내가 인간이었으면 이렇게 말했을 거라고. 예쁘다, 강소봉.
소 봉	(싫지 않은) 뭐야. 니가 인간이었으면 어디가 예쁘다고
	생각했을 거 같은데?
남신3	(웃는)
소 봉	어디냐니까?

하는데 소봉의 휴대폰 울린다. 액정 확인하고 받는 소봉.

| 소 봉 | (받고) 뭐예요? |

S#46. 예나의 차 안 (낮)

서늘한 분위기로 운전석에 앉은 예나와 보조석에 앉아 통화 중인 남신.

남 신	너 그만둬. 당장.
소봉(F)	(기막힌) 내가 왜요?
남 신	(예나 보며) 내 약혼녀께서 내 얼굴이 너랑 있는 게 싫대.
	수동제어모드가 있다며? 니가 죽고 못 사는 그걸 멋대로 할 수 있는.

너 안 그만두면 그거 개한테 채워버린다.

그러니까 무서우면 그만둬. 끊는다. (전화 끊는) 됐어?

예 나   (차갑게 보는)

남 신   강소봉을 보고 싶어 한 게 아니라니까.

로봇을 좋아한다는 게 웃겨서 놀려먹으려고 간 거지.

예 나   뭐가 웃겨? 왜 놀려? 그런 것도 다 관심이야.

남 신   (안아주려고 하며) … 예나야…

예 나   (뿌리치고) 오빠 또 그러면 나도 가만 안 있어. (차 출발시키는)

남 신   (날카롭게 예나 보는)

남신3(E) 누구야?

S#47. 공원 일각 (낮)

걱정스런 눈빛으로 남신3를 보는 소봉.

남신3   누군데 그렇게 심각해?

소 봉   아, 서 팀장. 할아버지 잘 만나게 도와줘서 너한테 고맙다고.

남신3   아까도 나한테 그랬는데. 고맙다고.

소 봉   (흠칫) 그래? 한 번 더 말하고 싶었나 봐.

(하고) 가자. 내가 정확히 어디가 예쁜지는 내일 꼭 얘기해줘. (가는)

남신3   (따라가는)

S#48. 건호의 저택 / 수영장가 (밤)

수영장가에 걸터앉아서 맥주 마시는 중인 영훈. 어두운 얼굴.

플래시백 : 고급 일식당 앞 (낮)

PLAY13 40씬의 일부.

남 신	제정신 아니지. 로봇 따위로 날 대신한 거 보면.
	형은 그따위 짓을 내가 고마워할 줄 알았어?
	내가 언제 할아버지 자리 욕심냈어?
	혹시 그 자리 형이 원하는 거 아냐?

도로 현재. 괴로운 표정으로 손세수하는 영훈.
시선 돌리는데 어느새 옆에 앉아 있는 남신3.
흠칫하는 영훈을 보고 웃어주는 남신3.

영 훈	언제 왔어요?
남신3	3분 47초 전에요.
영 훈	(피식 웃음) 항상 정확하네요. (하고) 낮에 신이 회사에 온 거 봤어요.
남신3	인간 남신의 부탁을 어디까지 들어줘야 할까요?
영 훈	(보는)
남신3	나쁜 짓을 시켜도 다 들어줘야 되는 될까요?
	나한테는 나쁜 짓이지만 인간 남신한테는 좋은 일일 수도 있잖아요.
영 훈	그럴 리 없어요.
남신3	(보면)
영 훈	옳고 그름은 의외로 복잡하지 않아요.
	인간들이 자기들 이익 때문에 복잡하게 만드는 거지.
	본인이 나쁜 일이라고 판단한 건 신이한테도 나쁜 거니까,
	신이를 위해서라도 꼭 거절해줘요.
남신3	내 판단을 믿어줘서 고마워요.
영 훈	(웃는)
남신3	혹시 나랑 진짜 정 뗄 거예요? 나중에 또 보면 안 돼요?
영 훈	(흔들리는 눈빛 감추려는)

S#49. 건호의 저택 / 남신의 방 (밤)

문 열고 들어온 남신3, 겉옷을 벗으려다가 바닥에 시선이 간다.
피규어를 꼭 안고 웅크려 잠들어 있는 희동.
쪼그려 앉은 남신3, 그런 희동을 물끄러미 들여다본다.

남신3　(속삭이는) 나도 로봇이야. 그래도 내가 좋아?
희 동　(눈 가물가물 뜨고) … 형?

하더니 도로 눈 감고 쌕쌕 잠자는 희동.
그런 희동을 보고 미소 짓는 남신3.

S#50. 건호의 저택 / 거실 (밤)

짜증나는 얼굴로 희동을 찾아다니던 호연,
잠든 희동을 안고 들어오는 남신3를 본다.

호 연　어머, 어머, 애 또 니 방에 갔어? (소파 가리키며) 여기 눕혀.
남신3　(소파에 눕히고 쿠션 베개 해주고 무릎 담요 덮어주는)
호 연　(그 모습 보다가) 고마워, 신아. 다신 니 방에 못 들어가게 할게.
남신3　그럴 필요 없어요. 언제라도 와서 놀게 하세요.
호 연　애한테 자꾸 기대하게 하지 마.
남신3　(보는)
호 연　쓸데없이 가깝게 지내지 말라구. 어차피 너랑 쟤, 멀어질 사이야.
　　　　크면 클수록 니 걸 탐내는 눈엣가시처럼 생각될 테니까.
남신3　그게 내 방에서 놀게 하는 거랑 무슨 상관이에요?
호 연　뭐?
남신3　희동이가 로봇 갖고 노는 걸 좋아하니까,
　　　　제 방에 들어와서 실컷 놀라는 게 나쁜 거예요?

호 연	…아니…뭐…나쁠 건 없는데…
남신3	난 먼 미래까지 예측 못 해요. 변수가 많거든요.
	아이들은 하루하루 재밌게 지내는 게 중요하니까,
	고모도 제 방에 와서 희동이랑 같이 놀아줘요.
호 연	(할 말 없는)

남신3 웃고 돌아서 가려는데 온화한 표정으로 서 있는 건호.

호 연	아빠, 나오셨어요?
건 호	신이 잠깐 나 좀 보자. (들어가는)
남신3	(따라 들어가는)
희 동	(어느새 눈 뜨고)…엄마…
호 연	어, 희동아. 일어났어?
희 동	…잠결에 들었는데 형이 자기가 로봇이래…
호 연	잠결이 아니라 꿈이야. 피규어 갖고 놀다 잠드니까 그렇지.
희 동	(벌떡 일어나며) 꿈 아닌데?
호 연	꿈 아니면 너 엄마랑 소아신경정신과 가야 돼.
희 동	형한테 물어보면 되잖아. 형 어딨어?
호 연	(건호의 방 쪽 보는)

S#51. 건호의 저택 / 건호의 방 (밤)

창밖을 보며 서 있는 건호. 옆에 서 있는 남신3.

플래시백 : 고급 일식당 룸 (낮)
PLAY13 39씬의 일부. 남신과 건호의 대화.

건 호	넌 뭘 위해 사는 거냐? 니가 진짜 원하는 게 뭐야?
남 신	아시잖아요. 저 할아버지 회사 갖고 싶어요.

건 호	그걸 가져서 뭐할 건데?
남 신	조각조각 찢어서 팔아버리려구요.

도로 현재. 허탈한 듯 웃고 남신3를 보는 건호.
시선을 피하지 않고 맑은 눈빛으로 건호를 보는 남신3.

건 호	(대뜸) 넌 뭘 위해 사는 거냐?
남신3	(보는)
건 호	니가 진짜 원하는 게 뭐야?
남신3	…전 원하는 게 없어요.
건 호	그렇겠지. (슬쩍) 원래 넌 욕망이 없는 놈이니까.
남신3	그런 뜻이 아니에요.
건 호	(뭐지?)
남신3	뭔가를 갖고 싶어 한다는 건 그걸 가질 힘이 없다는 거예요.
건 호	(흥미로운) 그래서?
남신3	전 그 힘들을 다 갖추고 있어요. 지식이든 체력이든 정보력이든.
건 호	마음만 먹으면 다 가질 수 있으니까
	아예 처음부터 갖고 싶어 할 필요가 없다?
남신3	네. 필요하지 않으니까 안 쓸 뿐이죠.
건 호	(흡족한) 시건방진 놈.
남신3	사실을 말한 거예요.
건 호	나도 사실을 말한 거야.
	너 같은 놈이 건방져도 아무 할 말이 없으니까. (하고)
	너, 진짜 내 손자로 살아볼 생각은 없냐?
남신3	(고개 갸웃하는)
건 호	내 말이 이상하게 들렸겠구나.
	넌 이미 모든 면에서 내 손자인데 말이다. 나가 봐.
남신3	(인사하고 나가는)
건 호	필요하지 않으니까 안 쓸 뿐이다?

건호의 호탕한 웃음소리, 실내를 울린다.

S#52. 격투기 체육관 전경 / 다른 날 (아침)

S#53. 격투기 체육관 / 소봉의 방 (아침)

운동복으로 갈아입던 소봉, 생각에 잠긴다.

남신(E) 수동제어모드가 있다며? 니가 죽고 못 사는 그걸 멋대로 할 수 있는.
너 안 그만두면 개한테 채워버린대. 널 인질 삼아서.

심란한 표정의 소봉, 운동복 마저 입는다.

S#54. 격투기 체육관 (아침)

가볍게 뛰면서 나오는 소봉, 링 안을 보고 얼른 뛰어오른다.
소주병 몇 개 널브러진 옆에 뻗어 잠들어 있는 재식.
짠한 모습에 한숨 쉰 소봉, 옆에 있는 무릎 담요 덮어주고 돌아선다.

재 식 나쁜년.
소 봉 (돌아보면)
재 식 (벌떡 일어나서) 이런 건 왜 덮어줘? 넌 아빠한테 나쁜 딸인데!
소 봉 나 나쁜 딸 맞아. 그러니까 미안하단 말도 안 할 거야.
재 식 뭐?
소 봉 이제까지도 아빠가 살라는 대로 안 살았는데 계속 그럴 거 같아서.
행동은 안 바뀌면서 미안하단 말만 하면 더 약 오르잖아.
재 식 참 당당하다. 그래, 내 말 들으면 니가 내 딸 강소봉이 아니지.

소 봉	알았으면 기대 접어. 나 걔랑 안 헤어져. (가려는데)
재 식	(불쑥) 왜 하필 날 닮았냐?
소 봉	(놀라서 보는)
재 식	(속상한) 다르지 그랬냐? 너는 아빠랑 좀 다르지 그랬어?
	뭐 좋은 거라고 똑같이 미련하고 고지식하고 답답해서는…
	아니다 싶으면 틀고, 상처 받겠다 싶으면 돌아서고!
	난 그렇게 못 해도 너라도 그렇게 살아주면 안 되냐? 소봉아?
소 봉	…나도 안 좋아하려고 무지 애썼단 말야…
	…근데 잘 안 됐단 말야…
재 식	그래, 그랬겠지. 니가 여우 같았으면 미련 없이 돌아섰겠지.
	이게 다 아빠 잘못이다.
	널 여우가 아니라 미련 곰탱이로 낳은 내 잘못이야.
소 봉	(울먹이는) …아빠아…아빠까지 그러지 마…
	사람들이 다 나한테 걔랑 떨어지래.
	막 협박하면서 경호원도 그만두래.
	나 아빠한텐 잘못한 건 맞는데 그래도 아빠는 안 그래주면 안 돼?
재 식	(안쓰럽게 보는)
소 봉	(눈물 터진) …나 걔 옆에 있고 싶어…아빠…
	…끝까지 같이 있어주고 싶단 말이야…
재 식	(눈물 거칠게 쓱쓱 닦아주며) 뚝 해!
	(눈물 참고) 아빤 말리지도 않고 응원도 안 할 거야.
	아무리 미련 곰탱이라도 다칠 일만 하지 마.
	너 다치면 아빠가 그놈 부숴버릴 테니까. (들어가 버리는)
소 봉	(뒷모습 미안하게 보는)

S#55. 건호의 저택 / 정원 (낮)

햇살 좋은 정원을 구경 중인 건호. 서둘러 다가와서 인사하는 영훈.

건 호	햇살이 아주 좋아. 내가 죽는 날도 이렇게 볕이 좋았으면 좋겠구나.
영 훈	… 왜 그런 말씀을 하십니까?
건 호	생로병사. 늙으면 병들어 죽는 게 사람이다.
	내 육신이 썩는대도 별 감흥이 없는데… 회사가 걱정이구나.
영 훈	… 신이가 있으니까 너무 걱정 안 하셔도 됩니다.
건 호	넌 그놈을 믿냐? 어떤 신이를 믿냐? 예전의 신이냐 요즘의 신이냐?
영 훈	(말 못 하는)
건 호	난 그놈들보다 영훈이 널 더 믿는다.
	혈연에 치우치지 않고 냉철하게 판단했을 때,
	내 회사를 망가뜨리지 않을 놈은 영훈이 너 하나야.
영 훈	(놀라는) … 회장님…
건 호	왜, 신이한테 미안하냐? 아니면 종길이처럼 취급해 기분 나쁘냐?
	그깟 거추장스러운 감정 다 떨쳐내고 판단해봐.
	누가 내 자리에 적합하냐? … 너… 아니냐?
영 훈	네, 저 맞습니다.
건 호	(보는)
영 훈	자신도 있고 욕심도 납니다. 저도 사람이니까요.
	하지만 생각만 할 뿐 그 욕심을 채우고 싶지는 않습니다.
건 호	왜 그런지 물어도 되겠냐?
영 훈	… 회장님처럼 살기 싫어서요.
건 호	(놀라는) 뭐?
영 훈	끝도 없는 욕심을 채우려면 회장님처럼 아들과 손자까지 냉정하게
	밀어내고 누구든 의심해야 됩니다. 그런 삶이 행복하십니까, 회장님?
건 호	(보는)
영 훈	제가 보는 회장님은 무척 불행하십니다. 전 그렇게 살기 싫어요.
	외롭게 자라서 똑같이 외롭게 자란 신이 마음 다치게 하기도 싫고,
	회장님을 불안하고 두렵게 해드리기도 싫습니다.
	말씀 안 하시지만 누구든 한 발이라도 앞서 나갈까 봐 겁내시잖아요.
건 호	(제법이다 싶은 미소)
영 훈	전 차라리 욕심 덜 채우고 행복하게 살겠습니다.

신이도 챙겨주고 회장님도 모시면서 덜 외롭게.

건 호 (애정 어린) 못난 놈.

영 훈 (피식 웃고) 네, 저 못났어요. 다음엔 꼭 회장님 손자로 태어나서
더 못난 모습 많이 보여드릴게요. (인사하고 들어가려는데)

건 호 …영훈아.

영 훈 (멈춰서 보면)

건 호 …그놈은 너한테 어떤 존재냐?

영 훈 …그놈이라니…무슨…

건 호 신이처럼 생긴 그 로봇 말이다.

영 훈 (경악하는)

S#56. 격투기 체육관 앞 (낮)

옷매무새 가다듬으며 비장한 표정으로 걸어 나오는 소봉.
갑자기 척하니 앞을 막아서는 재식.

소 봉 아빠아, 아까 말했잖아. 나 못 말린다니까?

재 식 미련 곰탱이, 꼭 칠칠맞게.

앉더니 소봉의 풀린 운동화 끈 매주는 재식.

소 봉 (미안한) …고마워…아빠…
나 지금 경호원 그만두라고 한 사람 찾아갈 거야.
절대 안 그만둔다고 못 박고 올 거야.

재 식 (다 맸다) 그러든지 말든지. 가봐.

소 봉 (거수경례하며) 다녀오겠습니다.

신나게 뛰어가는 소봉의 뒷모습 보며 한숨 쉬는 재식.

재 식	예쁘네, 내 딸.
예나(E)	누구세요?

S#57. 오로라의 아지트 / 거실 (낮)

예나가 문 열어주면 의외로 거기 서 있는 건 남신3다.

남신3	남신을 만나러 왔어요.

S#58. 오로라의 아지트 / LAB실 (낮)

휠체어에 앉은 남신, 이런 저런 공구들을 구경하는 중.
조용히 들어선 남신3를 슬쩍 보고 계속 공구들 만져보는 남신.

남 신	너한테는 여기가 꼭 엄마 배 속 같겠다. 이런 데서 만들어졌잖아.
남신3	강소봉 안 그만둬요. 그 말 하러 왔어요.
남 신	(언짢게 보고) 걔가 일러바쳤냐?
남신3	아뇨. 통화 목소리쯤은 다 구별해요. 난 시청각이 예민하니까.
남 신	(비웃는) 강소봉이 니 경호원이 아니라 니가 걔 대리인이야? 강소봉한테 말했는데 왜 니가 나서?
남신3	강소봉은 당신하고 아무 상관없어요. 내 경호원을 그만두게 할 수 있는 건 나뿐이에요.
남 신	(차갑게) 니가 내 대신 만들어졌다는 거 까먹었어? 넌 내가 하라는 대로만 하면 돼. 니 영역이니 니 사람이니 같잖은 소리 집어치우고.
남신3	(가만히 보는)

S#59. 오로라의 아지트 / 거실 (낮)

거실에 들어서는 소봉. 못마땅하게 보는 예나.

예 나 여기서 데이트 해? 왜 쌍으로 드나들고 난리야?
소 봉 (놀라서) 여기 와 있어요?

S#60. 오로라의 아지트 / LAB실 (낮)

휠체어에 앉은 남신과 서 있는 남신3, 마주 보고 있는.

남신3 내가 왜 꼭 그래야 되죠?
남 신 …뭐?
남신3 뭘 오해한 거 같은데,
　　　　내가 당신을 도와주는 거지 당신이 날 부리는 게 아니에요.
　　　　나한테 부탁할 수는 있지만 명령할 자격은 없어요.
　　　　뭔가를 원한다면 정중히 부탁해요. 협박하지 말고.
남 신 (얼굴 굳는) 아니, 난 부탁보다 협박이 재밌어.
남신3 (보는)
남 신 아, 넌 감정이 없으니까 협박해봤자 아무 소용없지.
　　　　널 못 건드리면 뭘 건드려야 내 말을 들을까?
　　　　너한테 제일 중요한 게 뭐더라? 혹시, 강소봉?
남신3 (위협적으로 나서는) 강소봉은 건드리지 마. 절대.
남 신 이게 어디서 날 위협해!

옆에 있던 도구를 아무 거나 막 잡아서 던지는 남신.
남신3의 이마를 치지만 피하지 않고 똑바로 남신을 노려보는 남신3.
들어오던 소봉, 그 모습 보고 놀란다.

소 봉	(남신에게) 미쳤어요? 이게 무슨 짓이에요?
남 신	멀쩡해서 더 징그러워. 감정도 고통도 모르는 로봇 새끼!
	(또 던지려고 하면)
소 봉	(남신3 막아서며) 그만해요!
남신3	(소봉 막아서며) 다쳐! 내 뒤에 있어!
남 신	이것들이 진짜. (남신3에게) 너, 니가 인간인 줄 착각하는구나.
	잘 봐! 누가 인간인지.

말이 끝나자마자 들고 있던 공구를 남신3의 얼굴에 사납게 휘두르는
남신!
피하지도 않는 남신3의 얼굴을 날카롭게 긁는 공구 소리!

소 봉	(경악한) 안 돼!

긁혀버린 인조피부 사이 차갑게 드러난 남신3의 인공골조!
차가운 금속이 드러난 남신3의 얼굴을 바라보는 소봉. 가슴 아픈.
차가운 금속과 대조되는 따스한 눈빛으로 소봉을 바라보는 남신3.
그런 두 사람을 차갑게 비웃는 남신에서!!

PLAY 14

제 27 회

제 28 회

S#1. 건호의 저택 / 마당 (낮)

PLAY1 9씬의 일부. 오로라에게 거짓말하는 남신.

남 신 　나 엄마랑 안 가니까 다신 오지 마! 오면 나도 죽어버릴 거야!
　　　　(홱 돌아서는)
남신(N)　처음이었어요. 거짓말한 게.

S#2. 건호의 저택 / 2층 (낮)

PLAY1 10씬의 일부. 어린 남신, 건호에게 얘기하는.

남 신 　약속대로 했어요. 우리 엄마한테 아무 짓도 안 할 거죠?
건 호 　(시선 고정한 채) 그래.
남신(N)　엄마를 위한 거니까 괜찮아요.

S#3. 건호의 저택 / 남신의 방 (밤)

PLAY1 15씬. 번개와 천둥소리 들이치는 방. 지나치게 넓고 어두운 실내.
한구석에 귀를 막고 덜덜 떨며 앉아 있는 남신.

남 신	… 엄마…무서워…엄마…
남신(N)	아무리 무서워도 참을 수 있어.

눈물 흘리며 덜덜 떠는 남신의 안쓰러운 모습.

S#4. 건호의 저택 / 거실 (낮)

20대 초반의 남신, 누구와 싸운 듯 엉망인 옷차림과 얼굴의 생채기
죄인처럼 서 있는 20대 중반의 영훈의 뺨 사정없이 후려치는 건호.
그런 건호를 놀라서 보는 남신. 뒤편에 서 있는 호연은 비웃고.

남 신	… 할아버지…
건 호	그래, 너보다 백 배는 아끼는 놈을 너 때문에 때린 거다.
	앞으로도 그럴 거야. 오늘처럼 성질 못 견뎌 싸움질을 하든,
	정신 나간 딴 집 애들처럼 도박이나 마약을 하든,
	그 대가는 너 대신 영훈이가 받게 될 거야. (들어가 버리는)
호 연	둘 다, 꼴좋다. (건호 따라 들어가 버리는)
영 훈	화나서 하신 말씀이야. (애써 웃는) 난 괜찮아, 신아.
남 신	(두려운 듯 영훈 보는)
남신(N)	난 아주 잘 컸어요, 엄마.

S#5. 건호의 저택 / 정원 (밤)

큰 트래블 백을 들고 주위 살펴보며 서둘러 나오는 남신.
갑자기 켜지는 정원 조명들. 남신, 놀라서 우뚝 멈춘다.
바로 앞에 건호가 서 있고 그 뒤로 경호원 몇 명이 진을 치고 있다.
두려워하던 남신, 그냥 나가려고 하면 앞을 막아서는 경호원들.

남 신	비켜.
건 호	(경호원들에게) 놔둬. 제 멋대로 하게.
경호원들	(비켜서는)
남 신	그동안 감사했습니다. 어쨌든. (건호에게 인사하고 가려는데)
건 호	약속을 깨뜨린 건 너다.
남 신	(멈춰서 돌아보면)
건 호	니가 여기 있는 대가로 니 엄마가 무사할 거라고 했었지.
	겨우 찾아내서 만나러 가면 니 엄만 이미 없을 거다.
	내가 너보다 먼저 찾아낼 테니까.
남 신	(부들부들 떠는)
건 호	(온화하게 웃고) 가봐. 얼마든지. (돌아서서 가는)
남 신	내 집은!
건 호	(멈춰서는)
남 신	(슬픈) …여기예요. 할아버지가 죽을 때까지는.
건 호	잘됐구나. (차갑게 웃고 가는)
남 신	(눈물 흘리는)
남신(N)	난 이제 엄마 없이도 괜찮아요.

S#6. 호텔 앞 (밤)

화려한 차림의 여자를 끌어안고 호텔 들어가는 남신. 차가워진 분위기.

S#7. 호텔 룸 (밤)

호텔 룸으로 들어온 남신과 여자. 남신을 뒤에서 끌어안는 여자.
조용히 뿌리치는 남신. 의아한 여자, 다시 한 번 키스하려고 들면,

남 신	그만하고 나가.

여 자   뭐?

남 신   너하고 그럴 마음 없으니까 꺼지라고.

        기막혀하면서 나가버리는 여자. 야경을 내려다보는 남신. 쓸쓸한 얼굴.

남신(N)   꽤 재밌어요, 사는 게.

S#8. 건호의 저택 / 거실 (낮)

        소파에 앉은 건호, 심란한 얼굴로 사진들을 들여다본다.
        탁자 위에 툭 던져지는 사진. 각기 다른 여자들과 호텔을 드나드는.
        분노를 참는 건호의 얼굴.

S#9. 건호의 저택 / 건호의 방 (낮)

        건호와 은밀하게 대화 중인 종길.

종 길   그 간호사 입 막는 데 돈이 더 들 거 같습니다.
        …하필 제 얼굴을 알아보는 바람에…
        정우 죽음이 자살이 아닌 걸 확실히 알고 있어요.

건 호   입 다물어. 이 집에 신이가 있어.

종 길   죄송합니다. 제가 경솔했습니다.

S#10. 건호의 저택 / 건호의 방 앞 (낮)

        놀란 얼굴로 부들부들 떨면서 듣고 있는 남신.

남신(N)   이젠 거짓말을 그만둘 때가 됐어요.

S#11. 건호의 저택 / 거실 (낮)

PLAY1 44씬의 플래시백 상황. 차가운 눈길로 건호를 보고 있는 남신.

남 신   기대하세요. 앞으로 재밌는 일이 벌어질 테니까.
남신(N)   엄마를 만나서 진실을 확인해볼 거예요.

S#12. 호텔 룸 (낮)

PLAY1 57씬 + 58씬의 일부. 현지인 탐정과 신경질적인 태도로 통화 중.

남신(E)   (현지어로) 오로라! 못 알아들어? 여기 식으로 로라 오!
            이 지역은 확실하다면서 왜 아직 못 찾아?
남신(N)   사실은 나도 그동안 엄마를 찾고 싶었으니까…

S#13. 주차 지역 근처 (낮)

PLAY1 74씬의 남신의 상황.
막 택시 문을 열려던 남신, 건너편 남신3를 보고 멈칫한다.
꽃다발을 든 채 남신을 보고 있는 남신3.

남신(N)   근데 엄만 날 버리고 저 로봇을 만든 거야?

            남신 앞의 택시는 서둘러 떠나버리고,
            경악하는 눈빛으로 남신3를 보는 남신.

남신(N)   내가 어떻게 살았는지 아무것도 모르면서?

S#14. 오로라의 아지트 / LAB실 (낮)

> PLAY13 60씬의 일부. 도구를 남신3에게 던지는 남신.
> 남신3의 이마를 치지만 피하지 않고 똑바로 남신을 노려보는 남신3.
> 들어오던 소봉, 그 모습 보고 놀란다.

소 봉   (남신에게) 미쳤어요? 이게 무슨 짓이에요?

남 신   멀쩡해서 더 징그러워. 감정도 고통도 모르는 로봇 새끼!
          (또 던지려고 하면)

소 봉   (남신3 막아서며) 그만해요!

남신3   (소봉 막아서며) 다쳐! 내 뒤에 있어!

남 신   이것들이 진짜. (남신3에게) 너, 니가 인간인 줄 착각하는구나.
          잘 봐! 누가 인간인지.

> 공구를 남신3의 얼굴에 사납게 휘두르는 남신!
> 피하지도 않는 남신3의 얼굴을 날카롭게 긁는 공구 소리!

소 봉   (경악한) 안 돼!

> 긁혀버린 인조피부 사이 차갑게 드러난 남신3의 인공골조!
> 남신3를 가슴 아프게 바라보는 소봉과 따스하게 소봉을 바라보는 남신3.
> 그런 두 사람을 차갑게 비웃는 남신.
> 그때 들어오던 오로라, 이 광경을 보고 놀란다.

오로라   신아!

남신, 남신3 (동시에 돌아보는)

남 신   니가 왜 돌아봐? 진짜 신이는 나야!

사람 놀이 그만해. 나 대신하는 거 당장 그만두라고!

불안한 눈빛으로 흥분한 남신과 남신3를 번갈아 보는 소봉.
남신을 가만히 보는 남신3. 남신3를 노려보는 남신.

S#15. 건호의 저택 / 정원 (낮)

PLAY13 55씬의 연장. 영훈과 건호의 대화. 놀라고 당황한 영훈.

영 훈	…신이처럼 생긴 로봇이라니요?
건 호	난 신이 엄마 행적을 다 알고 있었다.
	신이와 똑같이 생긴 로봇을 만들었다는 걸 알았을 때,
	재단을 만들어 돈을 대기로 했지.
	업그레이드를 지원한 HR연구소 돈줄이 바로 나다.
	신이 엄마는 까맣게 모르고 있지만.
영 훈	(그제야 깨닫고) 회장님! 이번 일은 다 제 책임입니다.
	사고 난 신이 대신 그 로봇을 끌고 온 게 저예요.
	신이는 상관없습니다! 아무것도 몰랐어요!
건 호	…괜찮다, 영훈아.
영 훈	(보는)
건 호	니가 그랬지? 누가 날 앞서 갈까 봐 내가 늘 두려워했다고.
	인간과 흡사한 로봇을 상품화할 수 있다면,
	어떤 회사도 우리 PK를 따라올 수 없다고 생각했다.
	그런데 막상 그 로봇을 보니 엉뚱한 고민이 생기더구나.
영 훈	…어떤 고민 말씀이십니까?
건 호	…내 자리에 누가 적합한지 말이다.
영 훈	(경악하는) …회장님! 어떻게 그런 말씀을…
	신이 다시 일어났습니다! 멀쩡하게 회복했어요!
	어떻게 회장님께서 신이와 로봇을 견주실 수 있습니까?

건 호   혹시 넌 그 로봇이 인간보다 낫다고 생각한 적 없냐?

영 훈   …그, 그건…

건 호   이제 난 너에 대해 한 치의 의심도 없다.

        내 아들이나 손자 놈도 그런 신뢰를 얻은 적이 없어.

        감정에 치우치지 말고 신이와 그 로봇을 지켜봐.

        난 니가 결정하는 대로 따를 테니까. (어깨 툭툭 쳐주고 들어가는)

영 훈   (충격에 사로잡힌)

S#16. 오로라의 아지트 / LAB실 (낮)

        굳은 표정의 오로라, 남신3의 긁힌 얼굴을 수리 중. 거의 다 끝났다.
        뒤쪽에 서서 남신3를 보고 있는 소봉, 애써 눈물 참고 있는.

남신3   울지 마. 나 괜찮아.

        그 말에 참고 있던 소봉, 눈물이 흐른다.
        남신3한테 보일까 봐 일부러 밖으로 나가버린다.
        수리 중이던 손 멈추고 남신3를 안쓰럽게 보는 오로라.
        오로라한테 환하게 웃어주는 남신3.

S#17. 오로라의 아지트 앞 (낮)

        문 쾅 닫고 밖으로 나온 소봉, 눈물이 흐른다.
        남신한테 화도 나고, 남신3가 안쓰럽고, 무력한 자신이 원망스럽고.
        흐르는 눈물 슥슥 닦은 소봉, 고개 획 돌려 아지트를 노려본다.

S#18. 오로라의 아지트 / 남신의 방 (낮)

언짢은 표정으로 침대에 앉아 있는 남신.
옆에 선 예나, 남신을 차마 쳐다보지 못한다.

예 나   … 오빠…
남 신   (날카로운) 왜? 내가 그런 짓해서 무서워?
예 나   아니, 난 오빠가 무슨 짓을 해도 안 무서워.
          얼마나 스트레스를 받았으면 그랬을까 싶어서 마음이 아파.
남 신   불쌍한 강아지 보듯 하지 말고 휴대폰이나 내놔.

예나가 건네주는 휴대폰을 받아 통화 시도하는 남신. 저쪽이 받았다.

남 신   형, 나야.
영훈(F)   그래, 신아.
남 신   그 자식 더 이상 못 참아주겠어.
          나, 내 자리로 돌아갈 거야. 형이 화내도 소용없으니까-(하는데)
영훈(F)   그러자.
남 신   뭐?
영훈(F)   내일부터 회사에 나가보자고. 대신 완전히 바꾸는 건 안 돼.
          아직 니 몸 상태가 좋지 않으니까 당분간은 번갈아 나가자.
          내일 아침에 형이 데리러 갈게. (끊는)
예 나   지 팀장이 뭐라는데? 설마 나오래?
남 신   (휴대폰을 의아하게 보는)

S#19. 건호의 저택 / 영훈의 방 (낮)

통화를 끊은 영훈, 심각한 얼굴로 앉아 있다.

플래시백 : 건호의 저택 / 정원 (낮)
PLAY14 15씬의 일부. 건호의 제안.

건 호   감정에 치우치지 말고 신이와 그 로봇을 지켜봐.
       난 니가 결정하는 대로 따를 테니까.

       도로 현재. 답답한 마음에 벌떡 일어나는 영훈.

영 훈   … 말도 안 돼…

S#20. 오로라의 아지트 앞 (낮)

       남신3가 나와서 보면 한쪽에 서 있던 소봉, 애써 웃어준다.

소 봉   우와, 감쪽같다. 아무렇지도 않네.
남신3   엄마가 잘 고쳐주셨어.
소 봉   (남신의 차를 보고) 너 저거 타고 왔지?
남신3   (고개 끄덕이면)
소 봉   저따위 차 남신한테 줘버리고 우린 걸어갈까?
남신3   좋아.

       제 손을 척 내미는 소봉. 그 손을 꼭 잡는 남신3.
       서로 환하게 웃어준 남신3와 소봉, 천천히 함께 걸어간다.
       어느새 문가에 나온 오로라, 남신3와 소봉을 보는 중.
       남신3의 뒷모습 안쓰럽게 보는 오로라.

S#21. 오로라의 아지트 / 거실 (낮)

오로라 들어오면 휠체어에 앉아 있는 남신.
잠시 말없이 서로를 바라보는 남신과 오로라.

남 신   왜 그렇게 봐요? 아들 같은 애가 망가져서 속상해요?
오로라   더 망가뜨려. 니 속만 시원하다면.
남 신   (무슨 의도지? 경계하는)
오로라   엄만 널 보고 싶어서 걜 만든 건데, 넌 충분히 불쾌할 만해.
         니 마음만 편안해질 수 있다면 뭐든 해줄게.
남 신   (차갑게 웃는) 쑈 하지 말아요. 걜 위해서 이러는 거 다 아니까.
오로라   …신아…어떻게 해야 너한테 다가갈 수 있을까?
         …얼음장 같은 니 마음이 엄만 너무 아파…
남 신   몇 십 년 만에 나타나서 엄마야, 하면 내가 좋아할 줄 알았어요?
오로라   (눈물 나는)…신아…제발…
남 신   뭐든 해준다구요?
         나, 사탕 먹이고 장난감 사주면 풀어지는 어린 애 아니에요.
         내 마음 풀어주려면 이십 년 더 참아봐요.
         내가 엄말 위해서 그랬던 것처럼. (버럭) 예나야!
예 나   (말없이 와서 휠체어 끌고 가는)
오로라   (눈물 흘리는)

S#22. 격투기 체육관 앞 (밤)

남신3와 소봉, 손잡은 채 걸어온다.

남신3   내가 남신인 게 인간 남신은 싫은가 봐. 다른 이름이면 좀 나을까?
소 봉   (멈춰서 남신3 보는)
남신3   (역시 멈춰서 보는)

소 봉	니가 왜 그 인간 때문에 니 이름을 버려야 돼?
	니 엄마가 널 그 인간 대신 만들었는진 몰라도,
	넌 눈 떴을 때부터 남신이었고 지금도 남신이야.
	이름 바꾸면 얼굴은? 얼굴까지 뜯어고칠래?
남신3	(물끄러미 보는)
소 봉	(남신이 긁혔던 자리 가슴 아픈 얼굴로 쓰다듬는)
남신3	(그 손 잡아주는)
소 봉	아무리 얼굴과 이름이 똑같아도 넌 그 인간이랑 달라.
	그러니까 기죽지 말고 당당하게 니 이름으로 살자. 남신.
남신3	(환하게 웃고) 알았어. 난 남신. 당당하게.
소 봉	(손 빼고) 참, 이름도 다른데 왜 깜빡했지?
	넌 남신. 그 인간은 개남신.
남신3	(웃고) 나 갈게. 잘 들어가.
소 봉	응. 내일 봐.

손 한 번 꽉 잡아주고 돌아서는 남신3.
멀어지는 남신3의 뒷모습을 한참 바라보는 소봉.
남신3가 사라지면 그제야 돌아서다 멈칫한다.
그 앞에 서 있는 영훈, 인사하는.

소봉(E)	네? 회장님이요?

S#23. 카페 (밤)

마주 앉아 있는 소봉과 영훈. 놀란 소봉과 차분한 영훈.

소 봉	…회장님이 그걸 어떻게… 우리가 들킨 거예요?
영 훈	그런 건 아니에요. 다 알면서도 모른 척하셨던 건데,
	그 친구를 어떻게 하실 생각은 없으시니까 안심해요.

소 봉	(그제야 숨 좀 쉬고) 근데 이 얘길 왜 나한테 왜 하는 거죠?
영 훈	불안해서요. 회장님 속내를 다 알 수 없어서 불안해요.
	신이가 돌아와도 그 친구를 안 놔주실지 몰라요.
소 봉	…말도 안 돼요…
영 훈	나도 같은 생각이에요. (하고) 일단 빨리 신이를 복귀시켜야 돼요.
	당분간은 그 둘을 번갈아 나오게 하면서 적응시켜야 되는데,
	그러기 위해선 강소봉 씨 도움이 필요해요.
	신이가 회사에 나갔을 때도 지금처럼 옆에 있어줘요.
	몸 상태도 체크해주고 갑자기 달라진 모습 보이지 않게 도와줘요.
소 봉	내가 왜요? 나 그 인간 딱 질색이에요.
영 훈	우리 목적은 같아요.
	난 신이를 지켜야 하고 강소봉 씨도 그 친구를 지켜야 하죠.
	신이가 완전해져야 그 친구도 자유로워질 수 있어요.
	날 도와준다면 나도 끝까지 도울게요.
	회장님께서 잡아두려고 하시면 어떻게든 벗어나게 해줄게요.
소 봉	(눈빛 흔들리는)

S#24. 건호의 저택 전경 / 다른 날 (낮)

S#25. 건호의 저택 / 남신의 방 (낮)

드레스 룸에서 출근 준비하고 나오는 남신3.
어느새 문가에 서 있는 영훈. 차분한 표정.

남신3	오늘은 같이 출근해요?
영 훈	…아뇨. 오늘은 신이가 회사에 나갈 거예요.
남신3	…신이? 아, 인간 남신이요? 완전히 복귀하는 건가요?
영 훈	당분간은 스위치하면서 적응시킬 거예요.

남신3	인간 남신은 날 싫어해요.
	내가 자기 자리에서 했던 일들을 싫어하면 어쩌죠?
영 훈	그건 이제 신이 몫이에요. 덕분에 여기까지 왔어요.
	당분간은 더 고생해줘야 되겠지만 어쨌든 고마워요. 많이.
남신3	…지영훈 씨가 원하던 대로 돼서 다행이에요. 축하해요.
영 훈	(물끄러미 보다가) 오늘은 강소봉 씨 체육관에 가 있어요.
	(하고) 나중에 봐요. (나가는)
남신3	(나가려다가 피규어 보고) 아, 맞다.

S#26. 건호의 저택 / 건호의 방 (낮)

가운 차림으로 소파에 앉아 있는 건호, 머리가 아픈지 관자놀이 문지른다.
그때 노크 소리에 이어 쭈뼛쭈뼛 들어오는 희동.

희 동	(용기 내서 인사하는) 안녕히 주무셨어요, 할아버지?
건 호	또 니 엄마가 시켰냐?
희 동	아뇨. 제가 그냥 왔어요.
건 호	왜?
희 동	할아버지한테 인사드리는 건 무서워도 해야 되는 일 같아서요.

예상외의 대답에 피식 웃던 건호, 서서히 웃음 걷힌다.
무서운 얼굴로 희동을 노려보는 건호. 겁먹는 희동.

희 동	… 왜 그러세요… 할아버지?
건 호	…너 또, 엄마 보고 싶다고 운 거냐?
희 동	…네?
건 호	(붙들고) 신이 너, 언제까지 엄마 타령이나 하고 있을 거야?
	(버럭) 그따위 약한 모습 보이지 말라고 말했지!
	할아버지 말 진짜 안 들을래?

희 동	(무서워서 울음 터진) … 할아버지…저 신이 형아 아니에요…
	… 저 희동이에요…

그 말에 정신 돌아온 건호, 놀라서 희동이를 홱 팽개친다.
울면서 얼른 뛰쳐나가는 희동.

건 호	(충격받은) …내가 왜…

S#27. 건호의 저택 / 거실 (낮)

울면서 나오는 희동을 덥석 안아주는 누군가, 보면 남신3다.
남신3의 품에서 훌쩍훌쩍 우는 희동.

남신3	왜 그래? 할아버지가 또 무섭게 했어?
희 동	…나를 신이 형이라고 부르면서 막 화냈어…
남신3	(떼어내서 얼굴 보고) 많이 놀랐구나.
	형이 너 줄 선물 준비했으니까 마음 풀어.
희 동	(눈물 그치고) 선물?
남신3	오후에 형 방에 가 봐. 무서울 때마다 그 선물이 널 지켜줄 거야.
	(머리 쓰다듬어주고 방으로 들어가는)

S#28. 건호의 저택 / 건호의 방 (낮)

충격에 빠진 채 앉아 있던 건호, 들어오는 남신3를 멍하니 본다.

건 호	넌 뭐 하러 들어와?
남신3	또 가짜 치매 놀이 하셨어요? 희동이를 왜 그렇게 부르셨어요?
건 호	(순간적으로) 그래, 가짜야. 또 가짜 치매인 척했어.

남신3	(손을 잡아보고 눈 깜빡) 거짓말. 진짜 치매 증상이었어요?
건 호	(홱 뿌리치고) 놔! 니 놈이 뭘 알아? 당장 나가!
	쓸데없는 소리 하고 다녔다간 가만 안 둬!
남신3	마음 가라앉히세요. 혈압 맥박이 너무 높아요.
건 호	(뭔가를 집어던지며) 나가라니까?
남신3	(어깨 붙들고 단호한) 들키고 싶지 않으면 조용히 해요!
건 호	(보는)
남신3	(따스하게) 충격받을 만한 상황인 건 이해해요.
	그래도 흥분은 몸에 해로우니까 충분히 심호흡하세요.

건호, 남신3의 말대로 심호흡하면 서서히 흥분 가라앉고 눈빛 돌아온다.
옆에 있던 물병에서 물 따라 입에 대주는 남신3. 순하게 마시는 건호.

남신3	(물잔 놓고) 남들한테 절대 말 안 할 테니까 걱정 마세요.
	대신 할아버지도 약속하세요.
	아무리 두렵고 인정하고 싶지 않아도 병원에 가겠다고.
건 호	(약해진 눈빛으로 외면하며) 알아서 할 테니까 나가 봐.
남신3	(인사하고 나가는)
건 호	(참담해서 두 손에 얼굴 묻는)

S#29. 오로라의 아지트 / 거실 (낮)

차분히 기다리고 있는 영훈과 기대에 찬 예나.
출근 차림으로 걸어 나오는 남신. 감개무량한 순간.

영 훈	···진짜 돌아왔구나, 신아.
예 나	이게 우리 오빠지. 나 눈물 나, 오빠.
남 신	유난들 떨지 마. 내 자리로 돌아가는 것뿐이니까.
영 훈	(새 휴대폰 내밀며) 당분간은 이거 써.

예 나	난 벌써 번호 저장했지.
남 신	(휴대폰 받아서 넣는)
영 훈	(예나에게) 오 박사님은요?
예 나	몸살이 나셨나 봐요. 아직 못 일어나시네요.
남 신	(슬쩍 방 쪽 보는)
예 나	(눈치채고) 박사님은 신경 쓰지 마. 내가 간호 잘하고 있을게.
	(옷매무새 단정히 해주면서) 다음엔 꼭 나랑 같이 가자. 알았지?
남 신	(예나의 어깨 한 번 다독여주고 나가는)
영 훈	(따라 나가는)

S#30. PK그룹 앞 (낮)

남신의 차 와서 서고 운전석에서 내리는 영훈.
재빨리 뒷좌석 문 열어주면 거기서 내리는 남신.
남신이 막 들어가려는데 기다리고 있던 소봉의 깍듯한 인사.

소 봉	나오셨습니까, 본부장님.
남 신	(영훈 보며) 앤 뭐야?
영 훈	말했잖아. 당분간은 번갈아 나와야 된다구.
	강소봉 씨가 있어야 쓸데없는 의심 안 받을 거야.
남 신	(짜증 섞인) 이젠 쌍으로 날 도와주네 마네 헛소리 하겠군.
	쟤 돈 좋아하니까 그걸로 땜빵해. 나중에 딴소리 안 하게.
	(들어가 버리는)
소 봉	(남신의 뒷모습 얄밉게 보는)
영 훈	고마워요, 강소봉 씨. (얼른 따라 들어가는)

그때 울리는 휴대폰. 확인하고 표정 부드러워지는 소봉.

S#31. 격투기 체육관 (낮)

소봉과 통화 중인 남신3, 출근 차림 아닌 편한 옷차림과 원래 헤어스타일.
그 모습을 못마땅하게 보고 있는 재식.

남신3   체육관에 왔는데 니가 없어.
소봉(F)   나 지금 회사야. 지영훈 씨가 인간 남신 경호해달래서 왔어.
         그 인간이 빨리 와야 너도 자유가 되지.
         아빠한테 말해놨으니까 편하게 있어. 곧 갈게. (전화 끊는)
남신3   (끊고 재식 보는)
재 식   평소 보던 럭셔리한 모습이 아니시구만. 진짜 재벌 3세가 등장했다며?
남신3   네. (하고 환히 웃으며) 갈 데 없어서 왔어요.
재 식   (뭐, 이런 놈이 다 있지?)

S#32. PK그룹 / 회장실 (낮)

소파에 앉아 있는 건호 앞에 서 있는 영훈.

영 훈   본부장님께서 출근하셨습니다.
건 호   출근한 게 뭐 큰일이라고 보고까지 해.
영 훈   진짜 본부장님이 와 계십니다.
건 호   (그제야 알아듣고) 진짜 신이가 와 있다 이거구만.
         어제 니 놈한테 던진 질문이 널 조급하게 만들었구나.
영 훈   터무니없는 질문에 답할 필요조차 못 느낍니다.
         회장님께서도 쓸데없는 갈등은 그만두시죠.
         진짜 신이가 돌아왔고 모든 건 원래대로 돌아갈 겁니다.
건 호   …글쎄… 원래대로 돌아갈 수 있을까…
영 훈   회장님!
건 호   섣불리 결론짓지 말고 천천히 해. 시간은 아직 많아.

영 훈	대답은 이미 드린 걸로 하겠습니다. (인사하고 나가는)
건 호	…니들한텐 너그러운 시간이 나한텐 더없이 박하구나…
	(어딘가로 전화해서 받는) 이 박사, 나야. 오늘 진료 있나?

S#33. PK그룹 / 남신의 사무실 (낮)

사무실 한가운데 서서 둘러보는 남신, 감회가 새롭다.
말없이 문가에 서서 그런 남신을 관찰하는 소봉.
자신의 명패를 쓰다듬어보는 남신.

플래시백 : 오로라의 아지트 / LAB실 (낮)
PLAY14 14씬의 일부. 놀란 오로라의 모습.

오로라	신아!
남신, 남신3	(동시에 돌아보는)

도로 현재. 화가 치민 남신, 명패를 들어서 책상 위에 쾅 친다!
깜짝 놀란 소봉, 이상하다는 눈빛으로 남신을 쳐다본다.

남 신	뭘 봐? 나가 있어.
소 봉	(꾹 참고) 회의 들어가실 때 오겠습니다.

소봉이 인사하고 나가면 눈매 날카로워지는 남신.
블라인드 다 내리고, 초조하게 주위를 둘러본다.
뭘 찾아야 할지 분명하지 않은 듯 무작위로 책들을 뒤지기 시작하는 남신.
몇 권을 계속해서 뒤지는데 찾는 게 나오지 않는다.
그때, 문 열고 들어오는 영훈, M카 자료 들고 온.
멈칫한 남신, 자연스레 책을 내려놓는다.

영 훈	블라인드는 다 내리고 뭐해? 뭐 찾아?
남 신	그냥 좀 혼자 있고 싶어서.
영 훈	(내려놓고) 그동안 진행된 M카 자료들이야. 회의 전에 숙지해.
남 신	알았으니까 형은 형 일 봐.

M카 자료 이리저리 뒤적여보는 남신.
흐트러진 책들을 슬쩍 눈여겨보고 인사하고 나가는 영훈.
다시 책을 뒤지려던 남신, 짜증나는 듯 던져버린다.

남 신	…도대체 어디 있는 거야…

S#34. 격투기 체육관 (낮)

위아래로 늘어진 재식의 추리닝 차려 입은 남신3.
그 모습 못마땅하게 훑어보는 재식. 놀랍다는 듯 보는 인태와 로보캅.

인 태	관장님 추리닝이 원래 이렇게 부티가 났었냐?
로보캅	어떻게 형님은 이런 걸 걸쳐도 스포츠웨어 모델이세요?
남신3	(자기 모습 내려다보는)
재 식	(못마땅해서 버럭) 사람이 아니라서 그래!
인태, 로보캅	예에?
재 식	아니, 기력지가 달라서 그렇다고.
	오늘부로 재벌 3세가 아니시라니까 여기 있으려면 밥값은 합시다.
인 태	(놀란) 재벌 3세가 아니라니! 형님, 형제의 난에서 밀려났어요?
로보캅	안 돼! 내 인맥 중의 제일 고퀄리티가 형님인데!
재 식	(빗자루와 마대자루 내밀며) 일단 여기 청소부터 해봅시다.
남신3	(받아들고 보는)

S#35. 격투기 체육관 / 사무실 (낮)

속상한 얼굴로 들어오는 재식. 따라 들어오는 인태와 로보캅.

인 태   우리 관장님 그렇게 안 봤는데 돈에 약하신 분이었네.
로보캅   내 말이. 재벌 아니라니까 바로 눈 깔아! 이 새끼야! 이러시네.
재 식   시끄러!
인 태   관장님, 그러시는 거 아닙니다. 형님 같은 분이 어떻게 청소를 해요?
로보캅   우리도 여기 청소하고 나면 허리가 다 휘어요!
재 식   좀 있다 나가서 못 이기는 척 도와줘.
남신3(E)   다했는데요.

다들 놀라서 돌아보면 양쪽에 청소도구 들고 웃고 있는 남신3.

남신3   청소 다 했어요.
다 들   (믿을 수 없는) 벌써?

S#36. 격투기 체육관 (낮)

깨끗해진 체육관 안. 입을 떡 벌리고 구경하는 인태와 로보캅.
모든 물건들이 정리돼 있고 먼지 한 점 보이지 않는 실내.
재식을 보고 환하게 웃는 남신3. 놀랐지만 티내지 않으려고 애쓰는 재식.

인 태   …이…이게… 말이 돼?
로보캅   형님, 우리 몰래 청소업체 부르셨죠?
남신3   (재식 물끄러미 보면)
재 식   (어쩔 수 없이) 뭐. 밥은 안 굶겠네.
남신3   전 안 먹어도 돼요. 청소뿐 아니라 뭐든 다 시키세요.
          요리, 설거지, 빨래, 다 할 수 있어요.

로보캅	에이 형님! 그러다 우리 관장님 국가 인권위에 잡혀가요.
	체육관 노예, 뭐 이런 걸루다가.
재 식	인권? 인권은 무슨!
로보캅	인권 맞죠! 재벌 아니라고 이제 사람 취급까지 안 하는 거예요?
재 식	(말할 수 없어서 답답한) 아우! (들어가 버리는)
인태, 로보캅	(따라 들어가면서) 관장님!

그때 혼자 남은 남신3의 휴대폰 울린다. 확인하고

남신3	여보세요?
이 박사	본부장님, 저 이 박사입니다.
	회장님 문제로 의논드릴 일이 있어서 전화 드렸어요.
남신3	(고개 갸우뚱하는)

S#37. PK그룹 / 자율주행차팀 (낮)

회의 테이블 중심에 앉아 있는 남신, 팀원들 관찰한다.
밝은 분위기의 팀원들, 자기들끼리 수다도 떨고 자유로운 분위기.
긴장한 표정으로 뒤편에 앉아 있는 소봉.

남 신	회의 안 해?
창 조	아, 죄송합니다. 일단 메디 카 진행은 순조로운 편이에요.
	주주들 호응도 좋고 업계에서도 큰 이슈로 급부상하고 있습니다.
지 용	경쟁사에서 흠집 내려고 안간힘 쓰는 거 보니까 완전 대박감이에요.
	공단 측에서 안전운행요건 적합 여부 확인 받으면,
	임시운행 허가가 떨어질 거예요.
남 신	해킹 보안장치 쪽은? 통신 보안에 문제 생기면 통과하기 어렵잖아.
지 용	사이버 공격 대비 보안안전성 검사만 잘 통과하면 문제없을 거예요.
	본부장님께서 M카 해킹 케이스 분석해주셔서 도움이 많이 됐어요.

남 신	(피식 웃고) 내가 그랬단 말이지?
직원1	네. (하고) 본부장님, 자료 또 정리해서 보내주실 거죠?
	이번에도 요약에 번역까지 부탁드립니다.
직원2	오늘 점심 같이하시죠. 요 아래 새로 생긴 식당이 있는데,
	고급진 분위기가 본부장님 법카 아니면 못 먹을 거 같아서요.
다 들	(웃는데)
남 신	니들 여기 놀러 왔어?
소 봉	(놀라서 보는)
남 신	자료 정리가 어떻고 법카가 어째? 나를 완전 물로 보네.
다 들	(순식간에 얼어붙은)
지 용	…캐릭터가 또 달라졌네. 본부장님, 이중인격이에요?
남 신	뭐? (하다가 현기증 느끼는 휘청하는)
소 봉	본부장님, 괜찮으세요?
남 신	(뿌리치는) 놔. 니 도움 필요 없어!

가쁜 숨 고르며 제 방으로 향하는 남신을 보며 어리둥절해하는 팀원들.
그런 남신을 보며 답답해서 한숨 쉬는 소봉.

S#38. PK그룹 / 남신의 사무실 (낮)

또 이런 저런 책들을 뒤지는 남신.
그러다가 바닥에 깔려 있던 책 한 권 집어 든다.
휘리릭 펼쳐보면 거기서 떨어지는 광고 명함.
〈대국요양 병원. 경기도 용인시 기흥구 상하동.〉
뒷면에 손글씨로 쓰여 있는 휴대폰 번호. 〈010-○○○○-○○○○〉
재빨리 휴대폰 꺼내 그 번호로 전화해보는 남신.
없는 전화번호라는 안내 나오면 낭패다 싶은 표정이 된다.
책 덮으려던 남신, 주위가 핑 도는 느낌.
그러느라 팔랑 날아가서 소파 틈에 꽂히는 광고 명함.

어지러운 남신, 벽을 붙들고 서는데 숨이 가빠진다.
문 열고 들어온 소봉, 남신의 팔을 붙든다.
뿌리치려고 하는데 놓치지 않는 소봉.

남 신   뭐야, 너?
소 봉   싫든 좋든 지금은 제가 본부장님 경호원이에요.

남신을 억지로 끌어서 소파에 앉히는 소봉.

소 봉   진정되시면 오 박사님 아지트로 모셔다 드릴게요.
남 신   거긴 싫어. 내 집으로 갈 거야.
소 봉   이 상태로 어떻게 집에 가요?
남 신   너 내 경호원이라며? 의뢰인이 하자는 대로 해야지.
소 봉   지 팀장님한테 연락할게요. (휴대폰으로 전화하려는)
남 신   (확 뺏어서 뒤로 감추는)
소 봉   뭐하는 거예요?
남 신   니가 여기 온 이유가 있을 거 아냐?
         설마 아무 이익도 없는데 날 도와주러 왔겠어?
         목적이 있으면 목적에 충실해.
         지금은 날 내 자리에 돌려놓는 게 니가 할 일이야.
소 봉   (노려보는)

S#39. PK그룹 / 주차장 (낮)

소봉을 의지해 걸어 나오던 남신, 멈칫해서 소봉을 밀어낸다.
박 비서가 열어준 차 뒤편에서 내리던 종길, 남신을 발견한다.
깍듯하게 인사하는 종길과 박 비서를 싸늘하게 보는 남신.
인사를 끝낸 종길, 남신을 보는데 뭔가 이상하다.
남신의 이마에 맺힌 땀방울을 보는 종길.

종 길   (당황한 척) 땀을 흘리시네요. 진짜 본부장님이시군요.

　　　　회사에 오신 걸 환영합니다.

박 비서   (당황해서 남신 보는)

남 신   역시 서 이사님이시네요. 속일 방법이 없어요.

종 길   아직 몸도 성치 않으신데 왜 이렇게 서둘러 나오셨습니까?

　　　　…혹시 제가 저번에 드린 말씀 때문에…

남 신   네. 저보다 그게 얼마나 잘하고 있는지 궁금해져서요.

종 길   그건 제가 일부러 과장해서 말씀드린 겁니다.

　　　　노여우셨다면 마음 푸십시오.

남 신   왜 갑자기 저자세로 나오시죠?

종 길   본부장님께서 이렇게 빨리 복귀하실지 몰랐습니다.

　　　　당장에라도 절 어떻게 하실 거 같아 두렵습니다, 본부장님.

남 신   제 옆에 예나가 있는데 그럴 리가요.

　　　　저도 말을 좀 과격하게 한 거니까 신경 쓰지 마세요. 나중에 뵙죠.

소봉이 차 문을 열어주면 뒷좌석에 올라타는 남신.

허리 굽혀 인사하는 종길과 박 비서.

종길에게 인사한 소봉, 운전석에 올라탄다.

떠나는 남신의 차 뒤꽁무니 보는 종길과 박 비서.

박 비서   본부장이 정말 이사님을 어떻게 할까요?

종 길   (씩 웃고) 미끼를 던져놨으니 물러 올 줄 알았어.

　　　　여전히 지 애비처럼 감정적이군. 하나도 안 변했어.

박 비서   미리 다 예상하셨던 거예요?

종 길   앞으로도 내 생각대로 움직일 거야.

S#40. 남신의 차 안 (낮)

　　　　운전 중인 소봉. 뒷좌석에 앉아 골똘히 생각에 잠긴 남신.

휴대폰이 울리는데도 생각에 빠져 있는 남신.

남 신 꼬리 내리는 척하기는. 내가 속을 줄 알고?
소 봉 전화 왔잖아요.
남 신 (확인하고 얼굴 찌푸리고 부드러운 목소리로 받는) 그래, 예나야.
예나(F) 오빠, 어디야? 언제 오는데?
남 신 나 오늘은 집에 가서 잘 거야. 기다리지 마.
　　　 (듣고) 그래, 내일은 꼭 갈게. 끊어. (끊고 신경질적인 표정)
소 봉 (룸미러로 남신 보는)

S#41. 오로라의 아지트 / 남신의 방 (낮)

침대에 앉아 있는 수척한 얼굴의 오로라.
그 곁에 앉아 있는 예나. 실망한 표정.
옆에 뒀던 죽 쟁반을 오로라 무릎에 올려주는 예나.

예 나 (수저 쥐어주며) 직접 끓인 건 아니지만 드실 만할 거예요.
오로라 고마워요.
예 나 그러실 필요 없어요. 오빠한테 잘 보이려고 한 거니까.
오로라 …우리 신이 오래 봤죠? 참 순하던 아이였는데…
예 나 왜요? 기대했던 아들 모습이 아니에요?
오로라 (가만히 보는)
예 나 우리 아빠나 오 박사님이나 똑같네요.
　　　 우리 아빠도 날 위해서 그렇게 산다고 했거든요.
　　　 오 박사님도 오빨 위해서 로봇을 데리고 왔다고 하겠죠.
　　　 근데 정작 우리한테 물어본 적 있어요?
　　　 원하는 게 뭔지, 어떻게 사는 게 좋겠는지.
　　　 이따 올 테니까 드시든지 말든지 알아서 하시구요. (나가버리는)
오로라 (고개 숙이는)

S#42. 호텔 룸 / 거실 (낮)

왕진 가방이 펼쳐진 실내. 남신3가 들어오면 인사하는 이 박사.

이 박사	(침실 쪽 보며) 회장님께서 기다리고 계십니다.
남신3	회장님이 절 부르신 거예요?
이 박사	이미 다 알고 계신다구요. 혈액검사와 MRI를 확인해야겠지만, 치매일 확률이 높습니다. 충격을 많이 받으셔서 안정을 취하고 계세요.
남신3	(침실 쪽 보는)

S#43. 호텔 룸 / 침실 (낮)

링거액 꽂은 채 앉아 있는 건호, 창밖을 멍하니 바라보고 있다.
문이 열리고 들어오는 남신3를 흘깃 본다.
그러고는 도로 창밖을 내다보는 건호의 옆에 와서 서는 남신3.
말없이 창밖을 함께 내다보는 건호와 남신3.

건 호	이상한 위로 따위 하지 않아 좋구나. 내가 내 인생 가지고 장난친 대가를 이렇게 돌려받는 거야.
남신3	아무한테도 말 안 했어요.
건 호	안다. 넌 약속을 지키는 놈이니까.
남신3	(고개 갸웃하고) 제가 치매를 안다는 건 어떻게 아셨어요?
건 호	…그 손 때문에.
남신3	(자기 손 보며) 제 손이요?
건 호	거짓말을 알아낼 수 있잖아.
남신3	(가만히 보다가) 혹시 저에 대해 알고 계세요?
건 호	눈을 깜빡하면 거짓말이라는 표시지.
남신3	…엄마가 알려준 거예요?

건 호	니 엄마는 내가 아는 걸 모른다.
남신3	그럼 데이빗이겠군요.
건 호	(긍정의 침묵)
남신3	내가 인간 남신을 대신한 걸 알았다면,
	남신이 코마 상태라는 것도 알았겠네요.
	근데 왜 아픈 손자를 안 만났죠?
건 호	난 인간보다 너한테 관심이 간다.
남신3	그 말, 남신이 들으면 슬퍼할 거예요.
건 호	(웃고) 신이 얘기 말고 니 얘길 해봐. 넌 여기서 지내는 게 어땠냐?
	계속 여기 있고 싶지 않냐?
남신3	그건 왜 묻죠? 여긴 원래 인간 남신의 자리예요.
건 호	여긴 강소봉도 있고 니 엄마도 있지.
	네가 결심만 하면 회사, 집, 차, 사람, 모든 걸 가질 수 있지.
남신3	(가만히 보다가) 제가 로봇이란 걸 아신다면서요?
	로봇은 욕망이 없어요. 남의 것을 뺏는 건 더더욱.
건 호	(의미심장하게 웃는)

S#44. 건호의 저택 / 남신의 방 (낮)

사람 크기보다 더 큰 박스와 리본들 풀어져 있는 바닥.
옆을 따라가 보면 입을 떡 벌리고 서 있는 희동과 호연.
그들이 앞에 거대한 피규어가 서 있다.

호 연	…서, 설마 이걸 신이가 너한테?
희 동	(끄덕이고) 엄마, 나 어른들이 왜 자꾸 죽는다고 하는지 알겠어.
	나 지금 좋아서 죽을 거 같애.
호 연	뭐? (피식 웃어버리는)
남신(E)	뭣들 하는 거야?

호연과 희동 돌아보면 못마땅한 표정으로 서 있는 남신. 소봉도 함께.
희동, 얼른 남신한테 가서 폭 안긴다.

희 동   선물 고마워, 형. 너무너무 마음에 들어.
남 신   (불쾌한 듯 뿌리치는)
희 동   (놀라서) …형…
호 연   (황당한) 야! 너 또 왜 이래? 사주고 기분 나빠진 거야, 뭐야?
남 신   (비웃는) 저딴 흉물스러운 걸 쟤한테 줬다 이거지?
        내가 잠깐 돌았었나 본데 맘에 들면 이거 가지고 꺼져. 피곤하니까.
호 연   (기막힌) 뭐? 꺼져?
소 봉   (서둘러) 본부장님께서 몸이 안 좋으세요. 일단 가시는 게 좋겠어요.
호 연   그래, 사람이 변하면 죽는 거지. 가자. (희동이 끌고 가는)
희 동   (끌려가면서도 남신을 유심히 보는)
소 봉   참견하기 싫은데 꼭 이래야 돼요? 걔랑 너무 다른 게 티나면-
남 신   (기막힌) 지금 나더러 그거처럼 하라는 거야?
소 봉   (한숨 쉬는)

S#45. PK그룹 / 남신의 사무실 (낮)

흐트러진 책들이 여기 저기 놓인 실내를 둘러보는 영훈.

플래시백 : PK그룹 / 남신의 사무실 (낮)
PLAY14 33씬의 일부. 사무실에 들어서는 영훈.
책을 뒤지다가 멈칫하는 남신, 자연스러운 척 내려놓는.

영 훈   블라인드는 다 내리고 뭐하는 거야? 뭐 찾아?
남 신   그냥 좀 혼자 있고 싶어서.

도로 현재. 고개 갸웃하며 주변 책들을 다시 정리하던 영훈,

그러다가 소파 틈에 꽂힌 광고 명함 발견한다.

영 훈   …요양병원?

명함 돌려 보면 거기 적힌 휴대폰 번호 〈010-○○○○-○○○○〉

S#46. 건호의 저택 / 정원 (낮)

훌쩍훌쩍 우는 희동을 달래면서 데리고 가는 호연.

호 연   울지 마. 그깟 인형 엄마가 사줄게.

호연과 희동이 가고 나면 한쪽에 건호를 데리고 숨어 있던 남신3.

남신3   진짜 남신이 왔나 봐요. 서둘러야겠어요.

주위 살피면서 건호를 데리고 본채 쪽으로 가는 남신3.

S#47. 건호의 저택 / 건호의 방 (낮)

침대에 건호를 눕혀준 남신3, 이불 덮어준다.

남신3   이만 갈게요. 제가 여기 있는 걸 인간 남신이 보면 안 돼요.
건 호   내가 치매라는 건 끝까지 비밀로 해.
남신3   인간 남신한테도 말하면 안 되나요?
건 호   …물론이다.
남신3   약속은 지킬게요. 그게 제 원칙이니까.
건 호   이래서 니가 마음에 들어.

	넌 내가 생각하는 완벽한 인간에 가까워.
남신3	너무 오래 인간 남신을 속이지는 마세요.
	저는 아는데 인간 남신이 모르는 건 불공평해요. (인사하고 나가면)
건 호	(허허 웃는)

S#48. 건호의 저택 / 거실 (낮)

서둘러 거실을 빠져나오려던 남신3, 우뚝 멈춘다.
불쾌한 표정으로 남신3를 노려보고 있는 남신.

남 신	니가 여기 왜 있어?

하는데 저쪽에서 들리는 인기척 소리.
반사적으로 남신3를 붙들어 한쪽에 숨기는 남신.
호연이가 나오다가 남신을 보고 멈춘다.

호 연	왜? 희동이한테 미안하단 말 하러 왔니?
남 신	내가 개한테 미안해할 게 있었나?
호 연	…미친놈. (남신3가 있는 쪽으로 가려는데)
남신3	(호연의 움직임에 주목하는)
남 신	(호연을 막아서며) 안 돼.
호 연	비켜! 아버지한테 갈 거야.
남 신	늘 그딴 식이지. 되는 일 없으면 할아버지한테 징징.
호 연	…잊고 있었네. 니가 이런 놈이라는 거. (돌아서 가버리는)
남 신	(그제야 긴장 풀고 남신3에게) 몇 분 있다 따라 나와. (나가버리는)
남신3	(호연이 간 곳 보는)

S#49. 건호의 저택 / 정원 (낮)

마주 선 남신3와 남신. 차분한 남신3와 분노한 남신.

남 신 딴 데 가 있으라고 했잖아. 니가 왜 그 방에서 나와?

남신3 …말할 수 없어요. 미안해요.

남 신 설마 너 일부러 이러는 건 아니지? 잘 들어.
　　　　나도 이 집은 끔찍하게 싫은데 니가 맘대로 드나드는 것도 별로야.

남신3 당신 대신이었지만 여긴 내가 지냈던 곳이기도 해요.

남 신 …뭐?

남신3 희동이한테 함부로 하지 말아요. 아직 어린 아이잖아요.

남 신 (차갑게) 나 이집 식구들한테 아무 관심 없어.
　　　　니가 제일 아끼는 강소봉이 나랑 있거든.

남신3 여기 있어요, 강소봉?

남 신 그래. 내 옆에, 내 방에 있어. 사람은 사람끼리 있어야지. 안 그래?

남신3 (물끄러미 보는)

남 신 강소봉 얘기엔 아무 말 못 하네. 아, 내가 너인 척 장난쳐볼까?
　　　　막 손도 잡고 키스해버려?

남신3 (굳은 얼굴로 남신에게 다가가려는데)

소봉(E) 언제 왔어?

남신3와 남신 돌아보면 환하게 웃고 있는 소봉, 오로지 남신3만 보고 있는.

S#50. 건호의 저택 앞 (낮)

주위 살피며 남신3의 손잡아 끌고 나오는 소봉.

소 봉 여긴 왜 왔어?

남신3 말 못 해줘. 할아버지랑 약속했어.

소 봉 (웃고) 그래. 그게 니 매력 포인트지. 알고 싶어도 참아줄게.

(얼굴 들여다보며) 오늘 못 볼 줄 알았는데 보니까 좋다.

(주위 살펴보며) 집에 먼저 가. 금방 갈게. (가려는데)

남신3 나랑 가면 안 돼?

소 봉 (돌아보면)

남신3 지금 같이 가자.

소 봉 나도 그러고 싶은데, 그 인간이 빨리 적응해야 니가 편해지지.

걱정 마. 그 인간이 아무리 구박해도 끄떡없으니까. (하고)

우리 내일 만나서 데이트할까? 평범한 사람들처럼.

남신3 (웃고) 좋아. 데이트. 평범한 사람들처럼.

소 봉 (같이 웃어주는)

S#51. 지방 요양병원 (밤)

데스크의 중년 직원이 전화번호 적힌 쪽지를 영훈에게 돌려준다.

직 원 찾아봤는데 저희 직원 중엔 이 번호 쓰는 사람이 없는데요.

영 훈 혹시 그만두신 직원 분들 전화번호도 대조 가능할까요?

직 원 담당 직원이 퇴근했어요.

영 훈 혹시 알게 되시면 이 번호로 연락주세요. (명함 건네는)

직 원 (받아서 보고) 또 PK네? 저번에도 거기서 누가 찾아왔었는데?

영 훈 (번뜩해서 휴대폰 꺼내 보여주며) 혹시 이 사람이 맞습니까?

직 원 (보더니) 맞네. 젊은 놈이 어찌나 싸가지가 없던지.

보여주던 사진을 뚫어져라 보는 영훈. 남신의 사진이다.

S#52. 건호의 저택 / 별채 (밤)

수영장가에 앉은 소봉, 수영장 물을 내려다본다.

플래시백 : 건호의 저택 / 수영장 (밤)
PLAY8 40씬의 일부. 반사적으로 소봉의 손을 붙잡아서 올리는 남신3.

남신3 가리지 말고 계속 봐요.

제 손을 잡은 남신3의 손이 신경 쓰이는 소봉.

도로 현재. 피식 웃는 소봉 시선 옮기면 어느새 거기 서 있는 남신.

남 신 실실 웃는 게 걔 생각했나 봐.
소 봉 (짜증나는 표정으로 일어나 가려고 하면)
남 신 넌 왜 착각 안 해?
소 봉 (보면)
남 신 남들은 다 착각하던데 넌 왜 착각 안 하냐고.
      둘이 같이 있는데 단박에 걜 알아봤잖아.
소 봉 그냥 보자마자 알아요, 난.
남 신 (비웃고) 사랑의 힘이시다? 넌 걔가 그렇게 좋냐?
소 봉 본부장님은 걔가 왜 그렇게 싫어요? 걘 본부장님 안 싫어해요.
      본부장님 존재를 인정하고 자기보다 먼저라고 생각해요.
      근데 본부장님은 걔를 못살게 굴잖아요. 얼굴에 그런 짓까지 하면서.
남 신 (차갑게) 너라면 좋겠냐?
소 봉 (보는)
남 신 어느 날 너랑 똑같은 게 나타나서, 니 옷을 입고, 너처럼 행동하고,
      니 아빠를 뺏어가. 다들 너보다 걔가 낫대. 그러면 좋겠냐고.
소 봉 (할 말 없는)
남 신 (뒤쪽 보며) 형 왔네.

소봉이 돌아보면 거기 서 있는 영훈. 인사하는 소봉.

S#53. 건호의 저택 / 소봉의 방 (밤)

마주 선 소봉과 영훈의 대화.

소 봉   네? 내일 오전까지요?
영 훈   네. 아침 일찍 회의가 있으신데 전 따로 알아볼 게 있어서요.
         오늘은 여기서 자고 내일 스케줄 끝나는 대로 돌아가시죠.
소 봉   (망설이는)
영 훈   무리한 부탁인 건 아는데 도와주시는 김에 하루만 더 부탁해요.
소 봉   …어쩔 수 없죠, 뭐. 대신 약속하신 거 꼭 지켜주세요.
         회장님이든 누구든 절대 걔한테 손 못 대게요.
영 훈   네. 저 자신을 걸고 약속드리죠.
소 봉   (안심하는)

S#54. 건호의 저택 / 남신의 방 (밤)

영훈이 들어와 남신을 찾으면 드레스룸에 보이는 남신.
영훈, 가보면 걸린 옷들을 툭툭 바닥에 가볍게 내던지는 남신.
이미 바닥에 버린 듯한 옷들이 꽤 쌓였다.
영훈을 보면서도 멈추지 않고 옷을 던지는 남신.

남 신   그게 입었던 건 싫어. 다 버려버릴 거야. 나 유치하지?
영 훈   (한숨 쉬고 같이 옷 빼내는)
남 신   …뭐해?
영 훈   내가 할 테니까 넌 쉬어.
         옷이든 시계든 내일 저녁에 새로 준비해서 다 가져오라고 할게.
남 신   갑자기 기분 더럽네. 왜? 내가 불쌍해 보여?
영 훈   난 내가 널 위해 최선을 다한 것만 생각했어.
         니가 일어났을 때 기분까지 고려할 여유가 없었으니까.

지금 니가 그 로봇 때문에 느끼는 기분, 다 내 탓이야. 미안하다.

남 신   (눈빛 흔들리다 로보 워치 있던 자리 보는) 여긴 뭐야? 왜 비었지?

영 훈   …배터리 놔두던 자리야.

남 신   …걔한테 약점 같은 건 없어? 아! 수동제어모드는 정확히 뭐야?
         어떻게 하면 걜 조정할 수 있지?

영 훈   …너 왜 그래? 무슨 일 있었어?

남 신   …그냥. 궁금해서 물어봤어.

영 훈   (걱정스레 보다가) 사람들은 니가 생각 없이 행동하는 줄 알지만
         난 알아. 생각이 없는 게 아니라 지나치게 깊이 생각한다는 걸.
         부탁이니까 뭐든 혼자 감당하려고 들지 마. 부족해도 형이 있잖아.
         (하고) 피곤할 텐데 푹 쉬어. (나가는)

남 신   (영훈의 뒷모습 가만히 보는)

S#55. 오로라의 아지트 전경 / 다른 날 (낮)

S#56. 오로라의 아지트 / 남신의 방 (낮)

잠들어 있는 오로라의 옆에 앉아 있는 데이빗.
속상한 얼굴로 조심스레 오로라 이마의 땀을 닦아준다.
그러더니 어딘가로 전화하는 데이빗.

S#57. 건호의 저택 / 별채 2층 (낮)

남신을 기다리고 있는 소봉. 옆에서 통화 중인 영훈.

영 훈   알겠습니다, 박사님. 본부장님께 그렇게 전하죠.

남 신   (출근 차림으로 나오는)

영 훈	오 박사님께서 많이 아프신 모양입니다. 끝나고 그쪽으로 가시죠.
남 신	(말하기 싫다는 듯 클러치 툭 소봉에게 던지고 가는)
소 봉	(엉겁결에 받고 남신 째려보는)
영 훈	오늘도 잘 부탁할게요, 강소봉 씨.
소 봉	(영훈에게 인사하고 따라 나가는)

S#58. PK그룹 / 자율주행차팀 (낮)

회의 준비 중이던 팀원들, 들어오는 남신에게 일어나 인사한다.
남신의 뒤를 따라오던 소봉, 돌아서는 남신을 보고 멈칫한다.

남 신	강소봉 씬 나가 있어.
소 봉	네?
남 신	분위기 파악도 못 해? 경호원 따위가 들어올 자리가 아니잖아.
소 봉	(참으며) 네, 본부장님. 전 밖에 있겠습니다. (인사하고 나가는)
팀원들	(놀라서 남신과 소봉 보는)
남 신	(제 자리에 앉으며) 왜? 강소봉 씨랑 같이들 일하고 싶어?
창 조	아닙니다.
남 신	(자리 앉으며) 안전공단 테스트는 문제없었어?

창조, 모니터에 교통안전공단 시설 테스트 자료 띄워 남신에게 보여준다.

지 용	자율주행 안전성 평가, 통신보안 안전 평가 등은 가볍게 통과했어요. M카의 핵심이 운전자 건강에 이상이 생기면 자율주행모드로 전환되는 건데, 다행히 제어권 전환 안전장치도 통과돼서, 곧 정부 발행 운행허가증이 나올 거예요.

S#59. 자율주행차팀 앞 (낮)

짜증나는 얼굴로 기다리던 소봉, 팀원들 나오면 인사한다.
인사하고 가면서 소봉을 흘깃거리는 팀원들.

창 조 언젠 강소봉 씨를 친구라고 하지 않았어?
직원1 제 말이요. 사랑싸움 한 건가?
직원2 사랑싸움은 무슨. 좀 놀다 버리는 거겠지.
지 용 캐릭터 완전 컴백했는데 뭔가 서운하네.

마주 걸어오던 종길과 박 비서를 보고 인사하고 지나가는 팀원들.
종길과 박 비서 보면 막 사무실에서 나오는 남신과 따라 나오는 소봉.
종길을 보고 멈추는 남신. 인사하고 먼저 가는 소봉.
박 비서도 인사하고 자리 피한다.

종 길 팀원들이 본부장님을 반기지 않는 분위기군요.
남 신 남들 반응 따위 별로 신경 쓰지 않는 성격이라서요.
종 길 전 로봇 편이 아니라 사람 편입니다.
남 신 (보는)
종 길 혹시 도움이 필요하시다면 말씀하십시오.
       전 언제라도 본부장님 편이 되어드릴 용의가 있습니다.
남 신 그 표정, 오랜만이네. 또 무슨 꿍꿍이실까? (가버리는)
종 길 (씩 웃고 보는)

S#60. PK그룹 / 주차장 (낮)

차 옆에 서서 기다리던 소봉, 남신이 오면 뒷좌석 문을 연다.
그 문 탁 닫아버리고 한마디 말도 없이 운전석에 올라타는 남신.
곧이어 출발하는 남신의 차. 황당하게 보는 소봉.

S#61. 오로라의 아지트 / 남신의 방 (낮)

열에 들뜬 오로라를 내려다보는 남신3와 데이빗.
남신3, 땀에 젖은 엄마의 이마를 수건으로 닦아준다.

데이빗   역시 너밖에 없다, 마이 썬.
        그놈한테 엄마 아프니까 좀 왔다 가라고 했는데 코빼기도 안 보여.
오로라   …신아…
데이빗   어떤 신이를 부르는 거야, 오 박사.
        정신 좀 차려봐. 당신을 위해주는 신이가 여기 왔어.
남신3   나 좀 봐요, 데이빗. (나가는)
데이빗   (의아한 표정으로 따라 나가는)

S#62. 오로라의 아지트 앞 (낮)

마주 서 있는 남신3와 데이빗. 놀라서 말을 잃은 데이빗.

남신3   그런 표정하지 말아요. 가증스러운 인간의 모습이니까.
데이빗   …누가 너한테 그런 말을 해? 회장님께서 직접?
남신3   네. 오래전부터 내가 로봇인 걸 알고 있었다고 했어요.
데이빗   …마이 썬…
남신3   데이빗은 회장님과 어떤 관계예요? 왜 엄마를 속이죠?
데이빗   널 만드는 데 돈이 필요했어. 포기하기 싫었으니까.
        알잖아. 돈이 있어야 연구자는 연구를 진행할 수 있어.
        엄마한테는 내가 천천히 설명할게. 제발 나한테 기회를 줘.
남신3   …내가 없어도 엄마 옆에 데이빗이 있으니까 괜찮다고 판단했었어요.
        그런데 데이빗은 돈 때문에 엄마와 나를 속였군요.
        앞으로는 날 마음의 아이라고 부르지 말아요.
        가족을 속이는 아빠 같은 건 필요 없으니까. (가버리는)

데이빗   (고개 푹 숙이는)

S#63. 오로라의 아지트 근처 (낮)

남신3가 가고 나면 다른 한쪽에 서 있는 남신.
…충격에 휩싸인 남신의 얼굴…

남 신   …할아버지가…

S#64. 번화가 (낮)

여성스럽게 차려입은 소봉, 쑥스러워하면서 남신3를 기다린다.
저쪽에서 걸어오는 남신3를 보고 반갑게 손 흔드는 소봉.
그런 소봉의 앞을 그냥 슥 지나쳐버리는 남신3.

소 봉   (황당해서) 야!
남신3   (돌아보고) 어? 누구세요? (훑어보며) 전 모르는 사람인데.
소 봉   야! (하고) 싫음 마. 나 혼자 놀러 갈 거야.
남신3   농담이야. 따라와. (걸어가면)
소 봉   나 좀 별론가? (팩트 꺼내서 보며 입술 좀 지우고 넣으며 따라가는)
남신3   (손잡아주는)
소 봉   (환하게 웃는)

S#65. 데이트 몽타주 (낮)

손잡고 길거리 구경하는 소봉과 남신3.
익숙지 않은 구두에 힘들어 보이는 소봉을 보는 남신3.

신발 가게. 소봉 앞에 예쁜 운동화 내미는 남신3.

운동화 신은 소봉과 남신3, 사주 노점을 지나간다.
다시 돌아온 소봉, 남신3를 끌고 천막 안으로.

나란히 앉은 남신3와 소봉. 남신3의 얼굴 보고 난감한 듯한 점술가.

점술가   (갸우뚱한) 도저히 살아 있는 사람 사주가 아닌데.
            온통 금 기운인데 무슨 쇳덩이야?
소 봉   (남신3 보며 속삭이는) 완전 족집게네.
남신3   (웃는)

S#66. 거리 공연장 (낮)

남신3와 소봉, 감미로운 피아노 선율에 멈춰 선다.
구경꾼들 사이에 섞여 구경하는.

소 봉   너 피아노 쳐본 적 있어?
남신3   아니.
소 봉   (보면서) 와, 진짜 멋있다.

피아노 치는 남자의 모습에 반한 듯한 소봉.
남신3, 갑자기 질투하듯 맹렬하게 시야모니터에 연주 동영상들 떠운다.
때마침 자리에서 일어나 인사하는 피아노맨.
뚜벅뚜벅 걸어가 피아노 의자에 앉는 남신3.
놀라는 소봉과 의아해하는 관객들. 피아노맨도 돌아보고.
감미로운 피아노곡 치기 시작하는 남신3.
감동한 표정으로 감상하는 소봉과 구경꾼들.
여자들 시선이 남신3에게 꽂혀 있는 걸 확인한 소봉,

얼른 피아노 앞으로 가서 남신3에게 말한다.

소 봉   나 영화 보고 싶어.

S#67. 영화관 매점 (낮)

직원에게 팝콘과 콜라를 잔뜩 받는 남신3와 소봉.
남신3, 팝콘 한 개를 입에 넣고 씹어본다.

소 봉   무슨 맛인지 알아?
남신3   (고개 젓고 소봉의 입에 넣어주고) 무슨 맛이야?
소 봉   고소한 맛?
남신3   나랑 있으니까?
소 봉   뭐어? (오글거린다는 표정으로 들어가 버리는)
남신3   (웃고 들어가는)

S#68. 영화관 (낮)

나란히 앉은 남신3와 소봉. 광고를 뚫어져라 보고 있는 남신3.

소 봉   저건 그냥 광고야. 뭘 그렇게 뚫어지게 봐?
남신3   나 영화관에 온 거 처음이야. 신기해.
소 봉   (웃고) 이거 디게 슬픈 영화래. 시작한다.

영화가 시작하면 소봉에게 시선 주는 남신3, 계속 소봉만 바라본다.
팝콘만 먹으면 콜라도 쥐어주고, 소봉이 웃으면 자신도 웃고.
슬픈 장면에 소봉의 눈에 눈물이 고인다.

소 봉	(화면 보면서) 영화가 슬퍼서 그래.
남신3	알아. 안 안아줘도 되는 거.

톡, 떨어지는 소봉의 눈물방울에 시선이 가는 남신3.

| 남신3 | …니 눈물이, 반짝, 하고 떨어져… |

지그시 바라보는 남신3의 눈빛에 무안한 소봉,
괜히 눈물 닦다가 콜라를 엎어버린다. 당황하는 소봉.

| 남신3 | 휴지 사올게. (나가는) |

S#69. 영화관 매점 (낮)

매점 직원한테 티슈를 건네받는 남신3. 인사하고 서둘러 돌아서 가는.

S#70. 영화관 (낮)

더 슬퍼진 영화 내용에 눈물을 흘리고 있는 소봉.
조용히 와서 앉는 남신3, 휴지를 빼서 콜라 닦아준다.
남신3한테 티슈를 받아 여기저기 닦으면서도,
스크린에 계속 시선 둔 채 눈물 흘리는 소봉.
그런 소봉의 눈물을 티슈로 부드럽게 닦아주는 남신3.

| 소 봉 | …고마워… |

환하게 웃어준 남신3, 스크린에 집중하기 시작한다.
이번엔 소봉이 남신3를 바라본다.

순수한 표정으로 영화에 집중하는 남신3.

따스하게 웃고 다시 영화 보려고 고개 돌리던 소봉, 뭔가 이상하다.

천천히 믿을 수 없다는 듯 남신3를 보는 소봉.

…남신3의 두 눈에 어린 눈물…

남신3가 소봉을 보면 톡 떨어지는 눈물방울…

남 신	(눈물 훔치면서) 더럽게 슬프네, 이 영화.
소 봉	(그제야 서서히 상황 파악되는)
남 신	(표정 삐딱하게 바뀌며) 너, 걔랑 나 착각 안 한다며?
소 봉	(경악해서 뒤를 홱 돌아보는)

S#71. 영훈의 차 안 (낮)

뒷좌석에 전원 꺼진 채로 고개 숙인 채 앉아 있는 남신3에서!!

PLAY 15

S#1. 건호의 저택 / 정원 (낮)

PLAY14 15씬의 일부. 건호와 영훈의 대화.

영 훈   (경악하는) … 회장님! 어떻게 그런 말씀을…
        신이 다시 일어났습니다! 멀쩡하게 회복했어요!
        어떻게 회장님께서 신이와 로봇을 견주실 수 있습니까?
건 호   혹시 넌 그 로봇이 인간보다 낫다고 생각한 적 없냐?
영 훈   …그, 그건…
영훈(N) 그때, 망설이는 게 아니었어.

S#2. 건호의 저택 / 거실 (낮)

PLAY14 4씬의 일부와 연장. 영훈의 뺨 사정없이 후려치는 건호.
그런 건호를 놀라서 보는 남신. 뒤편에 서 있는 호연은 비웃고.

남 신   … 할아버지…
건 호   그래, 너보다 백 배는 아끼는 놈을 너 때문에 때린 거다.
        앞으로도 그럴 거야. 오늘처럼 성질 못 견뎌 싸움질을 하든,
        정신 나간 딴 집 애들처럼 도박이나 마약을 하든,
        그 대가는 너 대신 영훈이가 받게 될 거야. (들어가 버리는)
호 연   둘 다, 꼴좋다. (건호 따라 들어가 버리는)

영 훈	화나서 하신 말씀이야. (애써 웃는) 난 괜찮아, 신아.
남 신	(두려운 듯 영훈 보다가 이 악물고 들어가는)
영훈(N)	(남신의 뒷모습 보는) 난 아는데.

S#3. 건호의 저택 / 건호의 방 (낮)

소파에 앉아 생각에 잠긴 건호. 챙그랑! 깨지는 소리에 깜짝 놀라서 본다.
독기 어린 표정으로 액자에 주먹질을 한 남신.
건호 보란 듯 두어 번 더 사정없이 주먹질을 한다.
흩어지는 유리 조각과 주먹에서 흘러내리는 피.

건 호	(벌떡 일어나면서) 너 이 자식, 뭐하는 거야!
남 신	(독기 어린) 협박하는 거예요!
	할아버지가 유치하게 우릴 협박한 것처럼.
건 호	뭐야?
남 신	영훈이 형이 내 대신이라면서요! 근데 왜 때려요?
	형을 때리면 날 때리는 거나 마찬가지잖아!
	형한테 함부로 하면 나한테 그러는 거잖아!
건 호	(당황한) 너, 너 왜 이래?
남 신	(발악하듯) 다신 형 때리지 마! 불쌍한 형 건드리지 말라구!
	또 건드리면 더한 짓도 할 거야! 알았어요?

한쪽에 서서 고개 숙인 채 듣고 있는 영훈. 멍든 채 눈물 어린.

영훈(N)	니가 어떤 놈인지 난 아는데.

S#4. 건호의 저택 / 별채 2층 (낮)

피 묻은 주먹 그대로 터덜터덜 올라온 지친 남신.
남신을 기다리며 앉아 있던 영훈 앞에 툭 던져지는 얼음주머니.

남 신　　이걸로 그 멍이나 어떻게 해. 괜히 사람 눈치 보게 하지 말고.
　　　　　　(가려는데)
영 훈　　너나 눈치 보게 하지 마.
남 신　　(멈칫해서 보면)
영 훈　　손 다쳤잖아. 나 때문에.

남신 보면, 영훈의 옆에 놓인 소독약과 거즈.

잠시 후. 좀 떨어져 앉은 남신과 영훈.
남신은 주먹에 소독약 바르고 영훈은 볼에 얼음주머니 대고.
그러다 눈 마주치면 피식 웃는 남신과 영훈.

영훈(N)　　미안해, 신아.

S#5. 건호의 저택 / 정원 (낮)

PLAY14 15씬의 상황 변주. 다르게 대답하는 영훈.

건 호　　혹시 넌 그 로봇이 인간보다 낫다고 생각한 적 없냐?
영훈(N)　　형이 이렇게 대답할걸.
영 훈　　없습니다. 이런 질문을 받는 자체가 불쾌합니다.
　　　　　　제가 이렇게 불쾌한데 신이는 어떻겠습니까?
　　　　　　신이를 믿어주시지 않는다면 저도 당장 그만두겠습니다.
　　　　　　(인사하고 뒤돌아 가버리는)

영훈(N) 망설이지 말고 니 편이 돼줄걸.

S#6. 오로라의 아지트 / LAB실 (낮)

PLAY14 62씬의 일부. 마주 서 있는 남신3와 데이빗.

데이빗 …누가 너한테 그런 말을 해? 회장님께서 직접?
남신3 네. 오래전부터 내가 로봇인 걸 알고 있었다고 했어요.
영훈(N) 넌 이 사실을 알면 안 돼.

S#7. 오로라의 아지트 / LAB실 앞 (낮)

PLAY14 63씬 + 64씬의 일부. 남신3가 나가고 나면 다른 한쪽에
서 있는 남신.
…충격에 휩싸인 남신의 얼굴…

남 신 … 할아버지가…
영훈(N) 알면, 돌이킬 수 없는 상처를 받을 테니까.

갑자기 얼굴 일그러지면서 남신3를 따라 나가는 남신.

S#8. 몽타주 : 남신의 미행

남신3와 소봉의 데이트를 따라다니는 차가운 표정의 남신.

PLAY14 65씬. 소봉에게 운동화 주는 남신3를 보는 남신.
PLAY14 66씬. 피아노 치는 남신3에게 감동한 소봉의 모습 보는 남신.

PLAY14 67씬 전의 상황. 영화관 앞.
영화관 안으로 들어가는 남신3와 소봉 보는 남신.

S#9. 지방 요양병원 / 행정팀 (낮)

컴퓨터로 과거 직원 명단 확인하는 중인 직원. 옆에서 유심히 보는 영훈.
다른 책상에 나이 지긋한 직원2도 앉아서 사무 보는 중.

직 원	글쎄, 한 번 더 확인해도 그 번호는 없다니까요?
영 훈	아무래도 이 병원과 관련 있는 번호 같아서요.
직원2	여기서 일했던 사람이래도 번호 몇 번 바뀌면 모르지.
영 훈	(명함 주면서) 혹시 알 방법이 있을까요?
직원2	(명함 보면서) PK? 혹시 그 일 때문인가?
영 훈	어떤 일 말씀이십니까?
직원2	(빤히 보면)
영 훈	사례는 충분히 하겠습니다.
직원2	이건 병원장도 쉬쉬하는 일인데, 언론도 다 막았었고,
	이십 년 전에 PK그룹 2세가 여기서 죽었잖아. 자살.
영 훈	(놀라는)

그때 울리는 영훈의 휴대폰. 확인하고 얼른 받는 영훈.

영 훈	그래, 신아.
남신(F)	형, 나 부탁이 있어.
영 훈	(뭐지 싶은)

S#10. 영화관 매점 (낮)

PLAY14 69씬의 일부 및 연장. 매점 직원한테 티슈를 건네받는 남신3.
인사하고 서둘러 돌아서 가려는데, 그 앞에 서 있는 남신.

남신3   어? …여긴 어떻게…

남 신   영훈이 형이 잠깐 보재.

남신3   지영훈 씨가요?

남 신   따라와. (가는)

남신3   (따라가는)

S#11. 영화관 주차장 (낮)

뒤쪽 의식하며 걸어 나오는 남신. 남신의 뒤를 따라오는 남신3.
남신이 멈추고 돌아보면 남신3도 멈추고 주위를 둘러본다.

남신3   지영훈 씬 어딨어요?

때마침 들어오는 영훈의 차를 보는 남신.

남 신   저기 오잖아.

남신3가 막 들어오는 영훈의 차에 시선을 주는 순간,
갑자기 남신3의 로보 워치를 확 뜯어내버리는 남신.
남신3 보면, 로보 워치 집은 손을 약 올리듯 하늘로 올려버리는 남신.
눈이 커진 남신3, 남신의 멱살을 움켜쥐며 뺏으려고 한다.
그러다가 전원 꺼진 남신3, 스르르 눈 감으며 고개 숙인다.
끼익! 정지한 차에서 서둘러 내리는 영훈.
바닥에 쓰러진 남신3의 겉옷을 벗기는 남신.

달려와 남신3를 살펴보며 남신을 보는 영훈.

영 훈　너 뭐 하는 거야?

남 신　(옷 입으며) 형이 가져온 차로 옮겨. 금방 올게. (가려는데)

영 훈　(붙들고) 신아!

남 신　(멈춰서 보고) 할아버지 다 알고 있었대.

영 훈　(놀라서 보는)

남 신　이 새끼가 로봇인 거.

영 훈　(충격받았다가) 그래도 이건 아냐. 그거 이리 줘.

남 신　아니긴 뭐가 아냐? 다 알면서 그 노인넨 왜 가만있었을까?
　　　　내가 죽든 아프든 이따위 게 더 중요했던 거잖아!
　　　　내가 왜 그런 취급을 당해? 날 베껴서 만든 로봇인데 왜 비교하냐구!
　　　　그 노인네한테 제대로 보여줄 거야. 누가 진짜고 뭐가 가짠지.

영 훈　(걱정) 마음은 알겠는데 이건 도움이 안 돼. 제발 형 말 좀 들어.

　　　　그 말에 얼굴 일그러진 남신, 로보 워치를 바닥에 내팽개친다!
　　　　그리고 발로 사정없이 밟아버리면 박살 나는 로보 워치!

영 훈　신아!

남 신　지금 나 말리면 형도 그 노인네랑 똑같아.
　　　　나한테 오해받기 싫으면 내 편답게 굴어! (올라가 버리는)

　　　　전원 꺼진 남신3를 쳐다보던 영훈, 차 소리 들려오자 긴장하며 보는.

S#12. 영화관 (낮)

　　　　PLAY14 70씬의 일부와 연장. 조용히 와서 소봉의 옆에 앉는 남신.
　　　　소봉의 눈물을 티슈로 부드럽게 닦아주는 남신.

소 봉   …고마워…

다시 영화 보려고 고개 돌리던 소봉, 뭔가 이상하다.
천천히 믿을 수 없다는 듯 남신을 보는 소봉.
…남신의 두 눈에 어린 눈물…
남신이 소봉을 보면 톡 떨어지는 눈물방울…

남 신   (눈물 훔치면서) 더럽게 슬프네, 이 영화.
소 봉   (그제야 서서히 상황 파악되는)
남 신   (표정 삐딱하게 바뀌며) 너, 걔랑 나 착각 안 한다며?
소 봉   (경악해서 얼른 빠져나가는)
남 신   (차갑게 웃고 따라 나가는)

S#13. 영화관 매점 앞 (낮)

뛰쳐나온 소봉, 다급하게 휴대폰 꺼내 남신3에게 전화한다.
발신음은 가는데 받지 않는 남신3. 초조한 소봉, 끊고 또 통화 시도.
전화 끊고 서둘러 가려고 하는 소봉의 팔목을 잡는 남신.

남 신   지금 가도 소용없어.
소 봉   (뿌리치고) 그 옷을 왜 당신이 입고 있어?
남 신   너 놀려주려고 잠깐 빌렸지. 걔 순진하잖아. 아무 의심 없이 주던데?
소 봉   거짓말 마! 걔 어디 있어?
남 신   영훈이 형이랑 있어.
소 봉   (그 말에 영훈한테 전화하는)
남 신   형하고 있다는데 뭘 그렇게 걱정해? 금방 온다고 전해달랬어.
소 봉   지 팀장님도 안 받잖아!
남 신   바쁜가 보지. 급하게 걔 능력이 필요한 일이야.

소봉을 비웃고 가버리는 남신.
초조하게 또 통화 시도하면서 따라가는 소봉.

S#14. 영훈의 차 안 (낮)

울리는 휴대폰을 가만히 보는 영훈, 운전석에 앉아 있다.
발신음 끊기면 심란한 얼굴로 돌아보는 영훈.
뒷좌석에 전원 꺼진 채 앉아 있는 남신3.
그때 걸어 나오는 남신 보이고 뒤따라 나오는 소봉도 보인다.
차에 타려는 남신을 막고, 남신의 차 안을 뒤져보고,
트렁크도 열어보는 절박한 소봉의 모습.

S#15. 영화관 주차장 (낮)

실컷 해보라는 듯 가만히 그런 소봉을 내버려두는 남신.

남 신   (비꼬는) 나 여기 있는데 왜 그렇게 찾아?
소 봉   (기막힌) 날 속인 게 그렇게 통쾌해?
          걔가 당신 역할 하느라 얼마나 고생했는데,
          정작 본인은 죽다 살아나서 한다는 짓이 겨우 이거야?
남 신   어. 겨우 이거야. 그게 내 흉내 내는 거 싫었는데,
          막상 해보니까 재밌네. 계속 속여줄까?
소 봉   죽도록 흉내 내봐. 당신 같은 인간은 절대 걔를 따라갈 수 없으니까.
남 신   (위협적인) 그 입 닫아. 내가 진짜고 걘 가짜니까.
          날 함부로 대하면 가짜를 확 없애버리고 싶어지거든.
소 봉   (당차게) 그러기만 해. 진짜든 뭐든 가만 안 둘 테니까. 내 말 명심해.

주차장을 서둘러 빠져나가는 소봉을 잠시 보던 남신.

소봉이 사라지자마자 얼른 영훈의 차 쪽으로 다가간다.

S#16. 영훈의 차 안 (낮)

뒷문 열고 남신3의 옆에 타는 남신을 걱정스레 보는 영훈.
숨 고른 남신, 좌석에서 계속 울리는 남신3의 휴대폰 받는다.

남 신   (남신3인 척) 어, 강소봉.
소봉(F)   너, 어디야?
남 신   나 지영훈 씨 차 안인데?
영 훈   (어두운 표정으로 남신 보는)
소봉(F)   갑자기 없어져서 깜짝 놀랐잖아. 왜 말도 없이 사라져?
남 신   인간 남신이 말 안 해? 메디 카에 오류가 생겨서 가는 길이야.
영 훈   (전화 뺏는)
남 신   (날카롭게 보면)
영 훈   미안해요, 강소봉 씨. 운전 중이라 전화 못 받았어요.
           급한 불만 끄고 댁으로 보낼게요. (끊고) 꼭 이렇게까지 해야 돼?
           짓궂은 것도 정도가 있지. 왜 꼭 장난감 뺏긴 애처럼 굴어?
           쓸데없는 장난 그만 치고 어른처럼 굴어! 제발!
남 신   잘됐네. 난 애고 형은 어른이니까 형이 뭐든 다 해주면 되겠네.
영 훈   (가만히 보다가 한숨 쉬고 차 출발시키는)

S#17. 영화관 앞 (낮)

언짢은 기분으로 걸어가는 소봉, 여성스런 제 모습에 괜한 짜증.
소봉의 옆을 스쳐지나가는 영훈의 차.

S#18. 영훈의 차 안 (낮)

전원 꺼진 뒷좌석의 남신3, 소봉의 곁을 스쳐 지나간다.
그런 남신3와 소봉을 차갑게 비웃는 남신.
남신3와 점점 멀어지는 소봉.

S#19. 오로라의 아지트 전경 (밤)

오로라(E)　　(충격받은) … 말도 안 돼.

S#20. 오로라의 아지트 / LAB실 (밤)

믿을 수 없다는 듯 차가운 남신과 난감해하는 영훈을 본 오로라,
한쪽에 전원 꺼진 채 앉아 있는 남신3를 본다.
오로라의 약과 물 담긴 쟁반 들고 들어오는 데이빗.

데이빗　　약 먹을 시간이야. (하다가 남신3 보고 놀란) 쟤 왜 저러고 있어?
오로라　　… 그게 정말이에요? 남 회장이 이 아이에 대해 알고 있었다는 게?
데이빗　　… 뭐?
오로라　　당신이 남 회장과 서로 아는 사이라는데… 아니죠?
데이빗　　… 그, 그게 말이야.
오로라　　… 설마…
데이빗　　내 말 좀 들어봐, 오 박사. 설명해줄게.

하는데 분노에 찬 얼굴로 데이빗의 뺨을 사정없이 후려갈기는 오로라.

쨍그랑! 바닥에 떨어진 쟁반과 깨져버리는 물잔.
놀라서 오로라를 보는 영훈과 달리 이 상황을 차갑게 보는 남신.

오로라	(데이빗의 멱살 잡고) 당신이… 당신이 어떻게 이럴 수 있어?
	언제, 어디서부터 날 속인 거야?
데이빗	(속절없이 흔들리는)
영 훈	(오로라 말리며) 오 박사님, 이러지 마시고 얘기를 좀 들어보시죠.
오로라	필요 없어요! 저런 사기꾼을 이십 년 동안 철석같이 믿었어.
	믿고 의지할 수 있는 유일한 사람이라고 생각했었는데,
	당신이 어떻게 우리한테 이래? 나한테 어떻게 이래?
데이빗	(눈 감아버리는)
영 훈	(데이빗 떼어내며) 잠깐 나가시죠.

S#21. 오로라의 아지트 / 거실 (밤)

영훈에게 끌려 나온 데이빗, 멍한 눈빛으로 소파에 털썩 앉는다.

영 훈	저도 놀랐는데 오 박사님은 어떠시겠습니까?
	충격이 크실 수밖에 없으니까 이해하시죠.
데이빗	(두 손으로 얼굴 묻어버리는)
영 훈	신이가 알게 됐다는 걸 회장님께는 전달 안 하시는 게 좋겠습니다.
데이빗	(한숨 쉬고) 그 정도는 나도 압니다.
	내가 남 회장님 입장에 다 동의해서 돈을 받은 게 아니에요.
영 훈	(LAB실 쪽을 보는)

S#22. 오로라의 아지트 / LAB실 (밤)

충격받은 채로 골똘히 생각에 잠겨 있는 오로라를 유심히 보는 남신.

남 신	역시 할아버지가 엄마보다 한 수 위네요.
	십 년 이상을 감쪽같이 속여온 거잖아요.

오로라	미안한데, 엄마 그런 얘기 들을 기분 아니야.
남 신	딱 하나만 물어보고 입 닫을게요.
	(남신3 보며) 혹시 저걸 없앨 방법 없어요?
오로라	뭐?
남 신	왜 그렇게 놀라요? 진짜 없어요? 완전히 망가뜨릴 방법이?
오로라	신아, 엄마 그만 놀려. 장난은 나중에 받아줄게.
남 신	나 엄마하고 장난칠 만큼 가깝다고 생각 안 해요.
	없애는 게 안 되면 수동제어모드로 전환해주세요.
	그거면 맘대로 컨트롤할 수 있다면서요? 할아버지한테 보여줘야죠.
	저게 쉽게 조종당하는 로봇일 뿐이라는 걸요.
오로라	(답답한) 신아! 제발 좀!
남 신	왜요? 싫어요? 내가 원하는 건 뭐든지 해준다면서요?
	엄마한테 저게 그냥 로봇일 뿐이라면 어떻게 하든 상관없잖아요.
	혹시 엄마도 할아버지처럼 저걸 더 아껴요?
	오래 같이 지내서 정을 못 떼신 건가?
오로라	(슬프게 보는)
영훈(E)	오 박사님, 그만 괴롭혀.
남신, 오라	(돌아보는)
영 훈	(들어와서) 물론 우리한테도 책임은 있어.
	널 지키기 위해 한 행동이 오히려 널 상처 입게 했으니까.
	이게 너한테 위로가 된다면 해도 좋아.
	대신 하나만 약속해. 딴 사람들한테 절대 피해주지 않겠다고.
	내 말을 어기면 원래대로 돌려놓는 거야. 약속해.
남 신	약속할게, 형.

S#23. 격투기 체육관 앞 (밤)

마이보를 안고 남신3를 기다리는 소봉.

소 봉	마이보. 니 형 왜 안 오지?

휴대폰 꺼내 전화하는데 안 받는다. 한숨 쉬고 끊으려는데 찰칵, 받는다.

소 봉	여보세요? 왜 안 와? 아직 멀었어?
남신3(F)	응. 오늘은 아무래도 못 들어갈 거 같아.
소 봉	(한숨 쉬고) 어쩔 수 없지, 뭐. 내일 회사로 갈게.
남신3(F)	그래. 들어가기 전에 뒤 한 번 돌아보고.
소 봉	어?

소봉, 뒤돌아보면 저만치 서서 웃고 있는 남신3.
반가운 나머지 달려가 폭 안기는 소봉.

남신3	마이보가 날 찔러.
소 봉	아, 미안. (떨어지려고 하면)
남신3	(더 안으면서) 가만있어. 난 로봇이라 안 아프잖아.
소 봉	(배시시 웃고) 이래서 니가 로봇인 게 참 좋아.
남신3	(웃는)

S#24. 격투기 체육관 (밤)

다정하게 함께 들어오는 남신3와 소봉.
실내 정돈 중이던 인태와 로보캅, 남신3가 반가워 달려온다.

인 태	형님! 청소시켜서 도망가신 거예요? 다신 안 오시는 줄 알았네.
로보캅	갈 데도 없다면서요. (팔목 잡으며) 여기서 우리랑 같이 있어요.

평소에 로보 워치 차던 팔목을 붙든 로보캅.
옷으로 가려진 팔목을 붙든 로보캅의 두 손을 보는 남신3,

갑자기 자기도 모르게 로보캅의 팔을 꺾는 남신3. 비명 지르는 로보캅.
놀란 얼굴로 남신3를 보는 소봉과 인태.

소 봉   야!
인 태   형님!

여전히 팔목을 보는 남신3의 눈동자. 광택이 사라진.

S#25. 오로라의 아지트 / LAB실 / 몇 시간 전 (밤)

남신3의 팔목에 수동제어 워치 채우는 남신.
천천히 눈 뜬 남신3의 눈동자에 광택이 없다.

남 신   넌 물론 아무도 이 시계에 손대게 하면 안 돼.
남신3   (말없이 기계처럼 끄덕이는)
남 신   (흡족한) 좋아. 돌아와.
남신3   (눈동자 다시 돌아오는)
남 신   넌 이제부터 내 장난감이야. 가서 아무 일 없었다는 듯 행동해.
남신3   네.
재식(E)   뭐야?

S#26. 격투기 체육관 (밤)

황당한 듯 넘어져 있는 로보캅을 보고 있는 재식.
다시 눈동자 원래대로 돌아오는 남신3.
얼른 로보캅을 일으켜 세우는 소봉과 인태.

재 식   (남신3에게) 너, 이 자식! 인간 아니라고 힘자랑하는 거야, 뭐야?

남신3	(로보캅에게) 미안해.
로보캅	(일어나서 아파서 문지르면서도) 아, 아니에요, 형님.
인 태	(의아한) 형님, 왜 그래요? 우리가 뭐 잘못했어요?
소 봉	(인태한테) 그런 거 아냐. (남신3 보며) 괜찮아?
남신3	…갑자기 힘 조절이 안 됐어. 미안해.
소 봉	신경 쓰지 마. 얘넨 맞고 터지는 게 일상이야.
인태, 로보캅	(끄덕여주는)
남신3	(시선 피하며) 내일은 출근해야 돼서 집에 가야 돼.
소 봉	혼자 갈 수 있겠어? 데려다줄까?
남신3	아냐. 내일 회사에서 봐. (재식에게) 또 올게요. (서둘러 가는)
재 식	(뭔가 이상한) 저거 왜 저래?
소 봉	(걱정스레 남신3의 뒷모습 보는)

S#27. 격투기 체육관 앞 (밤)

서둘러 걸어 나온 남신3, 멈춰서 수동제어모드 워치 본다.

남신(E)	넌 이제부터 내 장난감이야.

수동제어모드 워치를 떼어내려고 손을 대려는 남신3.
시야모니터에 비친 제어모드 워치에 손이 닿으려는 순간 움찔한다.
모니터 전체가 붉게 바뀌며 경고음과 함께 '접근 불가'라는 메시지 뜬다.
남신3가 워치에서 손을 떼자마자 정상으로 돌아오는 시야모니터.
격투기 체육관 한 번 돌아본 남신3, 천천히 걸음을 옮긴다.
어둠 속으로 사라지는 쓸쓸한 뒷모습.

S#28. 건호의 저택 / 수영장 (밤)

수영장가에 서서 생각에 잠긴 영훈.

플래시백 : 오로라의 아지트 / LAB실 (밤)
PLAY15 20씬의 일부. 한쪽에 전원 꺼진 채 앉아 있는 남신3.

도로 현재. 씁쓸한 표정으로 가려는데 저만치 서 있는 남신3.
남신3의 팔목에 보이는 제어모드 워치에 눈길이 가는 영훈.

남신3	수동제어모드를 처음 경험했어요. 내 몸이 내 판단대로 안 움직여요. 지영훈 씨도 다 알고 있었죠?
영 훈	미안해요. 비겁하지만, 알면서도 신이를 안 막았어요.
남신3	비난하러 온 게 아니에요. 남신이 이런 짓을 한 이유를 알아야겠어요.
영 훈	… 회장님께서 다 알고 계셨다는 걸 신이가 들어버렸어요.
남신3	할아버지 대신 나한테 화를 푸는 거군요.
영 훈	(끄덕이는)
남신3	날 컨트롤할 때 내 원칙에 어긋나는 짓을 시키면 어떡하죠? 누군가를 해치게 하면요?
영 훈	절대 안 그러겠다고 약속했고, 약속을 어기면 제어를 중단할 거예요. 내가 책임질 테니까 걱정 말아요.
남신3	지영훈 씨는 믿지만 인간 남신은 아직 모르겠어요. 정말 약속을 지킬까요?

S#29. 오로라의 아지트 / 남신의 방 (밤)

PLAY15 28씬의 영훈이 보이는 스마트패드 보고 있는 남신.

영훈(E)	(마치 남신한테 확인하듯) 지킬 거예요. 난 신이를 믿어요.

피식 웃으면서 스마트패드 엎어버리는 남신.
뒤에서 그 모습을 걱정스레 보는 예나.

예 나 오빠, 이렇게 하는 게 정말 오빠한테 도움이 될까?
남 신 로봇이 얼마나 위험한 존재인지 보여줄 거야.
     두고 봐. 다들 깜짝 놀랄 테니까.
예 나 어쨌든 오빠 얼굴이잖아. 걔가 사고 치면 오빠한테도 안 좋아.
     남 의식하지 말고 오빠 능력만 할아버지한테 보여드리면 되잖아.
남 신 너 지금 나 가르쳐?
예 나 오빠가 너무 걔한테 집착하는 거 같아서.
     난 그냥 오빠가 오빠 삶을 살았으면 좋겠어.

듣기 싫은 듯 이어폰 끼워버리는 남신을 걱정스럽게 보는 예나.

S#30. PK그룹 전경 / 다른 날 (낮)

소봉(E) 나 왔어!

S#31. PK그룹 / 남신의 사무실 (낮)

문 연 채 사무실 안 둘러보는 소봉. 가방과 겉옷은 있는데 남신3가 없다.

소 봉 어디 갔지?

S#32. PK그룹 / 서버실 (낮)

서버들을 둘러보는 남신3를 보는 건호.

건 호	이게 다 니 서버들이다. 인간이라면 뇌 속에 들어온 기분이겠지.
남신3	제 서버실을 왜 회사에 두신 거죠?
건 호	회사는 아귀 같아서 늘 굶주려 있지.
	전보다 더 많은 먹이를 주지 않으면 금세 말라비틀어져.
	난 니가 새 먹이라고 생각했다. 오래도록 이 아귀를 배불릴 수 있는.
남신3	실리콘밸리의 인공지능 아이템처럼요?
건 호	그래. 앞서가는 기업일수록 인공지능과 생명의 결합이 관심사지.
	사람들은 절대 죽고 싶어 하지 않으니까.
남신3	죽지 않을 수만 있다면 돈을 얼마든지 쓰겠죠.
건 호	생명을 갉아먹는 건 몸만이 아니야.
	마음에 문제가 생겨도 스스로를 해치는 게 인간이다.
	분노, 절망, 우울감 등이 만들어낸 잘못된 판단이지.
남신3	(보는)
건 호	환경, 질병, 사고 등을 컨트롤하고 감정까지 조절한다면
	인간이 영원히 사는 것도 허황된 꿈은 아니겠지.
	니가 기획한 메디 카 덕분에 막연했던 내 꿈이 명확해졌다.
남신3	그 일을 저 같은 인공지능이 할 수 있다고 생각하세요?
건 호	바로 그거다. 인공지능이 완벽하게 통제하는 불멸의 도시.

S#33. 오로라의 아지트 / 남신의 방 (낮)

삐딱하게 앉아서 스마트패드 들여다보는 남신.
남신3의 시야인 모니터에 나오는 온화한 표정의 건호.

건호(E)	M시티. 그게 내 마지막 꿈이다. 너만이 내 꿈을 실현해줄 수 있어.
남 신	(얼굴 일그러지는)

S#34. PK그룹 / 로비 (낮)

승강기 앞에서 남신3를 기다리던 소봉,
반대쪽에서 걸어오는 남신3를 보고 의아해한다.

소 봉   왜 거기서 와? 주차장 쪽에 있었다며?
남신3   걸어서 올라왔어. 타고 올라가자.

마침 문이 열리는 승강기에 올라타는 남신3와 소봉.

S#35. 승강기 안 (낮)

나란히 선 남신3와 소봉. 남신3의 얼굴을 들여다보는 소봉.

소 봉   하루 만에 봤는데 왜 이렇게 반갑냐. 회장님이랑 무슨 얘기했어?
남신3   일 얘기. 마지막으로 이루고 싶은 꿈이 있으시대.
소 봉   진짜 손자 놔두고 왜 너한테 그런 얘길 해?

S#36. 오로라의 아지트 / 남신의 방 (낮)

스마트패드에 나오는 소봉의 얼굴을 보는 남신.

소 봉   하긴 나라도 그 인간보다 니가 훨씬 믿음직스럽겠다.

\# 플래시백 : 영화관 주차장 (낮)
PLAY15 15씬의 일부. 남신을 비웃는 소봉.

소 봉   죽도록 흉내 내봐. 당신 같은 인간은 절대 개를 따라갈 수 없으니까.

도로 현재. 다정하게 바라보는 시선의 소봉을 비웃는 남신.

남 신   혼 좀 나 봐. 강소봉.

S#37. 승강기 안 (낮)

순간 눈동자에 광택이 사라진 남신3, 갑자기 소봉의 멱살을 틀어쥔다.

소 봉   너 미쳤어? 왜 이래?

소봉의 말이 안 들리는 듯 오히려 소봉을 벽에 밀어붙이는 남신3.
으악! 비명 지른 소봉, 자신의 목을 죄는 남신3의 팔을 붙든다.

소 봉   …나, 나야! 강소봉! 정신 차려!

무표정한 남신3. 멱살 잡힌 소봉, 숨이 막혀 켁켁 댄다.
마치 남신3가 분노한 듯 승강기 불이 꺼졌다 켜졌다 하고.
갑자기 눈빛이 돌아온 남신3, 고통스러워하는 소봉을 보고 얼른 손 놓는다.
털썩 주저앉아 콜록콜록 기침하는 소봉을 보고 눈이 커진 남신3.
소봉이 원망스럽게 쳐다보면 주춤주춤 뒤로 물러난다.
때마침 멈춘 승강기. 문이 열리는데 하필 거기 서 있는 박 비서.

S#38. 승강기 앞 (낮)

순간 놀란 박 비서, 주저앉은 소봉과 한껏 떨어진 남신3를 본다.
도망가듯 뛰쳐나가 버리는 남신3. 소봉도 얼른 뒤따라간다.
두 사람의 뒷모습을 의심스럽게 보는 박 비서.

S#39. PK그룹 일각 (낮)

멍한 얼굴로 허우적허우적 나가는 남신3를 붙드는 소봉.

소 봉   너 왜 그랬어? 무슨 일이야?
남신3   (시선 피하는)
소 봉   어제도 그랬잖아! 힘 조절이 안 됐다면서 로보캅을—

하다가 뭔가 깨달은 듯 남신3의 소매를 걷어보는 소봉.
반사적으로 물러서며 홱 뒤로 감추는 남신3.

소 봉   그게 뭐야? 로보 워치랑 다르잖아. (팔 잡아당기며) 어디 봐.
남신3   (팔 확 쳐내는)
소 봉   왜 피해? 좀 보자니까? (하면서 다가가면)
남신3   (물러서며) 오지 마! 나한테 다가오지 마. 제발.
소 봉   (충격받은) …너 무슨 일 있지? 그 인간 때문이야?
         어제 그 인간이 너한테 무슨 짓 한 거지?
남신3   아무것도 묻지 말고 당분간 나한테서 떨어져 있어.
         내가 너한테 아무 짓 못 하게. (도망치듯 가버리는)
소 봉   (안타깝게 보는)
영훈(E) 강소봉 씨를 공격해요?

S#40. PK그룹 / 남신의 방 (낮)

마주 선 영훈과 소봉. 흥분한 소봉과 놀란 영훈.

소 봉   네. 순간 날 못 알아보는 것 같았어요.
         어제 무슨 일 있었죠? 회사 일 아니었죠?
영 훈   …수동제어모드로 전환했어요.

소 봉	(충격) …누가요? 왜요?
영 훈	(말 못 하면)
소 봉	설마 그 인간이 한 짓이에요?
영 훈	딴 사람한테 피해주지 않기로 했는데. 미안해요. 다친 데는 없어요?
소 봉	지금 그게 문제예요? 걔가 어떤 앤지 알잖아요.
	사람을 공격했어요. 얼마나 충격이 컸으면 피하듯 도망쳤겠어요?
	남신 그 자식 어딨어요? 이따위 짓 해놓고 어디 숨었냐구요!
영 훈	내가 해결할게요. 다신 이런 일 없게 할 테니까 진정해요.
소 봉	진정? 지금 그 인간 두둔해요?
	죄지은 놈보다 감싸는 놈이 더 나쁜 거예요. (벌떡 일어나 나가는)
영 훈	(화난 얼굴로 휴대폰 꺼내는)

S#41. 오로라의 아지트 / 남신의 방 (낮)

미안한 표정으로 영훈과 통화 중인 남신. 옆에서 걱정스레 보는 예나.

남 신	미안해, 형. 진짜 에러야. 억울하다니까?
영훈(F)	말이 돼? 어쨌든 니가 작동시켰을 거 아냐!
남 신	솔직히 겁만 좀 주라고 했어. 근데 걔가 생각보다 훨씬 공격적이잖아.
영훈(F)	(한숨 쉬고) 만나서 얘기해. 좀 이따 같게.

끊긴 휴대폰 툭 던진 남신, 스마트패드 또 들여다본다.
그런 남신을 걱정스럽게 보는 예나.

S#42. 오로라의 아지트 / 남신의 방 앞 (낮)

불안한 얼굴로 서 있는 오로라. 데이빗도 초조한 표정으로 함께.

데이빗	당신은 저 말을 믿어? 에러가 말이 돼?
	아들을 믿고 싶겠지만 믿고 싶은 마음과 진짜 믿음은 달라.
오로라	(노려보는)
데이빗	솔직히 당신도 불안하지?
	당신 아들이 그놈한테 무슨 짓을 어디까지 할지 모르잖아.
오로라	(차갑게) 당장 나가요. 꼴도 보기 싫으니까.
데이빗	알았어. 나갈게. 난 당신한테 용서받을 수 없는 죄인이니까.
	근데 나 당신한테 어떻게든 남신3 만들 돈 대주고 싶었어.
	나 혼자 역부족이라 도움을 받았는데
	그 뒤에 남 회장이 있다는 걸 나중에 알았어.
	남 회장은 이익을 위해 돈을 댔겠지만 난 생각이 달라.
	난 그냥 그놈이 좋아. 도저히 따라갈 수 없는 천재인 당신도 좋고.
	난 끝까지 그놈을 지킬 거야. 당신이 원한다면 당신도.
오로라	(들어가 버리려는데)
데이빗	(휴대폰 울리면 받고) 강소봉 씨.
오로라	(멈칫하는)
데이빗	여기 안 왔어요. 안 그래도 그놈이 걱정되던 참인데.
	좀 찾아봐줘요. 나도 찾아볼 테니까.
오로라	(눈빛 흔들리다가 들어가 버리는)

S#43. PK그룹 / 승강기 (낮)

심란한 얼굴로 데이빗과 통화 중인 소봉.

소 봉	네. 찾으면 연락드릴게요.
	(전화 끊고 승강기 둘러보는)

플래시백 : 승강기 안 (낮)
PLAY15 37씬의 일부.

무표정한 남신3. 먹살 잡힌 소봉, 숨이 막혀 켁켁 댄다.

도로 현재. 겁먹은 소봉, 두려움 떨쳐내듯 고개 젓고 통화 시도.

소 봉   (안 받는) …어디야… 제발 전화 좀 받아…

S#44. 공원 (낮)

벤치에 앉은 남신3의 손에서 끊임없이 울리는 휴대폰.
액정에 쓰인 〈강소봉〉 이라는 이름을 가만히 보기만 하는 남신3.
제 두 손을 믿을 수 없다는 듯 내려다보는 남신3.
참을 수 없다는 듯 벌떡 일어나 어딘가로 향하는 남신3.

S#45. PK그룹 / 주차장 (낮)

서둘러 차에 타려고 하는 영훈의 앞을 막아서는 남신3.
미안한 표정으로 남신3를 보는 영훈.

영 훈   강소봉 씨한테 다 들었어요. 어디 있었어요?

남신3, 말없이 손가락으로 영훈의 휴대폰 가리킨다.
영훈이 휴대폰 들여다보면 문자 창에 글자 적혀나간다.

남신3(E)   부탁이 있어요, 지영훈 씨.

남신3를 보는 영훈. 슬퍼 보이는 남신3.

S#46. PK그룹 / 주차장 (낮)

제 차 보조석에서 내리는 남신, 손에 스마트패드 들고 있는.
운전석에서 예나도 내려서 남신을 본다.

예 나   지 팀장 잘 만나고 와. 나도 볼일 좀 보고 올게.

고개 끄덕이고 입구로 들어가는 남신.
그런 남신의 뒷모습 보던 예나, 얼른 휴대폰으로 전화한다.

예 나   저 서 팀장이에요. 회장님 지금 어디 계시죠?

S#47. PK그룹 / 옥상 (낮)

알 수 없는 얼굴로 도심을 내려다보고 있는 영훈.
짜증나는 표정으로 올라온 남신, 영훈이 돌아선다.

남 신   왜 여기까지 오라는 거야? 내 몸 완전치 않은 거 몰라?

그때 한쪽에 서 있던 남신3, 모습을 드러낸다.

남 신   (남신3와 영훈을 번갈아 보며) 뭐 하는 수작들이지?
남신3   만나자고 하면 안 나올 거 같아서 지영훈 씨한테 부탁했어요.
남 신   (영훈 보며 못마땅한) 형, 쟤 비서야?
영 훈   (차갑게) 니가 한 짓 다 들었어. 나중에 얘기하자. (가버리는)
남 신   (기막혀서 남신3 보다가 돌아가려는데)
남신3   도망가지 말아요.
남 신   (멈칫해서 돌아보는) 도망? 도망은 너나 가. 넌 가짜니까.
남신3   나도 진짜예요. 당신이 진짜인 것처럼.

남 신	(픽 비웃고) 강소봉을 내팽개친 것도 진짜 니 모습이겠네.
	그때 어땠어? 슬펐어? 가슴 아팠어? 아님 죽고 싶었나?
	(잔인하게 웃는) 근데 어쩌지? 이건 시작일 뿐인데.
	앞으로도 넌 많은 일들을 하게 될 거야. 내 노예처럼.
남신3	(가만히 보는)

S#48. PK그룹 / 주차장 (낮)

혹시나 해서 주차장 이쪽저쪽 정신없이 찾아다니는 소봉.
그러다가 남신의 차를 발견하고 멈춘다.

소 봉	어? 남신 차다!

S#49. PK그룹 / 옥상 (낮)

여전히 마주 보고 서있는 남신3와 남신.

남신3	인간들의 문제는 인간들끼리 해결해요. 자꾸 날 끼워 넣지 말고.
남 신	(가소롭게 보는)
남신3	당신이 화난 건 할아버지 때문이잖아요.
	할아버지하고 직접 부딪혀서 싸우면 되지,
	왜 비겁하게 날 이용해 딴사람을 괴롭혀요?
남 신	그 노인네랑 싸우는 것보다 널 갖고 노는 게 더 재밌어.
	원래 아끼는 걸 망가뜨리는 게 진짜 복수거든.
남신3	내가 두려워요?
남 신	뭐?
남신3	두려우니까 날 찍어 누르려는 거잖아요.
	난 당신하고 경쟁하지 않아요. 당신 걸 뺏고 싶은 욕망도 없어요.

	집, 가족, 회사, 다 당신 거니까 안심하고 제자리로 돌아가요.
남 신	주제넘게 이게 어디서. 그래 봤자 넌 기계야.
	내 말대로 움직여야 되는 인형이라고!
	강소봉을 죽이라면 죽여야 되는 로봇이 너야! 알아듣겠어?
남신3	강소봉을 다치게 하기 싫어요. 다른 사람도 다치게 하면 안 돼요.
	어떻게 해야 날 내버려둘 거예요? 나한테 진짜 원하는 게 뭐죠?
남 신	…사라져.
남신3	(보는)
남 신	내 얼굴을 내 눈으로 보는 게 얼마나 끔찍한지 알아?
	확 사라져버려! 내 눈 앞에서 영원히 꺼져버리라고!

가만히 남신을 보던 남신3, 갑자기 뚜벅뚜벅 걸어가기 시작한다.
왜 저러지? 순간적으로 남신3를 의아하게 보는 남신.
발걸음 점점 빨라지고 옥상 난간에 가까워지는 남신3.

| 남 신 | (당황한) 너, 너 뭐 하는 거야? |

난간 앞까지 가서 멈추고 남신을 돌아보는 남신3.

| 남 신 | 미쳤어? 물러나! |
| 남신3 | 인간을 해치느니 사라지는 게 나아요. |

말이 끝나자마자 돌아선 남신3, 난간 위에 풀쩍 올라선다.
위태롭게 올라선 남신3의 눈앞에 허공이 펼쳐지는 순간,
갑자기 남신3의 눈빛 광택이 스르르 사라진다.
어느새 스마트패드에 지시 중인 남신.

| 남 신 | 내려와. 당장. |

남신의 지시대로 내려온 남신3의 눈빛, 광택 도로 돌아온다.

그제야 상황 파악하고 뒤돌아 남신을 보는 남신3.

남 신   (멱살 붙들고) 이제 알겠지? 너한텐 사라질 자유조차도 없어.
남신3   …맞아요. 당신 말대로 난 기계에 불과하니까.
          이럴 때 느끼는 인간의 감정이 무력함이겠죠?

          슬픈 남신3의 눈빛에 순간 흔들리는 남신의 눈빛.
          획 남신3를 놓고 내려가버리는 남신.
          그런 남신의 뒷모습을 가만히 보는 남신3.

S#50. PK그룹 / 주차장 (낮)

          굳은 얼굴로 나온 남신, 자신의 차 쪽으로 향하다 우뚝 멈춘다.
          주차장 한쪽에 웅크리고 앉은 소봉, 불쌍하게 무릎에 고개 묻고 있는.
          남신의 시선 느끼고 고개 쳐든 소봉, 남신을 보자마자 달려든다!
          남신의 얼굴에 날아오는 소봉의 주먹.
          예상보다 센 주먹에 휘청해서 차를 붙드는 남신.

소 봉   저번에 그랬지? 갑자기 똑같이 생긴 누군가 나타나서
          나처럼 행동하고 내 사람 뺏어 가면 좋겠냐고.
          그땐 니가 좀 불쌍했거든. 근데 아냐. 넌 그런 대접 받아도 싸.
          좋은 말할 때 걔 원래대로 돌려놔. 안 그러면 진짜 죽여버릴 테니까.
          (가버리는)
남 신   (자조적으로 웃는)

S#51. PK그룹 / 회장실 (낮)

          소파에 앉은 건호, 깍듯하게 인사하는 예나를 본다.

건 호	왜 그렇게 인사가 깍듯해? 와서 편히 앉아.
예 나	아뇨. 할아버지 오래 보기 싫으니까 할 얘기만 하고 금방 갈게요.
건 호	(얼굴 굳는)
예 나	오빠가 알아버렸어요.
	로봇이 오빠를 대신했다는 걸 할아버지가 알고 계셨다는 거.
건 호	우리 예나가 그것 때문에 화가 났구나. 차라리 잘됐다.
	언젠간 신이도 알게 될 일이었으니까.
예 나	어떻게 그렇게 말씀하세요? 죽다 살아온 사람이에요.
	할아버지 손자라구요. 무서운 분이라고 생각했지만,
	전 할아버지가 오빠를 위해 일부러 그러시는 거라고 생각했어요.
	근데 생각보다 훨씬 끔찍한 분이시네요.
건 호	(웃고) 신이는 어떠냐? 충동적인 놈이라 걱정이구나.
예 나	(잠깐 흔들리다) 오빤 생각보다 의연하게 잘 버티고 있어요.
	만일 오빠를 아끼는 마음이 남아 있다면 지금 보여주세요.
	두 분이 가까워질 수 있는 마지막 기회니까요.
	이번 기회 놓치시면 할아버지 곁엔 아무도 안 남을 거예요.
	혼자 외롭고 비참하게 돌아가시기 싫으면 제 말 명심하세요.
	(깍듯하게 인사하고 나가는)
건 호	(호탕하게 웃는)

S#52. PK그룹 / 회장실 앞 (낮)

막 회장실에서 나온 예나, 그제야 심호흡하며 긴장을 푼다.
저쪽에서 걸어오던 종길, 예나를 보고 발길을 멈춘다.
시선 피하며 피해가려는 예나의 앞을 막아서는 종길.
갑자기 예나에게 휴대폰 영상을 내민다.
PLAY15 37씬의 남신3와 소봉의 승강기 CCTV 영상.
별로 놀라지 않고 그 모습을 보는 예나.

종 길	안 놀라는구나. 넌 이 상황에 대해 알고 있어.
예 나	내가 안다고 아빠한테 술술 말해줄 거 같아?
종 길	내 딸인데 그럴 리 없지. 이참에 회장님께 다 말씀드릴 생각이다.
	로봇이 이런 짓까지 하는데 가만둘 수 없지. (가려는데)
예 나	(서둘러 붙드는)

S#53. PK그룹 일각 (낮)

마주 보고 서 있는 심각한 표정의 예나와 종길.

종 길	회장님께서 다 아시면서도 모른 척하셨다?
	거기에 화가 나서 신이가 로봇을 조종했고?
예 나	내가 아는 건 다 말했으니까 회장님께 그 영상 보여드리지 마.
	안 그래도 로봇에 호의적이신데 괜히 오빠만 더 밉보여.
종 길	그래야지. 회장님도 참. 신이가 충분히 분노할 만하구나.
	아빤 로봇보다 사람 편이다. 신이한테도 그렇게 전해줘.
예 나	난 아빠 안 믿어. 우리 각자 살자. (가버리는)
종 길	(회심의 미소)

S#54. 격투기 체육관 앞 (밤)

천천히 걸어와 발길을 멈춘 남신3, 체육관을 올려다본다.
때마침 울리는 휴대폰. 보면 〈강소봉〉이다.
가만히 보던 남신3, 차분한 얼굴로 전화를 받는다.

소봉(F)	받았다! 너 어디야? 얼마나 걱정했는지 알아?
남신3	(가만히 듣는)

플래시백 : PK그룹 / 옥상 (낮)
PLAY15 49씬의 일부. 남신3를 향한 남신의 독설.

남 신   그래 봤자 넌 기계야. 내 말대로 움직여야 되는 인형이라고!
       강소봉을 죽이라면 죽여야 되는 로봇이 너야! 알아듣겠어?

도로 현재. 계속 들려오는 소봉의 목소리.

소봉(F)   왜 말 안 해? 지금 내가 갈게. 어디야?
남신3   …아까 많이 무서웠지?
소봉(F)   (당황한) 어?
남신3   아프게 해서 미안했어. 강소봉.
소봉(F)   괜찮아. 니 잘못 아니니까―

하는데 전화 끊는 남신3. 그리고 체육관 올려다보는.

S#55. 격투기 체육관 / 소봉의 방 (밤)

끊긴 휴대폰 들여다보던 소봉, 구석에 세워둔 마이보를 본다.

소 봉   마이보. 어떡하지? 니 형 나 때문에 많이 힘든가 봐.
       …니 형 어떡해? 난 또 어떡해?
       울고 싶은데 안 울 거야. 형이 없으니까. (마이보 꼭 안아주는)

S#56. 건호의 저택 / 남신의 방 (밤)

피규어들을 훑어보던 남신, 그중 한 개를 쓰다듬으며 생각에 잠긴다.

플래시백 : PK그룹 / 옥상 (낮)
PLAY15 49씬의 일부. 남신3와 남신의 격돌.

남 신   이제 알겠지? 너한텐 사라질 자유조차도 없어.
남신3   …맞아요. 당신 말대로 난 기계에 불과하니까.
         이럴 때 느끼는 인간의 감정이 무력함이겠죠?

플래시백 : 건호의 저택 / 정원 (낮)
PLAY14 5씬의 일부. 남신을 옥죄는 건호.

건 호   겨우 찾아내서 만나러 가면 니 엄만 이미 없을 거다.
         내가 너보다 먼저 찾아낼 테니까.
         (온화하게 웃고) 가봐. 얼마든지. (돌아서서 가는)
남 신   내 집은! …여기예요. 할아버지가 죽을 때까지는.
건 호   잘됐구나. (차갑게 웃고 가는)
남 신   (눈물 흘리는)

도로 현재. 어느새 저만치 서 있던 영훈을 보는 남신.
플래시백의 어린 남신처럼 불쌍한 표정.

영 훈   제어모드 그만두자, 신아.
남 신   (얼굴 냉정해지는) 왜?
영 훈   오 박사님은 몰라도 난 알아. 에러라는 거 거짓말이잖아.
         형하고 약속했으니까 그만둬. 강소봉 씨한테 한 걸로 충분해.
남 신   싫은데?
영 훈   신아.
남 신   형이 이러니까 막 더 하고 싶어. 잠깐 마음 약해질 뻔했는데 고마워.
         이제 막 재밌어질 타이밍이거든.
영 훈   (요양원 광고 명함을 꺼내서 보여주는)
남 신   …이게 뭐야? 설마 내 방에서 훔쳤어?

영 훈	여기 가서 니 아버님 죽음 자살 아니란 거 들었어.
	체코 가기 전에 이상하게 군 것도, 체코에 간 것도 그것 때문이야?
남 신	알려고 들지 마. 형까지 이 일에 끼어들지 말라구!
영 훈	아니, 끼어들어야겠어! 니가 무슨 생각을 하는지 알아야겠어!
	얘길 해서 날 이해시키든 제어를 그만두든 둘 중 하나 선택해!
남 신	내가 왜? 둘 다 싫다면 어쩔 건데?
영 훈	(단호한) 마지막으로 경고할게. 다신 사람 다치게 하지 마.
	또 니가 그런 짓 하면 난 너 안 봐. 다시는. (나가려는)
남 신	처음이네. 형이 나 안 본다고 한 거.

잠시 멈칫한 영훈, 곧 나가버린다.
혼자 남은 남신, 제 손에 들린 피규어를 본다. 슬픈 눈빛.
그때 울리는 문자 알림음. 보면 발신인 〈서종길 이사〉

종길(E)	아버님 문제로 드릴 말씀이 있습니다.

S#57. 건호의 저택 앞 (밤)

날이 선 표정으로 걸어 나오다가 멈추는 남신.
깍듯하게 인사한 박 비서, 차 뒷좌석 문 열어준다.

박 비서	모시고 오라고 하셨습니다.
남 신	(뒷좌석에 올라타는)

S#58. 추모공원 / 안치실 (밤)

정우의 사진 들어 있는 안치단을 매만져보는 종길. 그리운 눈빛.
막 들어선 남신, 그런 종길을 가증스럽게 본다.

남 신   뭐 하는 거죠?

종 길   (돌아보고) 아, 오셨습니까? 불쾌하셨다면 죄송합니다.
        모셨던 분이기 전에 친구로 지낸 세월이 길어서, 그리운 마음에 그만.

남 신   날 왜 불렀어요? 아버지 문제로 뭘 얘기하겠다는 거죠?

종 길   정우를 제가 죽였다고 생각하시죠?

남 신   (보는)

종 길   크게 틀린 말이 아닐 수도 있습니다.
        회장님 지시대로 아프지도 않은 정우를 요양원에 넣은 것도,
        내내 지키고 감금한 것도 저니까요.

남 신   추락사를 자살로 위장한 것도 할아버지 지시였겠군요.

종 길   거기까지 다 알고 계셨군요. 정우가 오 박사님과 본부장님을
        만나려고 탈출을 시도하다 그렇게 됐습니다.
        어머님이 아시면 기함하시겠죠.

남 신   … 왜 자살로 위장했죠? 할아버지와 뭘 감추려고 한 거예요?

종 길   그 답을 드리고 싶어서 뵙자고 한 겁니다.

        주머니에서 소형녹음기를 꺼내 남신한테 내미는 종길.

종 길   요양원에서 나눈 회장님과 정우의 대화를 녹음한 겁니다.

남 신   왜 나한테 이걸 주는 거죠?

종 길   전 본부장님께서 정우처럼 되실까 봐 두렵습니다.

남 신   (!)

종 길   회장님은 정우와 절 경쟁시키셨고, 안타깝게도 제가 살아남았죠.
        전 누구보다 회장님을 잘 압니다. 그 로봇은 회장님을 사로잡았죠.
        로봇이 회사에 더 이롭다는 판단이 드는 순간,
        회장님은 가차 없이 본부장님을 쳐내실 겁니다. 정우처럼 말입니다.
        절대 물러서지 마십시오. 전 사람 편입니다, 본부장님.

        인사하고 나가는 종길. 혼자 남은 남신, 소형녹음기를 물끄러미 본다.
        재생하면 그 안에서 흘러나오는 건호와 정우의 목소리.

건호(E)	내부고발인지 뭔지 관둬. 그럼 여기서 내보내주마.
정우(E)	전 할 겁니다. 아버지 방식이 잘못됐다는 걸 알려야 돼요.
건호(E)	종길이한테도 밀린 못난 놈이 무슨 말이 많아?
정우(E)	아무리 못난 놈이라도 아버지 자식입니다.
건호(E)	니가 나한테 해코지하면 나도 니 자식 가만 안 둔다.
정우(E)	아버지! 어떻게 그런 말씀을…
건호(E)	난 핏줄보다 회사가 더 중요하다! 회사가 내 핏줄이고 심장이야!

차마 더 듣지 못하고 던져 버리는 남신. 분노의 눈물 어리는.

S#59. 추모공원 앞 (밤)

기분 좋은 표정으로 추모공원을 보는 종길. 옆에 서 있는 박 비서.

박 비서	남신 본부장은 아직 안 나오네요.
종 길	머릿속이 복잡하겠지.
박 비서	어떻게, 이사님 뜻대로 되시겠습니까?
종 길	이게 내 마지막 승부수니까 기다려봐야지. 본부장이 회장을 잡아먹고 내가 그 본부장을 잡아먹는다면, 삼십 년을 바친 지긋지긋한 이 싸움이 끝나겠지.

S#60. 건호의 저택 / 건호의 방 (밤)

어두운 방 안. 침대에 잠들어 있는 건호, 뒤척이다가 무심코 잠이 깬다.
허공을 보는데 저만치 서 있는 검은 누군가!

건 호	(놀라서 벌떡 일어나며) 누, 누구야?

검은 그림자 앞으로 나서면 남신이다. 더없이 말갛고 차분한.

남 신   제가 누군지 아시겠어요? 로봇인지. 인간인지.

건 호   그렇게 묻는 건 인간이다. 제 존재를 확인하고 싶어 안달 난.

남 신   할아버지한테 회사는 목숨 같은 거죠? 그 회사, 저한테 주세요.

건 호   …너한테 한 번 더 기회를 줄 수는 있어. 결과는 온전히 니 몫이다.

남 신   다시 한 번 말씀드릴게요. 회사 저한테 주세요. 그 로봇 말고.

건 호   …내 대답은 같다.

남 신   (가만히 보는)

건 호   …한 번 더 말해주랴?

남 신   아뇨, 그걸로 충분해요.

건 호   똑똑히 처신해. 니 애비처럼 어리석은 짓거리 하지 말고.

남 신   (차갑게 웃고 나가는)

건 호   (무거운 한숨 쉬는)

S#61. 공원 (밤)

벤치에 앉아 있는 남신3, 옆에 앉아 있는 소봉의 홀로그램 본다.
남신3가 만지려고 하면 사라져버리는 소봉.
제 목에 걸린 소봉의 펜던트를 만지는 남신3.

S#62. 격투기 체육관 / 난간 (밤~새벽)

난간에 걸터앉아 있는 소봉, 남신3가 오나 싶어 길 쪽을 바라본다.
멍하니 길 쪽을 보며 하염없이 기다리는 소봉.
어느새 환해지는 하늘을 가만히 본다.
휴대폰 꺼내 전화하는데 안 받는 남신3.
음성녹음 메시지로 넘어가는.

S#63. 육교 (새벽)

육교에서 멍하니 아래를 내려다보고 있는 남신3.
휴대폰을 꺼내보면 음성녹음이 표시돼 있다.
작동해서 음성녹음 듣기 시작하는 남신3.

소봉(F) 또 혼자 있지? 내가 혼자 있지 말랬잖아.

남신3 (눈빛 흔들리는)

소봉(F) 나 솔직히 어제 니가 무서웠어.
 사람과 다를 거 없다고 생각했는데, 순간 진짜 로봇처럼 느껴져서.
 그래서 안 오는 거야? 내가 나쁜 생각해서?
 …잘못했으니까 한 번만 용서해주면 안 돼?
 …보고 싶어… 보고 싶어 죽겠단 말야…

한 발, 두 발, 천천히 걷기 시작하는 남신3의 두 발.

소봉(F) (울음소리 섞인) …나 울 거야…
 …니가 와서 안아줄 때까지 울 거니까 빨리 와…

그 말에 휴대폰 끊고 달려가는 남신3.

S#64. 격투기 체육관 / 난간 (새벽)

계속 체육관 앞을 멍하니 보고 있던 소봉, 꾸벅꾸벅 존다.
그러다 눈을 뜨는데 저 멀리 달려오는 한 남자의 모습.
놀라서 벌떡 일어난 소봉, 몸을 내밀어 확인하는데, 딴 남자다…
실망한 얼굴로 그 남자가 지나가는 걸 본 소봉,
축 처진 어깨로 다 포기하고 계단을 내려간다.
그때, 뒤편에서 또 달려오는 발소리 들린다.

무신경하게 내려오던 소봉, 혹시나 싶어 슬쩍 돌아보는데,
점점 가까이 보이는 남자, 달려오는 남신3다!
눈이 커진 소봉, 미친 듯 뛰어 내려간다.

S#65. 격투기 체육관 앞 (새벽)

정신없이 뛰어 내려온 소봉, 우뚝 멈춘다.
달려오던 남신3도 저만치서 멈춘다.
차마 다가오지 못하고 멀찌감치 우뚝 서 있는 남신3.

소 봉   …너 나빠. 왜 이제 왔어?

서러움에 괜히 눈물이 조금씩 차오르는 소봉.
거리를 둔 채 말없이 서 있는 남신3와 소봉.
소봉의 눈에서 눈물이 주룩 흐른다.

소 봉   …뭐해? 나 울잖아.

그 말에 용기 낸 듯 한 걸음, 두 걸음, 다가오는 남신3.
다가오는 남신3를 야속하게 보는 소봉.
두 사람의 거리 점점 가까워진다.
소봉, 흐르는 눈물 때문에 어릿어릿 보이는 남신3의 모습.
바로 앞까지 다가온 남신3를 애틋한 눈빛으로 보는데…
순간 소봉을 슥 스쳐 지나가버리는 남신3…
놀란 소봉, 반사적으로 남신3의 팔을 붙든다.
소봉을 돌아보는 남신3의 광택 없는 눈빛, 더없이 차가운.
…충격에 말도 못 하고 남신3를 올려다보기만 하는 소봉…

소 봉   …왜 이래…너…

남신3	…누구야, 넌?
소 봉	…아냐…이러지 마…

무심하게 소봉을 보던 남신3, 그냥 가려고 하면 또 붙드는 소봉!
차갑게 소봉을 본 남신3, 홱 뿌리치고 가버린다.
다시 한 번 잡으면 아예 소봉을 귀찮다는 듯 밀치고 가는 남신3.
남신의 차 와서 멈추면 뒷좌석에 올라타는 남신3.
출발하는 차를 향해 미친 사람처럼 차를 향해 달려가는 소봉.

S#66. 남신의 차 안 (새벽)

운전석에 앉은 남신. 사이드미러로 달려오는 소봉을 본다.
그리고 룸미러로 뒷좌석에 앉은 무표정한 남신3를 본다.

남 신	누가 쫓아오는데?
남신3	(흘깃 보고) 모르는 여자예요.
남 신	정말 몰라?
남신3	기억데이터가 차단됐어요. 당신을 제외하고.
남 신	(씩 웃고 액셀 밟는)

S#67. 격투기 체육관 근처 (새벽)

무작정 따라가던 소봉, 발이 걸려 사정없이 넘어진다.
넘어진 채 숨 몰아쉬며 남신의 차 뒤꽁무니 멍하니 보는 소봉.

소 봉	(믿기 힘든)…아니야…안 된다구!!!

S#68. 건호의 차 안 (낮)

운전 중인 영훈. 뒷좌석에 앉아 생각에 잠긴 건호.

플래시백 : 건호의 저택 / 건호의 방 (밤)
PLAY15 60씬의 일부. 남신과 건호의 대화.

남 신   회사 저한테 주세요. 그 로봇 말고.

건 호   …내 대답은 같다…한 번 더 말해주랴?

남 신   (차갑게 웃고) 아뇨, 그걸로 충분해요. (밖으로 나가는)

도로 현재. 골똘히 생각에 잠긴 건호를 보는 영훈.

영 훈   무슨 생각을 그렇게 하십니까, 회장님?

건 호   …넌 신이에 대해 얼마나 알고 있냐.

영 훈   네?

건 호   난 그놈이 정우랑 다를 바 없다고 생각했다.
            …그런데 잘 모르겠구나…그놈 속이 안 읽혀…

영 훈   (건호의 얼굴 탐색하는)

S#69. PK그룹 앞 (낮)

건호의 차 와서 멈추고 서둘러 내린 영훈, 뒷좌석 문 열어준다.
천천히 내린 건호, 잠시 PK그룹을 올려다본다.

건 호   종길이 놈한테 전화 좀 넣어봐.

영 훈   네, 알겠습니다. (휴대폰 꺼내서 전화하는)

건호와 영훈, 걸어 들어가면 한쪽에서 나타나는 남신3. 광택 없는 눈빛.

S#70. PK그룹 / 종길의 사무실 (낮)

박 비서 옆에 서 있고 소파에 앉아 통화 중인 종길.

종 길   알았어. 당장 올라가지. (끊는)

박 비서   지 팀장입니까?

종 길   (끄덕이고) 회장님이 호출하시는 모양이야.

박 비서   왜 그러실까요?

           혹시 어젯밤에 본부장님 만난 일을 눈치 채신 건 아니겠죠?

종 길   어젯밤에 무슨 일 있었어? 오랜 친구가 생각난 나와

           아버지가 생각난 본부장이 우연히 만났을 뿐이지.

           (옷매무새 추스르며) 다녀올게.

S#71. PK그룹 / 옥상 (낮)

도심을 내려다보고 서 있는 건호. 긴장하고 올라온 종길, 인사한다.

종 길   부르셨습니까, 회장님.

건 호   혹시 신이하고 만났어?

종 길   (태연한) 회사에서 뵙는 게 다입니다.

건 호   속일 생각 말고 똑바로 말해! 신이한테 무슨 소리 했어, 안 했어?

종 길   …회장님…

건 호   허튼 소릴 했든 안 했든 신이가 뭔가 알아내면 니가 죽는 거야.

           니 입을 막아야 내 뒤가 깨끗해지니까. 알겠어?

종 길   (겁먹은) 다, 당연히 그래야죠. (하며 딴 데 시선 주다가) 본부장님!

하면 돌아보는 건호. 무표정한 얼굴로 서 있는 남신3.

건 호   (로보 워치 보고) …저건 신이가 아니야…

하는 순간, 갑자기 돌진해온 남신3, 건호의 목을 한 손으로 쥔다.
사정없이 건호를 난간까지 몰아치는 남신3.
갑작스런 광경에 놀란 종길, 슬쩍 뒤로 물러선다.

S#72. 남신의 차 안 (낮)

운전석에 앉은 남신, 차가운 얼굴로 스마트패드 안의 건호 보는 중.
목 졸린 채 공포에 질린 건호의 표정을 비웃는 남신.

남 신   뭐해? 끝내야지.

S#73. PK그룹 / 옥상 (낮)

건호의 목을 조른 한쪽 손에 더 힘을 주는 남신3의 무서운 얼굴.
두 손으로도 남신3의 손을 떼어내지 못하는 건호.
종길은 뒤편에서 가만히 보고만 있다.

종 길   신이가 컨트롤한다는 게 이런 거군.

난간에 부딪힌 건호, 숨이 막히고 정신이 흐려지는데,

소봉(E)   그만해!

남신3와 건호 보면 달려와 남신3의 팔을 부여잡는 소봉!
달려드는 소봉을 가볍게 뿌리치는 남신3.
나가떨어진 소봉을 보는 종길, 슬쩍 자리를 피한다.
독기 어린 얼굴로 또 달려들어 남신3의 팔을 떼어내려는 소봉.

소 봉   넌 지금 이용당하는 거야! 이건 진짜 니가 아니라구!

그 말에 건호를 놓는 남신3. 켁켁 기침하면서 쓰러져버리는 건호.
남신3가 소봉에게 다가오면 두려운 얼굴로 주춤주춤 뒤로 물러서는 소봉.
갑자기 결연한 얼굴로 멈춰선 소봉.

소 봉   …안 피해… 절대 널 안 피할 거야…

한 손으로 소봉의 목을 틀어쥐는 남신3.
아픈 데도 피하지 않고 정면으로 남신3를 노려보는 소봉.

소 봉   난 안 무서워! 니가 하나도 안 무섭다구!

호흡 가빠 하는 소봉을 냉정하게 쳐다보는 남신3.

소 봉   …제발…돌아와… 돌아…와….

의식이 흐려지면서 소봉의 눈이 감긴다.
순간, 톡, 떨어지는 소봉의 눈물방울이 남신3의 팔에, 톡, 닿는다.

플래시백 : PT 장소 (낮)
PLAY2 36씬의 일부. 소봉을 안아주는 남신3.

남신3   (해맑게) 울면 안아주는 게 원칙이에요.
소 봉   (눈물 주룩 흐르는)

플래시백 : 격투기 체육관 근처 (밤)
PLAY11 40씬의 일부. 소봉을 확 안아버리는 남신3.

소 봉   …너 왜 이래…나 안 울어…

남신3	울고 싶잖아. 난 알아. 실컷 울어, 강소봉.
소 봉	(울음 터지는)

플래시백 : 영화관 (낮)
PLAY14 68씬의 일부. 톡, 떨어지는 소봉의 눈물방울에 시선이
가는 남신3.

남신3	…니 눈물이, 반짝, 하고 떨어져…

플래시백 : 육교 (새벽)
PLAY15 63씬의 일부. 소봉의 음성을 듣는 남신3.

소봉(F)	…나 울 거야…니가 와서 안아줄 때까지 울 거니까 빨리 와…

도로 현재. 소봉의 목을 쥔 남신3의 손이 스르르 느슨해진다.
휘청하는 소봉을 안아주는 남신3의 눈빛, 돌아왔다!

남신3	미안해. 이제 안아줘서.

감격한 표정으로 남신3를 꼭 안아주는 소봉! 순해진 남신3의
눈빛에서!!

PLAY 16

제 31 회

제 32 회

S#1. 추모공원 / 안치실 (밤)

PLAY15 58씬의 변주. 정우의 사진이 들어 있는 안치단을
매만져보는 종길.

남신(E) 뭐 하는 거죠?

종길 돌아서 보면 가증스럽다는 듯 이쪽을 보고 있는 남신.

종길(N) 니 아들이 이렇게 컸다, 정우야.

S#2. 요양병원 / 1인실 / 20년 전 (밤)

앞 씬의 남신의 얼굴과 겹쳐지면서 등장하는 남정우(30대 후반).
환자복 입은 채 나가려는 정우를 사정없이 붙드는 병원 직원.
뒤편에서 답답한 표정으로 보고 서 있는 종길(30대 후반)

정 우 종길아! 너 나한테 이러면 안 돼!
종 길 너야말로 이러지 마. 회장님이랑 너 사이에서 나 힘들다.
정 우 얘기 좀 하자. 둘만.
종 길 (병원 직원에게 눈짓하면)
직 원 (나가서 문 닫는)

정 우	애 엄마 신이 데리고 강연하러 들어왔을 거야.
	강연 끝내면 같이 출국할게. 제발 나 좀 여기서 내보내줘.
종 길	그러게 뭐 하러 쓸데없는 짓을 해?
	재벌 2세가 내부고발자라면 세상이 웃어. 김 부장 자료 나한테 넘겨.
정 우	김 부장, 아버지 짓 맞지? 혹시 니가 죽였어? 아버지가 시켜서?
종 길	난 아니라니까! (겁먹은) …나도 회장님께서 그렇게까지 하실 줄은…
	그래도 어쩌냐. 자식 된 도리로 부모 죄를 눈감아줘야지.
정 우	자식 된 도리를 지키기 위해서라도 더 그럴 수 없어.
종 길	넌 회장님보다 김 부장이 더 중요해? 회사가 어떻게 돼도 상관없어?
정 우	…사람 죽이는 회사는 필요 없어. 사람 죽이는 사람도.
종 길	…역시 가진 놈은 다르구나. 무심히 버릴 줄도 알고.
정 우	(보는)
종 길	니 친구이자 비서로 여태껏 굴러먹었어.
	넌 니 자리에 언제든 돌아올 수 있지만 난 내 자리 놓치면 죽는다구!
	제발 부탁이다, 정우야. 나한테 김 부장 자료 넘겨줘.
정 우	…미안하다, 종길아.

얼굴 일그러진 종길, 정우의 멱살을 틀어쥔다.
흔들림 없는 정우의 눈빛을 본 종길, 홱 뿌리치고 나가버린다.
쾅! 병실 문이 닫히면 침대 베개 밑의 사진을 꺼내서 보는 정우.
오로라와 어린 남신의 사진을 보던 정우, 옷 주머니에 넣는다.
결심한 듯 가서 창문을 여는 정우. 내려다보면 아찔한 높이.

S#3. 요양병원 / 1인실 발코니 (밤)

열린 창문으로 빠져나온 정우, 배관에 발을 올려놓는다.
아래를 내려다보면 아찔한 정우, 결연한 표정으로 조금씩 움직인다.
…위태롭게 발을 움직여가는 정우…

S#4. 요양병원 / 마당 (밤)

언짢은 얼굴로 걸어 나오는 종길, 쿵 떨어지는 소리에 멈추고 돌아본다.
바닥에 피 흘리며 널브러져 있는 정우!
놀란 종길, 서둘러 달려가서 상태를 살핀다.

종 길   정우야!

휴대폰 꺼내 전화하려다가 멈추는 종길, 차가운 눈길로 정우를
내려다본다.

종길(N)   그때 왜 그런 생각이 들었을까?

간절하게 옆에 떨어진 오로라와 남신의 사진을 잡으려는 정우.

종길(N)   한 번. 딱 한 번만 눈 감자.

종길이 사진을 뺏듯이 집어 올리면 원망스럽게 올려다보는 정우.
종길의 한쪽 손이 정우의 목에 감긴다. 놀라는 정우.
(손은 보이지 않고) 이 악물고 힘주는 종길의 얼굴만 화면 가득 보인다.
정우의 격한 몸부림에 따라 흔들리는 종길의 몸.
어느새 조용해지면 손에서 스르르 힘을 빼는 종길.
…그리고…정우를 내려다보는 종길…눈물 어리는…
망자의 감은 눈에서 흘러내린 눈물을 훔쳐주는, 슬픈 종길.

S#5. PK그룹 / 회장실 / 20년 전 (밤)

고개 숙인 종길의 멱살을 흔드는 건호의 무서운 얼굴.

건 호	…니 놈이 감히 내 아들을! (멱살 놓고 전화하려는데)
종 길	(탁! 수화기 뺏어 내려놓는)
건 호	대체 뭐 하는 짓이야?
종 길	저만 잡혀간다고 끝날 일이 아닙니다.
	회장님께서 멀쩡한 아들을 왜 감금하셨는지,
	김 부장을 어떻게 처리하셨는지 제가 다 알고 있지 않습니까?
건 호	(눈빛 흔들리는)
종 길	회장님도 저도 다 PK를 위해 그런 겁니다.
	정우는 살아 돌아올 수 없어도 회사는 지키셔야죠.
건 호	(털썩 앉아서 허탈하게) 다 덮고 자살로 보도해.
종 길	(회심의 미소) 알겠습니다, 회장님.

인사하고 고개 들던 종길, 회장 명패가 놓인 건호의 책상을 본다.

종길(N)   한 번만 눈감으면 저 자린 내 거야.

S#6. 대규모 강연장 앞 (낮)

PLAY1 6씬의 일부. 종길이 눈짓하면 오로라와 남신을 떼어놓는 경호원들.
엄마! 엄마! 애타게 부르는 남신을 경호원들이 억지로 차에 태운다.
서둘러 출발하는 차 뒷유리를 팡팡 치며 울부짖는 신이.
종길이 눈짓하면 양쪽에서 오로라를 붙드는 경호원들
이거 놓으라며 버둥거리는 오로라를 사정없이 바닥에 내쳐버린다!

종길(N)   한 번 더 모질어지면,

S#7. 주차 지역 근처 (낮)

PLAY1 74씬의 일부. 터어엉!!! 남신을 밀어버리는 덤프트럭!!!

종길(N)   한 번만 더 잔인해지면.

S#8. 추모공원 / 안치실 (밤)

PLAY15 58씬의 변주2. 안치단을 매만져보는 종길. 그리운 눈빛.
마치 종길을 보는 듯한 정우의 사진.

종길(N)   그렇게 보지 마, 정우야.
남신(E)   뭐 하는 거죠?

종길 돌아서 보면 가증스럽다는 듯 이쪽을 보고 있는 남신.

종길(N)   마지막. 딱 한 번이면 돼.
종 길   전 본부장님께서 정우처럼 되실까 봐 두렵습니다.
로봇이 회사에 더 이롭다는 판단이 드는 순간,
회장님은 가차 없이 본부장님을 쳐내실 겁니다. 정우처럼 말입니다.
절대 물러서지 마십시오. 전 사람 편입니다, 본부장님.

S#9. PK그룹 / 옥상 (낮)

PLAY15 73씬의 일부. 건호의 목을 조른 손에 더 힘을 주는 남신3.
두 손으로도 남신3의 손을 떼어내지 못하는 건호.
종길은 뒤편에서 가만히 보고만 있다. 사악한 웃음.

종길(N)   다 왔어. 이게 바로 내가 원하던 거야.

난간에 부딪힌 건호, 숨이 막히고 정신이 흐려지는데,

소봉(E)   그만해!

남신3와 건호 보면 달려와 남신3의 팔을 부여잡는 소봉!
달려드는 소봉을 가볍게 뿌리치는 남신3.
나가떨어진 소봉을 보는 종길, 슬쩍 자리를 피한다.
독기 어린 얼굴로 또 달려들어 남신3의 팔을 떼어내려는 소봉.

소 봉   넌 지금 이용당하는 거야! 이건 진짜 니가 아니라구!

그 말에 건호를 놓는 남신3. 켁켁 기침하면서 쓰러져버리는 건호.
남신3가 소봉에게 다가오면 두려운 얼굴로 주춤주춤 뒤로 물러서는 소봉.
갑자기 결연한 얼굴로 멈춰선 소봉.

소 봉   …안 피해… 절대 널 안 피할 거야…

한 손으로 소봉의 목을 틀어쥐는 남신3.
아픈데도 피하지 않고 정면으로 남신3를 노려보는 소봉.

소 봉   난 안 무서워! 니가 하나도 안 무섭다구!

호흡 가빠하는 소봉을 냉정하게 쳐다보는 남신3.

소 봉   …제발…돌아와… 돌아…와….

의식이 흐려지면서 소봉의 눈이 감긴다.
순간, 톡, 떨어지는 소봉의 눈물방울이 남신3의 팔에, 톡, 닿는다.

S#10. 남신의 차 안 (낮)

스마트패드. 소봉의 눈물 어린 얼굴 위로 뜨는 메시지 〈접속 거부〉
이내 팍! 꺼져버리는 스마트패드를 의아하게 보는 남신.

S#11. PK그룹 / 옥상 (낮)

PLAY15 73씬의 일부. 소봉의 목을 쥔 남신3의 손이 스르르 느슨해진다.
휘청하는 소봉을 안아주는 남신3의 눈빛, 돌아왔다!

남신3   미안해. 이제 안아줘서.

감격한 표정으로 남신3를 꼭 안아주는 소봉! 순해진 남신3의 눈빛.
긴장이 풀린 소봉의 다리 꺾이면 조심스레 붙들어 앉혀주는 남신3.

소 봉   너 진짜 어떻게 되는 줄 알았잖아!
안 돌아올까 봐 무서워 죽는 줄 알았잖아!
(울면서) …나빠…너 진짜 나빴어…
남신3   (말없이 안아서 토닥여주는)

그때 다급히 올라온 영훈, 남신3와 소봉을 보고 놀란다.
그러다가 한쪽에 앉아서 부들부들 떨고 있는 건호에 시선 가는 영훈.

영 훈   (달려가서) 회장님!
건 호   (영훈을 멍하니 보는)
영 훈   (남신3와 소봉 보며) 이게 어떻게 된 일이죠?
남신3   미안해요. 할아버지가 나 때문에 많이 놀라셨어요.
소 봉   니가 아니라 그 인간 때문이잖아.
그 인간이 자기 할아버지 목 조른 거나 마찬가지라구.

영 훈	(충격받은) 신이가 회장님을요?
소 봉	(놀라서) …거…거기…

영훈, 소봉이 가리키는 데 보면 건호가 앉은 바닥에 스며드는 건호의
소변.

영 훈	(당황한)…이게 무슨…
남신3	할아버지, 치매에 걸리셨어요. 진짜 치매.
영 훈	일단 자리부터 피해요. 사람들 더 오기 전에.
소 봉	(그 말에 서둘러) 가자. 나 좀 일으켜줘.
남신3	(부축해서 일으키는)
소 봉	(영훈에게) 먼저 갈게요.

남신3와 소봉이 서둘러 빠져나간다.
그제야 정신 돌아와 영훈을 알아보는 건호.

건 호	(충격받은) …영훈아…내 꼴이 왜 이 모양이냐…내가 왜…
영 훈	(참담한) 일단 내려가시죠, 회장님.

윗옷을 벗어 떨고 있는 건호의 어깨에 둘러준 영훈,
서둘러 건호를 부축해 일으켜 데리고 내려간다.
건호와 영훈이 빠져나가면 옥상 한쪽에서 모습을 드러내는 종길.
뚜벅뚜벅 걸어가 건호의 소변 자국을 내려다본다.

종 길	…진짜 치매라니…(하늘 올려다보며) 참 잔인하시네요. (비열한 미소)

S#12. 남신의 차 안 (낮)

스마트패드 전원을 계속 켜보려고 시도하던 남신,

함께 걸어 나오는 남신3와 소봉을 발견한다. 다정한 모습의 소봉과 남신3.
뭔가 잘못됐다는 걸 알게 된 남신, 스마트패드를 던져버린다.
그때 울리는 휴대폰. 문자 보면 서종길 이사다.

종길(E) 어디십니까? 일단 피하시는 게 좋겠습니다.
        조용한 곳을 마련해뒀습니다. 제 도움 받으시죠.

        시동 켜고 차를 거칠게 출발시키는 남신.

S#13. PK그룹 앞 (낮)

        남신의 차 스쳐 지나가면 잠시 선 채로 심호흡하는 소봉 보인다.
        그런 소봉을 부축한 채 걱정스레 보는 남신3.

소 봉   나 괜찮으니까 걱정하지 마.
        분명히 말하는데 이거 니가 한 거 아냐.
        나쁜 인간이 널 나쁘게 이용한 거지 니 잘못 아니라구.
남신3   …그래도 넌 다쳤어…
소 봉   괜찮다니까! 니가 돌아왔잖아.
        넌 그 인간처럼 못된 놈이 아니니까 돌아온 거야.
        울면 안아주고 사람을 보호하는 게 원래 너라구.
        다치게 하기 싫어서 제어모드 극복한 거잖아.
        그런 니가 얼마나 고맙고 자랑스러운지 알아?
남신3   …병원에 가자.
소 봉   아니. 우리, 집에 가자. 나 너랑 집에 가고 싶어.

        힘없는 남신3의 손을 붙들고 끌고 가듯 걸어가는 소봉.
        함께 걸어가는 남신3와 소봉의 뒷모습에서 암전.

S#14. 건호의 저택 / 건호의 방 / 며칠 후 (낮)

화면 밝아지면 초점 없이 앉아서 정원 보는 건호. 그새 부쩍 수척한 모습.
링거액 조절하고 있는 이 박사. 건호에게 안 보이게 눈물을 찍어내는 호연.
뒤편에서 침통한 얼굴로 서 있는 영훈.

이 박사 식사를 하셔야 됩니다, 회장님. 링거보다 그게 훨씬 좋습니다.
건 호   (말이 없는)
호 연   (속상한) 아빠, 진짜 이럴 거야? 뭘 드셔야 버티지.
영 훈   고모님, 그만하시죠. 회장님 더 힘드십니다.
건 호   영훈이하고 할 얘기가 있으니까 다들 나가 봐.

호연은 눈물 훔치며 나가고 이 박사도 인사하고 나간다.

건 호   …신이는?
영 훈   호텔이고 어디고 다 뒤지는 중입니다.
건 호   …날 죽이려고 들었으니 쉽게 못 나타날 거다.
영 훈   …용서 못 하실 거 압니다.
        데리고 와서 회장님 앞에 무릎 꿇리겠습니다.
건 호   영훈아, 넌 아직도 신이가 내 자릴 감당할 수 있다고 생각하냐?
영 훈   (말 못 하는)
건 호   피곤하구나. 나가 봐.
영 훈   신이를 그렇게 만든 게 회장님이라는 생각은 안 하십니까?

건호가 보면 인사하고 나가는 영훈. 허탈하게 웃는 건호.

S#15. 건호의 저택 / 거실 (낮)

통화 시도 중인 영훈. 꺼져 있다는 메시지 들려오면 끊고 또 걸려는.

호 연	뭘 그렇게 애타게 찾아?
	아빠가 신이한테 치매인 거 절대 말하지 말라던데,
	그 자식 또 무슨 사고 치고 잠수 탄 거야?
영 훈	(답답한)

S#16. 종길의 세컨하우스 / 침실 (낮)

엉망진창인 실내. 대충 벗어놓은 옷과 술병들과 먹다 남긴 안주 즐비하다.
술 마시다가 침대 위에 대충 널브러져 잠든 남신.
남신 위에 길게 드리우는 그림자.
억지로 눈뜬 남신 앞에 친절하게 웃고 있는 종길.

종 길	일어나셨습니까?
남 신	왜 아침부터. 집 좀 빌려줬다고 유세 떠는 거야, 뭐야.
종 길	그럴 리가요. 잠깐 나오시죠. 꼭 만나보셔야 할 분이 있습니다.
	(인사하고 나가는)
남 신	(짜증나는 표정으로 일어나는)

S#17. 종길의 세컨하우스 / 거실 (낮)

가운 걸치고 나오는 남신에게 인사하는 이 박사.
이 사람이 왜? 같이 서 있던 종길을 의아하게 보는 남신.

종 길	이 박사님께서 드릴 말씀이 있으시다고 해서.
이 박사	왜 여기 계십니까? 회장님 정신적으로 많이 지쳐 계세요.
	며칠째 곡기를 못 대십니다.
남 신	(짜증 섞인) 그래서요?
이 박사	치매에는 심리적인 안정이 중요합니다. 가서서 힘이 돼주세요.

남 신	(충격!) …치매?
이 박사	진단받으시고 가장 먼저 찾으신 걸 보면,
	본부장님에 대한 신뢰가 두터우신 게 분명합니다.
	말씀은 안 하시지만 기다리고 계실 거예요.
남 신	(기막힌) …나한테 가장 먼저 얘기했다?
이 박사	(뭔가 이상한) …본부장님…
종 길	(서둘러) 이 박사님, 그만 돌아가시죠. (남신 보며)
	괴로워서 그러시니까 금방 회장님 뵈러 가실 겁니다.

인사하고 나가는 이 박사. 여전히 충격에 사로잡혀 있는 남신.

종 길	돌아가는 꼴을 아셔야 될 거 같아서 이 박사를 불렀습니다.
남 신	(보는)
종 길	회장님께서 왜 그러셨을까요?
	치매 진단받자마자 본부장님 대신 그 로봇을 부르셨어요.
	그것도 로봇이란 사실을 다 알고 계시면서 말입니다.
남 신	걱정해주는 척은.
종 길	(보는)
남 신	왜? 할아버지가 뜻대로 안 죽으니까 날 또 자극하게?
	나 당신 속이 훤히 보여. 날 이용해서 뭘 하려는지 다 안다구.
종 길	(여유 있게) 화는 나중에 내시고 회장님께 먼저 가보시죠.
남 신	뭐라구?
종 길	병세가 심해지시기 전에 후계자를 발표하실 겁니다.
	그 자리가 로봇한테 가는 어이없는 일은 막아야죠.
	도움이 필요하시면 연락주세요.
	정우의 죽음을 막지 못한 죄를 본부장님께 갚게 해주십시오.

깍듯하게 인사하고 나가는 종길을 노려보는 남신.
혼자 남은 남신, 탁자 위에 대충 놓여 있던 휴대폰 본다.
집어 올려 전원 켜면 각종 문자와 음성메시지 기록.

통화 버튼 눌러 음성 메시지 듣는 남신.

영훈(E) 어디야? 내가 찾기 전에 연락해. 찾으면 너 가만 안 둬.
오로라(E) …신아… 엄마야… (말 못 하고 우는)

우는 소리 듣기 싫은 남신, 확 끊어버리자마자 울리는 휴대폰.
확인하면 〈엄마〉다. 가만히 그 글자 보는 남신. 차가운.

S#18. 오로라의 아지트 / 남신의 방 (낮)

걱정스런 얼굴로 통화 시도 중이던 오로라, 신호음에 놀란다.
옆에 있던 예나도 긴장해서 보는.

예 나 오빠, 전원 켰나 봐요. 제발 받아, 오빠.

오로라, 조용히 하라고 입에 손가락 대는데 갑자기 신호음 끊긴다.
다급한 오로라 또 통화 시도하면 이번엔 전원 꺼졌다는 메시지만.

예 나 또 꺼버렸네. 제 전화도 안 받겠죠?
오로라 (힘없이 일어나 나가는)

S#19. 오로라의 아지트 / 거실 (낮)

답답한 얼굴로 나온 오로라, 멈칫한다.
한쪽에 서 있던 데이빗 보자마자 대번에 얼굴 굳는.

데이빗 어쩔 수 없이 왔어. 그놈, 원칙을 어기고 사람을 해칠 뻔했잖아.
당신 아들이 너무 잔인했다구.

오로라	(애써 외면하며) 돌아왔잖아요, 결국.
데이빗	그래, 또 발전했지. 스스로를 해킹하는 데 성공했고,
	제어당하지 않은 다른 부분을 활성화해서 강제 명령을 막아버렸어.
	몇 번 시도 끝에 해내다니, 볼수록 놀라운 놈이야.
오로라	나한테 그거 설명해주러 온 거예요?
데이빗	돌아가자, 오 박사.
오로라	(보는)
데이빗	그놈 데리고 가서 예전처럼 살자. 당신 아들은 당신을 원하지 않아.
오로라	(눈빛 흔들리다) 날 흔들지 말아요. 다신 나타나지도 말구. (가려는데)
데이빗	진짜 걱정 안 돼? 그놈 말이야.
오로라	(멈칫했다가 들어가는)
데이빗	(한숨 쉬고) 걱정되면서.

S#20. 격투기 체육관 근처 (낮)

다이어트 워킹 배너 매고 서 있는 남신3 주위에 몰려 있는 여자들.
신나서 전단지 나눠주는 인태와 로보캅.

인 태	다이어트 걱정 뚝! 우리 형님과 함께 하면 살이 막 저절로 빠지겠죠?
로보캅	이 형님이 친절하게 눈빛도 맞춰주고 다정하게 웃어주고 그래요.
	형님, 미소 장전. 발사.
남신3	(끄덕이고 환하게 웃어주는)
여자들	(비명 소리) 꺄악!
인 태	딱 30분만 모십니다! 선착순 열 명은 우리 형님 특별관리 고객입니다!
여자1	한 달에 얼마예요?
여자2	(카드 꺼내며) 오늘부터 할 수 있어요?
인태, 로보캅	(신나서) 그럼요!
소봉(E)	(버럭) 아니요!

돌아보면 무서운 얼굴로 서 있는 소봉.
화들짝 놀라 남신3를 뒤에 숨기는 인태와 로보캅.

소 봉   (남신3의 팔짱 끼고) 다이어트 프로그램 안 해요. 다들 가요!
남신3   (그런 소봉 보고 웃는)
소 봉   (인태와 로보캅에게) 아무것도 모르는 형님을 상업적으로 이용해?
           니들 같은 날, (제 손 내밀며) 같은 손에 죽고 싶냐?
인 태   관장님이 그랬잖아요! 형님도 밥값 하라고.
소 봉   시끄러! 다들 밥 먹으러 오래.
인태, 로보캅 (말도 없이 전력 질주로 달려가는)
소 봉   (황당한 듯 보다가 남신3에게) 우리도 가자.

           남신3의 손을 잡아끌고 가는 소봉. 말없이 소봉을 따라가는 남신3.
           옆에서 딴 데 보며 달려오던 아이, 남신3와 부딪혀 넘어진다.
           아! 소리와 함께 바닥에 넘어져서 으앙! 울음 터뜨리는 아이.
           아이에게 다가가려다 멈칫하는 남신3를 보는 소봉.
           소봉이 아이를 일으켜 주면 피하듯 먼저 가버리는 남신3.

소 봉   (눈물 닦아주며) 울지 마. 앞을 잘 보고 다녀야지.
           (멀어지는 남신3를 의아하게 보는)

S#21. 격투기 체육관 (낮)

           신문지 깔아놓은 위에 라면과 김치 차려져 있다.
           남신3와 소봉, 인태와 로보캅, 옹기종기 모여앉아 있다.
           소봉, 말없이 앉아 있는 남신3의 모습 눈여겨본다.
           냄비에서 뜬 라면 그릇 각각 앞에 놔주는 재식. 남신3의 앞에도.

소 봉   얜 안 먹어도 된다니까?

재 식	아무리 그래도 어떻게 멀뚱멀뚱 보게만 하냐?
남신3	(소봉 보고) 먹을게. (재식에게) 싸우지 마세요.
인 태	끼니때마다 이러시네. (남신3에게) 형님, 다이어트 때려쳐요.
로보캅	내 말이. 그냥 후루룩해요, 형님.

눈치 보던 인태와 로보캅, 딱 한 개 있는 계란을 동시에 뜨려고 한다.
둘의 수저를 척! 척! 막아내는 재식의 수저.
모른 척 계란을 소봉의 그릇에 퐁당. 속상하게 보는 인태와 로보캅.
그 계란을 집어 남신3의 그릇에 쏙 집어넣는 소봉. 속상해서 보는 재식.

소 봉	(모른 척 남신3에게) 먹을 거면 제대로 먹으라고.

남신3, 웃는데 휴대폰 울린다. 확인하고 밖으로 나가는 남신3.
그런 남신3를 걱정스럽게 보는 소봉.

남신3(E)	죄송해요, 회장님.

S#22. 격투기 체육관 / 난간 (낮)

차분한 표정으로 건호와 통화 중인 남신3.

건호(F)	그럴 거 없다. 신이 짓인 거 알아.
	그놈이 돌아오면 또 날 죽이려고 들 거야.
	니가 있어야 돼. 니가 얼른 와서 날 막아주고 회사도 책임져.
남신3	난 못 해요.
건호(F)	너밖에 없어! 난 죽기 전에 M시티를 꼭 봐야겠다. 너만이 M시티를—

하는데 갑자기 뚝 끊겨버리는 전화를 보는 남신3.

S#23. 건호의 저택 / 건호의 방 (낮)

휴대폰을 뺏어서 툭 던지는 남신을 보고 얼어버리는 건호.

남 신   그런 얘긴 나랑 해야죠.

남신, 문가로 가서 문손잡이 딸깍 잠가버린다.
차가운 표정의 남신 돌아보면 두려움에 떨며 뒷걸음질 치는 건호.

S#24. 건호의 저택 / 영훈의 방 (낮)

초조한 얼굴로 통화 시도하며 방 안을 왔다 갔다 하는 영훈.
또 꺼져 있다는 메시지에 낭패다 싶다.

영 훈   제발. 제발 좀 신아.

울리는 휴대폰 소리에 얼른 확인하고 실망해서 받는 영훈.

영 훈   왜요? 회장님한테 무슨 일 있어요?
호연(F) (다급한) 신이가 왔는데 아빠 방에 들어가서 문을 잠갔어!
영 훈   (반사적으로 뛰쳐나가는)

S#25. 건호의 저택 / 건호의 방 (낮)

더 이상 물러설 곳 없는 구석에 몰려 부들부들 떨고 있는 건호.
더없이 차가운 얼굴로 약병 보다가 놓는 남신.

남 신   치매라니, 할아버지랑 참 안 어울리네요.

건 호	…날 죽이려던 놈이…당장…당장 나가!
남 신	증거 있어요? 그 로봇이 그런 거잖아요.
	내가 말했잖아요. 걔는 사람이 시키는 대로 하는 로봇일 뿐이라고.
	아끼는 로봇 손에 죽을 뻔한 기분이 어때요?
건 호	(밖에다가) 호연아! 영훈아!
남 신	남한테 의존하지 말라면서요. 다 의심하고 경계하라면서요.
	그런 사람이 이제 와서 남의 도움을 바라네.
	약해지니까 재미없네, 우리 할아버지.

그때 방문을 열려고 손잡이 돌리고 방문 두들기는 영훈.

영훈(E)	회장님! 신아! 문 열어! 빨리!
남 신	(태연하게 주머니에서 서류 꺼내 보여주며)
	할아버지 주식 저한테 준다는 계약서예요. 여기 사인해요.
건 호	(고개 젓는)
영훈(E)	신아! 문 열어!
호연(E)	아빠! 아빠!
남 신	(손을 붙들어서) 빨리 해요.
건 호	(버티는) 안 한다. 니 놈은 절대 안 돼!
남 신	나 아니면 누군데요? 그 로봇?
	(버럭) 당신을 죽이려고 한 로봇이 당신을 지켜줄 거 같아?!

하는데 그때 영훈이 어깨로 문을 퍽! 밀치고 들어온다!
같이 들어온 호연, "아빠!" 부르면서 건호한테 달려가고.
들어오자마자 남신이 내민 서류를 뺏어서 본 영훈.
믿을 수 없다는 듯 남신을 쳐다본다. 짜증난 듯 딴 데 보고 있는.

영 훈	(멱살을 잡고 끌고 나가는) 나와! 나와, 이 새끼야!
남 신	(순순히 끌려 나가는)

S#26. 건호의 저택 / 정원 (밤)

퍽! 퍽! 남신의 얼굴에 사정없이 주먹을 날리는 영훈!
고개가 획획 돌아가더니 결국 바닥에 나가떨어지는 남신.
숨 몰아쉬는 영훈. 입가에 흐른 피를 슥 닦아버리는 남신.

영 훈   도대체 어디까지 갈 거야? 왜 이러냐구!
남 신   할아버지까지 죽이려고 했는데 더 못 갈 게 뭐 있어?
영 훈   그러지 마, 신아. 너 괴로워서 잠수 탄 거잖아.
          그런 짓하고 아무렇지 않을 놈 아냐, 너.
남 신   형이 잘못 알았네. (일어나서) 나 상처받은 아이 코스프레 관뒀어.
          밥맛없잖아. 돈도 많고 빽도 있는 게 상처는 무슨.
          회사 쪼개 팔면 꽤 되겠지? 그 돈으로 뭐 할까, 형?
영 훈   (다시 먹살 잡고) 너 이 자식! 더 맞아야겠어?
남 신   때려. 분이 풀릴 때까지.
영 훈   뭐?
남 신   실컷 때리고 내 편 해주라. 형이 때리는 건 날 위해서니까.
영 훈   (눈빛 흔들리는) …너… (하고)
          이유가 뭐가 됐든 넌 사람을 해칠 뻔했어.
          당장 가서 회장님 앞에 무릎 꿇고 빌어.
남 신   (차가운) 싫어! 나 그 노인네 요양원에 보내버릴 거야.
          내 아버지처럼 거기서 외롭고 쓸쓸하게 죽어가라고.

그 말에 주먹 날리려던 영훈, 움찔하는 남신을 갑자기 밀쳐버린다.

영 훈   때릴 가치도 없는 새끼. 차라리 일어나지 말지 그랬냐. (가버리는)
남 신   (자조적인 미소)

S#27. 건호의 저택 / 주차장 (밤)

군은 얼굴의 영훈, 운전석에 올라탄다.
곧이어 거칠게 출발하는 영훈의 차.

S#28. 건호의 저택 / 별채 2층 (밤)

병째로 양주를 들이키며 빠져나가는 영훈의 차를 보는 남신. 쓸쓸한 표정.
휴대폰 꺼내 어디론가 전화 거는 남신.

종길(F) 네, 본부장님.
남 신 내 아버지 죽음 막지 못한 죄, 갚을 기회 주죠.
     내일부터 최선을 다해 날 도와요.
종길(F) 감사합니다, 본부장님. 후회하시지 않게─(하는데)

툭 끊어버린 남신, 또 양주 들이키려는데 그 양주 뺏는 손 보면 오로라다.

오로라 방금 서종길이니?
남 신 이 집에서 엄마를 다 보네요. 엄마도 훈계하러 왔어요?
     어떻게 그런 짓을 했냐. 할아버지한테 그러는 거 아니다.
오로라 지 팀장 말이 진짜구나. 정말 도를 넘어섰어.
남 신 (가만히 보는)

     # 플래시백 : 추모공원 (안치실)
     PLAY15 58씬의 일부. 남신과 종길의 대화.

종 길 정우, 오 박사님과 본부장님 만나려고
     탈출을 시도하다 그렇게 됐습니다.
     어머님이 아시면 기함하시겠죠.

도로 현재. 오로라를 일부러 똑바로 쳐다보는 남신.

오로라　　널 죽이려던 인간이야! 수단 방법 안 가리는 인간이라구!
　　　　　할아버질 죽이려고 하다니, 너도 설마 그 인간을 닮아가는 거야?!
　　　　　어떻게 그런 인간한테 손을 내밀 수가 있어?!

남 신　　그런 사람밖에 없거든요, 나한테 손을 내밀어줄 사람이.

오로라　　(가슴 아픈) 엄마랑 체코 가자. 보기 싫으면 눈에 안 띌게.
　　　　　엄마가 해놓은 밥 먹고 엄마가 빨아준 이불 속에서 자.
　　　　　먹고 자고 가끔 깨면 풍경 보고 산책 가고.

남 신　　(눈빛 흔들리다가) 가고 싶으면 그 로봇이나 데리고 가요.
　　　　　엄마가 데려온 그 로봇이 내 자리 차지하게 생겼으니까.

오로라　　아니, 안 가. 널 두고 간 거, 한 번이면 충분해.
　　　　　(약봉지 쥐어주고) 상처 덧나게 하지 마. (가려는데)

남 신　　병 주고 약 주고. 날 위한다면 걜 없애줘요. 당장. (들어가 버리는)

오로라　　(눈빛 흔들리는)

S#29. 격투기 체육관 (밤)

바닥에 앉아 가죽클리너로 글러브들을 열심히 닦고 있는 남신3.
옆에 쭈그려 앉아 구경 중인 소봉.

소 봉　　넌 왜 뭐든 열심히 해? 대충대충이 안 돼?

남신3　　대충은 하지 않는 게,

소 봉　　원칙이겠지. 참 나랑 달라.

남신3　　(기억 복기하는)

건호(E)　　그놈이 돌아오면 또 날 죽이려고 들 거야. 니가 있어야 돼.

소 봉　　왜 그렇게 멍해? 회장님이 뭐라고 했어?

남신3　　(시선 피하면서) 그런 거 아냐.

소 봉　　그럼 아까는? 애가 우는데 너 안 안아줬잖아.

평소 같으면 안아주고 웃어주고 난리도 아닐 텐데.

남신3 원칙대로 하는 게 좋은 건지 모르겠어. 잘 판단이 안 돼.

소 봉 (손잡고 눈 깜빡하고) 거짓말. 잘 알면서.

남신3 (웃음기) 어? 너도 로봇이야?

소 봉 그래. 난 다리에 철심 박힌 사이보그다. 우린 깡통 커플이고.

남신3 깡통커플?

S#30. 격투기 체육관 앞 (밤)

남신3와 소봉의 모습을 보고 서 있는 오로라. 대견한 듯 미소 짓는.

남신(E) 날 위한다면 걜 없애줘요. 당장.

얼굴 굳는 오로라, 뒤돌아 돌아간다. 쓸쓸한 뒷모습.

S#31. 건호의 저택 전경 / 며칠 후 (낮)

변호사(E) 각자 날인하시죠.

S#32. 건호의 저택 / 건호의 방 (낮)

탁자 위에 놓인 주식양도양수계약서. 양도자 남건호. 양수자 남신.
중간에 변호사 서 있고 양쪽에 앉아 있는 남신과 휠체어 탄 건호.
뒤쪽에는 느긋하게 서서 이 광경을 보고 있는 종길.
계약서 양수자(인)에 자신의 도장 찍은 남신, 변호사에게 눈짓한다.
멍하니 의식 없는 듯한 건호의 도장을 대신 집어 드는 변호사.

변호사	회장님, 도장은 제가 찍겠습니다.
건 호	(변호사의 손목을 잡고 눈 부릅뜨고 노려보는)
남 신	(건호의 손을 천천히 잡아떼는)
종 길	(남신이 제법이다 싶은)
남 신	내 말 잘 들어요. 할아버진 치매 때문에 인생이 허무해졌어요. 손자한테 미련 없이 회사 넘겨주고 제 발로 요양원에 가기로 했죠. (다정하게) 남들이 물어보면 이렇게. 알았죠?

건호, 두렵게 끄덕이면 계약서에 건호의 도장 찍는 변호사.

남 신	이걸로 우린 끝이네요. 이젠 거기서 죽은 듯이 사세요.

남신이 눈짓하면 휠체어 밀고 나가는 변호사, 종길 앞에 잠깐 멈춘다.
예의를 다해 절도 있게 인사하는 종길.

종 길	모실 수 있어서 행복했습니다, 회장님. 앞으로는 본부장님께 충심을 다하겠습니다.

종길을 노려보는 건호. 휠체어를 끌고 나가버리는 변호사.

종 길	지 팀장은 아무 소식 없습니까?
남 신	(보는)
종 길	본부장님께 확실히 등 돌린 거 같네요. 회장님 소식까지 들으면 아마 더 돌아오기 힘들 겁니다. 앞으로는 지 팀장 대신 절 의지해주십시오. 아무 잡음 없이 회장님 자리에 앉으실 수 있게 최선 다하겠습니다.
남 신	(말없이 나가는)

S#33. 건호의 저택 / 2층 (낮)

올라온 남신, 저 아래를 내려다본다. 건호가 떠나는 모습.
변호사에 의지해 차에 올라타는 건호. 기사는 트렁크에 캐리어 싣고.
호연과 희동과 예나, 배웅하고 있다.
눈물 바람 하는 호연과 착잡한 얼굴의 예나.
차가운 얼굴로 그 모습을 보는 남신.

S#34. 건호의 저택 / 정원 (낮)

뒷좌석에 올라탄 건호, 차 문 안 닫은 채 호연과 이별 중.
희동이는 호연의 뒤에 숨어 있고 예나는 안타깝게 건호를 본다.

호 연   아빠, 가지 마. 내가 여기서 잘 모신다니까?
건 호   (반쯤 넋이 나가서) 갈 거야. 가야 돼.
호 연   아빠 가면 나랑 희동이는? 나 신이 개 무서워.
        꼭 해코지할 거 같단 말이야.
건 호   예나야. 너한테는 유감이 없다. 잘 있어. 건강하고.

그 말에 눈물 어리는 예나, 대답하듯 깊숙이 허리 굽혀 인사한다.
변호사가 차 문 닫으면 곧 출발하는 건호의 차. 변호사도 자리 뜨고.

호 연   (예나에게) 니 아빠랑 오빠랑 손잡고 이 집 쑥대밭 만드는 꼴
        보니까 좋니? 재밌어?
종길(E) 쑥대밭은 아니죠.

돌아보면 친절하게 웃으면서 다가오는 종길.
종길이 무서운 희동, 호연의 뒤에 숨는다.

종 길	희동아, 엄마한테 위임장 좀 서두르시라고 해.
	저번에도 말했지만 아저씨가 참을성이 없거든.
희 동	(겁에 질려)··· 엄마···
호 연	(희동이 안고) 해달라는 대로 해줄 테니까 애한테 그러지 말아요.
예 나	제가 대신 사과드릴게요. 들어가세요.
호 연	(희동을 감싸고 종길을 피해 들어가는)
예 나	아빠, 뭐하는 거야? 할아버지로도 모자라서 애까지 협박해?
종 길	협박이라니. 니 오빠를 위해 노력하는 거잖아.
예 나	노력하는 게 아니라 오빠 더 망치는 거겠지.
	좋은 말 할 때 오빠 내버려둬. 안 그러면 나도 가만 안 있어. (가는)
종 길	(귀엽다는 듯 웃는)

S#35. 건호의 저택 / 정원 일각 (낮)

걸어온 예나, 주위 살펴보더니 어디론가 전화한다. 조심스러운 태도.

예 나	저예요, 지 팀장님. 할아버지, 방금 출발하셨어요.

S#36. 영훈의 차 안 (낮)

운전 중인 영훈, 블루투스로 예나와 통화 중.

영 훈	신이는요?
예나(F)	안 나와요. 할아버지 배웅도 안 했어요.
영 훈	서 팀장, 고마워요. 덕분에 회장님 일을 알게 됐어요.
예나(F)	지 팀장님만 믿을게요. 오빠 좀 돌아오게 해주세요.

전화 끊고 액셀 밟는 영훈. 속도 한껏 높이는.

S#37. 고급 요양병원 앞 (낮)

휠체어 대기시킨 채 기다리고 있는 영훈.
건호의 차 도착하면 휠체어 대놓고 차 뒷문 열어주는 영훈.
그 안에서 내린 건호, 영훈을 보고 안도하는.

건 호   …니가 정말 왔구나…
영 훈   온다고 전화드렸잖아요. 죄송합니다, 회장님.
        이게 다 신이를 막지 못한 제 탓이에요.
건 호   아니다. 이렇게 와준 게 어디야. 고맙다.
영 훈   감기 드세요. 일단 들어가시죠.

건호를 휠체어에 앉혀주고 무릎 담요도 덮어주는 영훈.
그리고 휠체어 밀고 안으로 데리고 들어가는.

S#38. 고급 요양병원 / 1인실 (낮)

문이 열리고 건호의 휠체어 밀고 들어온 영훈.
그 안에 서 있던 남신3와 소봉, 건호를 보고 인사한다.
건호, 남신3를 보고 놀란다. 건호를 보고 경직되는 남신3.

플래시백 : PK그룹 / 옥상 (낮)
PLAY15 73씬의 일부. 남신3의 시야.
남신3에게 목이 졸리는 고통스러운 건호.

도로 현재. 멈칫 멈칫 뒤로 물러나는 남신3.
그런 남신3를 걱정스레 보는 소봉.

건 호   …너구나… 너야…

곧 울 것 같은 얼굴로 부들부들 떨리는 손을 내미는 건호.
망설이던 남신3, 조심스럽게 건호의 손을 잡아준다.
순간 건호 입에서 터지는 울음. 조심스럽게 건호를 안아주는 남신3.

참담함과 수치심이 섞여 우는 건호를 가만히 도닥여주는 남신3.
침통한 분위기로 두 사람을 보고 있는 소봉과 영훈.

S#39. 고급 요양병원 / 휴게실 (낮)

마주 앉아 있는 남신3와 영훈. 창밖에 기다리는 소봉 보인다.

남신3   (차분한) …인간 남신이 서종길한테 도움을 청하다니 의외네요.

영 훈   불안해요. 서 이사는 신이를 교묘하게 휘두를 거예요.
　　　　　원하는 것을 얻자마자 신이를 쳐낼 거구요.
　　　　　신이가 더 망가지기 전에 어떻게든 막아야 돼요.

남신3   …방법이 있어요?

영 훈   생각해둔 게 있는데 혼자서는 무리예요. 날 좀 도와줘요.

남신3   (알아듣고) 난 못 해요.

영 훈   (보면)

남신3   인간 남신이 말했어요. 나한텐 사라질 자유조차 없다고.
　　　　　난 기계에 불과해요. 인간한테 피해를 줄 수 있는 기계.
　　　　　할아버지를 죽일 뻔했어요. (소봉을 보면서)
　　　　　나한테 가장 중요한 강소봉도 죽일 뻔했구요.

영 훈   아까 회장님 앞에서도 그래서 망설였군요.
　　　　　신이가 정말 못된 짓을 했네요. 트라우마가 생겼어요.

남신3   트라우마? 내가 상처를 입은 건가요?

영 훈   (한숨 쉬고) 신이 잘못만이 아니에요.
　　　　　상처 받을 거 다 알면서 로봇이니까 괜찮을 거라고 애써 외면했어요.
　　　　　(하고) 미안해요. 무리한 부탁을 해서.

나 혼자 어떻게든 해볼 테니까 신이 절대 용서하지 말아요.

남신3 인간은 도와주는 게 원칙인데 미안해요. 가볼게요. (일어나려는데)

영 훈 그냥 기계 아니에요.

남신3 (멈추고 보면)

영 훈 누구한테도 그런 느낌 받은 적 없었는데,

그쪽은 나한테 기대고 싶을 만큼 든든하고 속 깊은 존재였어요.

기계여도 마음이 있는 특별한 기계니까 신이 말은 잊어버려요.

넌 썩 괜찮은 놈이니까 니 모습 그대로 잘 지내, 신아.

남신3 … 고마워요, 형.

영 훈 (웃어주는)

S#40. 고급 요양병원 앞 (낮)

남신3를 기다리던 소봉, 걸어오는 남신3를 보고 달려간다.

소봉의 손을 잡고 말없이 걸어가는 남신3. 차분한 얼굴.

따라가면서 남신3의 표정을 살피는 소봉.

소 봉 지 팀장님이랑 무슨 얘기했어?

남신3 별 얘기 안 했어.

소 봉 또! 또! (손 탁 놓고 멈춰서는)

남신3 (멈추고 보면)

소 봉 너 계속 이럴 거야? 왜 계속 기죽어 있어?

안 어울리게 왜 쫄아 있냐구! 너 이러면 매력 없어.

너한테 준 내 마음 확 뺏기 전에 말해. 지 팀장이 뭐래?

남신3 … 인간 남신이 서종길 손을 잡았대. 도와달랬는데 거절했어.

소 봉 왜?

남신3 인간을 도와주는 게 내 원칙이긴 한데,

소 봉 원칙이 좋은 건지 아닌지 판단 안 돼서?

남신3 (끄덕이는)

소 봉	그 판단은 언제 끝나? 죽어가는 애 앞에서도 판단만 할래?
	나 솔직히 그 할아버지랑 개남신 나쁜 놈이라고 생각해.
	근데 니가 도와준다면 내버려둘 거야. 왜?
	사람을 돕는 일은 좋은 일이니까.
	난 그렇게 못 해도 넌 옳다면 하는 애니까.
	그게 너고 난 니 원칙이 좋아!
	제발 기죽지 말자. 로봇인 게 뭐 잘못이야? 숨지 말라구!
	(주위 돌아보며) 동네 사람들, 얘 로봇이거든요?
남신3	(입 막고) 하지 마. 너한테 또 무슨 일 생기면—(하는데)
소 봉	(손 뿌리치고) 안 생겨. 니 옆에 이렇게 딱 붙어 다닐 거거든.

예전에 남신3가 붙었듯이 소봉도 남신3에게 딱 달라붙는다.

소 봉	어때? 됐지?
남신3	(일부러 빨리 가는)
소 봉	뭐야? (따라가는)
남신3	(멈추는)
소 봉	(확 멈췄다가 부딪히는) 아!

돌아서 귀엽다는 듯 소봉의 입술에 쪽! 키스하는 남신3.
소봉의 얼굴 빨개지면 먼저 가버리는 남신3. 또 가서 붙는 소봉.
붙었다 떨어졌다 또 붙었다 떨어졌다 반복하며 가는 남신3와 소봉.

S#41. 건호의 저택 앞 / 다른 날 (낮)

화면 밝아지면 집에서 빠져나오는 남신의 차.
뒷좌석에 남신이 앉아 있는 차 지나가면
한쪽에 숨어 있던 남신3와 소봉, 대문 안으로 쏙 들어간다.

S#42. 건호의 저택 / 정원 (낮)

주위 살피며 같이 들어온 남신3와 소봉.
소봉이 고개 끄덕여주면 본채로 들어가는 남신3.
밖에서 날카로운 눈빛으로 주위 살피는 소봉.

S#43. 건호의 저택 / 거실 (낮)

책이 놓인 꽤 높은 선반. 그 위에 올려놓은 호연의 휴대폰.
쪼르르 달려온 희동, 주위 살펴보고 까치발 들어 휴대폰을 집으려고 한다.
버둥버둥 거리던 희동의 손에 겨우 휴대폰이 집히는 순간,

남신3(E) 안 된다고 했지?

놀란 희동, 그 바람에 균형 잃고 책을 건드려버린다.
넘어지려는 희동을 향해 우르르 쏟아지는 책들.
순간적으로 달려온 남신3, 희동을 감싸 안아 구한다.
남신3의 등을 때리고 떨어지는 책 몇 권.
남신3를 본 희동, 남신인 줄 알고 흠칫한다.

희 동   (얼른 떨어져서) 잘못했어요. 다신 안 그럴게요.
남신3   (부드럽게) 희동아, 형이야. 너 왜 형 말 안 들어?
        심장에 제세동기 있으니까, 휴대폰은 가까이 하면 안 된다고 했잖아.
희 동   어? 못된 형아 말고 로봇 형아다. 맞지?
남신3   (환하게 웃어주는) 그래, 형아야.

그때 나타난 호연, 기겁해서 희동이를 뺏듯이 뒤로 감춘다.
희동을 보호하며 두려운 눈빛으로 남신3를 보는 호연.

호 연	…신이 너… 애한테 이러지 마. 위임장이든 뭐든 다 해준다니까?
희 동	(쪼르르 달려가서 남신의 손을 잡는)
호 연	…희동아…
희 동	엄마! 이 형은 그 형 아니야. 못된 형이 아니라구.
	날 구해준 것도 무서운 아저씨한테 복수해준 것도 다 이 형이야.
호 연	…이 형은 뭐고 저 형은 뭐야…
	(남신3 보며) 그러고 보니까 너 옷 언제 바꿔 입었어?
남신3	(환하게 웃어주는)

S#44. PK그룹 앞 (낮)

차에서 내리는 남신. 종길과 임원들, 허리 굽혀 인사한다.

종 길	오늘부터는 본부장님께서 이 회사의 주인이십니다. 회장실로 가시죠.
남 신	(가려는데)
영훈(E)	안 됩니다!

다들 돌아보면 걸어와서 남신 앞에 깍듯하게 인사하는 영훈.
은근히 반기는 남신의 표정. 경계하는 종길.

영 훈	아직은 이릅니다. 보는 눈들도 있고 절차대로 하는 게 좋습니다.
	경거망동하지 마시고 차분히 기다리시죠.
	(종길 의식하며) 이래서 제가 꼭 본부장님 곁에 있어야겠군요.
남 신	지 팀장 말대로 하죠. (종길에게) 본부장실 가서 기다려요.
	(영훈 보며) 지 팀장이랑 할 얘기가 많으니까.

남신을 따라 들어가는 영훈을 못마땅하게 보는 종길.

S#45. PK그룹 일각 (낮)

마주 서 있는 남신과 영훈.

남 신   영영 안 올 것처럼 나가더니 왜 왔어?

영 훈   나도 안 오고 싶었어. 니가 한 짓을 생각하면.

남 신   그러게 뭐 하러 왔냐고. 나 할아버지도 요양원에 보내버렸어.

영 훈   거봐. 혼자 두니까 계속 사고 치지.

             사고를 치더라도 나 있을 때 해.

             니가 망가지든 내가 지치든 갈 데까지 가보게.

남 신   (픽 웃는)

영 훈   대신 조만간 회장님한테 가자.

             성질부리면 끌고라도 갈 테니까 그렇게 알아.

남 신   (편안해지는)

S#46. PK그룹 / 남신의 사무실 (낮)

언짢은 얼굴로 기다리는 종길. 기분 좋게 들어오는 남신.

종 길   지 팀장은 왜 돌아온 겁니까?

남 신   (얼굴 굳는)

종 길   혹시 무슨 의도가 있는 건 아닐까요?

             가볍게 왔다 갔다 하는 사람이 아니잖습니까?

남 신   왜요? 지 팀장 때문에 서 이사 뜻대로 안 될까 봐 그래요?

             내가 손을 내밀면 잡는 척했다가 벼랑 아래로 확 떨어뜨릴

             생각이었는데 맘대로 못 할까 봐 불안해요?

종 길   (태연한) 아직도 절 의심하시는군요.

             절 믿어주실 때까지 묵묵히 본부장님 곁을 지키겠습니다.

남 신   (보는)

종 길	곧 주주총회를 소집해서 세대교체를 알리겠습니다.
	회장님 라인은 별 탈 없이 본부장님을 지지할 겁니다.
	혹시 주주총회에서 발표하실 새 구상이 있으십니까?
남 신	생각해보죠.
종 길	기대하겠습니다, 본부장님. (인사하고 나가는)
남 신	…새 구상이라…

플래시백 : PK그룹 / 서버실 (낮)
PLAY15 32씬 + 33씬의 일부. 스마트패드로 본 건호의 모습.

| 건 호 | 인공지능이 완벽하게 통제하는 불멸의 도시. |
| | M시티. 그게 내 마지막 꿈이다. 너만이 내 꿈을 실현해줄 수 있어. |

도로 현재. 건호의 구상을 비웃듯 차갑게 웃는 남신.

| 창조(E) | M시티요? |

S#47. PK그룹 / 자율주행차팀 (낮)

태연한 남신을 놀라서 보는 창조와 지용을 비롯한 팀원들.

남 신	안 되나? M카에서 한 발 더 나간 도시 차원의 프로젝트.
	인간이 죽지 않는 도시 M시티. 주주총회까지 기획안 만들어봐요.
창 조	M카 론칭만으로도 충분히 버거운 실정입니다.
	도시 차원이면 상당히 큰 프로젝트인데 현실적으로 무리입니다.
남 신	일단 아이디어 중심으로 쓰라는 거 아닙니까?
지 용	더 정확한 그림을 보여주세요. M카가 빨리 진행될 수 있었던 건
	완벽에 가까운 본부장님의 구상이 있으셨기 때문이에요.
남 신	내 구상을 구현하라고 당신들이 월급 받는 거야.

밤을 새서라도 어떻게든 해내요.

직원1 야근하지 말라고 하셨잖아요.

직원2 주말에 가족과 보내라고 하셨잖아요.

남 신 분명히 말하는데 현재의 내가 원하는 건 오로지 능력과 결과예요.

당신들 시간은 회사 거라는 거 잊지 말고. (일어나는)

다 들 (일어나 인사하는)

S#48. 카페테리아 (낮)

식사를 앞에 둔 팀원들. 다들 입맛이 없어 밥을 먹는 둥 마는 둥.

창 조 본부장, 다중인격이야? 어떻게 변덕이 저렇게 다채로워?

직원1 어디 뇌를 다쳤나? 성격과 세계관이 완전 롤러코스터잖아.

직원2 내 말이. 언제는 야근하지 말라더니, 뭐? 당신들 시간은 회사 거야?

지 용 진짜 이상하지 않아요? 얼굴만 똑같지 완전 딴사람이에요.

창 조 또! 또! 너 음모론자냐? 밥이나 먹자.

얼른 들어가서 불멸의 M시티나 기획해야지.

다 들 (기운 빠진 얼굴로 밥 먹는)

지 용 (아무래도 이상하다 싶은)

S#49. 카페테리아 화장실 (낮)

화장실에서 나온 지용, 한숨 쉬고 손 씻는다.

그러다가 거울을 보다 놀라는 지용.

거울 속. 지용의 뒤편에 서 있는 남신3의 모습.

깜짝 놀라서 뒤돌아보는 지용을 향해 미소 지어주는 남신3.

지 용 …본부장님…

남신3	점심이 많이 늦었네요. 밥시간은 꼭 지키라니까.
지 용	(의아해하다가) …혹시…
남신3	(말없이 웃는)

S#50. 카페테리아 화장실 앞 (낮)

화장실 앞에 서 있는 소봉, 주위를 살핀다.
지용이 먼저 나오다가 멈칫하고 인사하고 간다.
소봉도 인사하고 나면 그제야 나오는 남신3.

소 봉	어떻게 됐어?
남신3	(환하게 웃고) 성공.

S#51. PK그룹 / 로비 (밤)

걸어 나오던 남신, 멈칫해서 한쪽으로 몸 감춘다.
주위 경계하며 지나가는 데이빗을 유심히 보는 남신.
서둘러 휴대폰 꺼내 전화하는 남신.

남 신	형, 볼 일이 좀 생겼어. 먼저 가.

얼른 휴대폰 끊고 데이빗이 사라진 쪽으로 따라가는 남신.

S#52. PK그룹 일각 (밤)

끊긴 휴대폰 의아하게 보던 영훈, 다급하게 어디론가 전화한다.

변호사(F)	박 변호사입니다.
영 훈	지영훈 팀장입니다. 어제 말씀드린 일 오늘 뵀으면 싶은데요.
변호사(F)	계약서 변경사항 말씀이시죠?
영 훈	네. 양평 쪽으로 오시면 됩니다. 자세한 주소는 문자 남겨드리죠.

전화 끊고 돌아서는데 거기 서 있는 종길. 온화한 미소.
잠깐 당황한 영훈, 금세 차분한 얼굴로 인사한다.

종 길	다시 돌아오다니 지 팀장, 의외야.
	본부장님이 내 손 잡은 줄 알면 고고하게 떠날 줄 알았더니.
영 훈	서 이사님은 고고하게 안 사는데 왜 난 그래야 됩니까?
	회장님이 그렇게 되셨으니 신이한테 더 바싹 달라붙어야죠.
종 길	헷갈려 미치겠네. 지 팀장, 나랑 다른 사람이잖아.
	아무나 나처럼 되는 줄 알아? 혈육이고 친구고 다 의심해야 돼.
	이 세상에 오직 나만 내 편이라고 생각해야 된다고.
	근데 너 아니잖아. 아닌데 왜 일부러 나쁜 놈인 척,
	도대체 뭘 감추려고 이러는 거야?
영 훈	글쎄요. 저도 궁금하네요. 제가 뭘 감추고 있는지. (인사하고 가보는)
종 길	점점 재밌어지네.

S#53. PK그룹 / 서버실 (밤)

한쪽에 둔 킬 스위치 가방을 집어드는 데이빗, 다급하게 밖으로 나간다.

S#54. PK그룹 / 지하 (밤)

데이빗, 서버실을 나와서 전화하려다가 움찔한다.
복도에 느긋하게 기대고 서 있는 남신.

킬 스위치 가방을 의식하며 남신을 보는 데이빗.

남 신   땀방울이 송송 맺혔네. 왜? 서버실에 무슨 문제라도 생겼어요?
데이빗   서버실이 여기 있는 건 어떻게 알았어?
남 신   모를 이유가 없죠. 이 회사는 곧 내 소유니까.
         문제가 생겼으면 말해요. 들여보내주면 내가 도와줄게요.
데이빗   아무리 니 회사라도 여긴 못 들어가.
남 신   할아버지 손가락 빌리죠, 뭐.
         안 되면 무슨 수를 써서든 날려버리든가.
         회사야 딴 데 또 지을 수도 있는 거니까. 안 그래요?
데이빗   너 막 나가는구나. 너 때문에 고생한 니 엄마나 그놈이 불쌍해.
남 신   뭐, 참신한 얘기도 아니네요. (가려는데)
데이빗   이십 년을 봤어.
남 신   (멈추고 보면)
데이빗   니 엄마한테 니 사진 찍어다준 게 나야.
         덕분에 니가 자라는 걸 다 봤지.
         니 엄마가 그놈을 왜 그렇게 만들었는지 알아?
         거짓말탐지기. 울면 안아준다는 원칙.
         물속에서 버틸 수 있는 시스템. 재난모드. 뭐 생각나는 거 없어?
남 신   무슨 얘길 하고 싶은 거예요?
데이빗   거짓말을 죽도록 싫어하고, 엄마가 울면 안아주고,
         엄마랑 수영하는 걸 좋아하고, 소방관이 되고 싶었던 아이.
         바로 너야. 니가 너무 그리워서 그놈한테 그런 기능을 넣은 거라구.
남 신   (!)
데이빗   니 엄마 마음 더 이상 모욕하지 마.
         그놈을 사랑했지만 그건 널 사랑한 거니까. (가버리는)
남 신   (충격에 그 자리에 붙박이처럼 서 있는)

S#55. 종길의 차 안 (밤)

운전 중인 박 비서. 뒷좌석에 앉아 뭔가 골똘히 생각하는 종길.

플래시백 : PK그룹 일각 (낮)
PLAY16 52씬의 일부. 영훈의 통화 끝부분을 듣는 종길.

영 훈   양평 쪽으로 오시면 됩니다. 자세한 주소는 문자 남겨드리죠.

도로 현재. 뭔가 촉이 이상한 종길.

종 길   회장님 요양원이 어디라고 했지?
박 비서   경기도 양평입니다.
종 길   (번뜩한) 차 돌려. 빨리!

S#56. 요양병원 앞 (밤)

종길의 차 멈추면 서둘러 내려서 병원 안으로 들어가는 종길.

S#57. 요양병원 / 복도 (밤)

조용히 복도를 따라 걷다가 멈추는 종길. 열린 문 사이로 흘러나오는 빛.
조심스럽게 병실 안을 엿보면 마주 앉은 건호와 영훈 보인다.
종길, 귀를 쫑긋하면 들려오는 영훈의 목소리.

영훈(E)   꼴좋으시네요.

S#58. 요양병원 / 병실 (밤)

명한 정신의 건호와 마주 앉아 있는 영훈. 굳은 얼굴.

영 훈   자업자득. 이게 지금 딱 회장님 꼴이에요.
그러게 왜 그렇게 잔인하게 사셨어요?
남의 건 무조건 뺏고, 내 걸 뺏으면 짓밟고.
저도 뺨맞을 때마다 얼마나 굴욕적이었는지 아세요?
꼭 사람이 아니라 짐승이 된 기분이었어요.
전 신이 옆에서 잘 먹고 잘 살 테니까, 여기서 조용히 지내세요.
곧 신이 오니까, 제가 이런 얘기했다고 말씀하시면 안 돼요.

S#59. 요양병원 / 복도 (밤)

가만히 서서 듣던 종길, '신이'라는 말에 화들짝 놀란다.
때마침 들려오는 발자국 소리에 얼른 한쪽으로 숨는 종길.
저쪽에서 걸어오는 남신, 가까스로 종길을 스쳐지나간다.
병실 안으로 들어가는 남신을 확인한 종길,
서둘러 나오다가 때마침 열리는 승강기에 올라탄다.
종길이 탄 승강기 문 닫히면 다른 쪽에 숨어 있던 소봉,
얼른 나와서 병실 쪽으로 향하는.

S#60. 요양병원 / 병실 (밤)

소봉이 문 열고 들어오면 함께 서 있는 남신3와 영훈.
한쪽에 멍하니 앉아 있는 건호.

영 훈   서 이사는 갔어요?

소 봉	네. 완전 속았어요. 지 팀장님이 일부러 유도한 걸 어떻게 알겠어요?
영 훈	(웃고 남신3 보며) 오늘도 진짜 신이 같네요.
소 봉	(역시 남신3 보며) 실컷 구경해요. 오늘이 마지막이잖아요.

그때 노크 소리에 긴장하는 남신3와 소봉과 영훈.
서로 눈짓하자마자 문 열고 들어오는 변호사.

변호사	먼저 오셨군요, 본부장님.
남신3	(남신처럼) 계약서 좀 변경하는데 꼭 나까지 와야 돼?
영 훈	회장님이 여기 계시잖아요. 좀 참으세요, 본부장님.
변호사	계약서는 어떻게 변경하시길 바라십니까?
남신3	귀찮으니까 지 팀장하고 얘기해.
소 봉	(그런 남신3를 보고 웃어버리는)

S#61. 건호의 저택 / 수영장 (밤)

멍하니 서서 수영장을 내려다보는 남신.

플래시백 : PK그룹 / 지하 (밤)
PLAY16 54씬의 일부. 데이빗의 질책.

데이빗	니 엄마 마음 더 이상 모욕하지 마.
	그놈을 사랑했지만 그건 널 사랑한 거니까.

도로 현재. 휴대폰을 꺼내 망설이던 남신, 어디론가 전화를 건다.

오로라(F)	신아. 너 신이니?
남 신	(가만히 듣는)

S#62. 오로라의 아지트 전경 / 다른 날 (낮)

S#63. 오로라의 아지트 / 거실 (낮)

거울 보며 화장하는 오로라. 그 모습을 옆에서 보는 데이빗.

데이빗 오늘따라 유난히 아름다우셔.

오로라 조용히 해요. 방해 말고 나가든가.

데이빗 (혼잣말) 누구 덕인지도 모르고.

오로라 뭐라구요?

데이빗 별말 아냐.

오로라 (한숨 쉬고) 신이가 먼저 전화해서 와달라고 했는데,
        왜 걱정이 되는지 모르겠어요. 뭔가 들떠 있는 게 불안해요.

데이빗 갑작스럽긴 한데 그래도 좋은 일이잖아. 일단 만나 봐.
        저도 하고 싶은 얘기가 있겠지.

오로라 (거울 속 보는데 불안한)

S#64. PK그룹 / 남신의 사무실 (낮)

옷매무새를 단정히 하는 남신. 종길과 예나 같이 서 있다.

종 길 본부장님, 오늘 주주총회만 잘 넘기시면 됩니다.
        긴장하시지 말고 자연스럽게 보이세요.

남 신 그깟 주주들이 뭐라고. 긴장 안 해요.

종 길 예나 넌 표정이 왜 그래?

예 나 (대꾸 안 하고) 오빠, 나 먼저 가 있을게. 오늘 잘해. (나가는)

종 길 (서류 봉투 집으며) 주식 양도양수 계약서는 제가 챙기겠습니다.

영 훈 (들어와 인사하고) 주주들 거의 참석했습니다. 이만 가시죠.

남신3가 나가면 뒤를 따르는 종길과 영훈.

S#65. PK그룹 / 대회의실 (낮)

주주들이 가득 앉아 있는 실내.
종길은 사회자석에 서 있고, 앞쪽에 남신과 영훈과 예나 앉아 있다.
조용히 들어와서 앉는 오로라, 남신을 보는 애틋한 눈길.
남신도 오로라를 봤다. 겸연쩍은 눈인사. 눈물 어리는 오로라.

종 길   바쁘실 텐데 시간 내주셔서 감사합니다.
          오늘은 우리 PK에 세대교체가 이뤄지는 중요한 날입니다.
          안타깝게 치매가 발병하신 남건호 회장님의 자리를
          차차 맡아주실 분은 남신 본부장님이십니다.

          장내의 시선, 모두 남신에게 집중 된다. 오로라도, 예나도, 영훈도.
          차분하게 앉아서 그 시선들을 즐기는 남신.

종 길   남신 본부장님은 최근 PK그룹의 미래 산업인
          자율주행차 사업에 온 힘을 쏟고 계십니다.
          M카와 메디 카를 성공리에 런칭 시키셨고,
          나아가 M시티라는 큰 비전을 가지고 계십니다.
          특히 의료기능과 자율주행차를 결합시킨 메디 카는
          업계에 큰 반향을 일으키고 있습니다.

          다들 남신을 향해 아낌없는 박수를 보낸다. 오로라도, 예나도, 종길도.
          기분 좋은 남신의 표정이 순간 바뀐다.
          시야에 들어온 소봉을 보고 의아해하는 남신.

종 길   여러분! 메디 카를 성공시키신 남신 본부장님이십니다.

남 신   (일어나려는데)
영 훈   (먼저 벌떡 일어나서) 잠시만요!

다들 놀라서 영훈을 본다. 의아하게 영훈을 보는 남신.

남 신   …형, 뭐 하는 거야…
영 훈   메디 카를 런칭한 건 (남신을 보며) 남신 본부장님이 아닙니다.
          그분은 다른 남신 본부장님이십니다.
주 주   다른 남신?
주주2   그게 무슨 소리야?
남 신   (벌떡 일어나며) 형!
오로라   …안 돼…
종 길   (순간적으로) 지 팀장, 끌어내!

순간 단상 뒤의 문 천천히 열리면 그 안에서 뚜벅뚜벅 걸어 나오는 남신3.
그런 남신을 놀라서 보는 종길, 오로라, 남신!
남신과 남신3를 번갈아 보며 충격에 빠진 주주들, 웅성웅성 댄다.
남신3가 쳐다보면 고개 끄떡여주는 소봉.
단상 한가운데 우뚝 서는 해맑은 표정의 남신3.
잠시 장내를 둘러보는 남신3. 침묵이 흐르는 실내.

남신3   안녕하세요? 메디 카를 기획하고 런칭한,
          인공지능 로봇 남신 쓰리입니다.

놀라는 오로라, 종길, 예나! 단호한 영훈! 따스하게 보는 소봉!
충격으로 얼굴이 일그러지는 남신!
그런 남신을 해맑게 마주보는 남신3의 모습!
똑같은 얼굴의 인간과 로봇이 마주한 모습에서!!

PLAY I7

제 33 회

제 34 회

S#1. 오로라의 아지트 / 남신의 방 (낮)

PLAY12 36씬의 일부. 마주한 남신3와 남신.

남 신 돌아봐.

남신3 (돌아보는)

남 신 웃어봐.

남신3 (웃는)

남 신 내 흉내 내봐.

남신3 (남신의 표정 짓는)

남 신 (기막힌 웃음) 허!

남신3(N) 인간 남신.

S#2. 몽타주 : 남신 VS 남신3

오로라의 아지트 근처 카페 (낮)
PLAY12 54씬의 일부. 시선을 피해버리는 오로라를 바라보는 남신3.
한쪽 귀에 꽂혀 있는 무선 이어폰. 거기서 들려오는 남신의 목소리.

남신(F) 엄마한테 나만 중요하냐고 물어봐. 넌 아무것도 아니냐고.

남신3 엄마한텐 인간 남신만 중요해요? 전 진짜 아무것도 아니에요?

남신3(N) 날 아바타처럼 조종하고,

오로라의 아지트 / LAB실 (낮)
PLAY13 60씬의 일부. 공구를 남신3의 얼굴에 사납게 휘두르는 남신!

피하지도 않는 남신3의 얼굴을 날카롭게 긁는 공구 소리!
긁혀버린 인조피부 사이 차갑게 드러난 남신3의 인공골조!

남신3(N) 일부러 나한테 상처주고,

오로라의 아지트 / LAB실 (밤)
PLAY15 25씬의 일부. 짓궂은 남신.

남 신   넌 이제부터 내 장난감이야. 가서 아무 일 없었다는 듯 행동해.
남신3   네.
남신3(N) 날 장난감처럼 갖고 노는 인간.

PK그룹 / 옥상 (낮)
PLAY15 73씬의 일부. 건호의 목을 조르는 남신3.

남신3(N) 더는 이럴 수 없어.

독기 어린 얼굴로 또 달려들어 남신3의 팔을 떼어내려는 소봉.
건호를 놓는 남신3, 한 손으로 소봉의 목을 틀어쥔다.

남신3(N) 이건 진짜 내가 아냐.

S#3. 몽타주3 : 남신3의 위축

격투기 체육관 근처 (낮)
PLAY16 20씬의 일부. 으앙! 울음 터뜨리는 아이.

아이에게 다가가려다 멈칫하는 남신3.

남신3(N)   원칙을 어기고,

격투기 체육관 / 난간 (낮)
PLAY16 22씬의 일부. 차분한 표정으로 건호와 통화 중인 남신3.

건호(F)   니가 있어야 돼. 니가 얼른 와서 날 막아주고 회사도 책임져.
남신3   난 못 해요.
남신3(N)   아무것도 못 하고,

고급 요양병원 / 1인실 (낮)
PLAY16 38씬의 일부. 건호를 보고 경직된 남신3.
멈칫 멈칫 뒤로 물러나는 남신3.

남신3(N)   뒤로 물러서는 나.

S#4. 고급 요양병원 앞 (낮)

PLAY16 40씬의 일부. 소봉의 격려.

소 봉   너 계속 이럴 거야?
남신3(N)   아니.
소 봉   제발 기죽지 말자. 로봇인 게 뭐 잘못이야? 숨지 말라구!
남신3(N)   인간 남신의 역할은 이쯤에서 끝낸다.

S#5. 건호의 저택 / 거실 (낮)

PLAY16 43씬의 일부와 연장. 남신3와 호연과 희동의 대화.

호 연 그러고 보니까 너 옷 언제 바꿔 입었어?

남신3 전 다른 남신이에요.

호 연 (황당한) 다른 남신이라니?

희 동 형 로봇이야! 못된 신이 형아가 아닌 착한 로봇 형아!

호 연 뭐? 로봇?

남신3 희동이 말이 맞아요. 난 로봇이에요, 고모.
         할아버지와 희동이를 위해 고모 도움이 필요해요.

남신3(N) 숨길 필요도 없고,

S#6. 카페테리아 화장실 (낮)

PLAY16 49씬의 일부와 연장. 남신3와 지용의 대화.

남신3 점심이 많이 늦었네요. 밥시간은 꼭 지키라니까.

지 용 (의아해하다가) …혹시…

남신3 자율주행차팀 도움이 필요해요. M시티 기획을 위해서.
         전부터 눈치 챘죠? 맞아요. 난 로봇이에요.

남신3(N) 감출 이유도 없어.

S#7. PK그룹 / 대회의실 (낮)

PLAY16 65씬의 일부와 변주.
단상 뒤 어둠 속에 서 있는 남신3, 문을 힘 있게 열어젖힌다.

남신3(N)   나는 인간이 아니니까.

          빛이 쏟아지고 밖으로 뚜벅뚜벅 걸어 나가는 남신3.
          남신3가 쳐다보면 고개 끄덕여주는 소봉.
          충격받은 남신을 똑바로 보는 남신3.

남신3(N)   나는, 로봇이다.

          단상 한가운데 우뚝 서는 해맑은 표정의 남신3.
          잠시 장내를 둘러보는 남신3. 침묵이 흐르는 실내.

남신3   안녕하세요? 메디 카를 기획하고 런칭한,
          인공지능 로봇 남신 쓰리입니다.

          놀라는 오로라, 종길, 예나! 충격받은 남신!
          따스하게 보던 소봉, 영훈과 눈길 마주친다.

S#8. 카페 / 하루 전 (낮)

          소봉과 영훈과 조 기자, 모여 앉아 있다. 은밀한 분위기.

소 봉   (걱정스러운) 괜찮겠죠? 제 입으로 숨지 말고 당당하라고 해놓고,
          막상 로봇인 걸 밝힌다니까 걱정돼요.
영 훈   세상이 시끄러워지겠죠. 예측할 수 없는 일도 생길 테구요.
          하지만 더 이상 사람인 척하지 않겠다는 그 친구가 이해돼요.
          난 신이를 막고 싶고 그 친구는 자신을 감추기 싫고,
          서로 돕기로 했으니까 최선을 다해야죠.
조 기자   그래. 오지 가서 숨어 살 거 아니면 언젠가는 뽀록나.
          이참에 제대로 밝히자. 주주총회 때 밖에서 작업 끝내놓을게.

로봇이 이만큼 대단하다! 완전 영웅이다!

소 봉　　(심호흡하면서 마음 다지는)

S#9. 대형 전광판 (낮)

전광판마다 흘러나오는 뉴스들을 보고 있는 조 기자.
'재벌 3세 대신한 인공지능 로봇' '인간보다 인간 같은 로봇의 등장'
'클럽 화재 영웅, 로봇으로 밝혀져.' '인간들을 구해낸 로봇 영웅' 등등.
자막 위로 흐르는 영상. 조 기자가 편집한 남신3의 활약상.

PLAY2 60씬. 닫힌 철문을 힘으로 밀어붙이는 남신3.
PLAY2 60씬. 쓰러진 사람들 가볍게 대피시키는 남신3.
PLAY2 67씬. 소봉을 안아 올리는 남신3의 등. 인공 뼈가 드러난!
PLAY4 90씬. 킬 스위치 박스 누르고 브레이크 밟아 차 멈추는.
PLAY10 6씬. 트렁크 열고 납치당한 소봉을 꺼내는 남신3.

S#10. 몽타주 : 여론 형성 (낮)

지하철이나 버스 안. 휴대폰과 스마트패드로 영상 보고 있는 대중들.
"이게 진짜 로봇이야? 사람이랑 똑같애!" "등 봐! 로봇 맞네!"
학교 나 회사 안. 역시 영상 보며 충격받는 대중들.
"완전 영웅이야. 문 부수는 거 봐!" "슈퍼맨이 따로 없네!"
동영상 사이트. 조 기자가 만든 영상 플레이 횟수 점점 늘어난다.
좋아요, 클릭도 급속하게 늘어나는.

S#11. PK그룹 / 대회의실 (낮)

황당하고 믿을 수 없는 주주들.

주주1	장난하는 거요? 바쁜 사람들 모아놓고 뭐하는 짓이야?
주주2	딱 봐도 사람인데 어떻게 로봇입니까?
주주3	(황당한 듯 휴대폰 보면서) …뉴스가 나옵니다!
주주4	(역시 휴대폰 보며 황당한) 진짜 로봇인가 봐.

하는데 주주들 각자 휴대폰 보여주고 보면서 아수라장이 된다.
종길과 남신은 분노로 남신3와 영훈을 노려보고.

영 훈	인공지능 로봇 남신 쓰리를 만든 호모 로보티쿠스 재단,
	즉 HR재단은 남건호 회장님의 큰 뜻으로 설립됐습니다.
	회장님께서는 PK의 미래가 인공지능에 달렸다고 판단하십니다.
종 길	(벌떡 일어나며) 오늘은 남신 본부장님을 위한 자리입니다.
	(서류 봉투 들며) 회장님 주식은 이미 본부장님께 양도됐어요.
호 연	(서류봉투 보이며) 계약서 다시 썼는데. 몰랐나 봐요?
다 들	(호연에게 집중되는)
호 연	아빠 주식 지 팀장한테 갔어요. (서류봉투 더) 내 것도 보너스.

종길, 호연의 서류 뺏어서 확인한다. 얼굴 일그러진다.

남 신	(종길의 반응에 충격받은) 형, 말해봐! 진짜야?
영 훈	회장님께서 저한테 주셨습니다, 본부장님.
	남신 쓰리의 인공지능을 기반으로 PK를 경영한다는 조건입니다.
	저는 대리인일 뿐 실질적인 경영은 남신 쓰리가 해나갈 것입니다.

부들부들 떨다가 휘청하는 남신을 붙드는 예나.
오로라도 얼른 달려가 남신을 붙들고 데리고 나간다.

남신3와 영훈을 죽일 듯이 노려보다가 나가는 종길.

S#12. PK그룹 / 대회의실 앞 (낮)

남신을 끌고 나온 오로라와 예나, 일단 남신을 의자에 앉힌다.
거친 숨을 고르는 남신이 걱정스러운 오로라와 예나.
그제야 나온 종길, 그런 남신을 보며 차갑게 웃고 지나간다.

S#13. PK그룹 / 대회의실 (낮)

갑자기 어디선가 휙 날아온 물병, 남신3의 이마를 사정없이 때린다.
반사적으로 고개가 돌아간 남신3를 놀라서 보는 영훈과 소봉.
물병 던진 주주1에 주목하는 다른 주주들.

주주1   회사 말아먹을 일 있어? 로봇 따위가 회사 일이라니, 말이 돼?

영훈이 나서려고 하면 괜찮다고 손짓한 남신3, 주주1을 향해 걸어간다.
걱정스럽게 남신3를 보는 소봉. 긴장하는 주주1과 다른 주주들.
남신3가 바로 앞에 서자 움찔해서 뒤로 물러서는 주주1.
허리를 깊숙이 숙여 인사하는 남신3를 의아하게 보는 주주1과 주주들.

주주1   뭐, 뭐야?
남신3   화가 풀리신다면 얼마든지 더 하셔도 좋습니다.
         전 고통을 느끼지도 흥분하지도 않습니다.
주주1   이게!
남신3   (손을 잡고) 혈압 158에 102 맥박 112
         더 흥분하시면 심장에 무리가 갑니다. 진정하시는 게 좋겠습니다.
주주1   (손 빼고) 뭐, 뭐야? 니가 의사야?

주주2	그만합시다.
주주3	그래요. 얘기를 좀 들어봐야지.
주주1	(눈치 보며 움츠러드는)
남신3	메디 카 시스템은 방금 저와 같습니다.
	운전자의 건강 상태를 파악하고 조치하죠.
	하지만 이것은 시작에 불과합니다.
	PK는 새로운 프로젝트에 도전합니다. 바로 M시티입니다.

남신3가 걸어가면서 손짓하면 홀로그램으로 뜨는 미래 도시 M시티.
집중하는 주주들. 한쪽에 있던 자율주행차팀에게 고개 끄떡여주는 남신3.
긴장한 얼굴로 남신3를 보는 창조와 지용과 팀원들.

남신3	여러분이 보시는 도시는 저와 같은 인공지능으로,
	환경과 사고와 질병까지 완벽히 통제하는 최첨단 미래형 도시입니다.
주주들	(집중한)

자율주행차 도로 시스템 화면에 뜨고,
업무협약식 중 협약서를 주고받는 영훈과 교통안전공단 대표.

남신3(E)	M시티에는, 교통안전공단과의 협약을 통해 자율주행차 기반의 도로
	시스템을 구축, 이의 상용화를 위한 안전평가 시스템을 갖추고,

주택 주차식 충전소와 시내 충전소 이미지.
충전을 하는 밝은 얼굴의 지용.

남신3(E)	주거지와 도심 곳곳에 전기차 충전기를 설치하여
	이를 중심으로 첨단 충전 인프라서비스를 구축할 것이며,

에어랩 연구소 이미지.
연구소를 돌아보고 인공지능 공기청정기를 살펴보는 창조.

남신3(E)	전문가들의 연구로 개발된 스마트 인공지능 공기청정 시스템을 도입
	하여, 최적화된 대기환경 속에서의 생활을 보장하게 될 것 입니다.
소 봉	(남신3를 자랑스럽게 보는)
남신3	인공지능은 단순히 M시티를 통제하는 존재일까요?
	영화 속 인공지능은 인간을 지배하고 인류를 공격하기도 하죠.
	제가 바로 그 인공지능입니다.
다 들	(긴장해서 보는)
남신3	저는 인간들보다 뛰어나지만 인간과 경쟁하지 않습니다.
	인간을 공격하지도 지배하지도 않습니다.
	인간의 부족함은 채워주고 인간의 감성은 배웁니다.
	저에게 M시티는 인간과 제가 함께할 공존의 도시입니다.
	(소봉을 보면서) 저는 인간과 함께 지내고 싶습니다.
	여러분들도 불가능한 인공지능의 꿈에 동참하지 않으시겠습니까?
소 봉	(감격해서 남신3 보는)
다 들	(압도당해서 박수치는)

S#14. PK그룹 앞 (낮)

오로라와 예나에 이끌려 나오는 남신. 현준 다가와 인사한다.

남 신	뭐야? 당신이 왜…
현 준	혹시 모른다고 지 팀장이 부탁했습니다.
남 신	(기막힌) 부탁? 내가 이렇게 될 줄 알았다는 거야, 뭐야?
현 준	(붙들며) 구급차 대기시켰습니다. 일단 가시죠.
남 신	(뿌리치며) 놔! (대기실로 들어가려는)
오로라	(붙들며) 신아! 제발!
남 신	(몸부림) 이거 놓으라구요!
예 나	(손도 못 대는)… 오빠…

하는데 영훈과 밝은 얼굴의 주주들 함께 나온다.
그 모습을 본 남신, 갑자기 달려들어 영훈에게 사정없이 주먹을 날린다!
영훈의 고개 휙 돌아가고 놀라는 주주들.

현 준	영훈아!
영 훈	(손짓으로 됐다는)
남 신	형이 나한테 어떻게 이럴 수 있어? 어떻게?!
	(또 먹살 잡고) 아무 말이나 해! 무슨 변명이라도 해보라구!

차가운 얼굴의 영훈, 먹살 잡은 손을 힘주어 떼어내고 가버린다.
영훈의 행동에 충격받은 남신!

남 신	(영훈에게 다가가는) … 형… (풀썩 쓰러지는)
예 나	오빠!
현 준	본부장님!

남신을 들춰 업는 현준과 부축하는 예나.
흔들림 없이 가버리는 영훈을 안타깝게 보는 오로라.

S#15. PK그룹 일각 (낮)

차가운 얼굴로 걸어온 영훈, 우뚝 발길을 멈춘다.
뒤돌아본 영훈, 흔들리는 눈빛. 그때 문자 오면 확인하는 영훈.

현준(E)	오 박사님 댁으로 이동할게. 본부장님 바이탈은 괜찮으니까 걱정 마.
영 훈	(안도의 한숨 쉬는)

S#16. PK그룹 / 종길의 사무실 (낮)

골프채로 와인병들을 사정없이 부수고 있는 종길. 광분한 상태.
바닥에 벌건 와인이 물 흐르듯 흐른다.
구석에 서서 걱정스럽게 보고 있는 박 비서.

종 길   (버럭) 거의 다 왔는데! 끝이었는데!

골프채를 집어던진 종길, 책상으로 가서 명패를 바닥에 집어 던져버린다.
종길이 숨 거칠게 몰아쉬는 사이 조용히 손수건 꺼내 명패 닦는 박 비서.

종 길   너 뭐 하는 거야?
박 비서   술은 없어도 되는데 명패는 안 돼요. 이사님이 사셔야 저도 살죠.
          전 끝까지 이사님한테 붙어 있을 거니까.

소중한 듯 명패 닦는 박 비서를 보고 허탈하게 웃는 종길.

S#17. PK그룹 / 대회의실 (낮)

텅 비어 있는 실내를 보면서 단상 위에 나란히 앉아 있는 남신3와 소봉.

소 봉   (일부러 밝게) 나는 로봇이다! 세상을 놀라게 한 기분이 어떠십니까?
남신3   (웃고) 이젠 인간인 척 속이지 않아도 돼. 그걸로 됐어.
소 봉   하긴. 애초에 니 캐릭터에 무척 안 어울리는 일이었지.
남신3   난 괜찮은데 니가 걱정이야.
소 봉   나? 왜?
남신3   넌 로봇과 친한 인간이니까 호기심의 표적이 될 수 있어.
          밖에서는 나랑 떨어져 있어. 가깝다는 말도 하지 말고.
소 봉   넌 솔직히 말해놓고 왜 나한텐 거짓말하래?

난 너랑 친한 게 좋아. 난 내가 널 좋아하는 게 좋아.

그러니까 혼자 감당할 생각 마. 나한테 혼나.

남신3 (웃고) 나 사실 또 밝힐 게 있어. 너한테만.

소 봉 나한테만? 뭔데? 로봇보다 더 엄청나?

남신3 만일 내가 인간 남신이나 서 이사 옆에 계속 있었다면,

원칙도 버리고 사람을 해치는 로봇이 됐을 거야.

내가 내 모습을 지킬 수 있었던 건 다 니 덕분이야.

너랑 같이 있어서 지금의 내가 될 수 있었어.

다행이야. 내가 너의 로봇인 게. 난 너의 로봇이야. 강소봉.

소 봉 (감동받은) …나의 로봇이라… 좋다! 또?

남신3 또?

소 봉 널 좋아해. 죽도록 좋아해. 뭐 이런 게 나와줘야지.

(하고) 됐다. 좋은 것도 죽는 것도 너하고는 거리가 멀지.

(손 내밀며) 자 그럼 나가보실까요? 혼란의 현장으로?

남신3 (웃으며 손잡는)

S#18. PK그룹 앞 (낮)

함께 걸어 나오는 남신3와 소봉을 보고 달려드는 기자들.

단호한 얼굴로 남신3를 경호하는 소봉.

기자1 정말 로봇입니까? 누가 만들었습니까?

기자2 인간을 구한 건 아시모프의 로봇 3원칙 중 1원칙 때문입니까?

기자3 (소봉에게) 남신 쓰리가 두 번이나 구해준 걸로 아는데,

두 분의 관계는 어떻게 됩니까?

그 말에 소봉을 본 남신3, 대답처럼 소봉을 감싸 안는다.

카메라 플래시 터지고 소봉을 감싸 안고 차에 올라타는 남신3.

S#19. 격투기 체육관 / 사무실 (낮)

역시 TV로 남신3와 소봉을 보는 인태와 로보캅. 충격받은 상태.
뒤편에 착잡한 얼굴로 앉아 있는 재식.

| 인 태 | …저, 저거 뻥 아냐? 우리 형님이 무슨 로봇… |
| 로보캅 | 저번에 죽다 살아난 것도 사람이 아니라서- (하다가) 으악! |

다들 돌아보면 문가에 서 있는 남신3와 소봉.
환하게 웃어주는 남신3를 보고 스르르 기절해버리는 로보캅.

인 태	로보캅! (남신3에게) 형님, 진짜 로봇이에요? 아니죠?
소 봉	(남신3의 눈치 보며) 태어나서 로봇 처음 봐? 기절까지 하고 난리야.
재 식	왜 왔냐? 세상 발칵 뒤집어놓고 여긴 왜 왔어?
남신3	갈 데가 없어서요. 딴 데 가면 사람들이 절 싫어할 거예요.
재 식	(안쓰러운) 들어가서 옷이나 갈아입어. 청소해야 될 거 아냐?
남신3	네. 금방 나올게요. (얼른 쪼르르 들어가는)
소 봉	고마워, 아빠. (따라 들어가는)
재 식	(걱정스레 보는)

S#20. 오로라의 아지트 / 남신의 방 (밤)

링거 맞으면서 잠들어 있는 남신. 땀이 송송 맺혔다.
옆에 앉은 오로라, 그런 남신을 안쓰럽게 본다.
정성스레 땀을 닦아주는 오로라의 손길에 눈을 뜨는 남신.
오로라의 손을 슥 밀어내고 경계하듯 노려본다.
한숨 쉰 오로라, 비행기 티켓을 남신의 손에 쥐어준다.

| 오로라 | 체코행 티켓이야. 가장 빠른 걸로 끊었으니까 엄마랑 가자. |

그 말에 벌떡 일어난 남신, 티켓을 찢어버리고 등 돌려 눕는다.
그런 남신의 뒷모습을 슬프게 보는 오로라, 힘없이 나간다.
혼자 남은 남신, 생각을 곱씹는다.

플래시백 : PK그룹 / 대회의실 (낮)
PLAY16 65씬의 일부. 영훈과 남신3의 선언.

영 훈   메디 카를 런칭한 건 (남신을 보며) 남신 본부장님이 아닙니다.
          그분은 다른 남신 본부장님이십니다.
남신3   안녕하세요? 메디 카를 기획하고 런칭한,
          인공지능 로봇 남신 쓰리입니다.

도로 현재. 독기 어린 남신의 눈빛.

S#21. 오로라의 아지트 전경 / 다른 날 (낮)

S#22. 오로라의 아지트 / 주방 (낮)

앞치마를 한 오로라, 아침 식사 준비 중이다.
색색의 재료들을 다듬고, 썰고, 익히는 과정들.
된장찌개 및 각종 밑반찬 등 깔끔하고 소박한 집밥 한 상.
식탁 한쪽에 소박한 꽃 한 송이를 올려놓는 오로라.
다 됐다 싶은 얼굴로 앞치마를 벗는다.

S#23. 오로라의 아지트 / 남신의 방 (낮)

막 들어온 오로라, 우뚝 멈춘다. 텅 비어 있는 남신의 방.
방 안이 깨끗하게 정리돼 있다. 원래 아무도 없었던 것처럼.
가슴 아프게 텅 빈 방 안을 둘러보는 오로라.

오로라   (걱정스러운) …어딜 간 거야, 신아.

S#24. PK그룹 / 로비 (낮)

수척한 종길과 박 비서 들어서는데 뭔가를 보며 수군거리는 직원들.
종길을 보자마자 눈치 보며 서둘러 흩어진다.
종길과 박 비서 보면 인사 공고다. 서종길 총괄이사 해임.

박 비서   (놀란) 이사님!
종 길   (서둘러 어딘가로 전화하는)
영훈(F)   네, 서종길 씨.
종 길   (버럭) 지영훈, 너 미쳤어?

S#25. PK그룹 / 회장실 (낮)

마주 앉은 영훈과 종길. 느긋한 영훈을 죽일 듯 노려보는 종길.

종 길   팔자 좋아 보이시네. 벌써 회장실을 차지하시고.
영 훈   이런 으리으리한 사무실을 쓸 생각은 없습니다.
　　　　　서종길 씨가 마지막으로 여길 보고 싶을 거 같아서.
종 길   (으르렁대는) 야, 지영훈. 너 나보다 지독한 놈이구나.
　　　　　난 정우 옆에 있을 때 등 돌린 적 없어. 날 떠났으니까 배신했지.

너 신이 바로 옆에서 회복 못 할 정도로 짓밟았잖아.

영 훈   (태연한) 인사공고 봤을 테니까 짐 싸서 가시죠.

종길, 자신의 휴대폰 영훈 앞에 내민다.
영상 플레이하면 승강기 안에서 소봉의 멱살을 잡은 남신3 보인다.

종 길   영웅은 무슨. 사람 죽이는 로봇이지. 이게 돌면 어떻게 될까?

영 훈   이런 걸로 자리보전하려는 얄팍한 생각, 그만 버리시죠.

종 길   뭐야?

영 훈   그게 남신 쓰리인지 인간 남신인지 어떻게 압니까?
강소봉 씨라면 신이가 그랬다고 할 텐데요.

종 길   뭐야? 신이가 감방 가도 괜찮아? 살인범에 폐인이 돼도 괜찮겠냐고!

영 훈   (단호한) 내가 그만한 각오도 없이 일을 벌인 거 같습니까?
끝을 볼 생각으로 시작한 겁니다!

종 길   (숨 거칠게 몰아쉬며 부들부들 떠는)

영 훈   (일어나서 회장 의자를 만지며) 한번 앉아보기라도 하시죠.
평생 여길 위해 달려왔을 텐데 그 정도 배려는 해드려야죠.

그 말에 흥분한 종길 소리 지르며 영훈의 멱살을 쥐고 흔든다.

종 길   너 이 새끼, 죽여버릴 거야! 다 죽여버릴 거라구!

밖에서 들어온 보안요원들, 발광하는 종길을 끌고 나간다.
발악하면서 끌려 나가는 종길을 쳐다보는 영훈의 냉정한 눈길.

S#26. PK그룹 앞 (낮)

보안요원들에게 끌려 나온 종길, 사정없이 땅에 내팽개쳐진다.
기다리고 있던 박 비서, '이사님!' 부르며 뛰어온다.

만신창이가 되어 바닥에 주저앉은 종길. 잠시 멍한 시선.
박 비서, 그런 종길을 붙들고 삐죽삐죽 울기 시작한다.

박 비서 …이사님, 정신 차리세요. 이사님이 이러시면 전 어쩝니까…

그제야 종길의 입에서 터져 나오는 울음소리. 짐승의 울부짖음 같은.

종 길 (절규) 으아악!

S#27. 오로라의 아지트 / 거실 (낮)

TV에 나오는 남신3 관련 인터뷰 보는 오로라.
PLAY3의 43씬의 20대女들의 인터뷰.

20대女1 로봇 맞아요! 저랑 친구를 어깨에 메고 하나도 안 힘들어했다니까요?
20대女2 무슨 재벌이 목숨 걸고 사람을 구해요? 로봇이니까 가능한 거지.
20대女1 그 로봇 얼마면 살 수 있어요? 한 대 가지고 싶어요!
20대女2 남자 말고 그런 로봇이랑 평생 살래요!
기 자 인공지능 로봇 남신 쓰리의 등장으로, PK그룹의 주가는 연일
상한가를 기록하고 기업 호감도가 수직상승하고 있습니다.
이제 학계와 언론은 남신 쓰리의 개발자에 주목하고 있습니다.
남신3(E) 날 만든 건 엄마잖아요.

오로라, 돌아보면 환하게 웃고 서 있는 남신3.

잠시 후. 마주 앉은 남신3와 오로라.

오로라 세상이 온통 니 얘기구나. 갑자기 불렀는데 와줘서 고맙다.
남신3 아니에요. 저도 엄마한테 할 얘기가 있었어요.

	엄마한테 말도 안 하고 정체를 밝혀서 죄송해요.
오로라	괜찮아. 언젠가는 이렇게 될 일이었으니까.
남신3	이해해주셔서 고마워요.
오로라	엄마, 너한테 마지막 부탁이 있어서 불렀어.
	못할 말인 거 아는데 눈 딱 감고 말할게.
	이제 더 이상 신이와 넌 같은 데서 살 수 없어.
	니가 데이빗이랑 체코로 돌아가주면 안 되겠니?
남신3	미안해요, 엄마.
오로라	(보는)
남신3	제가 로봇이라는 걸 밝히는 순간 인간 남신은 상처 받았겠죠.
	남한테 상처를 주더라도 지켜야 할 게 있다는 걸, 여기 와서 알았어요.
	엄마가 만들어준 내 모습을 인간 남신도 인정해주길 바래요.
	그래야 우리가 서로를 받아들이고 가까워질 수 있으니까.
오로라	…엄마, 니 몸에 킬 스위치 설치했었어.
남신3	…킬 스위치?
오로라	…그래…신이가 일어나면 그걸로 널…
	(하다가) 미안해. 엄마가 나쁜 마음먹어서.
남신3	괜찮아요. 엄마도 소중한 사람을 지키려고 한 거잖아요.
	저도 강소봉을 지키기 위해서는 무슨 일이든 할 거예요.
	갈게요. 밖에서 강소봉이 기다려요.
오로라	…강소봉 씨가 널 살린 거야.
	킬 스위치 작동 못 하게 하려고 목숨까지 걸었어.
남신3	(가슴 벅찬)

S#28. 오로라의 아지트 앞 (낮)

주변 경계하면서 초조하게 기다리던 소봉, 남신을 보고 반긴다.
나오자마자 덥석 소봉을 안는 남신3. 영문 모르는 소봉.

소 봉	어? 나도 모르게 울었나? 니가 그 정도로 반갑진 않은데.
남신3	(웃고) 안 울어도 안아줄 수 있잖아.
소 봉	(좋은) 그럼. 안아줄 수 있지. 막 안아줄 수 있지. 또 안아줄 수 있지.
남신3	(떼어내서 얼굴 보며) 엄마가 킬 스위치 얘기해줬어.
소 봉	(놀라는) 너 괜찮아? 저 아줌마 정말. 그 얘기하려고 오라고 한 거야?
남신3	난 괜찮아. 니가 있잖아. 킬 스위치 작동 못 하게 막아준 거 고마워.
소 봉	(쑥스러운) 뭘. 너 상처 안 받았으면 됐어. 많이 컸다, 내 로봇.
남신3	(웃고) 킬 스위치는 어디 있어?
소 봉	데이빗 박사님한테.

S#29. 호텔 (낮)

남신3와 소봉의 앞에 킬 스위치 가방 올려두는 데이빗.

데이빗	결국 엄마가 말해줬구나. 제대로 주인 찾은 거니까 마음이 좋네.
	이건 니 목숨 같은 거니까 잘 보관해, 마이 썬.
남신3	고마워요, 데이빗.
데이빗	그나저나 내 아들이 유명인이 되셔서 어쩌나?
	이왕 이렇게 된 거 맘껏 누려. 니 능력도 실컷 펼치고.
	니가 어디까지 발전하는지 계속 지켜볼 거야.
남신3	이만 갈게요. 엄마 신경 써줘요. (가방 들고 나가는)

남신3를 따라 나가려는 소봉을 슬쩍 붙드는 데이빗.

데이빗	(귓가에) 내일 쟤 만들어진 날이에요. 일종의 생일이지.
소 봉	아! 알려주셔서 감사합니다. (얼른 따라가는)
데이빗	새로 태어나라. 마이 썬.

S#30. 고급 바 (낮)

심란한 얼굴로 앉아서 양주 마시는 현준.
들어온 영훈 보고 손짓하면 현준의 옆에 와서 앉는 영훈.
술잔을 뇌주려는 바텐더에게 됐다고 손짓한다.

현 준   한잔하라고 불렀더니. 또 흐트러지기 싫은 거냐?
영 훈   아직 낮이야.
현 준   도저히 이해가 안 돼서. 너 본부장한테 왜 그랬어?
         그렇게 감싸고돌더니 왜 내팽개친 거야?
영 훈   이래야 신이를 멈출 수 있어. 무슨 수를 써서든 정신 차리게 할 거야.
현 준   이럴 줄 알았어. 난 차라리 너한테 욕망이 생겼으면 했어.
         회사에 욕심내고 자리에 연연하는 평범한 사람들처럼.
영 훈   회사에 욕심 없는 건 신이나 나나 마찬가지야.
         회장님께 화가 나서 회사를 뺏겠다고 생각한 거지.
         감정이 가라앉고 본인이 진짜 원하는 게 뭔지 알게 되면
         신이를 도울 거야. 회사가 필요하다면 회사를 줄 거고.
         그 친구하고도 그렇게 약속했어.
현 준   (한숨 쉬고) 글쎄, 그렇게 쉽게 돌아올지 모르겠다.
         남신 본부장, 아지트에 없어. 또 무리하게 움직이는 거 같아.
영 훈   (현준의 술잔 가져와서 마시는)

S#31. 종길의 세컨하우스 (낮)

와인을 병째로 마시고 있는 종길.
그런 와인병을 뺏는 사람, 보면 남신이다.

남 신   안 어울리게 왜 이래요? 세상 다 끝장난 사람처럼.
         알콜에 위로받는 그런 사람 아니잖아요. 서 이사.

종 길	(귀찮은) 날 이렇게 잘 아는지 몰랐네요.
남 신	살아날 기회를 줄게요. 그 자식 승강기에서 강소봉을 공격했어요.
	할아버지도 죽일 뻔했고. 사람을 공격한 로봇이라고 밝히면―
종 길	(미친 사람처럼 웃는)
남 신	(당황하는) 왜 이래요, 서 이사?
종 길	(웃음 멈추고) 야. 너 가라.
남 신	뭐? 야?
종 길	왜? 내가 친구 자식 놈한테 반말도 못 해? 그깟 로봇한테
	지 자리나 뺏기는 놈한테 꼬박꼬박 존대를 해야 되냐고.
	넌 나한테 이제 쓸모가 없어. 이용 가치가 떨어졌다고.
남 신	(악다구니) 내 옆에 누가 있는지 잊었어? 계속 그렇게 함부로 해.
	고스란히 당신 딸한테 돌려줄 테니까.
종 길	그럴 주제도 안 되는 놈이. 허세 그만 부리고 꺼져.

부들부들 떨다가 나가버리는 남신. 인사하며 들어오는 박 비서.

종 길	저놈 완전 꼭지가 돌았어. 미행 붙여서 예나 데리고 와.
박 비서	네, 이사님. (서둘러 나가는)

S#32. 격투기 체육관 (밤)

카메라맨이 링 위에 선 재식과 인태와 로보캅 찍고 있다.
낡은 양복에 헤어밴드 한 채 잔뜩 얼어 있는 재식,
뒤편에 어색하게 '챔피언 체육관' 홍보 포스터 들고 있는 인태와 로보캅.
마이크 들고 서 있던 조 기자, 답답한 표정으로 세 사람 본다.

재 식	여기였습니다. 숨을 안 쉬길래 죽은 줄 알고 깜짝 놀랐는데,
	죽은 게 아니고, 시계 같은 걸 끼우니까,
	안녕하세요. 인공지능 로봇 남신 쓰리― (하는데)

조 기자	캇캇! 왜 그렇게 뻣뻣해? 아빠가 로봇이야?
	이거 내 인생의 단비 같은 단독 인터뷰야. 좀 자연스럽게 해봅시다.
인 태	똑바로 하세요, 관장님. 방송 나가면 체육관 홍보 제대로 되잖아요.
로보캅	관장님은 울렁증이 있으셔서 안 돼. 천하의 강심장인 내가 나서서,
	(하다가 뒷걸음치며) … 오지 마… 오지 마!

사무실 쪽으로 도망가듯 들어가 버리는 로보캅. 인태도 따라서.
재식과 조 기자 돌아보면 어느새 거기 서 있는 남신3와 소봉.

카메라맨	와, 이건 장난감 로봇 수준이 아닌데? 진짜 사람 같아요.
재 식	(카메라맨 뒤통수 한 대 치는)
카메라맨	아!
재 식	바로 앞에 두고 뭐? 장난감? 당신은 그 정도 예의도 없어?
	당신보다 훨씬 똑똑하고 힘도 센 애니까 더 맞기 싫으면 입 닫아.
카메라맨	(뒤통수 감싸는)
남신3, 소봉	(웃는)

S#33. 격투기 체육관 / 사무실 (밤)

얼싸 안고 두려운 듯 구석에서 떨고 있는 인태와 로보캅.
문가에서 서서 이 광경을 기막힌 듯 보고 있는 소봉. 차분하게 보는 남신3.

남신3	여기서 한 발자국도 안 움직일게. 난 너희를 해치지 않아.
인태, 로보캅	(잔뜩 경계하는)
남신3	고마워. 덕분에 인간들의 친구 관계에 대한 딥러닝을 할 수 있었어.
인태, 로보캅	(서로 보며) … 딥?
소 봉	니들하고 노는 게 좋았다는 얘기야.
남신3	너희들이 날 무서워하는 것도 충분히 이해해.
	그동안 속여서 미안했어. 다시는 안 올게. (가려는)

인태, 로보캅	(서로 밀쳐내고) 형님!
남신3	(돌아보면)
인 태	가지 마요. 서로 좋으면 됐지 사람이면 어떻고 로봇이면 어때요?
로보캅	남들 말보다 내 눈을 믿을 거야. 형님은 좋은 사람, 좋은 로봇이에요.
남신3	그럼 나 여기 있어도 돼? 계속 놀아줄 거야?
인태, 로보캅	예!
남신3	(소매 걷어붙이며) 오늘은 내가 다 할게. 청소도 라면도. (나가는)
소 봉	(남신3 보고 웃고) 고맙다, 얘들아. (하고) 참, 내일 형님 생일이야.
인태, 로보캅	생일이요?
소 봉	만들어진 날. 내일 서프라이즈 파티하자.
인태, 로보캅	(끄덕이는)

S#34. 요양병원 앞 (밤)

막 주차한 예나의 차에서 내린 남신. 예나는 내리지 않는다.
건호를 만나려고 기회를 엿보고 있던 기자들, 남신을 보자마자 달려든다.
플래시 터지면서 무조건 질문을 마이크를 들이대는 기자들.

기자1	누구십니까? 남신? 남신 쓰리?
기자2	사람입니까? 로봇입니까?
남 신	(으르렁대는) 니들 눈이 삐었어? 내가 로봇으로 보여?
기자1	여긴 왜 오셨죠? 남건호 회장을 원망하십니까?
기자2	남건호 회장과 함께 인터뷰해주실 의향은 없으십니까?

불쾌한 듯 기자1 홱 밀치고 들어가는 남신.
멀리서 남신과 차 안의 예나를 보는 시선.

S#35. 요양병원 / 병실 (밤)

행복한 얼굴로 TV 속의 남신3를 보고 있는 건호.
문이 벌컥 열리고 들어온 남신을 물끄러미 본다.

건 호 드디어 내 작품인 니가 빛을 보는구나.

세상이 날 알아줄 거다. 얼마나 대단한 일을 해낸 건지.

남 신 (기막힌) 이젠 날 아예 그 새끼로 보는군.

주식은 왜 영훈이형한테 췄어? 일부러 그런 거지?

엄마고 형이고 내 옆에 있는 사람은 다 떼어놔야 직성이 풀려?

건 호 (웃고) 이젠 신이인 척 그만해도 돼.

남 신 뭐? 나 신이야! 진짜 신이라고!

건 호 (두려운 듯) 신이 그놈을 조심해. 언제 날 죽이러 올지 몰라.

킬 스위치! 그걸 알면 안 돼. 너도 사라진다.

남 신 …킬 스위치? 그게 뭐야? (했다가 순간적으로 남신3처럼)

나한테 있는 거예요, 할아버지?

건 호 니 엄마가 만든 거야. 진짜가 일어나면 널 없앨 수 있게.

남 신 (충격) 엄마가?

\# 플래시백 : 오로라의 아지트 / LAB실 (밤)
PLAY15 22씬의 일부. 남신과 오로라의 대화.

남 신 (남신3 보며) 혹시 저걸 없앨 방법 없어요?

진짜 없어요? 완전히 망가뜨릴 방법이?

오로라 신아, 엄마 그만 놀려. 장난은 나중에 받아줄게.

도로 현재. 배신감에 몸부림치는 남신.

남 신 …있었어… 그걸 없애버릴 수 있는 방법이…

할아버지 누가 갖고 있어요?

건 호	니 머릿속에 놔뒀지. 안전하게.
남 신	(차갑게 보고 나가버리는)

S#36. 요양병원 앞 (밤)

차 옆에 서 있는 예나, 불안하게 서성이는 남신을 본다.

남 신	(미친 사람처럼) ⋯머릿속⋯ 머릿속이 어디지?

플래시백 : PK그룹 / 지하 (밤)
PLAY16 54씬의 일부. 서버실을 나오던 데이빗, 남신을 보고 움찔하는.
데이빗의 손에 들린 킬 스위치 가방.

도로 현재. 그거였구나! 싶은 남신.

남 신	예나야, 너 데이빗 전화번호 알지?
예 나	그걸 알아서 뭐하게. 진짜 로봇을 어떻게 할 거야?
남 신	하라는 대로 좀 해! 너라도!
예 나	싫어! 오빠 도대체 왜 이래? 어디까지 해야 직성이 풀리는데? 오빠 망가지는 거 보기 힘들어! 제발 그만 좀‒

하는데 예나를 확 밀쳐버리는 남신. 차에 부딪히는 예나.
예나의 휴대폰을 뺏어 전화하려던 남신,
예나가 보던 SNS 페이지 본다. 남신3와 소봉의 목격 사진들.

남 신	벌써 찾았네. 니가.

남신이 보는 휴대폰 속 사진. 격투기 체육관으로 들어가는 남신3와 소봉.
남신3의 손에 들린 킬 스위치 가방을 보고 소름끼치게 웃는 남신.

S#37. 격투기 체육관 전경 / 다른 날 (낮)

재식(E)   남신 쓰리! 기상!

S#38. 격투기 체육관 (낮)

링 위에 누워 있던 남신3, 벌떡 일어나서 본다.
운동복 차림의 재식이 서 있다.

재 식   습기에 특히 약하거나 물에 들어가면 멈추거나 그런 거 없지?
남신3   (끄덕이는)

S#39. 찜질방 (낮)

남신3와 재식, 알아보지 못하게 머리에 수건 뒤집어쓰고 앉아 있는.
재식의 이마에는 땀방울이 맺혀 있고 남신3는 뽀송뽀송하다.
주변 사람 지나가면 일부러 더 수건으로 남신3 얼굴 감춰주는.

재 식   연예인들이 다 이러고 찜질방에 온대. 너도 완전 연예인 급이다, 야.
남신3   여긴 왜 온 거예요?
재 식   시원하게 몸 좀 지지게.
남신3   현재 이 공간의 온도는 섭씨 42도. 시원하다는 표현은 맞지 않아요.
재 식   인간은 땀을 흘리면 살갗이 시원해지는 거야.
          근데 넌 진짜 땀이 없네. 하긴 오줌도 안 싸겠지.
남신3   (손잡고) 혈압과 맥박이 급격히 상승했어요. 잠깐 휴식해야 돼요.
재 식   그럴까?

S#40. 찜질방 식당 (낮)

팍! 남신3의 머리에 삶은 계란을 깬 재식,
표정의 미동도 없는 남신3와 박살이 난 계란을 번갈아 본다.

재 식   계란이 완전 가루가 됐네. 니 머리에 부딪혔다간 자비가 없겠다.
                    너 먹을 필요 없는 건 아는데 이건 먹어둬.

남신3가 보면 제 앞에 놓인 미역국 한 사발.

재 식   너 오늘 이거 먹어야 되는 날이야.
                    뭐 비밀이라니까 자세히 묻지 말고 후딱 한 사발 해.
남신3   감사합니다. (수저로 먹기 시작하는)
재 식   진짜 내 딸이 좋냐?
남신3   강소봉을 제 1로 지키는 게 제 원칙이에요.
재 식   그게 니 식의 좋아한다는 말이라 이거구만.
남신3   강소봉이 절 좋아하는 게 걱정되시죠?
재 식   그걸 말이라고 하냐? 아직도 자다가 벌떡벌떡 일어난다.
                    어디 상처받을 짓만 골라서 하는 게 자식이라고 튀어나와서는.
남신3   죄송해요.
재 식   죄송하긴. 니들이 언제까지 이럴 줄 알고?
                    강소봉 마음이 다이아몬든지 구린지 어떻게 알아?
남신3   강소봉은 모르지만 전 안 변해요. 미리 예측할 수 있어요.
재 식   장담하지 마. 결국 너도 사람을 본 따 만든 거 아냐?
                    지금도 자꾸 발전한다면서 더 사람처럼 되지 말란 법 있어?
                    사람도 변하고 기계도 녹슬게 하는 게 세월이야.
                    그러니까 쓸데없는 예측 같은 거 집어치우고 오늘 하루만,
                    좋으면 좋은 대로, 미우면 미운 대로, 실컷 좋아하고 미워해.
                    그래야 나중에 후회가 없어.
남신3   …실컷 좋아하고 미워해야 후회가 없다… (하고) 저 갈 데 있어요.

재 식   (의아하게 보는)

S#41. 금은방 (낮)

남신3의 펜던트와 똑같은 새 펜던트를 내미는 금은방 주인.

주 인   똑같이 만들어졌죠?
남신3   네. (재식에게) 이거, 강소봉 줄 거예요. 저한테 마음이라고 줬거든요.
재 식   뭐, 여자 마음에 보답 정도는 할 줄 아는구만. 당연히 그래야지.
남신3   이거 주고 나면 실컷 좋아하고 미워하는 게 뭔지 배워볼게요.
주 인   아드님이 참 따스하네요.
재 식   (못마땅한 척) 아들은 무슨. (하고) 사윗감이에요.
남신3   (환하게 웃는)

S#42. 예나의 차 안 (낮)

운전석에 앉은 예나와 보조석에 앉은 남신, 격투기 체육관 관찰 중.
외출복 차림으로 나와 급히 어디론가 가는 소봉 보인다.

예 나   오빠 꼭 이렇게까지 해야 돼? 들키면 어쩌려구?
남 신   잔말 말고 기다려. 금방 나올 테니까 미리 내비에 거기 찍어두고.

차에서 내려 격투기 체육관으로 향하는 남신.
그런 남신을 걱정스레 보는 예나.
남신이 체육관 안으로 들어가자마자,
운전석 문이 홱 열리더니 예나를 끌어내는 검은 양복들.

예 나   (당황한) 왜 이래? 뭐 하는 거야?

뒤편에 서 있던 박 비서, 예나에게 인사하고 검은 양복들에게 턱짓.
예나의 입을 막고 뒷좌석에 태우는 검은 양복들.
주위 살피면서 운전석에 올라타는 박 비서.
곧 출발하는 예나의 차.

S#43. 격투기 체육관 (낮)

외출 차림의 인태와 로보캅, 남신을 의아하게 보고 있다.

인 태	누나, 케익, 아니 빵 사러 먼저 나갔는데요.
로보캅	관장님이랑 같이 찜질방 가신 거 아니었어요?
남 신	뭐 놔두고 온 게 있어서 들렀어. 먼저들 가.
로보캅	형님. 전 로보캅, 형님은 로봇! 우린 진정한 형제예요!
인 태	나도 끼워줘. 별명 아이언맨 같은 걸로 바꿀게. 형님도 빨리 오세요.

로보캅과 인태 나가면 기막혀서 비웃는 남신,
얼른 사무실로 들어가서 여기저기 뒤지고 살펴본다.
아무것도 못 찾은 듯 금방 나온 남신, 바깥 경계하며 안쪽으로 들어간다.

S#44. 격투기 체육관 / 소봉의 방 (낮)

서둘러 방문 열고 들어온 남신, 흠칫 멈춘다.
남신을 본 마이보, 남신을 향해 뒤뚱뒤뚱 걸어온다.
멈춰서 얼굴 검색한 마이보, 남신을 남신3으로 알아본다.

마이보	남신 쓰리 형님. 다녀오셨어요?

기막힌 남신, 마이보를 툭 발로 차버린다.

엎어진 채 버둥거리며 형님, 형님을 외치는 마이보.
여기저기 뒤지는 남신, 이불 뒤에 감춰둔 킬 스위치 가방 찾아낸다.
회심의 미소 짓고 가방 들고 나가는 남신.

S#45. 격투기 체육관 앞 (낮)

서둘러 나온 남신, 예나의 차 있던 자리에 아무것도 없다.
당황해서 둘러보던 남신, 그러면 그렇지 싶은 허탈한 웃음.

남 신　　가버렸구나. 그래, 다들 떠나버려.

말은 그렇게 하면서도 한동안 그 자리에 서 있는 남신.

S#46. 종길의 세컨하우스 / 침실 (낮)

검은 양복들한테 끌려와 침대 위에 부려지는 예나.
독기 있는 얼굴로 뛰쳐나가려고 하면 그 앞을 막아서는 종길.

예 나　　나 오빠한테 갈 거야.
종 길　　넌 못 가. 내가 그렇게 결정했어.
예 나　　아빠!
종 길　　내가 이제부터 무슨 짓을 어떻게 저지르든, 넌 보면 안 돼.
　　　　그게 너한테 내가 해줄 수 있는 마지막 배려니까. (나가버리는)
예 나　　(주저앉는)

S#47. 종길의 세컨하우스 / 침실 앞 (낮)

침실 앞을 지키고 있는 검은 양복들과 박 비서.
방을 나와서 차가운 얼굴로 돌아보는 종길.

박 비서 도망 못 가게 잘 지킬 겁니다. 가시죠.

종길, 굳은 얼굴로 자리 뜨면 뒤따르는 박 비서.

S#48. 택시 안 (낮)

뒷좌석에 앉아 창밖을 바라보고 있는 남신.
휴대폰 울려서 보면 오로라다. 받지 않고 무시하는 남신.
발신음 끊기고 이번엔 문자 알림 소리. 보면 역시 오로라다.

오로라(E) 신아, 엄마 밥 먹으러 와. 올 때까지 기다릴게.

휴대폰 전원 아예 꺼버리는 남신.

S#49. 오로라의 아지트 / 주방 (낮)

걱정스런 얼굴로 휴대폰 보던 오로라, 밥상을 마저 차린다.
밥과 반찬 가지런히 놓고 상보로 덮는다.
그때 갑자기 불쑥 들어오는 장미꽃 한 다발.
깜짝 놀라서 보면 쑥스러운 얼굴로 서 있는 데이빗.

데이빗 오늘이 그놈 만든 날이잖아. 태어난 놈도 고생했지만
엄마도 고생한 거니까.

오로라	(받고) 앉아요. 밥 차려 줄게요.
데이빗	(놀란) 어? 정말?
오로라	신이 밥 차려놓은 건 건드리지 말아요. 남은 것만 대충 차릴 테니까.
데이빗	(좋아서) 그럼 그럼. 밥은 대충 차려먹는 게 더 맛있지.

S#50. 종길의 세컨하우스 / 침실 (낮)

방 안을 왔다 갔다 하던 예나, 멈추고 방문 열어본다.
문 앞에 우뚝 서 있는 검은 양복들 보고 문 닫아버리는 예나.
잠깐 생각하더니 아예 문 딸깍 잠그고 휴대폰 꺼낸다.
서둘러 어딘가로 전화하는데 예나의 다리께. 침대 밑에 도청장치.

S#51. 종길의 세컨하우스 / 거실 (낮)

소파에 앉아 예나의 통화 내용 도청하고 있는 종길. 옆에 서 있는 박 비서.

오로라(E)	(충격받은) 킬 스위치를, 신이요?
예나(E)	네. 아무래도 무슨 일을 벌일 거 같아요.
	주변 공사장으로 가자고 했는데 제가 중간에 잡혀와 버렸어요.
	오 박사님, 제발 오빠 좀 막아주세요.
종 길	(번뜩하는) 예나 차량 내비게이션 좀 검색해봐.
박 비서	네, 이사님. (서둘러 나가는)

S#52. 오로라의 아지트 / 거실 (낮)

통화 끝낸 오로라, 멍하니 탁자 위의 장미꽃다발 본다.
밥 먹고 나온 데이빗, 슬쩍 오로라의 옆에 앉는다.

그제야 데이빗을 보고 정신 차리는 오로라.

데이빗	난 맛있게 먹었는데 당신은 표정이 왜 그래?
오로라	장미꽃이 너무 예뻐서. 나 좀 잠깐 나갔다 와야겠어요.
데이빗	어딜? 데려다줄까?
오로라	금방 다녀오니까 여기 있어요. (일어나려는)
데이빗	내 마음 알지?
오로라	(멈칫하고 돌아보면)
데이빗	(담백하게) 내가 평생 당신 좋아한 거.
오로라	(눈빛 흔들리는)
데이빗	뭘 강요할 생각 없어. 계속 옆에만 있게 해달라구. 오늘처럼.
오로라	(꽃다발 들어 향기 맡고) 향기가 진짜 좋아요. 고마워요.
데이빗	(쑥스러워 웃는) 고맙다는 말, 오늘따라 듣기 좋네.
오로라	…많이 고마웠어요.
데이빗	뭐가?
오로라	…뭐든지 다. (꽃다발 놓고 나가는)
데이빗	왜 저래? 괜히 눈물 나게.

S#53. 식당 룸 (낮)

남신3와 재식, 조 기자와 소봉 마주 앉아 있다.
남신3가 주머니에서 펜던트 박스 꺼내면 아직 아니라고 고개 젓는 재식.
도로 주머니에 넣는 남신3. 잘한다고 고개 끄덕이는 재식.

소 봉	둘이 뭐해? 무슨 사인 날려?
조 기자	그러게. 전혀 안 닮은 비주얼인데 왜 분위기가 닮아 보이지?
소 봉	그러지 마요. 우리 남신 쓰리 기분 나빠.
재 식	저, 저! 딸년 키워봐야 아무짝에도,
남신3	쓸모가 넘치죠. 강소봉은 예쁘고 귀엽고 사랑스러우니까.

조 기자	헐. 마디마디 기름 좀 치셨나? 멘트가 왜 이래?
소 봉	너 왜 이래? 에러 났어?
남신3	실컷 표현하기로 약속했거든.
재 식	(몰래 피식 웃는)

그때 문자 알림 울리는 남신3의 휴대폰. 확인하고 얼굴 굳는

남신(E)	십 분 뒤에 전화한다. 혼자 있는 게 좋을 거야.
남신3	애들이 왜 안 오지? 내가 나가볼게. (나가는)

남신3가 나가자마자 얼른 구석에서 케익과 이벤트 용품 등 꺼내는 소봉.

소 봉	빨리 빨리! 아빠가 너무 빨리 와서 못 할 뻔했잖아.

조 기자와 재식도 엉겁결에 서둘러서 파티 준비한다.

S#54. 거리 (낮)

막 나오는 남신3, 저쪽에서 걸어오던 인태와 로보캅과 마주친다.

인 태	어? 형님! 먼저 왔어요? 아까 체육관에 있었잖아요.
남신3	내가?
로보캅	네. 옷을 또 갈아입었네. 패피가 아니라 패로예요? 패션로봇?
남신3	먼저 들어가.
인태, 로보캅	(이상하지만) 네.

인태와 로보캅 들어가자마자 울리는 휴대폰. 확인하고 받는 남신3.

남신3	체육관 다녀간 거 너야?

남신(F)	그래, 나다. 넌 이런 걸 함부로 놓고 다니냐. 건너편을 봐.

남신3, 차도 건너편 보면 택시 세워둔 채 인도에 서서 통화 중인 남신.
다른 손에 들고 있던 킬 스위치 박스 들어서 보여준다.

남신3	…그게 뭐야?
남신(F)	너도 처음 보는구나. 킬 스위치. 니 심장. 니 목숨.
남신3	(눈 깜빡 빨라지는)
남신(F)	너 오늘 죽는 날인데 어쩌냐. 강소봉이 눈앞에서 그 모습을 보면 얼마나 상처받겠냐. 피해주기 싫으면 나 따라와. (전화 끊으려는)
남신3	잠깐만!
남신(F)	(남신3를 보면)
남신3	…잠깐만 시간을 줘.
남신(F)	그래. 마지막 인사는 해야겠지. 위치 추적해서 따라와.

전화 끊고 택시에 올라타는 남신. 곧 출발하는 택시.
그 자리에 멍하니 서 있는 남신3.

남신3	…킬 스위치…

가만히 서 있던 남신3, 식당 안으로 들어간다.

S#55. 식당 룸 앞 (낮)

룸 앞으로 걸어간 남신3, 발길 멈춘다.
룸 안에서 생일파티 한창 준비 중인 사람들 보인다.
〈남신쓰리 제작일〉이라고 쓰인 플래카드에 케이크, 폭죽, 고깔 등
깔깔 서로 보고 웃으면서 즐겁게 파티 준비하는 분위기.
…그 가운데…소봉이가 있다. 예뻐 보이고 싶은 듯 거울 보는…

환하게 웃는 소봉을 마음에 담으려는 듯 애틋하게 바라보는 남신3…
펜던트를 꺼내 문고리에 걸어두고 다시 한 번 소봉을 본다.
결심한 듯 돌아서 뚜벅뚜벅 걸어가는 남신3.
…문고리에 걸려 반짝이는 펜던트…

S#56. 거리 (낮)

밖으로 나온 남신3, 잠시 멈추고 사람들을 본다.
웃으며 지나가는 가족들. 연인들. 아이들. 다들 즐거워 보인다.
휴대폰으로 〈엄마〉를 찾은 남신3, 통화 시도하는데 통화 중 신호음.
휴대폰 넣은 남신3, 제 앞에 멈춰 서는 택시 뒷문 여는데,
갑자기 그 택시 문을 탁! 닫는 다른 손, 보면 소봉이다.

소 봉   뭐야, 너? 말도 없이 어딜 가?

남신3   (가만히 보는)

소 봉   아, 오 박사님 만나러 가? 너 만들어주신 날이니까?

남신3   (말없이 끄덕이는)

소 봉   (손 잡아보고 깜빡 한 후) 거짓말.

남신3   (놀라서 보는)

소봉   (웃고) 농담. 지금 가는 게 서운해서.
         우리도 파티 준비 중이었는데. 금방 올 거지?

남신3   (또 끄덕이는)

소 봉   (펜던트 내밀며) 이거나 채워주고 가. 아빠한테 들었어.
         선물이면 채워주지 그냥 가냐. 멋없게.

         말없이 그 펜던트를 받아 소봉의 목에 채워주는 남신3.
         …정성스레, 천천히, 소봉의 목에 걸어주는데…

소 봉   …우리, 오래, 끝까지, 보자.

남신3	(손 멈칫하는)
소 봉	난 이제 너 없으면 안 돼.

···그 말에 소봉의 눈 깊이 들여다보던 남신3···
···갑자기 소봉을 확 안아 키스한다.
···다시 못 볼 것처럼 절박하고 애절하게.
···남신3의 애절함을 느낀 듯 눈물이 날 것 같은 소봉···
···남신3를 소중한 듯 꼭 안아준다···

남신3	(소봉의 귓가에) ···사랑해, 강소봉.

그 말에 깜짝 놀란 소봉을 놔두고 택시에 타버리는 남신3.
문이 닫히고 택시가 출발할 때까지 멍하니 있는 소봉···

소 봉	(눈물 나는) ···사랑한대··· 날···

··· 점점 멀어지는 택시 뒤꽁무니를 애틋하게 바라보는 소봉···

S#57. 종길의 차 안 (밤)

운전 중이던 박 비서, 차를 멈추고 뒤를 본다.
무거운 얼굴로 종길을 보는 박 비서.

박 비서	다 왔습니다, 이사님.
종 길	준비는 다 됐지?
박 비서	네. 잘만 되면 기사회생하실 수 있을 겁니다.
종 길	(긴장하는)

S#58. 공사장 일각 (밤)

차분한 얼굴로 걸어 들어오는 남신3.

S#59. 공사장 건물 (밤)

공사장 공터를 내려다보며 서 있는 남신, 걸어 들어오는 남신3를 본다.
남신3의 모습 확인하고 킬 스위치 가방 보는 남신.
계속 울리는 휴대폰을 비웃는 남신, 〈엄마〉다.
이쪽을 올려다보는 남신3의 단단한 눈빛.

남 신　　안 무섭다 이거지? 끝까지 당당한 척은. (통화 시도하는)

S#60. 공사장 일각 (밤)

서 있던 남신3, 남신한테 온 전화를 받는다.

남신(F)　　작별인사는 잘했어? 각오는 다 됐고?
남신3　　(말없이 보는)
남신(F)　　애원해봐. 혹시 내 맘이 바뀔지도 모르잖아.
남신3　　마음 안 바꿀 거잖아. 누르기로 결정했으면 눌러. 그만 갖고 놀고.
남신(F)　　니가 뭔데 이래라저래라야! 언제 누를지는 내가 결정해!
남신3　　날 없애는 걸로 니 분노를 멈춰.
　　　　　　나 말고 다른 사람은 그만 망가뜨리고.
　　　　　　내가 이 모든 일의 시작이니까 나 하나로 모든 걸 끝내. 눌러.

S#61. 공사장 건물 (밤)

얼굴 고약하게 일그러진 남신. 독기 어린 말투.

남 신   기다려. 곧 끝장내줄 테니까.

킬 스위치 가방 여는 남신, 막 버튼을 누르려는 순간,

오로라(E)   안 돼!

남신 내려다보면 남신3에게 달려가는 오로라 보인다.
그 모습 보고 얼굴 일그러지는 남신.

S#62. 공사장 일각 (밤)

달려와 남신3의 몸을 살피는 오로라.

오로라   신아, 괜찮아? 아무 일 없었어?
남신3   엄마! 왜 왔어요? 빨리 가세요!
오로라   아냐. (위쪽에 있는 남신한테) 그러지 마, 신아! 제발 부탁이야!
남신3   얼른 가요! 인간 남신이 무슨 짓을 할지 몰라요!
오로라   넌 무슨 짓을 당해도 되고 난 안 돼?
             가만있어. 엄마가 해결할 테니까.
남신3   (어깨 붙들고) 엄마 다치면 안 돼요!
             난 인간을 다치게 하면 안 되는 게 원칙이에요.
오로라   난 인간이 아니라 엄마야, 신아.
             너희 둘 다 지키려면 엄마가 나서야 돼. (위쪽에) 신아!

S#63. 공사장 건물 (밤)

함께 붙어 있는 남신3와 오로라를 고약한 얼굴로 내려다보는 남신.
킬 스위치 버튼에 손을 대려는데, 애타게 들려오는 오로라의 목소리.

오로라(E) 엄마랑 얘기 좀 하자! 뭐든 들어줄게!
남 신   킬 스위치 속인 것도 모자라 직접 여기까지 오셨어요?
오로라   애는 아무 잘못 없어! 엄마한테 뭐든 해!
남 신   (버럭) 엄마는 진짜 아들을 되찾을 마지막 기회를 버렸어요!

오로라 보란 듯 킬 스위치 쾅! 눌러버리는 남신!
킬 스위치 모니터에 표시되기 시작하는 킬 진행률!
차갑게 웃은 남신, 총총히 사라져버린다.

S#64. 공사장 일각 (밤)

남신3의 바디에 덜컹! 하는 진동이 느껴진다.
그 모습을 보고 놀라서 달려드는 오로라.

오로라   신아! 괜찮니?
남신3   … 엄마… 제발 가요…

서 있던 남신3, 힘겨운 듯 무릎을 턱 꿇는다.
그런 남신3를 안쓰러운 듯 안아주는 오로라.

오로라   신아!
남신3   … 엄마…

주머니에서 칩을 꺼낸 오로라, 남신3의 바디에 장착한다.

오로라   엄마 생일 선물이야. 작동이 잘 되길 빌자.

         남신3의 눈이 점점 감기면서 필사적으로 남신3를 지탱하며 버티는 오
         로라.

오로라   …제발… 제발…

S#65. 공사장 건물 (밤)

         화면의 킬 진행률 점점 떨어지는 킬 스위치 디스플레이.
         거기 드리우는 검은 그림자, 올려다보면 종길이다! 사악하게 웃는!

S#66. 공사장 일각 (밤)

         남신3의 눈이 떠지고 시야도 점점 뚜렷해진다.

남신3   시야가 선명해져요. 근데 몸은 안 움직여요, 엄마.
오로라   곧 움직일 거야. 엄마 여기 있으니까 안심해.

         하는데 갑자기 저 위에서 우르르 쏟아지는 건축 자재들.
         순식간에 오로라와 남신3 쪽으로 밀려오는 자재들.
         놀란 오로라, 반사적으로 남신3의 바디를 밀쳐낸다.
         그 바람에 남신3는 가까스로 덮쳐오는 자재들을 피하고,
         오로라의 연약한 몸을 그 자재들이 계속적으로 짓밟고 지나간다.
         충격에 쓰러지고 피투성이가 되는 오로라.
         그때, 밀쳐졌던 남신3, 벌떡 일어나 엄마에게 달려간다.
         가서 피투성이가 된 엄마를 안아주는 남신3.

남신3	…엄마…나 때문에…
오로라	…너 때문 아니야…엄마 때문이지…
	엄마, 너 혼자 체코에 가라고 해놓고 많이 미안했어.
	같이 가기로 해놓고 약속 어긴 건 엄만데.
남신3	…엄마…
오로라	(뺨 만지며)…착한 우리 아들…널 만들었을 때 진짜 기뻤어…
	…같이 돌아간다는 약속 못 지켜서 미안해…
남신3	(엄마의 손을 붙잡는)
오로라	(겨우)…신이한테…또 혼자 두고 가서…미안하다고 전해줘…

남신3의 뺨을 힘겹게 어루만지던 오로라의 손, 툭, 떨어진다.

남신3	…엄마?
오로라	(대답 없자)
남신3	(절규하는) 엄마!

S#67. 공사장 건물 (밤)

비열한 표정의 종길, 누군가와 통화하는.

종 길	경찰이죠? 로봇이 사람을 죽였습니다. 살인 로봇이에요!

절규하는 남신3와 오로라, 비열하게 씨익 웃는 종길의 표정에서!!

PLAY 18

S#1. 주차 지역 근처 (낮)

PLAY1 74씬의 일부.
좁은 길을 사이에 둔 채 미동도 없이 서로를 응시하는 남신과 남신3!

오로라(N)   내가 낳은 아이와 내가 만든 아이.

터어엉!!! 거짓말처럼 남신을 밀어버리는 덤프트럭!

S#2. PK그룹 건너편 카페 (낮)

PLAY5 52씬의 일부. 오로라와 영훈의 대화.

영 훈   킬 스위치는 사람한테 죽음이나 마찬가진데, 그걸 왜 그 친구한테…
오로라   진짜 신이 일어나면 가짜는 없어져야 되니까.
오로라(N)   널 없애도 어쩔 수 없다고 생각했어.

S#3. 오로라의 아지트 / 남신의 방 (낮)

PLAY12 24씬. 오로라와 남신의 재회.

오로라	···엄마가 어색하니?
남 신	당연하잖아요. 엄만 늘 내 얼굴을 봤겠지만 난 아니니까.
오로라	(당황한)
오로라(N)	만나면 금방 너와 가까워질 줄 알았어.

S#4. 몽타주 : 남신3와 남신의 상처

건호의 저택 / 별채 2층 거실 (밤)
PLAY4 53씬의 일부. 상처 받는 남신3.

남신3	···나도 신이에요, 엄마···
오로라(N)	상처 받지 마.

오로라의 아지트 / 남신의 방 (낮)
PLAY13 27씬의 플래시백. 남신과 오로라의 대화.

남 신	그게 내 역할을 잘하고 있다면서요? 일부러 그렇게 만든 거예요?
	(조롱하는) 나보다 더 마음에 드는 아들이 필요해서?
오로라(N)	엄마가 잘못했어.

S#5. 오로라의 아지트 / LAB실 (낮)

수동제어모드 스마트패드를 보고 있는 오로라.
PLAY15 49씬 남신3와 남신의 대화. 남신3의 시선.

남 신	···사라져.

발걸음 점점 빨라지고 옥상 난간에 가까워지는 남신3의 시선.

| 남신3 | 인간을 해치느니 사라지는 게 나아요. |

난간 위에 풀쩍 올라선 듯 남신3의 눈앞에 허공이 펼쳐지는 순간.
괴로움에 스마트패드를 꺼버리는 오로라.

| 오로라(N) | 둘 다 망가지는 걸 어떻게든 막아야 돼. |

S#6. 오로라의 아지트 / LAB실 (낮)

노트북 앞에서 연구 중인 오로라.
화면에 킬 스위치 이미지 띄워놓고 무력화하는 작업 중.
이 방법도 아니고 저 방법도 아니라는 듯 고개 젓는 오로라.
이마에 땀이 맺히는 오로라, 얼굴에 희망의 빛이 떠오른다.
더 집중해서 노트북을 컨트롤하는 오로라.

S#7. 오로라의 아지트 / LAB실 (낮)

PLAY17 51씬의 변주. 예나와 통화 중인 오로라.

오로라	(충격받은) 킬 스위치를, 신이가요?
예나(F)	네. 아무래도 무슨 일을 벌일 거 같아요.
	근처 폐공장으로 가자고 했는데 제가 중간에 잡혀와 버렸어요.
	오 박사님, 제발 오빠 좀 막아주세요.

개발 중이던 킬 스위치 방지용 칩을 보는 오로라.

| 오로라(N) | 아직 완전하지 않은데. 어쩌지? |

일단 칩을 빼서 서둘러 나가는 오로라.

S#8. 공사장 건물 (밤)

PLAY17 63씬의 일부. 킬 스위치 쾅! 눌러버리는 남신!

오로라(N)   안 돼!

킬 스위치 모니터에 표시되기 시작하는 킬 진행률!
차갑게 웃은 남신, 총총히 사라져버린다.

오로라(N)   …신아… 제발…

S#9. 공사장 일각 (밤)

PLAY17 64씬 + 66씬의 일부. 서 있던 남신3, 힘겨운 듯 무릎을 턱 꿇는다.
그런 남신3를 안쓰러운 듯 안아주는 오로라.
주머니에서 칩을 꺼낸 오로라, 서둘러 바디에 장착한다.

오로라   엄마가 막아줄게.

남신3의 눈이 점점 감기면서 필사적으로 남신3를 지탱하며 버티는 오로라.

오로라   …제발… 제발…
오로라(N)   엄마가 지켜줄게.

하는데 저 위에서 우르르 쏟아지는 건축 자재들.
순식간에 오로라와 남신3 쪽으로 밀려오는 자재들.

놀란 오로라, 반사적으로 남신3의 바디를 밀쳐낸다.
밀쳐졌던 남신3, 벌떡 일어나 엄마에게 달려간다.
가서 피 흘리는 엄마를 안아주는 남신3.

남신3   …엄마…

오로라   (뺨 만지며)…착한 우리 아들…널 만들었을 때 진짜 기뻤어…

          …같이 돌아간다는 약속 못 지켜서 미안해…

남신3   (엄마의 손을 붙잡는)

오로라   (겨우)…신이한테…또 혼자 두고 가서…미안하다고 전해줘…

어쩔 줄 모르고 엄마를 살피는 남신3를 안쓰럽게 보는 오로라.

\# 오로라의 상상 : 공원 (낮)
밝은 햇살 속. 웃고 있는 남신3. 바로 옆에 함께 웃고 있는 남신도 있다.
피크닉 매트 위에 함께 앉아 있는 오로라와 남신3와 남신.
소박한 음식. 다정한 표정들. 두 아들을 따스하게 보는 오로라.

오로라(N)   이런 꿈을 왜 이제야 꾼 걸까?

남신3와 남신, 서로를 보며 환하게 웃는다.
두 아들의 모습에 저도 모르게 환하게 웃는 오로라.

오로라(N)   행복해.

행복해서 눈물이 고이는 오로라. 웃는 두 아들을 마지막까지 눈에 담는.
다시 현실. 남신3의 뺨을 힘겹게 어루만지던 손, 툭, 떨어진다.

남신3   …엄마?

행복한 표정으로 눈감은 오로라의 눈가에 주룩 흐르는 눈물.

| 오로라(N) | 안녕. 나의 아들들. |
| 남신3 | (절규하는) 엄마! |

S#10. 공사장 앞 (밤)

막 주차된 재식의 차에서 막 내린 소봉, 휴대폰 꺼내 문자 확인한다.

| 오로라(E) | 혹시 몰라서 연락해요. 인천 쪽 폐공장으로 와줘요. |

그때 SNS 알림음 떠서 확인한 소봉, 대수롭지 않게 확인하다 충격!
'로봇이 사람을 죽였대!' '목격자가 제보했다는데?' '영웅이 사람을 죽여?'

| 소 봉 | …살인?…이…이게…뭐야… |

하는데 저쪽에서 다급하게 나타난 긴장한 표정의 데이빗.

데이빗	강소봉 씨!
소 봉	…박사님…
데이빗	(슬쩍 휴대폰 보고) 나도 오다 봤어요. 얼른 가보죠.

데이빗과 함께 들어가는 소봉. 두렵고 불길한.

S#11. 공사장 일각 (밤)

어두운 공사장. 소봉과 데이빗, 휴대폰 손전등으로 여기저기 살펴본다.
앉아 있는 형체가 획 시야에 보이면 소봉, 다시 자세히 비춰본다.
… 피 묻은 남신3가 오로라를 꼭 껴안고 있다…
놀란 소봉과 데이빗, 다급하게 그쪽으로 가본다.

다가가다 멈칫하는 소봉! ⋯ 피범벅이 된 채 축 늘어진 오로라⋯

데이빗	(다가가며) 오 박사!
남신3	⋯엄마가 숨을 안 쉬어요⋯
데이빗	어, 어떻게 된 거야?
남신3	엄마가 킬 스위치를 멈춰줬는데⋯날 구하다가⋯다 나 때문이에요⋯

그때, 멀리서 들려오는 사이렌 소리.

데이빗	(순간적으로 소봉에게) 이놈 데리고 가요! 빨리!
소 봉	네?
데이빗	잡히면 이놈한테 별별 짓을 다 할 거야! 일단 어디든 데리고 가요!
소 봉	(고개 끄덕하고 남신3를 일으키려) 가자!
남신3	(고개 저으며) ⋯ 엄마⋯
데이빗	(버럭) 엄마가 널 구하다가 이렇게 됐다며? 빨리 가! 엄마 생각해서!

자신의 품 안에 안겨 있는 엄마를 본 남신3.
제 손으로 엄마 눈가의 눈물 자국을 지워주려고 한다.
데이빗이 오로라를 떼어내면 소봉은 남신3를 일으킨다.
일어난 남신3를 필사적으로 끌고 나가는 소봉.
잠시 조용해진 사방. 데이빗, 안겨 있는 오로라를 가만히 본다.

데이빗	⋯오 박사⋯ 나한테 고마웠다는 게 이거였어?
	⋯나 안 좋아해도 된다고 했잖아⋯
	⋯평생 옆에만 있겠다고 했잖아⋯
	⋯당신 참 나쁘다⋯나쁜 여자야⋯당신⋯

오로라를 꼭 안고 오열하기 시작하는 데이빗.
그때 막 도착한 경찰들, 데이빗을 보고 멈추는.

S#12. 오로라의 아지트 / 주방 (밤)

오로라가 차려 놓은 밥상을 차가운 얼굴로 내려다보는 남신.
순간 인기척이 느껴져서 보면 문가에 서 있는 영훈. 무거운 얼굴.

남 신	표정이 왜 그래?
영 훈	…신아…

영훈이가 뭔가 말하려는데 울리는 남신의 휴대폰.
확인하고 짜증나는 얼굴로 받는 남신.

종길(F)	본부장님, 괜찮으십니까? 오 박사님 비보를 듣고 놀라서 그만…
남 신	오 박사님? 엄마가 왜요?
종길(F)	(당황) 아, 아직…못 들으셨군요. 그 로봇이 완전히 미쳤습니다… …폭주한 나머지 오 박사님을 그만…
남 신	폭주? 그 새끼가 엄마를 어쨌다는 거예요? 말해봐요!

하면서 침통한 영훈의 표정을 본 남신, 전화를 끊어버린다.

남 신	형…표정이 왜 그래? 엄마한테 설마 무슨 일이…
영 훈	돌아가셨어, 신아.
남 신	뭐?
영 훈	…방금 경찰에서 전화 받았어.
남 신	…그 새낄 없앴는데… 그 새끼가 어떻게 엄마를…
영 훈	…오 박사님 뵈러 가자, 신아…
남 신	(멍하니 영훈을 보는)

S#13. 거리 (밤)

어수선한 거리. 뉴스마다 남신3의 살인에 관한 속보를 다루고 있다.
두려운 눈빛으로 갈길 멈추고 뉴스를 보는 행인들.
PLAY17 13씬의 자신만만한 남신3의 이미지 위로.
'로봇이 인간을 죽이다!' '인공지능의 위협이 현실로'
'인공지능 CEO, PK의 무리수였나?'
'폭력적 행위 처음이 아닌 걸로 밝혀져'
다음 화면으로 PLAY15 37씬의 CCTV 화면 이미지.
소봉의 멱살을 잡는 남신3의 모습.

S#14. 재식의 차 안 (밤)

주위를 경계하며 차 뒷좌석에 오른 소봉.
말없이 앉아 있는 남신3의 멍한 모습 본다.
가슴 아픈 소봉, 구입해온 모자를 씌워주고 마스크를 씌워준다.
남신3의 손에 들린 휴대폰을 조용히 집어 가지고 나온다.
차에서 내려 유심칩 빼고 쓰레기 더미 위에 휴대폰을 던져버린다.
운전석에 올라탄 소봉, 서둘러 출발한다.

S#15. 병원 영안실 앞 (밤)

조용하고 싸늘한 복도. 영훈과 함께 걸어오던 남신, 멈칫한다.
영훈이 보면 두려운 눈빛으로 보는 남신.

남 신 ···난 못 가, 형.
영 훈 (이해하는) 그래. 마음 좀 가라앉히고 들어와.

영훈이 영안실 안으로 들어가면 혼자 남은 남신. 멍한 눈빛.

플래시백 : 오로라의 아지트 / 남신의 방 (낮)
PLAY12 24씬의 일부. 남신과 오로라의 대화.

오로라   … 엄마가 어색하니?

플래시백 : 오로라의 아지트 / 거실 (낮)
PLAY14 21씬의 일부.

오로라   …신아…어떻게 해야 너한테 다가갈 수 있을까?
            …얼음장 같은 니 마음이 엄만 너무 아파…

플래시백 : 건호의 저택 / 별채 2층 (밤)
PLAY16 28씬의 일부.

오로라   (가슴 아픈) 엄마랑 체코 가자. 보기 싫으면 눈에 안 띌게.
            엄마가 해놓은 밥 먹고 엄마가 빨아준 이불 속에서 자.

            도로 현재. 휴대폰 꺼내 오로라의 문자를 다시 보는 남신.

오로라(E)   신아, 엄마 밥 먹으러 와. 올 때까지 기다릴게.

            문자를 보던 남신의 눈에서 눈물이 뚝뚝 떨어지기 시작한다.

남 신   … 엄마…

            …울음 터지는 남신…
            …무릎 꿇고 고개 숙인 채 흐느끼는… 뒤늦은 후회…

S#16. 병원 영안실 (밤)

흐느끼는 남신의 울음소리 듣는 영훈과 데이빗. 침통한 얼굴.
베드테이블 위에 시트 덮은 채 누워 있는 오로라

데이빗 ⋯저 자식, 지 엄마 가슴 아프라고 울긴 왜 울어.

영 훈 조사는 다 받으셨습니까?

데이빗 차라리 날 범인이라고 했으면 좋겠는데,
한사코 그놈이라고 우기는 목격자가 있네.
아들이 엄마를 죽이는 상황을 못 만들어 안달이야.

영 훈 사람들한테 로봇은 아들이 아니라 기계일 뿐이니까요.

데이빗 그렇겠지. 킬 스위치 멈추는 동안에 사고가 난 거야.
⋯못 움직이는 그놈을 감싸다가 그만⋯

영 훈 서 이사가 신이한테 오 박사님 죽음을 전했어요. 의심해봐야 돼요.

데이빗 (허탈한 웃음) 고맙네. 그놈 짓이 아닌 걸 믿어줘서.

영 훈 그 친구가 보여준 게 많으니까요.

S#17. 종길의 세컨 하우스 / 침실 (밤)

휴대폰으로 뉴스를 보고 있는 예나, 충격받아서 덜덜 떨고 있는.
'로봇 살인 피해자 오로라 박사. 인공지능 연구자로 알려져'
부들부들 떨면서 책상 아래 쪽 도청장치 보는.

예 나 (소리도 못 내고) ⋯아빠야⋯아빠가 분명해⋯

그때 휴대폰 울려서 확인하는 예나. 아빠다. 덜덜 떠는⋯

S#18. 종길의 세컨하우스 / 거실 (밤)

종길과 예나 마주 앉아 있다. 두려운 눈빛으로 종길을 보는 예나.
테이블 위에 비행기 티켓을 올려놓는 종길.

예 나   …이게 뭐야?

종 길   바람 좀 쐬다 와. 오래 있다 올수록 좋아.

예 나   내가 왜? 나 나가기 싫어. (하고) 오 박사님 소식 들었어.
         어떻게 된 거야? 진짜 그 로봇이 그랬대?

종 길   (태연한) 왜? 아빠가 그런 거 같애?

예 나   어?…아…아니.

종 길   아빠는 신이 때문에 니가 또 약해지는 게 싫다.
         너 내 딸이잖아. 마음 다잡고 다 정리됐을 때 다시 들어와.
         그때까지 아빠 사람들이 잘 챙겨줄 거야. 출국은 내일이야.

예 나   내일? (하고) 아, 알았어. 준비할게.

일어나서 떨면서 문가로 나가던 예나, 털썩 주저앉는다.

종 길   (벌떡 일어나며) 예나야!

예 나   괜찮아. 좀 어지러워서. (다시 일어나 나가는)

종 길   (맘에 안 드는) 쯔쯔. 신이 놈 때문에 나약해졌어.

예나가 주저앉았던 주변 가구 틈에 놓여 있는 예나의 휴대폰.

S#19. 펜션 마당 (밤)

빗방울 떨어지는 마당. 조용한 목소리로 재식과 통화 중인 소봉.

재식(F)   그놈은 괜찮냐? 우린 다 그놈 짓 아닌 거 알아.

인태(F)	누나! 말 좀 전해줘요! 형님 믿는다고!
로보캅(F)	우리 형님, 절대 그럴 로봇 아니지!
소 봉	(울컥한) 고마워, 다들.
재식(F)	무조건 도망가는 게 능사는 아니니까,
	너부터 정신 단단히 챙기고 어떻게 할지 결정해.
	일단 그놈부터 잘 위로해주고.
소 봉	(펜션 쪽 안쓰럽게 보는)

S#20. 펜션 (밤)

웅크리고 앉아 있는 남신3, 정면을 멍하니 응시하고 있다.
들어오던 소봉, 안쓰럽게 보다가 밝은 척 표정 바꾼다.

소 봉	너 여기 와서 잘 살았더라.
	아빠랑 쪼인트랑 로보캅은 너 믿는다고 전해달래.
남신3	(멍하니 계속 보는)
소 봉	언제까지 이럴 건데? 나 좀 봐봐. 응?
남신3	… 엄마가 계속 보여.
소 봉	계속 보인다니 그게 무슨 소리야?

남신3, TV를 보면 거기 시야모니터 켜진다.
PLAY17 66씬. 오로라의 눈 감기고 손이 떨어지는 장면.
계속 반복되는 그 장면에 깜짝 놀라서 남신3를 보는 소봉.

남신3	… 엄마가 계속 죽어… 계속…
소 봉	(가슴 아픈) 너 아까부터 이걸 본 거야?
	그러지 마. 자학하지 마. 너 때문에 그런 거 아니잖아.
	오 박사님도 니가 이러면 더 슬퍼하실 거야.

그 말에도 멍하니 계속 시야모니터만 보는 남신3.
그 모습이 안쓰러워 눈물 어리는 소봉.
그런 소봉의 눈가를 유심히 보는 남신3.

소 봉   나 괜찮아…너 대신 눈물 흘리는 거야.
남신3   …눈물…

그때 쏴— 밖에서 들려오는 빗소리.
그 소리를 듣더니 벌떡 일어나 밖으로 나가는 남신3.
영문 몰라서 따라 나가는 소봉.

S#21. 펜션 마당 (밤)

걸어 나와 빗속에 선 남신3, 하늘을 올려다본다.
뒤따라 나온 소봉, 그런 남신3를 걱정스레 본다.

남신3   …울고 싶어…사람처럼…

가슴 아픈 소봉, 남신3를 품에 안아준다.

소 봉   …안아줄게…니 마음이 우니까…

그 말에 슬픔 때문에 무너진 인간의 표정이 되는 남신3.
빗줄기 점점 굵어져 남신3의 얼굴에 흘러내린다. 눈물처럼.
빗속에서 남신3를 더 깊이 품어주는 소봉.

S#22. 종길의 세컨 하우스 / 거실 (밤)

기분 좋게 와인 마시고 있는 종길과 옆에 서 있는 박 비서.

박 비서　다들 쩔쩔매던 로봇을 제대로 처리하셨습니다.
종 길　내가 왜 오로라까지 죽이면서 이 쑈를 했는데.
　　　　　이제 지영훈만 남았어. 그 자식이 회장님 지분만 내놓으면 게임 끝!
박 비서　호락호락하게 내놓을까요?
종 길　그놈 약점 있잖아. 신이를 인질로 협박하면 없는 것까지 내놓을 거야.
　　　　　내일 당장 밀어붙이자구.
박 비서　알겠습니다.
종 길　(기분 좋게 와인 마시는)

S#23. 공사장 (밤)

폴리스 라인 쳐져 있는 을씨년스러운 분위기.
아무도 없는 공사장. 킬 스위치에서 경고음 같은 소리가 난다.
갑자기 모든 화면 사라지고 타이머로 바뀌는 디스플레이. 〈15:17:32〉
시간이 점점 줄어드는 킬 스위치 타이머.

S#24. 펜션 (밤)

똑같이 타이머로 변해버린 로보 워치를 보고 있는 남신3.
벽에 나란히 기대고 앉은 남신3와 소봉.
소봉은 남신3의 어깨에 기대고 살짝 잠들었다.

남신3　(로보 워치 보며) 남은 시간, 15시간 15분 12초.
　　　　(소봉을 애틋하게 내려다보는)

S#25. 오로라의 아지트 전경 / 다른 날 (낮)

S#26. 오로라의 아지트 / LAB실 (낮)

여전히 고개 묻은 채 웅크리고 앉은 남신.
출근 차림의 영훈, 걱정스러운 눈길로 남신을 본다.

영 훈   오 박사님 일, 그 친구 짓 아니야.
          너도 알아야 될 거 같아서.
          그 친구가 강소봉 씨를 공격한 CCTV 영상이 뉴스에 나왔어.
          서 이사가 관련돼 있는 게 분명해.
남 신   (반응 없는)
영 훈   (한숨 쉬고) 회사에 나갔다 올게. 금방 올 거야.

          영훈이 나가고 나면 고개 드는 남신. 초췌하고 어두운 얼굴.
          그때 울리는 휴대폰 알림음. 확인하면 강소봉이다.

남신3(E)   남신 쓰리예요. 엄마에 대해 말해줄 게 있어요.

          문자를 보면서 얼굴이 독하게 일그러지는 남신.

S#27. 펜션 마당 (낮)

          홀로 마당에 선 채 로보 워치를 보는 남신3. 〈11:12:37〉
          남신3, 휴대폰 문자 알림음을 듣고 확인한다.

남신(E)   날 만나고 싶으면 여기로 와.

그때 울리는 발신음. 확인하고 받는

데이빗(F) 강소봉 씨, 나예요. 그놈은 괜찮아요?

남신3 …나예요, 데이빗. 강소봉은 자요.

데이빗(F) (애써 밝은) 마이 썬! 살아 있네. 몸은 어때?
       킬 스위치 문제는 완전히 해결된 거지?

남신3 (대답 못 하는)

데이빗(F) …너 왜 그래? 무슨 문제 생겼어? 말해봐! 얼른!

남신3 …열한 시간 십이 분. 킬 스위치가 다시 작동됐어요.

데이빗(F) (놀란) 뭐? 아지트로 와. 확인해보게.

남신3 인간 남신 만나고 나서 갈게요. 강소봉한테도 제가 직접 말할 거예요.

데이빗(F) 한가한 소리 말고 당장 와! 신이는 나중에 만나도 되잖아!

남신3 나한텐 중요한 일이에요.

소봉(E) 뭐가?

남신3, 돌아보면 잠 깨서 나온 소봉. 휴대폰 끊어버리는 남신3.

소 봉 (의아한) 뭐가 중요한 일인데?

남신3 …인간 남신을 만나려고.

소 봉 (분노) 또 그 인간한테 당할 일 있어? 가지 마.

남신3 가야 돼.

소 봉 얼마나 위험한지 몰라? 돌아다니다 잡히면 끝이라구!

남신3 …인간 남신도 엄마 죽음에 대해 알아야 돼.

소 봉 (속상하지만 할 말 없는)

S#28. PK그룹 / 로비 (낮)

어수선하게 기다리고 있던 주주들, 막 들어온 영훈의 앞길을 막는다.
깍듯하게 허리 굽혀 인사하는 영훈.

주주1	지금 인사가 문젭니까? 주가 연일 폭락하는 거 어쩔 겁니까?
주주2	애초에 로봇 CEO라는 게 말이 되는 얘기야?
주주3	당신이 대리인이라며? 혹시 당신이 사주해서 죽인 거 아냐?
주주4	로봇을 회장님이 내세우셨다는 게 사실이야? 치매시잖아!
종길(E)	우리 주주님들, 많이 나오셨네요.

다들 돌아보면 주주들에게 절도 있게 인사하는 종길.

주주1	서 이사, 잘 왔소. 당신이 없으니까 어수선한 일이 생기잖아.
종 길	그리 말씀해주셔서 감사합니다. 해임된 입장이지만,
	오래 몸담은 회사가 망가지는 꼴을 보기 힘들어 나왔습니다.
	(영훈 보며) 그러게 내가 뭐랬어요, 지 팀장.
	그 로봇은 위험하니까 절대 회사 일에 관여시키지 말라고 했잖아요.
영 훈	저는 그 친구가 살인자라고 생각하지 않습니다.
	아직 경찰 조사가 확실히 발표된 것도 아니구요.
주 주	뭐? 그 친구? 저! 저! 아직도 정신 못 차렸구만. 당장 끌어내려!
영 훈	만일 남신 쓰리가 살인자가 아니라면,
	(종길 보며) 이 일로 가장 이득을 얻는 자가 범인일 겁니다.
종 길	(여유만만하게 보는) 그게 누굴까요?
영 훈	제 책임을 물으시면 달게 받겠습니다.
	그리고 남신 본부장님께 회장님 지분을 양도하겠습니다.
	(종길 보며) 절대 가지면 안 되는 인간한테 회사가 넘어가지 않게.

종길, 돌아서 가는 영훈 보는데 문자 알림음 울린다. 확인하면 박 비서다.

박 비서(E)	남신 본부장이 방금 나왔어요. 끝장내겠습니다.
종 길	(야수 같은 미소)

S#29. 오로라의 아지트 앞 (낮)

남신이 운전하는 차, 막 출발해서 간다.
곧 이어 뒤편에 검은 양복들과 박 비서가 탄 차 따라간다.
차들이 가고 나면 반대쪽에서 나타난 데이빗, 다급하게 들어간다.

S#30. 오로라의 아지트 / LAB실 (낮)

한쪽에 덮여 있는 오로라의 노트북 쓰다듬어 보는 데이빗.
노트북 열면 절전모드로 돼 있던 디스플레이 켜진다.
킬 스위치 버튼 이미지 옆에 줄어들고 있는 시간. 〈8: 22: 49〉

데이빗   (불안한) 정말 다시 작동됐군.

S#31. 재식의 차 안 + 오로라의 아지트 / LAB실 (낮)

앞 씬과 동일하게 흘러가는 로보 워치를 소매로 덮는 남신3.
운전 중인 소봉, 휴대폰 울리면 슬쩍 본다.

소 봉   (휴대폰 건네주며) 데이빗 박사님.
남신3   (받고) 네, 저예요.
데이빗   (노트북 모니터 보면서) 완전히 정지된 게 아니라 지연만 됐어.
　　　　여덟 시간쯤 남았는데 시간이 지날수록 파워가 점점 약해질 거야.
　　　　내가 어떻게든 해볼 테니까 신이 만나고 여기로 와.
남신3   그럴게요. (끊고 로보 워치 보는)
소 봉   (룸미러로 보고) 박사님이 로보 워치 걱정하셔? 나한테 여유분 있어.
남신3   (미소) 그냥. 보고 싶으니까 빨리 오래.
소 봉   곧 도착해. 빨리 만나고 나와. 난 밖에서 기다릴게.

S#32. 종길의 세컨하우스 / 화장실 (낮)

바깥 경계하며 이어폰을 휴대폰에 꽂고 녹음 듣는 예나.
PLAY18 22씬의 종길과 박 비서의 대화 흘러나온다.

종길(E) 내가 왜 오로라까지 죽이면서 이 쑈를 했는데.
        이제 지영훈만 남았어. 그 자식이 회장님 지분만 내놓으면 게임 끝!
박 비서(E) 호락호락하게 내놓을까요?
종길(E) 그놈 약점 있잖아. 신이를 인질로 협박하면 없는 것까지 내놓을 거야.
        내일 당장 밀어붙이자구.

충격으로 얼굴이 일그러진 예나, 남신한테 전화 건다.
신호는 가는데 받지 않는 남신.

예 나   …오빠… 빨리 받아…

"빨리 나오세요." "비행기 시간 다 됐습니다."
밖에서 문 두들기며 채근하는 검은 양복들 목소리.
계속 안 받는 전화 끊고 떨리는 손으로 문자 적어 나가는 예나.
〈지 팀장님, 오빠한테 문제가 생긴 거 같아요.〉

S#33. 종길의 세컨하우스 앞 (낮)

예나의 차 옆에는 서 있는 검은 양복들.
캐리어 끌고 건물을 빠져나온 예나,
캐리어 놓고 조용히 뒷문을 열고 빠져나간다.

S#34. PK그룹 / 남신의 사무실 (낮)

초조하게 왔다 갔다 하면서 남신과 통화 시도 중인 영훈.

영 훈   … 제발 좀 받아… 신아…

전화 끊으면 그때 예나에게서 전화 온다. 확인하고 얼른 받는 영훈.

예나(F)   혹시 오빠 연락됐어요? 오 박사님 돌아가신 것도 다 아빠 짓이에요.

분노하는 영훈. 그 와중에 문 열고 들어와 인사하는 직원1.

직원1   회장실에서 오시라고 연락 왔는데요.
영 훈   회장실?

S#35. PK그룹 / 회장실 (낮)

건호의 책상에 앉은 종길을 노려보며 서 있는 영훈. 팽팽한 분위기.
한쪽에 내던져진 남건호의 명패에 눈길이 가는 영훈.

종 길   너무 그러지 맙시다. 여기 앉아 잠깐 그분을 그리워한 거니까.
영 훈   오 박사님, 당신 짓이야?
종 길   글쎄. 별로 대답하고 싶지 않은 질문인데.
영 훈   (기막힌) 이젠 부정도 안 하네. 신이는?
          도대체 신이한테 무슨 짓을 한 거야?

피식 웃은 종길, 보란 듯 제 휴대폰 책상 위에 올려놓는다.
재생되지 않은 동영상 속 주인공은 남신이다!
몇 대 맞고 입에 재갈 물리고 손발이 묶여 있는.

놀란 영훈, 얼른 집어 들고 동영상 플레이하면,
벗어나려고 고함지르고 발악하는 남신 보인다.
경악한 영훈, 휴대폰 팽개치고 종길의 먹살 부여잡는다.

영 훈   신이 어딨어? 어딨냐구!
종 길   (태연한) 회장님 지분 넘겨. 신이 죽이기 싫으면.
영 훈   오 박사님이면 됐잖아! 신이한테까지 이럴 필요 없잖아!
         당신, 사람도 아냐! 짐승이라구!
종 길   나 짐승 아냐. 악마지.

소름 끼치게 웃는 종길을 보고 공포를 느끼는 영훈.
영훈의 손 확 뿌리치고 옷매무새 추스른 종길,
뒤집어놨던 주식 양도 계약서를 들어 보인다.

종 길   사인 할 거야, 말 거야? 니가 결정해야 나도 결정해.
         미리 말하는데 내 앞에서 똑똑한 척하지 마.
         신이를 눈앞에 데려와야 찍네 뭐네 하는 순간,
         그놈은 제 엄마 곁에 있을 테니까.
영 훈   (허탈한)
종 길   (펜을 손에 쥐어주고 웃는)
영 훈   (사인해주고 다급하게 나가는)

S#36. PK그룹 / 회장실 앞 (낮)

다급하게 걸어 나온 영훈의 앞을 가로막는 형사들, 신분증 보여준다.

형사1   오로라 씨 살인사건으로 잠깐 같이 가주셔야겠습니다.
         로봇을 사주한 혐의로 조사가 필요합니다.
영 훈   지금은 안 됩니다. 나중에 제 발로 가죠.

형사2	여론이 악화돼서 저희도 힘듭니다. 일단 가시죠. (붙들며)
종 길	(회장실에서 나와 영훈을 보는)
영 훈	(종길에게) 당신 뜻대로 되는 일 없을 거야. 두고 봐.

형사들에게 양쪽에서 붙들려 끌려가는 영훈.
그 모습을 흡족하게 보던 종길, 전화 울리면 확인하고 받는다.

박 비서(F)	사인 받으셨습니까?
종 길	(계약서 보고) 내 꿈이 이 종이 한 장으로 이뤄지다니. 허탈해.
박 비서(F)	남신 본부장은 어떡할까요? 계속 발악하는데요.
종 길	신이 마지막은 내가 보내줘야지. 지 애비처럼. 갈 테니까 기다려.

휴대폰 넣고 휘파람 불면서 걸어가는 종길.
종길이 지나가고 나면 한쪽에 서 있던 예나. 부들부들 떨고 있는.

| 예 나 | … 오빠… |

S#37. 외딴 장소 근처 (낮)

막 주차한 차에서 내리는 남신3와 소봉.
울리는 휴대폰을 확인하는 소봉. 그런 소봉을 보는 남신3.

소 봉	또 데이빗 박사님인데?
남신3	(받아서 소봉을 의식하며) 왜요?

눈치가 이상하다 싶은 소봉, 남신3의 휴대폰을 홱 뺏어 듣는 소봉.

| 데이빗(F) | 오 박사가 남겨놓은 데이터를 보니까 가능성이 보여.
니 몸에 있는 칩이 있어야 돼! 네 시간도 안 남았으니까 당장 와! |

전화 툭 끊기고 남신3를 매섭게 보는 소봉.
시선을 피하는 남신3의 손목을 홱 붙들어 로보 위치 확인하면,
타이머가 점점 줄어들고 있다. 〈03:55:51〉

소 봉   이게 뭐야? 킬 스위치 다시 작동되는 거야?
남신3   (말 못 하는)
소 봉   …너 언제 알았어?
남신3   새벽에. 너 걱정할까 봐 말 못 했어.
소 봉   걱정하면 오히려 말을 했어야지! 당장 올라가자.
남신3   여기까지 왔잖아. 인간 남신한테 꼭 전해야 될 말이 있어.
소 봉   (감정 누르고) 그럼 최대한 짧게 끝내. 들어가자.

S#38. 경찰서 앞 (낮)

경찰차에서 내리는 영훈. 형사들과 함께 들어간다.
그 앞을 막아서는 결연한 표정의 예나.

예 나   오 박사님 사건, 진범은 따로 있어요.

예나, 녹음 플레이하면 그 안에서 흘러나오는 종길의 목소리.

종길(E)   내가 왜 오로라까지 죽이면서 이 쑈를 했는데.

놀라는 영훈과 형사들.

S#39. 경찰서 (낮)

나란히 앉아 있는 영훈과 예나. 걱정스럽게 예나를 보는 영훈.

예 나	그렇게 보지 말아요. 해야 할 일을 하는 거니까.
영 훈	고맙다는 말은 신이 찾고 나서 할게요.
형사1	(나타나서) GPS 추적은 영장이 필요해서 시간이 걸려요.
	서종길 이사나 남신 본부장 위치를 알 만한 사람 없습니까?
영 훈	아무래도 그 친구 도움을 받아야겠어요.

S#40. 외딴 장소 (낮)

남신3와 소봉, 남신을 기다리는 중. 남신3의 로보 위치 보는 소봉.

소 봉	안 올 건가 봐. 시간이 얼마 없어. 그냥 가자.

하는데 소봉의 휴대폰 울린다. 확인하고 받는 소봉.

소 봉	네, 지 팀장님. (듣다가 남신3에게 주며) 너 바꿔달래.
남신3	(받고) 저예요, 지영훈 씨.
영훈(F)	신이가 서종길 이사 쪽에 납치당한 거 같아요.
	연락이 안 되는데 위치를 파악할 수 없어요.

남신3, 서둘러서 시야모니터 켠다.
종길과 남신의 휴대폰 GPS 신호 점점 가까워지는.

남신3	서 이사와 남신 위치 확인됐어요. 주소 보내고 바로 가볼게요. (끊는)
소 봉	무슨 소리야? 가긴 어딜 가?
남신3	남신이 죽을지도 몰라. 가야 돼.
소 봉	(단호한) 안 돼. 넌 지금 박사님한테 가야 돼.

가만히 소봉을 보던 남신3, 말없이 밖으로 나선다.

S#41. 외딴 장소 근처 (낮)

남신3, 운전석 문을 열면 그 문을 다시 쾅 닫아버리는 소봉.

남신3   나 혼자 다녀올게. 넌 여기서 기다려.

소 봉   미쳤어? 니 킬 스위치 누른 인간이야.

        너 이렇게 된 것도 다 그 인간 때문인데 거길 니가 왜 가?

남신3   가야 돼. 알잖아, 강소봉.

소 봉   아니! 몰라! 시간 흐르잖아! 니 시간이… 줄어들고 있잖아!

        니가 더 위험한 상황인데 남신이 죽든 말든 무슨 상관인데?

남신3   인간 남신 데리고 갈게. 금방. (차 문 여는)

소 봉   나는?

남신3   (돌아보면)

소 봉   (눈물 어린) 난 너한테 아무것도 아냐? 다시 널 못 보면 어떡해?

        …이대로 가서… 시간이 다 돼버리면…난 어떡해…

남신3   (가만히 보다가 꼭 안아주는)

소 봉   …나랑 가자…. 제발…. 나 너 없인 안 되는 거 알잖아…

남신3   (가슴 아픈) 소봉아.

소 봉   (떼어내고 보는)

남신3   …엄마가 내 앞에서 죽는데 아무것도 못 했어.

        남신이 죽으면 난 또 죽어가는 남신을 계속 보게 될 거야.

        인간을 도와주는 게 내 원칙이잖아.

        …내가 내 원칙을 지키게 해줘.

소 봉   (고개 젓는) … 싫어…안 돼…

남신3   꼭 돌아올게. 난 너의 로봇이니까.

소봉을 내버려두고 운전석에 올라타는 남신3
울면서 그런 남신3를 야속하게 보던 소봉.
남신3, 소봉을 한 번 보고 출발하려는데,
순간 결연한 얼굴로 차를 막아서는 소봉!

끼익! 차 멈추고 그런 소봉을 안타깝게 보는 남신3.
소봉, 보조석에 올라타서 결연한 표정으로 남신3를 본다.

소 봉   (결연한) 같이 가. 그 끝이 어디든.
남신3   (애틋하게 보는)

S#42. 컨테이너 사이 (밤)

컨테이너 사이(혹은 컨테이너 안) 묶인 채 널브러져 있는 남신.
린치당해 피투성이인 남신의 가물가물한 시야 앞으로 다가오는 구둣발.
바로 앞까지 다가온 사람, 올려다보면 측은지심 가득한 종길의 표정.

종 길   돌아가신 엄마 아빠 생각하는구나. 참 좋은 분들이었지.
가족은 함께해야지. 너도 그분들과 같이 있는 게 좋아.

조용히 품에서 권총 꺼내는 종길. 그 모습을 무력하게 보는 남신.

S#43. 컨테이너 부근 (밤)

주위를 경계하고 있던 박 비서, 흠칫하고 놀란다.
저쪽에서 다가오고 있는 남신3와 소봉 본다.
남신3의 손목에 낀 로보 워치 보고 두려움에 떠는 박 비서.

박 비서   …로…로봇이야…

바닥에 놓인 쇠파이프를 들어 남신3를 내려치려는 박 비서.
가볍게 붙들어 휙 날려버리는 남신3.
나가떨어진 박 비서, 일어나 주춤주춤 뒤로 물러나 도망간다.

쇠파이프를 주워드는 남신3. 그런 남신3를 보는 소봉.

S#44. 컨테이너 사이 (밤)

종길이 든 권총의 총구, 남신의 머리를 향한다.
부들부들 떨면서 종길을 노려보는 남신.

종 길   (씨익 웃으며) 니 아빠한테 안부 전해줘.

총을 막 쏘려는 순간, 어디선가 날아온 쇠파이프 총을 날려 보낸다
탕! 엉뚱한 데 박히는 총알.
종길이 돌아보는 순간, 남신3의 손에 붙들려 휙 날아간다.
텅! 바닥에 떨어져 신음 소리 흘리며 고통스러워하다 의식 잃는 종길.
남신3가 보면 얼른 남신에게 가서 묶인 걸 끌러주는 소봉.
마른기침을 토해내듯 뱉어내는 남신.

남 신   …왜 왔어? 엄마 그래놓고 죄책감 땜에 온 거야?

소 봉   오 박사님, 얘가 그런 거 아냐!

남 신   아니든 말든 여긴 왜 왔냐구!

남신3   …엄마 말 전해주려고.

남 신   무슨 말?

남신3   …널 또 혼자 두고 가서 미안하다고…

남 신   (눈물 어리는)

남신3   (소봉 보면서) 로보 워치 끼워줘.

소 봉   (로보 워치 꺼내 남신 팔목에 끼워주는)

남 신   …이걸 왜?

남신3   혹시 들키면 나인 척 해. 빨리 데리고 가, 강소봉.

소 봉   (애절한) 금방 와야 돼. 알았지?

남신3   (끄덕이면)

소 봉	(남신 끌고 나가려는데)
남 신	니 탓 아니야.
남신3	(보면)
남 신	엄마 죽은 거 내 탓이니까 자책하지 마.
남신3	… 고마워, 신아.

남신3가 소봉을 보고 끄덕여주면, 남신을 부축해서 데리고 나가는 소봉.
고통스러워하다 기절하는 종길을 차갑게 내려다보는 남신3.

S#45. 부둣가 일각 (밤)

긴장한 소봉, 겨우 남신을 부축하고 주위를 경계하며 걸어간다.
저쪽에 보이는 재식의 차 주변을 어슬렁거리는 박 비서와 검은 양복들.
낭패다 싶은 소봉, 남신을 데리고 몸을 한쪽에 숨긴다.
이 악문 소봉, 다른 방향으로 길을 잡아 남신을 부축해서 간다.

S#46. 컨테이너 안 (밤)

기절해 있던 종길, 겨우 눈을 뜨면 흐릿하게 보이는 형체.
시야가 조금씩 명확해지면 굳은 얼굴의 남신3가 보인다.
손에 총을 들고 있는 남신3를 보고 놀라는 종길.
차가운 얼굴로 다가가면서 종길의 주위에 탕! 탕! 총 쏘는 남신3.
비명 지르고 몸서리치면서 웅크리는 종길.

남신3	왜? 두려워? 내 사람들을 해치면 똑같은 방식으로 되돌려주겠다고 말했지?
종 길	맘대로 해봐, 이 로봇 새끼! 넌 어차피 사람도 못 죽이잖아!
남신3	(차갑게 웃고) 나머지 한 발이야.

무서운 얼굴로 종길에게 총구를 겨누는 남신3.
천천히 방아쇠를 당기면 두려움에 부들부들 떠는 종길.
탕! 총구를 빠져나간 총알, 종길의 얼굴 옆을 가까스로 지나간다.
얼굴을 홱 돌리는 종길의 뺨에 생채기를 남기고 땅에 박히는 총알.
생채기에서 피가 스며 나온다. 공포에 떨면서 남신3를 보는 종길.

남신3   다시는 사람 목숨으로 함부로 장난치지 마.

털썩 몸을 부려버리는 종길을 차갑게 보고 나가는 남신3.

S#47. 부둣가 일각 (밤)

나오자마자 털썩 힘이 빠지는 남신3.
로보 워치 보면 타이머 〈00:47:38〉과 함께 WARNING 뜬다.

남신3   …강소봉…

시야모니터로 소봉의 GPS 찾은 남신3, 서둘러 그 위치로.

S#48. 도로변 (밤)

겨우 도로변으로 나온 소봉, 남신을 홱 부려놓는다.
또 전화 울리면 확인하고 얼른 받는 소봉.

영훈(F)   경찰이랑 가는 중이에요. 곧 도착해요.
데이빗(F) (전화 뺏어) 삼십 분밖에 안 남아서 그놈 힘이 많이 빠졌을 거야.
         잘 붙들고 있어. 킬 스위치 방법 찾았으니까.
소 봉   (전화 끊고) 경찰 올 테니까 여기 있어. (돌아서는)

남 신	(붙들고) 너도 위험하니까 여기 있어.
소 봉	너랑 난 위험하고 걘 안 위험해?
	니가 없애려고 한 그 로봇이 뭘 포기하고 너한테 왔는지 알아?
	목숨이야. 킬 스위치가 또 작동한다구!
남 신	(충격받은) …뭐?
소 봉	삼십 분도 안 남았어! 그만 징징대고 돌아가! (뛰어가는)

충격받아 멍하니 있던 남신, 추적추적 왔던 데로 돌아간다.

S#49. 부둣가 근처 (밤)

근력 없는 인간처럼 어디든 지탱하면서 이동하는 남신3.

박 비서(E)	남신이 저기 있다!

남신3, 돌아보면 저쪽에서 뒤쫓아 오는 박 비서의 무리들.
이 악물고 달려가는 남신3. 간격을 두고 그 뒤를 쫓는 박 비서의 무리들.

S#50. 컨테이너 부근 (밤)

소봉이 뛰어가는데 저쪽에서 영훈과 데이빗과 경찰들 뛰어온다.

소 봉	(다급한) 남신은 무사해요.
데이빗	그놈은?
소 봉	그쪽에 없어요? 서 이사도 있었는데.
영 훈	둘 다 없어요. 다른 데로 가보죠.

긴장된 얼굴로 방향 바꿔 뛰어가는 소봉, 영훈, 데이빗, 경찰들.

S#51. 부둣가 등대 (밤)

등대 앞까지 도망쳐 온 남신3, 등대 뒤로 숨는다.
로보 워치 확인하면 〈00:05:54〉 WARNING 깜빡인다.
계속 줄어드는 시간을 바라보는 남신3. 담담한 얼굴.
그때 뒤편에서 들려오는 발자국 소리. 박 비서와 무리들이다.
양쪽으로 나뉘어 등대 양쪽으로 압박해오는 무리들.
조용히 방파제 끝으로 이동하던 남신3,
먼발치에 숨어서 이쪽을 보고 있는 남신을 발견한다.
짧은 눈빛 교환하는 그 순간, 들려오는 고함소리.

박 비서(E)　남신이다!

남신3를 향해 달려와 둘러싸는 무리들.
힘이 거의 다 빠진 남신3, 멈칫멈칫 뒤로 물러선다. 물러설 데 없는 땅끝.

박 비서　남신이면 죽여! 맞나 손목 확인해!

그 말에 놀란 남신 나서려고 하면 고개 젓는 남신3.
남신이 우뚝 멈추는 순간, 로보 워치를 빼버리는 남신3
로보 워치 바닥에 떨어지자마자 랜턴들이 남신3의 손목을 비춘다.

무리1　남신 맞습니다!

그때 가까이서 들려오는 사이렌 소리 들은 박 비서,
서둘러 남신3를 향해 총을 꺼내 겨눈다. 경악하는 남신.
쏘지 못하고 부들부들 떠는 박 비서의 총을 확 뺏는 누군가, 종길이다!
피 묻은 채 악마 같은 얼굴로 남신3를 향해 총을 발사하는 종길!

종 길　죽어!!!

탕! 총알이 발사된 순간…마지막으로 펜던트를 만지는 남신3….

플래시백 : PK병원 / VIP실 (밤)
PLAY12 22씬의 일부.

소 봉   나 니가 좋아. 그냥 친구 말고 인간 남자처럼.

도로 현재. 소봉을 생각하듯 웃고 있는 남신3의 몸에 총알이 박힌다.
…크게 휘청거리며 바다로 떨어지는 남신3….
마지막 남신3의 시야에 달려오며 울부짖는 소봉이 보인다.

소 봉   …안 돼!!!

S#52. 바다 속 (밤)

검은 물속에 가라앉은 남신3…
물 밖에 있는 소봉이 필사적으로 뛰어들려고 한다.
그런 소봉을 붙잡아 말리는 영훈과 데이빗.
천천히 가라앉으면서 마지막까지 소봉을 눈에 담는 남신3…
울면서 소봉을 말리는 데이빗과 괴로운 표정의 영훈.
점점 멀어지는 남신3를 보며 발악하는 소봉…
남신3의 눈이 서서히 감긴다….

S#53. 서버실 (밤)

…서버들의 불빛…차례차례 꺼져간다…
…그리고 이내 다 꺼져버리고… 암전.

S#54. 바다 속 (밤)

어두운 물 속. 멈춰버린 채 한없이 가라앉는 남신3…
소봉이 준 펜던트 반짝거리는 걸 끝으로…
…더 이상 보이지 않는…남신3…암전….

S#55. 부둣가 일각 (밤)

화면 밝아지면 물에 젖은 채 웅크리고 앉은 멍한 소봉. 말간 얼굴의.
옆에 말없이 서 있는 영훈도 물에 젖었다.

소 봉   …인간을 도와주지 말라고 할걸…
…나쁜 인간들처럼 살라고 할걸…

…소봉의 입에서 터지는 울음…옆에 있는 영훈도 말없이 운다…
…공간을 채우는 소봉의 오열…

좀 떨어진 곳. 소봉의 오열을 듣고 있는 남신도 울고 있다…
남신의 팔에 채워진 팔목의 로보 워치에서 암전.

S#56. 교도소 전경 / 일 년 후 (낮)

S#57. 교도소 접견실 (낮)

종길을 접견 중인 박 비서.

박 비서   몸은 괜찮으세요?

종 길 심심하니까 운동만 해서 더 건강해졌어. (하고) 회사는?

박 비서 …오늘이 회장 취임식입니다. 이사님이 거기 앉으셨어야 되는데.
        다 그노무 로봇 때문입니다.

종 길 그 로봇, 총 맞고 바다에 빠질 때까지 진짜 신인 줄 알았어.
        그놈이랑 보낸 시간이 내 인생 통틀어 가장 스릴 있었어.

박 비서 …서 팀장은 보스턴 어머님 댁에서 거의 안 나옵니다.
        이사님을 이렇게 만든 죄책감이 크겠죠.

종 길 (그리운 표정)

박 비서 …한 번 연락해볼까요?

종 길 (고개 젓고 회한에 잠기는)

S#58. 건호의 저택 / 정원 (낮)

햇살 밝은 정원. 호연이 밀고 온 휠체어에 앉아 있는 건호.
로봇 피규어 든 희동이도 엄마를 따라온다.
휠체어 멈추고 보면 역광으로 서 있는 누군가.
보면 남신이다. 막 먼 여행에서 돌아온 차림으로 담담하게 건호 보는.

호 연 아빠, 신이 왔잖아. 아빠 손자 신이.

건 호 (초면인 것처럼 남신 보는)

호 연 무슨 여행을 몇 달이나 다녀와? 그러니까 더 못 알아보지.

남 신 됐어. 영훈이 형 좀 보고 올게. (가려는데)

건 호 …미안하다, 신아…

남 신 (멈추고 보는) 아직도 헷갈리네.

호 연 그 로봇 말고 너한테 그러는 거야.
        정신 들면 꼭 이 자리 앉혀달래. 여기서 너 자라는 거 다 봤다고.

남 신 (건호를 보는)

희 동 형. 그 로봇 형아는 진짜 안 와?

남 신 (그 말에 눈빛 흔들리다가 나가버리는)

호 연	희동아. 그 형은 이제 안 온다니까.
희 동	(잔뜩 서운한)

S#59. PK그룹 / 로비 (낮)

영훈이 들어서면 임원들과 보안요원들 깍듯하게 인사한다.
깍듯하게 인사하고 들어가는 영훈.

S#60. PK그룹 / 회장실 (낮)

들어온 영훈, 긴장 풀며 자리에 앉는다.
그때 문 열고 들어오는 남신을 보는 영훈.

남 신	(미소) 나 왔어, 형.

인서트 : 환하게 웃는 남신3의 얼굴과 겹쳐 보이는.
현실. 피식 웃고 감정을 추스르는 영훈.

영 훈	일찍도 왔다. 여행 그만 다닐 때도 된 거 같은데.
남 신	잘 어울리네. 원래 형 자리 같아.
영 훈	잠시 맡아둔 거니까 돌아와, 제발.
남 신	그냥 평생 맡아. 내가 그 자리 앉으면 회사 팔아버릴 거니까.
	(하고 괜히 딴 데 보며) 강소봉, 걔는 어때? 괜찮아?
영 훈	글쎄. 괜찮냐고 한 번도 못 물어봤어. 건드려질까 봐.
남 신	(걱정스러운 얼굴)

S#61. 격투기 체육관 전경 (밤)

소봉(E)   내일 또 오세요!

S#62. 격투기 체육관 (밤)

가르치던 회원들 나가는 분위기. 끝까지 인사하고 문 닫는 소봉.
한가한 실내. 한숨 쉬고 흩어져 있는 운동기구들 본다.
그걸 정리하던 소봉, 링 위에 놓인 마이보를 본다.
미소 지으며 링 위에 올라가 앉아 마이보를 안는 소봉.
가만히 마이보를 보던 소봉, 휴대폰 앱으로 음성메시지 재생.

남신3(E)   (PLAY11 41씬) 벌써 자? 왜 전화 안 받아?
소 봉   …안 자. 전화 좀 해줘.
남신3(E)   (PLAY11 24씬) 친구. 곧 도착. 준비하고 나와.
소 봉   …곧 도착한다면서 왜 안 와…

눈가가 촉촉해진 소봉, 링 위에 벌렁 누워버린다.
그때 또 들려오는 남신3의 목소리.

남신3(E)   (PLAY11 42씬) 전화 안 받으면 GPS 추적해서 찾아야 되는데
           안 할게. 니가 혼자 있고 싶을지도 몰라서.
소 봉   …혼자 있기 싫어…

눈물 주룩 흘러내리면 팔로 눈을 가려버리는 소봉. 암전.

소봉(N)   …보고 싶어. 나의 로봇.

S#63. 부둣가 등대 / 다른 날 (낮)

화면 밝아지면 마이보와 샌드위치와 커피 한 잔 놓인 등대.
바다를 보며 샌드위치와 커피 먹고 있는 소봉.

소 봉　　너랑 먹었던 유일한 음식이야. 맛있지?
　　　　(다 먹고) 또 올게. 외로워하지 마.
　　　　(마이보에게) 마이보, 형한테 인사해.

마이보, 마치 바다에 손을 흔드는 것 같은 움직임.
남신3를 삼킨, 말없는 바다를 하염없이 보는 소봉. 눈물은 말라버린.

S#64. 부둣가 (낮)

쇼핑백과 마이보를 안고 차 문을 열려던 소봉.
모래사장 시멘트 턱에 마이보 잠깐 올려놓는다.
그리고 돌다가 쇼핑백과 부딪힌 마이보, 모래사장으로 떨어져버린다.
깜짝 놀란 소봉, 쇼핑백 내려놓고 아래편 모래사장으로 달리는.

S#65. 모래사장 (낮)

모래사장을 한창 걸어서 찾는데, 마이보가 안 보인다.
여기저기 둘러보던 소봉, 저쪽에 거꾸로 처박혀 버둥대는 마이보 보인다.

소 봉　　마이보!

달려가서 마이보를 뽑아낸 소봉, 여기저기 모래를 털어준다.

소 봉   큰일 난 줄 알았잖아.

남신3(E) (PLAY11 40씬) 널 이해해주지 못해 미안해.

         내가 로봇이라서 미안해.

소 봉   (가슴 아픈) 아냐. 로봇인 거 미안해하지 마.

         하는 그때, 뒤쪽에서 들려오는 똑같은 목소리.

남신3(E) 내가 로봇이라서 미안해. 강소봉.

         놀라서 눈이 커진 소봉, 홱 뒤돌아본다.

         …제 앞에 서 있는 남신3?…말도 안 돼…설마…하는데

남 신   (비웃는) 넌 아직도 나한테 속냐?

소 봉   (그제야 깨닫고) 너 뭐야? 왜 이따위 장난을 쳐?

남 신   너 걔 그리워하잖아. 잠깐이라도 착각하라고 서비스해준 거야.

소 봉   뭐? 서비스? …나쁜 새끼…

         버럭 소리 지르고 화나서 성큼 성큼 걸어가 버리는 소봉.

남 신   (소봉의 뒤를 따라가며) 미안해! 나도 그 자식 추모하러 온 거라구.

소 봉   (울면서 걸어가는)

S#66. 부둣가 (낮)

         눈물을 흘리면서 걸어온 소봉, 잠시 멈춰 눈물을 훔친다.

         참으려고 하는데도 자꾸 눈물이 난다.

소 봉   …나쁜 새끼… 형편없는 새끼… (하는데)

남신(E) 화 많이 났어?

이게 아직도, 돌아서서 남신을 노려보는데, 순간 뭔가 좀 이상하다.
그때, 갑자기 소봉을 확 안아버리는 남신. 놀라서 눈이 커진 소봉.

남신3 ···울면 안아주는 게 원칙이야.

그 말에 놀란 소봉, 남신을 떼어놓고 믿을 수 없다는 듯 본다.
그리고 손목을 보면 거짓말같이 채워져 있는 로보 워치.

소 봉 ···너···너 정말이야?
남신3 ···그래, 강소봉. 나야.
소 봉 ···어떻게 이럴 수가··· 말도 안 돼···
         (얼굴 쓰다듬으며 울먹이는) 정말 너야? 너 맞아?
남신3 (환하게 웃어주는)

S#67. 부둣가 근처 (낮)

멀리서 남신3와 소봉을 바라보는 남신과 영훈과 데이빗.

데이빗 자네들 아니었으면 저놈 못 찾았을 거야.

\# 플래시백 : 바닷가 (낮)
파도에 밀려와 짐짝처럼 널브러져 있는 남신3.
그런 남신3에게 다가오는 발들. 올려다보면 남신과 영훈이다.

도로 현재. 한결 가볍게 남신3와 소봉을 보는 남신. 따스하게 보는 영훈.

영 훈 신이가 가진 돈과 힘 때문이죠.
남 신 돈과 힘. 처음으로 그걸 즐겁게 써봤어.
데이빗 오 박사가 들으면 무척 좋아했겠네. 마이 썬. 오래 고친 보람 있다!

흐뭇하게 남신3와 소봉을 보는 남신, 영훈, 데이빗.

S#68. 부둣가 (낮)

남신3와 소봉의 목에 각각 빛나는 펜던트.
하염없이 서로를 바라보는 남신3와 소봉.
자신의 뺨을 쓰다듬는 소봉의 손을 애틋하게 붙드는 남신3.

남신3 난 능력이 거의 사라졌어. 평범한 인간에 가까워.
소 봉 괜찮아. 나랑 더 가까워진 거니까.
남신3 (따스하게 보는)
소 봉 그동안 난 너랑 비슷해졌어. 내 마음은 안 변해. 로봇처럼.

그 말에 소봉을 안고 애틋하게 키스하는 남신3.
그런 남신3가 소중한 듯 꼭 끌어안는 소봉…
하늘은 푸르고, 바다도 푸르고, 파도는 잔잔하다…
겨우 입술을 뗀 소봉, 남신3를 감싸 안으며 눈물 흘린다.
기쁨의 눈물…
시선 움직여 남신3으로 가보면 소봉을 안고 환하게 웃고 있는 남신3…
더없이 행복해 보이는 그의 눈가에서,
톡,
떨어지는,
반짝이는,
눈물 한 방울에서…

조정주 대본집

1판 1쇄 인쇄 2018년 8월 10일
1판 1쇄 발행 2018년 8월 17일

지은이 조정주

발행인 양원석
본부장 김순미
편집장 최두은
디자인 RHK 디자인팀 남미현, 김미선
해외저작권 황지현
제작 문태일
영업마케팅 최창규, 김용환, 정주호, 양정길, 이은혜, 신우섭,
　　　　　　 유가형, 임도진, 우정아, 김양석, 정문희, 김유정

펴낸 곳 ㈜알에이치코리아
주소 서울시 금천구 가산디지털2로 53, 20층 (가산동, 한라시그마밸리)
편집문의 02-6443-8844　　**구입문의** 02-6443-8838
홈페이지 http://rhk.co.kr
등록 2004년 1월 15일 제2-3726호

ISBN 978-89-255-6439-5 (04810)
　　　978-89-255-6440-1 (세트)